Edna O'Brien · Das Haus meiner Träume

Edna O'Brien

Das Haus meiner Träume

Erzählungen

Aus dem Englischen
von Margaret Carroux

Piper
München Zürich

Die Erzählungen sind dem 1984 bei Farrar Straus Giroux, New York, erschienenen Band »A Fanatic Heart. Selected Stories of Edna O'Brien« entnommen. Die Übersetzung der Erzählung »Der Junggeselle« besorgte Melanie Walz.

ISBN 3-492-09058-0

Gesetzt aus der Baskerville-Antiqua
Gesamtherstellung: Kösel, Kempten
Printed in Germany

Aus Irland sind wir gekommen.
Viel Haß, wenig Raum
Machten uns rasch zu Krüppeln.
Schon im Mutterleib
Wurde mein Herz fanatisch.

W. B. Yeats, *Reue über zügelloses Reden*

Die Connor-Mädchen

Wäre man mit ihnen gut bekannt, könnte man eine erhabene Welt betreten. Das schwere grüne Eisentor zu öffnen, ihren schattigen Gartenpfad entlangzugehen und an ihre weißgestrichene Haustür zu klopfen, das war ein Erlebnis, nach dem ich mich sehnte. Niemand schlug diesen Weg ein außer dem Gärtner, dem Briefträger und einer Putzfrau, die keines ihrer Geheimnisse verriet; sie gab bloß an und sagte, die Ölbilder an den Wänden seien von unschätzbarem Wert und die Möbel alle antik. Sie hatten einen Blumengarten mit Springbrunnen, einen Seerosenteich, einen Obst- und Gemüsegarten und dekorative Bäume, die sie Araukarien nannten. Mr. Connor, der Major, und seine beiden Töchter wohnten dort. Sein einziger Sohn war bei einem Autounfall ums Leben gekommen. Es hieß, der Unfall sei darauf zurückzuführen gewesen, daß sein Vater ihn kujonierte, ihn ständig antrieb, schneller zu fahren, da er den teuersten Wagen in der Gegend hatte. Nicht einmal dieser Schicksalsschlag brachte sie den Menschen im Landstädtchen näher, teilweise wegen ihrer Arroganz, aber auch, weil sie protestantisch waren und die Katholiken weder am Gottesdienst in ihrer Kirche teilnehmen noch auf den protestantischen Friedhof gehen konnten, wo die Connors ein Grabgewölbe hatten, zu dem Stufen hinunterführten wie zu einem Haus. Die Gruft war von Kletterpflanzen überwuchert. Sie trugen keine Trauer und gaben etwa einen Monat später eine Party, zu der ihre Freunde kamen.

Der Major hatte Freunde, die ein Gestüt besaßen und ein- oder zweimal im Jahr zusammen mit einem Chirurgen aus Dublin und dessen Frau eingeladen wurden. Die Connor-Mädchen waren keine Schönheiten, aber distinguiert, und sie sprachen in einem Tonfall, der die Redeweise von allen anderen flach und in die Breite gezogen erscheinen ließ wie eine wohlbekannte Flußmündung oder eine Pfütze in einer Ackerfurche. Sie waren brünett und hatten braune Augen und lederige Haut. Miss Amy trug Zöpfe, die zum Kranz aufgesteckt waren, und Miss Lucys Haar, das struppiger war, wurde durch braune Spangen gebändigt. Wenn sie einem Mitbürger zunickten oder stehenblieben, um ein neues Baby im Kinderwagen zu bewundern, dann verbreitete sich diese Nachricht sofort im ganzen Kirchspiel, und diejenigen, die nie gegrüßt worden waren, platzten vor Neid und fühlten sich übergangen. Wir selbst waren gegrüßt worden, und sicherlich würden sich unsere Beziehungen noch verbessern, denn sie waren uns sozusagen verpflichtet. Mein Vater hatte ihnen erlaubt, ihre Hunde auf unseren Wiesen auszuführen, so daß wir die beiden Mädchen in weißen Regenmänteln mit beige Spazierstöcken und den an den Leinen zerrenden rehbraunen, plumpen Viechern fast jeden Nachmittag sahen. Sobald sie an unserem Haus vorbei waren, ließen sie ihre Hunde gewöhnlich laufen, woraufhin unsere Schäferhunde wütend bellten, aber innerhalb unserer Umzäunung blieben, denn sie hatten, glaube ich, Angst vor den reinrassigen Beagles. Obwohl die Connor-Mädchen schon fast ein Jahr lang täglich vorbeikamen, blieben sie nie stehen, um mit meiner Mutter zu reden, wenn sie zufällig mit einem leeren Eimer vom Hühnerhaus zurückkam oder gerade mit dem Futter hinging. Sie grüßten nur und gingen weiter. Natürlich sprachen sie mit meinem Vater und nannten ihn Mick, obwohl er in Wirklichkeit Joseph hieß, und sie hänselten ihn wegen seiner Jagdpferde, die nie einen Pokal oder eine Medaille gewannen. Von meiner Mutter nahmen sie keine Notiz, und das verübelte sie ihnen. Sie sehnte sich danach, sie hereinzuholen, damit sie unser Haus und all die Nippes und auch die kleinen Wollteppiche bewundern könnten, die sie an den Winterabenden knüpfte und die sie aufrollte, wenn keine Besucher erwartet wurden.

»Ich werde sie am nächsten Freitag zum Tee einladen«, sagte sie zu mir. Wir nahmen uns vor, sie unvermittelt hereinzubitten, denn wir glaubten, eine im voraus ausgesprochene Einladung würde eher abgelehnt werden. So bereiteten wir Kuchen und Bratwurst im Schlafrock vor und Sandwiches mit Eiermayonnaise, mit Zwiebeln und ohne. Der Flammeri, den wir gekocht hatten, wurde geschlagen und schien eine Schüssel voll Schaum zu sein, süß wie Konfekt duftend. Ich mußte am Küchenfenster aufpassen, und kaum sah ich sie zum Tor hereinkommen, rief ich Mama zu:

»Sie kommen, sie kommen!«

Sie strich sich das Haar zurück, steckte es mit ihrem braunen Schildpattkamm fest, ging hinaus und lehnte sich auf die oberste Latte des Tors, als habe sie sich da hingestellt, um photographiert zu werden oder um die Aussicht zu genießen. Ich hörte sie sagen: »Entschuldigen Sie, Miss Connor, oder vielmehr Miss Connors«, in dem übertriebenen Tonfall, den sie sich in Amerika angewöhnt hatte und mit dem sie sprach, wenn Fremde kamen oder wenn sie in die Stadt fuhr. Es war, als zöge sie neue Kleider oder neue Schuhe an, die ihr nicht paßten. Ich sah, daß die beiden mehrmals den Kopf schüttelten, und lange ehe meine Mutter wieder im Haus war, wußte ich, daß die Connor-Mädchen unsere Einladung ausgeschlagen hatten und der Tisch, den wir so feierlich gedeckt hatten, der reinste Spott und Hohn war.

Als Mama zurückkam, summte sie leise vor sich hin, als wollte sie den Eindruck erwecken, daß es ihr nicht im mindesten etwas ausmachte. Die Connor-Mädchen waren weitergegangen, und ihre Hunde, die nicht mehr angeleint waren, jagten unsere jungen Puten in den Wald.

»Was machen wir nun mit diesem Göttermahl?« fragte ich Mama, als sie ihre Kittelschürze anzog.

»Wir geben es den Männern, nehme ich an«, meinte sie müde.

Man kann sich vorstellen, wie niedergeschlagen sie war, wenn sie Kuchen mit Zuckerguß und appetitliche Sandwiches Landarbeitern geben wollte, die pflügten und einen gewaltigen Appetit hatten.

»Warum sind sie nicht gekommen?« wollte ich wissen,

denn ich war neugierig, wie die Connor-Mädchen ihre Absage begründet hatten.

»Sie essen niemals zwischen den Mahlzeiten«, wiederholte Mama deren Worte mit einer gekränkten, sarkastischen Stimme.

»Vielleicht kommen sie später«, versuchte ich zu begütigen.

»Mit denen kann man sowenig anfangen wie mit zwei linken Schuhen«, sagte sie und riß ein ausgefranstes Handtuch in der Mitte durch. Wenn sie wütend war, flüchtete sie sich in die Hausarbeit. Entweder nahm sie die Gardinen ab oder ließ sich auf die Knie nieder, um die Fußböden und die Beine und Sprossen der Holzstühle zu scheuern.

»Sie sehen niemanden außer diesem Verrückten«, sagte sie, hauptsächlich zu sich selbst.

Die Connor-Mädchen zeigten sich selten unter den Leuten und erledigten ihre Einkäufe meist in der Stadt. Sonntags gingen sie in die Kirche – vier protestantische Gläubige bildeten die ganze Gemeinde einer Kirche aus Stein, die die älteste in unserem Kirchspiel war. Moos bedeckte die Steine, und alle möglichen Pflanzen wuchsen in den Spalten, so daß die Seitenmauer der Kirche aus der Ferne betrachtet durch Vegetation und jahrhundertelangen Regen grün aussah. Ihr Vater ging nicht jeden Sonntag in die Kirche, aber einmal im Monat schoben ihn die Töchter im Rollstuhl zu der Familiengruft, wo seine Frau und sein Sohn bestattet waren. Einheimische, die sich mit ihnen anfreunden wollten, stürzten sich dann auf sie und sprachen ihr Beileid aus, als ob der Major der einzige wäre, der einen schmerzlichen Verlust erlitten hatte. Immer war er barsch und fragte seine Töchter nach dem Namen des Mannes oder der Frau, die gerade mit ihm sprachen. Er war für sein mürrisches Wesen bekannt, aber das lag an seinem Rheumatismus, den er sich vor Jahren zugezogen hatte. Er war nicht dazu zu bewegen, eine der heiligen Quellen aufzusuchen, zu denen andere Leute gingen, um zu beten und Heilung für ihre Leiden zu finden. Er war ein korpulenter Mann mit einem sehr roten Gesicht und trug immer graue Fausthandschuhe. Der Pfarrer besuchte ihn zweimal im Monat und schickte ihm in der Angelsaison mit dem Postwagen zwei frische Forellen. Kurz danach luden die Connor-Mädchen den Pfarrer und einige der feinen Pinkel, die zum Angeln gekommen waren, zum Abendessen ein.

Sonst hatten sie selten Gäste, abgesehen von dem Verrückten, der sie jeden Sonntag besuchte. Er war ein Hauptmann außer Dienst aus dem Nachbarstädtchen und hatte einen braunen Schnurrbart mit einem Stich ins Rötliche und sehr große, blutunterlaufene Augen. Es hieß, er schlafe mit den Connor-Mädchen, und deshalb hatte er den Spitznamen Hengst bekommen. Er war es, den meine Mutter als den Verrückten bezeichnete. Sonntags kam er in seinem Sportwagen angefahren, rechtzeitig zum Nachmittagstee, den sie in den Sommermonaten draußen an einem eisernen Tisch einnahmen. Wir Kinder gingen dann immer hin, um ihnen durch die Bäume zuzusehen, und obwohl wir sie nicht deutlich sehen konnten, hörten wir ihre Stimmen, das Gelächter der Mädchen und dann das Schlagen des Krockethammers, wenn sie ein Spiel machten. Zu ihrem Haus gelangte man von der Straße auf einem sich schlängelnden Weg, der dicht gesäumt war von immergrünen Bäumen. Die Bäume waren Hunderte von Jahren alt, aber es gab auch jüngere Bäume, die der Major anläßlich der wichtigen Ereignisse in seinem Leben gepflanzt hatte – die Krönungsfeier, die Geburt seiner Kinder, Englands Sieg im letzten Krieg. Für seine Töchter hatte er Quitten gepflanzt. Was Quitten seien, fragten wir uns, und fanden es nie heraus. An die Blauzeder in der Nähe des Tors war ein Schild angenagelt, auf dem VORSICHT HUNDE! stand, und die mit weißem Rauhputz beworfenen Mauern, die ihr riesiges Gartengelände umgaben, waren oben mit Glasscherben gespickt, damit keine Kinder hinüberklettern und im Obstgarten stehlen konnten.

Alle behielten sie scharf im Auge, wenn sie am Sonntagabend aus ihrer Festung herauskamen. Ihr Begleiter, der

Hengst, führte die Mädchen ins Greyhound-Hotel. Miss Amy, die jüngere, war heller gekleidet, aber beide trugen Tweedkostüme und flache Schuhe mit dekorativen Laschen, die den Spann bedeckten und die Schnürbänder verbargen. Miss Amy bevorzugte Rot oder Kastanienbraun, Miss Lucy dagegen Dunkelbraun mit passender dunkelbrauner Baskenmütze. Im Hotel war der Salon für sie reserviert, und manchmal, wenn sie ein wenig beschwipst waren, spielte Miss Lucy Klavier, und ihre Schwester und der Hengst sangen. Es war ein keckes Lied, ein Duett, bei dem der Mann die hübsche Maid fragte, wohin sie gehe, und schließlich um ihre Hand anhielt. Sie wies ihn ab und sang: »Ich will dich nicht heiraten, heiraten, heiraten!« und stampfte zur Bekräftigung mit dem Fuß auf, woraufhin die Männer in der Bar lachten und sagten, Miss Amy »bocke«. Es gab viele Mutmaßungen über ihre Lebensweise, weil der Hengst die Sonntagnacht immer in ihrem Haus verbrachte. Hickey, unser Tagelöhner, sagte, sie seien alle so betrunken, daß sie wahrscheinlich zusammen ins Bett sänken. Wenn sie in frostigen Nächten nach Hause gingen, sagte Hickey, treffe das Sprichwort, daß ein Blinder den anderen leite, auf sie zu, denn sie schlitterten nur so auf der Straße und bedienten sich einer Sprache, die Hickey nicht damenhaft fand. Er berichtete derlei Dinge morgens meiner Mutter, und weil sie ihr die kalte Schulter gezeigt hatten, freute es sie, und sie betonte, die beiden hätten keine Erziehung genossen. Natürlich dachte sie das Allerschlimmste vom Hengst und konnte es nie über sich bringen, seinen Namen auszusprechen. Für sie war er »dieser Verrückte«.

Der Hengst war der einzige Begleiter der beiden, bis das Schicksal einen anderen Mann in Gestalt eines Aushilfsbankangestellten schickte. Wir hielten ihn für einen Protestanten, denn am ersten Sonntag war er nicht zur Messe gegangen. Er war überaus fesch, hatte braunes Haar und ebenfalls einen Schnurrbart, der aber voller war als der des Hengstes und von einem gedämpften Dunkelbraun. Meistens trug er eine Tweedjacke und entsprechende

Knickerbocker. Er hatte auch ein Motorrad, und wenn er darauf fuhr, trug er eine Schutzbrille. Es vergingen keine zwei Wochen, und er führte Miss Amy aus und begleitete sie zum Greyhound-Hotel. Sie begann ihrer Kleidung mehr Aufmerksamkeit zu schenken; sie kaufte sich zwei neue Plisseeröcke und einige enganliegende Pullover, die ihren Busen mehr hervortreten ließen. Es waren sogenannte Schlabberpullover, und obwohl sie lang waren und schlabberten, wirkten sie dennoch elegant und schmeichelten der Figur. Bisher hatte sie ihr Haar geflochten und die Zöpfe zum Kranz aufgesteckt, jetzt trug sie es in schulterlangen Locken, und sie dämpfte die Farbe ihrer Wangen mit hellem Puder. Niemand hätte sie jemals als hübsch bezeichnet, aber sie sah wirklich gut aus, wenn sie zum Dorf radelte, um die Morgenzeitung zu holen, und vor sich hin summte, während sie im Freilauf bergab fuhr.

Der Bankangestellte und sie waren ineinander verliebt. Hickey sah, daß sie sich in der überdachten Vorhalle des Greyhound-Hotels umarmten, als Miss Lucy noch einmal zurückgegangen war, um ein Päckchen Zigaretten zu holen. Später küßten sie sich ganz schamlos, als sie den Treidelpfad entlanggingen, und die Leute behaupteten, Miss Amy habe an seinem üppigen Schnurrbart geknabbert. Eines Abends zog sie im Greyhound-Hotel ihre Sandale aus und steckte den nackten Fuß in die Tasche seines Sportjacketts, und beide kicherten über ihr Tun. Ihre Schwester und der Hengst zockelten oft mit, aber Miss Amy und der Bankangestellte pflegten zum Spaß auf seinem Motorrad die Shannon Road entlangzubrausen. Es hieß, sie schwömmen nackt, aber niemand konnte das bestätigen, und womöglich planschten sie nur mit den Füßen.

Wie es nun einmal so geht, überbrachte jemand boshaften Tratsch über den Bankangestellten. Ein Handlungsreisender, der mit anderen Landesteilen vertraut war, hatte aus glaubwürdiger Quelle erfahren, daß der Bankangestellte ein abtrünniger Katholik sei und sich vorher in einer Stadt am Meer mißliebig aufgeführt habe. Die Art seines Vergehens zu erraten blieb den Leuten überlassen, und die meisten kamen zu dem Schluß, es müsse sich um ein Mädchen oder eine Frau handeln. Sofort war das ganze Kirchspiel gegen ihn eingenommen. Als er am nächsten Abend aus der Bank kam, waren beide Räder seines Motorrades durchstochen und platt, und am Sattel war ein anonymer Zettel befestigt, auf dem stand: »Geh zur Messe, oder wir bringen dich um.« Seine Verfolger trugen den Sieg davon. Am nächsten Sonntag nahm er an der letzten Messe teil, kniete in der hintersten Reihe ohne Rosenkranz und Gebetbuch und hatte nur seine Finger zum Beten.

Indes bedeutete es nicht das Ende der Romanze. Diejenigen, die vorausgesagt hatten, Miss Amy werde ihm den Laufpaß geben, weil er Katholik sei, hatten sich getäuscht. Fast jeden Abend flitzten die beiden über die Shannon Road, ein ausgelassenes Paar, Miss Amys Haar und Kopftuch flatterten, und beide lachten, wenn sie einen Hund oder Hühner erschreckten, die sich an den Straßenrand flüchteten. Sehr viel später brachte er sie nach Hause, und die Lampen in ihrem Wohnzimmer brannten bis spät in die Nacht. Ein Einheimischer (und zwar der Leichenbestatter) kam auf den Gedanken, ein Fernrohr aufzustellen und zu versuchen, ins Wohnzimmer hineinzusehen, aber kaum war er durch das Tor gegangen, um das Gelände zu erkunden, da kamen die Hunde über den Gartenpfad gerast, und er mußte schleunigst Reißaus nehmen.

»Kann das ernst sein, frage ich mich.« So gab meine Mutter schließlich zu, daß sie von der Liebesaffäre wußte. Sie konnte sich damit nicht abfinden, sie sagte, Katholiken und Protestanten dürften sich einfach nicht miteinander einlassen. In ihr stieg wieder der Groll auf, den sie seit vielen Jahren hegte, seit ihrer Kindheit, als sie und die anderen Mädchen aus der Volksschule einmal zu einer Gartenparty in das herrschaftliche Haus eingeladen wurden und sich da lächerlich machen mußten bei Hindernisrennen und Sackhüpfen, wo ihnen wässerige Limonade angeboten wurde, in der Wespen schwammen. Daß Katholiken und Protestanten nicht friedlich miteinander leben könnten, davon war sie fest überzeugt. An ebenjenem Abend wurde Miss Amy im Greyhound-Hotel mit einem Verlobungsring gesehen, und am nächsten Morgen erschien eine Verlobungsanzeige in der Zeitung. Der Ring war sternförmig und bestand aus kleinen, blauen Steinen, die im Lichtschein der Hängelampe funkelten und bebten. Die Leute schnappten nach Luft, als sie hörten, er sei in Höhe von hundert Pfund versichert worden.

»Müssen wir Miss Amy irgendein Geschenk machen?« fragte meine Mutter an jenem Abend mißmutig meinen Vater. Sie hatte nicht vergessen, daß die Connor-Mädchen sie brüskiert hatten und ihr kaum für die Schweinefilets dankten, die sie ihnen jedesmal schenkte, wenn wir ein Schwein schlachteten.

»Aber natürlich, und zwar ein schönes Geschenk«, sagte mein Vater, und deshalb fuhren sie kurz darauf nach Limerick und kauften ein Tranchierbesteck in einer mit Samt ausgeschlagenen Schachtel. Wir überreichten es Miss Amy beim nächstenmal, als sie mit ihren Hunden an unserem Haus vorbeiging.

»Das ist sehr freundlich von Ihnen, vielen, vielen Dank«, sagte sie, lächelte jeden von uns an und sagte in neckischem Ton zu meinem Vater, da sie ja nun bald verheiratet sein werde, sollten sie heute abend zusammen ausgehen dürfen. Sie meinte es natürlich nicht ernst, doch lachten wir alle, und in gespielter Mißbilligung ließ meine Mutter ein »tsch, tsch« hören. Miss Amy sah hinreißend aus an diesem Abend. Ihre Haut war glatt, und ihre braunen Augen hatten den Widerschein ihres orangefarbenen Halstuchs aufgefangen und verliehen ihrer Haut eine warme, theatralische Röte. Sie war überdies liebenswürdig. Es war ein regnerischer Tag, Nebelfetzen hingen zwischen den Bergen, und von den Bäumen tropfte es, während wir uns unterhielten. Miss Amy streckte die Hände aus, um die Tropfen vom Walnußbaum aufzufangen, und verkündete dem Himmel, was für ein »Glücksmädel« sie sei. Meine Mutter erkundigte sich nach ihrer

Aussteuer und erfuhr, daß Miss Amy vier Paar Pumps besitze, zwei Kamelhaarmäntel, ein Ausgehkostüm in Sächsischblau und ein Brautkleid aus Voile in einer Farbe, die ein Mittelding zwischen Pfirsich und Champagner war. Ich liebte sie in diesem Augenblick und wünschte von ganzem Herzen, ich könnte mit ihr über die Wiesen gehen und ihre Vertraute werden, aber ich war zehn und sie war dreißig oder fünfunddreißig.

Es wurden viele Mutmaßungen über die Hochzeit angestellt. Niemand aus dem Dorf hatte eine Einladung erhalten, aber das war zu erwarten gewesen. Einige sagten, sie solle in einem Standesamt in Dublin stattfinden, aber andere sagten, der Bankangestellte habe dem Gemeindepriester versichert, er werde in einer katholischen Kirche heiraten, und einen großen Geldbetrag fest zugesagt, um seinen Dispens zu erhalten. Es hieß sogar, Miss Amy nehme Religionsunterricht, um zu konvertieren, aber das war nur Wunschdenken. Die Leute waren verblüfft, als der Bankangestellte eines Tages plötzlich abreiste. Nach einem Gespräch mit dem Direktor unter vier Augen verließ er die Bank zur Mittagszeit. Miss Amy fuhr ihn zu dem kleinen, zehn Meilen entfernten Bahnhof, und sie küßten sich mehrmals, ehe er auf den fahrenden Zug aufsprang. Man erzählte sich, er sei vorausgefahren, um alles vorzubereiten, und die Connor-Mädchen und ihr Vater würden ihm bald folgen. Aber der Postbote, der Protestant war, sagte, der Major denke gar nicht daran, sich vom Fleck zu rühren, um mitanzusehen, daß seine Tochter einen Papisten heiratete.

Wir beobachteten das Haus und das Tor scharf, aber die ganze Woche sahen wir Miss Amy nicht herauskommen. Niemand weiß, wann sie abfuhr oder was sie anhatte und wie ihre Stimmung war. Wir wußten nur, daß plötzlich Miss Lucy mit dem Hengst ausging und Miss Amy nicht zu sehen war.

»Und wo ist die zukünftige Braut heute abend?« erkundigte sich Mrs. O'Shea, die Hotelbesitzerin. Miss Lucys Antwort war knapp und hochnäsig.

»Meine Schwester ist zur Abwechslung verreist«, sagte sie.

Die eiskalte Stimme ließ alle aufhorchen, und Mrs. O'Shea gab einen unschicklichen Laut des Erschreckens von sich, als ahnte sie eine Katastrophe.

»Möchten Sie sonst noch etwas wissen, Mrs. O'Shea?« fragte Miss Lucy, dann machte sie auf dem Absatz kehrt und ging mit dem Hengst von dannen. Niemals wieder tranken sie einen Schluck im Greyhound-Hotel, sondern beehrten nun eine Kneipe weiter oben an der Straße, und mehrere der Stammgäste folgten ihnen bald dorthin.

Miss Amys Geheimnis reizte die Neugier der Leute dermaßen, daß sie sich den wildesten Mutmaßungen hingaben. Jeder glaubte, daß jeder andere etwas wisse. Der Postbote wurde befragt, aber er nickte nur mit dem Kopf und sagte: »Kommt Zeit, kommt Rat«, obwohl offensichtlich war, daß es ihn freute, wie die Sache ausgegangen war. Als meine Mutter den Priester unter vier Augen fragte, sagte er, am christlichsten wäre es, niederzuknien und ein Gebet für Miss Amy zu sprechen. Den Ausdruck »Liebe unter einem Unstern« nahmen viele Frauen in den Mund, und eine Zeitlang war sogar davon die Rede, Miss Amy sei verrückt geworden und in einem Irrenhaus eingesperrt. Schließlich fand die Spannung ein Ende, als alle Hochzeitsgeschenke mit einem nicht sehr aufschlußreichen, aber höflichen Brief von Miss Lucy zurückgeschickt wurden. Meine Mutter brachte das unsere in das Geschäft zurück und tauschte es gegen einige flache Teller ein. Als Grund war die Unvereinbarkeit von Familieninteressen angegeben worden. Miss Lucy kam nur noch selten ins Dorf. Der Gesundheitszustand des Majors hatte sich verschlechtert, und sie pflegte ihn. Eine Nachtschwester radelte jeden Abend fünf Minuten vor neun ihren Gartenweg entlang, und mit so wenig Kommen und Gehen begann selbst das Haus verlassen auszusehen. An Sommerabenden ging ich ein Stück die Straße hinauf und starrte es an, bewunderte die grünen Jalousien, das an einem Baum angenagelte Vogelhäuschen, die hohen, imposanten Blumen und Sträucher, die nicht geschnitten worden waren und jetzt wild wucherten. Ich wünschte immer, ich könnte das Tor aufschließen, den Gartenweg entlanggehen und eingelassen werden und könnte erfahren, wo Miss Amy sich aufhielt, und den Schlüssel zu ihrem Geheimnis erhalten.

Tatsächlich bekamen wir im nächsten Winter, als der Major starb, das Haus zu sehen. Es war viel einfacher möbliert, als ich mir vorgestellt hatte, und die losen Schonbezüge aus Leinen auf den Sesseln waren ein bißchen verschlissen. Ich betrachtete gerade die Porträts mißmutiger, hochnäsiger und feierlicher Vorfahren, als plötzlich Stille eintrat und Miss Amy ins Wohnzimmer kam. Sie trug einen Pelzmantel und sah ganz anders aus, älter, und ihr Gesicht wirkte derb.

»Miss Amy, Miss Amy«, sagten mehrere Leute laut, und zusammenzuckend drehte sie sich um und sagte dem Fahrer, er möge ihren Koffer bitte oben auf den Treppenabsatz stellen. Sie war viel dicker geworden und trug keinen Verlobungsring. Als ihr die Leute ihr Beileid aussprachen, verschleierten Tränen ihre Augen, und dann rannte sie aus dem Zimmer und die Treppe hinauf, um die Totenwache zu halten.

Es dauerte nicht lange, und alle waren sich darüber klar, daß Miss Amy eine Trinkerin geworden war. Als der Sarg in die Gruft hinabgelassen wurde, versuchte sie mit ihrem Vater zu reden, was, wie alle wußten, vernunftwidrig war. Sie trank nicht nur abends in der Bar, sondern auch tagsüber, und wenn sie beim Metzger anstand, um Koteletts zu kaufen und einen Schafskopf für die Hunde, pflegte sie eine Miniaturflasche aus der Handtasche zu ziehen. Sie trank mit meinem Vater, wenn er auf einer Sauftour war. Tatsächlich trank sie mit jedem, der sich zu ihr gesellte, und sie hatte ihre ganze Hochnäsigkeit abgelegt. Manchmal sprach sie von ihrer Verlobung als von »meiner Verwirrtheit«. Kurz danach wurde sie in Limerick wegen Trunkenheit am Steuer verhaftet, kam aber nicht vor Gericht, weil der Polizeichef ein guter Freund ihres Vaters gewesen war. Es war eine Katastrophe, wenn sie Auto fuhr. Die Leute hatten Angst, ihre Kinder auf der Straße spielen zu lassen, weil Miss Amy sie mit ihrem Peugeot womöglich überfahren würde. Niemand hatte vergessen, daß ihr Bruder sich zu Tode gefahren hatte, und sogar ihre Schwester begann sich meiner Mutter anzuvertrauen, sprach nervös flüsternd von ihren Sorgen und machte dabei höchst belastende Ausführungen.

»Es muß ihr das Herz gebrochen haben«, sagte meine Mutter.

»Jetzt, da Dad tot ist, erhebt natürlich niemand Einwände gegen die Hochzeit.«

»Aber warum heiraten sie dann nicht?« fragte meine Mutter und gab mit einem Schlag alle ihre Vorurteile auf.

»Zu spät, zu spät«, sagte Miss Lucy und fügte dann hinzu, Miss Amy könne den Bankangestellten einfach nicht aus ihren Gedanken verbannen, sie sitze im Frühstückszimmer und starre dauernd die Photographien an, die an ihrem Verlobungstag aufgenommen worden waren, und suche immer nach einem Vorwand, seinen Namen auszusprechen.

Eines Abends fand der neue Hilfspfarrer Miss Amy in einer Hecke, wo sie betrunken unter ihrem Fahrrad lag. Ihren Führerschein war sie damals schon seit einem Jahr los. Er hob sie auf, brachte sie mit seinem Auto nach Hause und besuchte sie am nächsten Tag, denn er hatte eine Brosche gefunden, die an der Fuchsienhecke, wo sie den Sturz getan hatte, hängengeblieben war. Außerdem hatte er ihr Fahrrad zur Reparatur gebracht. Diese Geste wirkte Wunder. Er wurde aufgefordert, zum Tee dazubleiben, und wurde am nächsten Sonntag wieder eingeladen. Dank seinem Einfluß oder vielleicht insgeheim dank seinen Gebeten begann Miss Amy weniger zu trinken. Zu jedermanns Erstaunen ging der Hilfspfarrer meistens am Sonntagabend zu ihnen und spielte mit den beiden Mädchen und dem Hengst Bridge. Im Handumdrehen wurde Miss Amy von Entschlossenheit und Fleiß ergriffen. Der Garten, der vernachlässigt worden war, begann wieder hübsch und gepflegt auszusehen, und im Haushaltswarengeschäft kaufte sie die Blumenzwiebeln, die sie sich früher aus einer Gärtnerei hatte kommen lassen. Allen fiel auf, wie höflich sie geworden war. Sie und meine Mutter tauschten Rezepte für Apfelgelee und Zitronencreme aus, und kurz bevor ich ins Internat kam, schenkte sie mir eine gebundene Ausgabe von Äsops Fabeln. Der Druck war so klein, daß ich ihn nicht lesen konnte, aber das Geschenk war es, worauf es ankam. Sie überreichte es mir auf der Wiese und fragte dann, ob ich Lust hätte, sie zu begleiten, um Blumen zu pflücken. Wir gingen zum Moor und holten die gelben Iris. Es war ein stickiger Tag, die Luft war voller Mücken, und ganze Schwärme sirrten über dem sumpfigen Wasser. Sie drückte einen kleinen Strauß an die Brust und sagte, sie wolle die Blumen jemandem mit der Post schicken, jemand ganz Besonderem.

»Werden sie nicht verwelken?« fragte ich, obwohl ich eigentlich wissen wollte, wer sie bekommen sollte.

»Nicht, wenn ich sie in feuchtes Moos einpacke«, sagte sie, und der Gedanke, diese kleine Gabe abzusenden, schien ihr Freude zu bereiten, obwohl nicht klar wurde, wer der Empfänger sein würde. Sie fragte mich, ob ich schon verliebt sei oder einen »Schatz« hätte. Ich sagte, mir gefalle ein Schauspieler, der mit der Wandertruppe hergekommen sei, und ich hätte sogar ein Autogramm von ihm bekommen.

»Träume«, sagte sie, »Träume«, und dann benutzte sie die Blumen als Wedel und verscheuchte die Mücken damit. Im September kam ich ins Internat und war ganz in Anspruch genommen von den Nonnen und verschiedenen Freundinnen, und mit der Zeit verlor ich die Leute in unserem Kirchspiel und sogar die Connor-Mädchen fast aus dem Gedächtnis. Ich träumte nicht mehr von ihnen und hatte kein Verlangen mehr, mit ihnen radzufahren oder sie in ihrem Haus zu besuchen. Als ich später an der Universität in Dublin studierte, erfuhr ich ganz zufällig, daß Miss Amy in einem Schönheitssalon in St. Stephen's Green gearbeitet hatte, dem Alkohol verfallen und in einen Golfklub eingetreten war. Die Geschichten, wie sie auf hohen Absätzen umhergeschwankt war oder nicht zusammenpassende Strümpfe getragen hatte oder blöde vor sich hingelächelt und eine Ewigkeit gebraucht hatte, um das, was sie sagen wollte, rauszubringen, interessierten mich inzwischen nicht mehr.

Ein wenig voreilig und ohne Wissen meiner Eltern hatte ich mich mit einem Mann verlobt, der unserer Religion nicht angehörte. Über das angedrohte Abbrechen der Beziehungen setzte ich mich hinweg, heiratete ihn und zog mir den Zorn von Familie und Verwandten zu, genau wie es Miss Amy ergangen war, nur daß ich woanders war und es mich nicht mit voller Wucht traf. Entsetzliche Briefe, manche unterzeichnet, manche anonym, erreichten mich, und meine Mutter legte schriftlich den Eid ab, mir hienieden nie wieder gegenüberzutreten. Einige Jahre sah ich meine Eltern nicht, und erst lange, nachdem mein Sohn geboren worden war, besannen sie sich anders und schlugen brieflich vor, mein Mann, mein Sohn und ich sollten sie besuchen. An einem windigen Herbstnachmittag fuhren wir hin, und ich las laut Geschichten vor, ebensosehr um mich abzulenken wie damit sich mein Sohn ruhig verhielt. Ich zitterte. Der Himmel war regnerisch und wies blaßgrüne Flecken auf wie Löcher oder Lücken. Ich werde nie das Gefühl von Verlegenheit, Traurigkeit und Bestürzung vergessen, das ich empfand, als ich aus dem Wagen meines Mannes ausstieg und das große, düstere Haus aus behauenen Feldsteinen und die Disteln im Vorgarten sah. Die Distelwolle wehte wie wild im Wind, ebenso die Blätter, und auch die auf dem Boden wurden wieder hochgewirbelt und tanzten umher. Ich stellte meinen Eltern meinen Mann vor und forderte meinen kleinen Sohn stolz auf, seinem Großvater und seiner Großmutter die Hand zu geben. Sie bewunderten sein goldblondes Haar, aber er nahm keine Notiz von ihnen, sondern rannte los, um mit den beiden Schäferhunden zu schmusen. Er sollte derjenige sein, der unseren Besuch erträglich machen würde.

Im schönsten Zimmer hatte meine Mutter den Teetisch gedeckt, und wir saßen da und sprachen leise miteinander in einem unnatürlichen und unversöhnlichen Ton. Der

Tee war meinem Mann zu stark, der gewöhnlich sowieso nur chinesischen Tee trank, und sofort sprang meine Mutter auf, um heißes Wasser zu holen. Ich folgte ihr in die Küche und entschuldigte mich, daß wir ihr Umstände machten.

»Das Haus sieht hübsch und so sauber aus«, sagte ich.

Sie hatte überall gewienert und sogar die künstlichen Blumen abgestaubt, die ich als staubverklebt in Erinnerung hatte.

»Ihr solltet einen Monat hierbleiben«, sagte sie mit einer herzlichen, besitzheischenden Stimme und umarmte mich.

»Wir werden sehen«, sagte ich vorsichtshalber, denn ich kannte die Rastlosigkeit meines Mannes.

»Du hast eine Menge Freunde zu besuchen«, meinte sie.

»Eigentlich nicht«, erwiderte ich mit einer Kühle, die ich nicht verhehlen konnte.

»Weißt du, wer euch zum Tee einladen wird – die Connor-Mädchen.« Ihr Ton war eindringlich und dankbar. In ihm schwang das Bewußtsein eines Sieges für sie wie für mich mit und ein Zugeständnis an die Ungläubigkeit meines Mannes. In ihren Augen waren Protestanten und Atheisten ein und dasselbe.

»Wie geht es ihnen?« fragte ich.

»Sie sind sehr vernünftig geworden und längst nicht mehr so hochnäsig«, sagte sie und rannte dann los, denn mein Vater rief sie, damit sie den Kuchen mit Zuckerguß anschnitt. Am nächsten Nachmittag gab es ein Reiterfest drüben im Dorf, und meine Eltern bestanden darauf, daß wir hingehen.

»Ich will da nicht hingehen«, sagte mein Mann zu mir. Er hatte vorgehabt, in einem der vielen Gebirgsflüsse Forellen zu angeln und seine wenigen Tage hier, wie er sagte, zu verbringen, ohne von Barbaren bestürmt zu werden.

»Nur dieses eine Mal«, bat ich, und ich wußte, daß er nachgegeben hatte, weil er sich den Schlips umband, aber er war sehr wortkarg. Nach dem Mittagessen machten mein Vater, mein Mann, mein kleiner Sohn und ich uns auf den Weg. Meine Mutter kam nicht mit, denn sie mußte ihre Küken bewachen. Sie hatte uns auf höchst anschauliche Weise geschildert, welchen unermeßlichen Kummer sie empfunden hatte, als sie eines Morgens ihre sechzig acht Tage alten Küken, denen Wiesel den Garaus gemacht hatten, tot auf den Fliesen fand.

Auf der Wiese, wo das Reiterfest abgehalten wurde, gab es ein paar Wohnwagen, Klänge von Akkordeonmusik, ein buntes Schild, das einen walisischen Hellseher ankündigte, wilde, unruhige Pferde und Grüppchen befangener Leute, düster gekleidet und fröstelnd, die auf den Beginn des Wettkampfs warteten. Es war immer noch windig, und die Pferde sahen aus, als seien sie nicht zu bändigen. Einige Jungen, die wenig Gewalt über sie hatten, hielten sie, so gut es ging, beieinander. Ich sah, daß die Leute zu mir herüberstarrten, und einige wenige schenkten mir widerstrebend ein halbherziges Lächeln. Mir war unbehaglich zumute, ich war verlegen und fühlte mich gleichzeitig über alles erhaben.

»Da sind die Connor-Mädchen«, sagte mein Vater. Sie hockten auf ihren Spazierstöcken, die man aufklappen konnte, so daß sie kleine Sitzflächen boten.

»Na, komm schon«, sagte er aufgeregt, und als wir uns ihnen näherten, begrüßten sie mich und sagten meinen Namen. Sie waren älter geworden, aber immer noch gesund und munter und gutaussehend, und Miss Amy war nichts von ihrem einstigen Leid anzumerken. Sie gaben mir die Hand, gaben meinem Mann die Hand und flirteten sofort mit ihm, um ihm zu beweisen, was für flotte Mädchen sie seien.

»Und was halten Sie von diesem jungen Mann?« fragte mein Vater, als er stolz seinen Enkel vorstellte.

»Was für ein süßer kleiner Kerl«, sagten sie unisono, und ich sah, wie mein Mann zusammenzuckte. Dann holte Miss Amy aus der Tasche ihres rehbraunen Mantels zwei uneingewickelte Geleebonbons und gab sie dem kleinen Jungen. Er war drauf und dran, sie in den Mund zu stecken, als mein Mann sich hinunterbeugte, bis ihre Gesichter auf gleicher Höhe waren, und sehr ruhig sagte:

»Aber du ißt doch keine Bonbons, gib sie zurück.« Der kleine Junge zog einen Flunsch, dann errötete er und streckte die flache Hand aus, auf der diese zwei absurden Bonbons lagen, die mit grobem Zucker bestreut waren. Mein Vater protestierte, die Connor-Mädchen stießen Entsetzensschreie aus, und ich sagte zu meinem Mann: »Laß sie ihm doch, heute ist sozusagen ein Feiertag.« Er warf mir einen drohenden Blick zu und wiederholte sehr entschlossen, was er dem Jungen schon gesagt hatte. Die Bonbons wurden zurückgegeben, Miss Amy sah meinen Mann geringschätzig an und fragte: »Hat die Mami gar kein Mitspracherecht, wenn es um ihr Kind geht?«

Einen Augenblick war die Atmosphäre gespannt, einen Augenblick herrschte Schweigen, dann zog mein Vater ein Päckchen Zigaretten heraus und bot ihnen welche an. Da wir nicht rauchten, waren wir völlig ausgeschlossen.

»Keine Laster«, sagte Miss Lucy, und mein Mann nahm keine Notiz von ihr.

Er schlug mir vor, mit dem Kind dort hinzugehen, wo ein Mann einen dressierten Affen vorführte, der sich an einen Stock klammerte. Er lüftete leicht die Mütze zum Abschied, und ich lächelte, so freundlich ich konnte. Mein Vater blieb bei den Connor-Mädchen.

»Sie hatten uns zum Tee einladen wollen«, sagte ich zu meinem Mann, als wir den Hügel hinabgingen. Ich hörte das saugende Geräusch seiner Gummischuhe auf dem durchweichten Boden.

»Ich glaube nicht, daß wir viel versäumt haben«, sagte er, und in diesem Augenblick erkannte ich, daß ich dadurch, daß ich mich für seine Welt entschieden hatte, meiner eigenen und denjenigen, die sie bewohnten, Lebewohl gesagt hatte. Durch solche Entscheidungen werden wir allmählich heimatlos und sind zuletzt ganz allein.

Die Mutter meiner Mutter

Ich liebte meine Mutter, doch freute ich mich immer, wenn im Sommer für mich die Zeit kam, in das Haus ihrer Mutter zu übersiedeln. Es war ein kleines Haus in den Bergen, von dem aus man eine schöne Aussicht auf das Tal und den großen See unten hatte. Stand man vor der Haustür und blickte durch einen sehr alten Feldstecher, konnte man den ganzen Shannon-See mit den verschiedenen Inseln sehen. An einem Sommertag war das aufregend. Ich wurde auf einen Küchenstuhl gestellt, jemand hielt den Feldstecher, und manchmal staunte ich, dabei konnte ich überhaupt nichts sehen, denn die Schärfe war nicht richtig eingestellt. Der Sonnenschein machte alles schöner, und obgleich wir nicht unten am See waren, stellten wir uns vor, mit den Füßen darin zu planschen oder Leute in Booten zu sehen, die angelten und dann innehielten, um Picknick zu machen. Wir stellten uns das plätschernde Wasser vor.

Ich fühlte mich sicherer in diesem Haus. Es war anders als das unsere, nicht so stattlich, eigentlich ein Cottage, es gab kein fließendes Wasser im Haus und kein WC. Das Wasser holten wir eimerweise vom Brunnen, jeden Sommer von einem anderen. Sie erschienen mir wie ein Wunder, diese kühlen Brunnen tief im Boden, in einem Küchengarten oder auf einer Pferdekoppel oder auch weit weg, Brunnen, die gebohrt worden waren, seit ich das letztemal hiergewesen war, nachdem der Wünschelrutengänger eine neue Quelle gefunden hatte. Es lag immer eine Schöpfkelle daneben, so daß man den Eimer bis zum Rand füllen konnte. Dann war der volle Eimer natürlich ein Anlaß zur Besorgnis, denn es wurde erwartet, daß man nichts verschüttete. Oft hatte man den Eimer schon bis zur Schwelle der Küchentür gebracht, und dann ergoß sich, weil man aufgeregt oder ungeschickt war, etwas Wasser auf den Betonboden, und es gab Ermahnungen, aber die Ermahnungen waren nicht wie die zu Hause, es war keine Katastrophe.

Mein Großvater war alt und mager und weißhaarig, als ich ihn zum erstenmal sah. Seine Haut hatte die Farbe einer Tonpfeife. Nach dem Markttag pflegte er in dem zweirädrigen Ponywagen betrunken nach Hause zu kommen, und sobald er aus dem Wagen ausgestiegen war, torkelte er und fiel in einen Entwässerungsgraben oder was auch immer. Dann schrie er um Hilfe, und sein Enkel, der in den Zwanzigern war, hob ihn auf oder schleifte ihn vielmehr über den Erdboden und durch das Haus und die Treppe hinauf in sein Federbett, wo er stöhnte und ächzte. Das Schlafzimmer lag über der Küche, und abends waren wir unten, saßen um das Feuer herum, aßen warmes Kuchenbrot und tranken Kakao. Es gab nichts Schöneres. Das Brot war erst eine Stunde zuvor aus dem Ofen gekommen und in dicke Scheiben geschnitten und mit Butter und Reineclaudenmarmelade bestrichen. Die Reineclaudenmarmelade war ein Geschenk der Postmeisterin, eine Gegenleistung für das Weiden eines Ochsen. Zu einer anderen Jahreszeit schenkte sie Orangenmarmelade und zu Allerheiligen einen Rosinenkuchen. Er stöhnte oben, aber niemand hatte Angst vor ihm, nicht einmal seine Frau, die kaute und kaute und sagte: »Die Pest über jene, die ihm zu trinken gaben.« Sie meinte die Gastwirte. Sie war eine winzige Frau mit einem winzigen Gesicht, und ihr dünnes Haar war straff hochgesteckt. Ihr kleines Gesicht sah alt aus, aber dennoch wie eine Knospe, und in ihrer Jugend war sie schön gewesen. Es gab ein Photo von ihr, das es bewies.

Wenn ich abends mit ihnen zusammensaß, dachte ich, daß ich vielleicht überhaupt nicht wieder nach Hause gehen würde. Vielleicht würde ich nie wieder neben meiner Mutter im Bett liegen, wobei wir beide erwartungsvoll und vor Schrecken zitterten. Vielleicht würde ich meine Mutter im Stich lassen.

»Vielleicht wirst du hierbleiben«, sagte meine Tante, als habe sie meine Gedanken erraten.

»Das könnte ich nicht«, sagte ich, ohne zu wissen, warum ich es ablehnte, denn tatsächlich bot dieses Haus eindeutige Vorteile. Ich durfte so lange aufbleiben wie die anderen. Ich aß Kuchenbrot und Marmelade, soviel ich wollte, ich wanderte den ganzen Tag auf den Feldern herum, bewunderte Weidenbäume, Holunderbüsche und die blühenden Blumen, ich spielte »Kaufmann« oder »Schule« in der kleinen dunklen Waldschonung, und niemand störte mich oder sagte, ich solle aufhören. In der Waldschonung spielte ich Doktorspiele, und immer wußte ich, daß die Erwachsenen in Rufweite waren, falls ein Fremder oder ein Kesselflicker mich dort überraschen sollte. Es war da stockdunkel, und es gab viele junge Tannen. Der Boden war ein Teppich aus abgefallenen braunen Tannennadeln. Ich pflegte nach dem Spielen zur Strafe auf ihnen zu knien.

War diesem Ritual Genüge getan, dann ging ich in den Blumengarten, der mit seinen vielen Begonien und Lupinen voll strahlender, leuchtender Farben war. Jedes Beet hatte seine eigene Farbe, denn so hatte es meine Tante geplant. Ich sehe die Farben noch heute vor mir, das helle Rot wie Nagellack, das Gelb wie der Voile eines Sommerkleides und das blasse Blau wie die Augen alter Menschen, und dazu die Bienen und Wespen, die in jedem Blütenblatt, jedem Glöckchen oder Kelch schwelgten. Ich verspüre noch, wie warm es war, höre das Summen der Bienen und sehe die Geschirrtücher und grauen Baumwollschlüpfer, die zum Trocknen auf der Hecke ausgebreitet waren, wieder vor mir. Den Sonnengarten nannten sie ihn. Meine Tante besorgte sich die Samen und verstreute sie einfach, und herrliche Blumen sprossen hervor. Bei ihnen gab es sogar Tulpen, während wir zu Hause nur eine kränkelnde Kletterrose an einem versilberten Spalierbogen und in zwei Gruppen gepflanzte Teufelskrallen hatten. Unser Garten war traurig und windig, der Wind hatte Löcher und Kerben in die Hecken geschlagen, und die Hunde hatten weitere Löcher gemacht, in denen sie schliefen und buddelten. Unser Haus war größer, auf dem Fußboden lag besseres Linoleum, auf den Treppenstufen waren Messingstangen, und wir hatten Wasserspülung in der Toilette, aber es hatte nicht diese Fröhlichkeit, sondern war erfüllt von bösen Vorahnungen.

Dennoch wußte ich, daß ich nicht für immer im Haus meiner Großmutter bleiben wollte. Ich wußte es ganz gewiß, wenn ich ins Bett ging und mir meine Mutter entsetzlich fehlte, wenn mir unser leises Geflüster fehlte und die Schokolade, die wir aßen, und der Geruch unserer Bettlaken. Die von meiner Großmutter waren aus grauem Flanell, der auf der Haut juckte, ebenso wie die losen Federn, deren spitze Enden einen dauernd stachen. Es gab ein buntes, rotes Federbett, von dem ich glaubte, es würde lebendig werden und sich in einen unheimlichen Nikolaus verwandeln. Nur daß sie mir gesagt hatten, es gebe keinen Nikolaus. Meine Tante hatte es gesagt, sie behauptete es steif und fest.

Im Haus lebten meine Tante und ihre beiden Söhne Donal und Joe zusammen mit meiner Großmutter und meinem Großvater. Meine Tante und Joe neckten mich jeden Abend und sagten, es gebe keinen Nikolaus, bis ich aufstand und mit den Füßen stampfte und ihnen unter Tränen widersprach, und wenn ich schon fast am Zusammenbrechen war, sagten sie schließlich, daß es ihn doch gebe. Eines Abends gingen sie dann zu weit. Sie sagten, meine Mutter sei gar nicht meine Mutter. Meine richtige Mutter lebe in Australien, und ich sei adoptiert worden. Das Wort hätten sie nicht gebrauchen dürfen. Ich begann gegen die Wand zu schlagen und zu kreischen, und je mehr sie es beteuerten, um so ungebärdiger wurde ich. Meine Tante ging ins Wohnzimmer und suchte eine Schachtel mit Photos, um mir ein Bild meiner richtigen Mutter zu zeigen, und kam triumphierend zurück, weil sie es gefunden hatte. Sie zeigte mir eine Frau in Knickerbokkern mit einem großen Schlapphut. Ich hätte es am liebsten ins Feuer geworfen, so wütend war ich. Sie lauerten auf jedes neue Anzeichen von Panik und zorniger Ungläubigkeit, und dann bekamen sie es mit der Angst, als sie sahen, daß ich außer Rand und Band geriet. Ich begann zu zittern wie der Blitzableiter auf dem Schornstein der

Kapelle, mir klapperten die Zähne, und es dauerte nicht lange, da war ich nur noch ein zitterndes Geschöpf, konnte keinen Ton mehr herausbringen, und das ganze Zimmer verschwamm mir vor den Augen, und ich spürte ihre Bestürzung fast ebenso wie meine eigene. Meine Tante griff nach meinem Handgelenk, um meinen Puls zu fühlen, und meine Großmutter hielt mir einen Löffel mit einem Stärkungsmittel an die Lippen, aber ich verschüttete es. Es hieß »Gemeindenahrung« und hatte die Farbe von gekochten roten Rüben. Meine Augen spurten nicht mehr richtig. Meine Tante hüllte mich in ein großes Handtuch und nahm mich auf den Schoß, und als der Schrecken nachließ, begannen meine Tränen zu fließen, und ich weinte so hemmungslos, daß sie glaubten, ich würde ersticken, weil die Tränen zurück- und die Kehle hinunterliefen. Sie sagten, ich dürfe es niemandem erzählen, dürfe es niemals meiner Mutter erzählen.

»Sie ist meine Mutter«, sagte ich, und sie sagten: »Ja, Liebling«, aber ich wußte, daß sie entsetzt waren über das, was geschehen war.

In jener Nacht fiel ich zweimal aus dem Bett, und meine Tante mußte Stühle davorstellen, damit es nicht noch mal passierte. Sie schlief im selben Zimmer, und oft hörte ich sie um ihren toten Mann weinen und darum bitten, im Himmel wieder mit ihm vereint zu sein. Sie pflegte mit ihm zu reden und zu fragen: »Bist du es, Michael, bist du es?« Oft hörte ich, daß sie mit den Armen an das Kopfende des Bettes schlug oder geräuschvoll aufstand, um sich zu erleichtern. Tagsüber erledigten wir das im Freien, aber nachts gingen wir nicht hinaus, weil wir Angst vor Gespenstern hatten. In dem Raum hinter der Küche gab es eine Abflußrinne, die nach draußen führte, und zweimal wöchentlich schüttete meine Tante Desinfektionsmittel hinein. Tagsüber bestand die Schwierigkeit darin, einen einsamen Platz zu finden, wo man nicht gestört oder von jemandem beobachtet wurde. Es brachte viel Lauferei mit sich, und dann zögerte man lange, um sicher zu sein, daß man auch wirklich nicht gesehen wurde.

Am Morgen nach dem Schrecken verwöhnten sie mich,

machten mir ein Rührei und streuten Muskatnuß drüber. Gleichzeitig kündigte mir meine Tante eine Überraschung an. Unser Arbeiter hatte durch den Mann vom Postwagen Bescheid sagen lassen, daß er mich am Sonntag besuchen werde, und der Briefträger hatte die Botschaft ausgerichtet. Oh, was für eine übergroße Freude! Unser Arbeiter hieß Carnero, und ich liebte ihn sehr. Ich liebte seine verfaulenden Zähne und sein lockiges Haar und seine kräftigen Hände und seinen dicken Bauch, den die Leute seinen »Schmerbauch« nannten. Carnero war sein Spitzname nach einem Boxer. Ich wußte, wenn er kam, würde er Schokolade mitbringen und vielleicht einen Brief oder ein seidenes Taschentuch von meiner Mutter. Er würde mich hochheben und herumschwingen und »Zuckerpuppe« sagen. »Wie viele Stunden sind es noch bis Sonntag?« fragte ich.

Doch jener Tag, ein Freitag, ging nicht ereignislos vorüber. Wir bekamen Besuch – von einem Mann. Ich werde nie erfahren, warum mein Großvater ihn Tim nannte, während er doch Pat hieß, aber meinem Großvater durfte man das nicht sagen. Tim war offenbar gestorben, und mein Großvater sollte es nicht wissen, denn wenn einer aus dem Dorf starb, dann kam ihm der Gedanke an seinen eigenen Tod, und den Tod fürchtete er ebenso abgrundtief wie alle anderen. Der Tod war irgendwie eine unheimliche Reise, auf der man allein und ohne Freunde war, sobald man sie angetreten hatte. Als der Mann meiner Tante gestorben war – die britischen Truppen hatten ihn erschossen –, mußte meine Tante seinen Tod vor ihren eigenen Eltern verheimlichen, so unvernünftig waren sie, was dieses Thema betraf. Sie mußte an dem Abend, als die sterblichen Überreste ihres Mannes in die Kirche gebracht wurden, zu Hause bleiben, und als die Kirchenglocke mit Unterbrechungen läutete, wie es für einen Toten geschieht, und die Eltern immer wieder fragten, wer gestorben sei, mußte meine arme Tante ihren Kummer verbergen, über ihre Tragödie schweigen und so tun, als wisse sie es nicht. Am nächsten Tag ging sie unter dem Vorwand, es sei ein Förster, den ihr Mann kannte, zur Beerdigung. Ihr Mann, so erzählte sie, sei in eine weit entfernte Kaserne versetzt worden, und bis er eine Unterkunft für seine Familie gefunden hatte, war sie mit den kleinen Söhnen zu ihren Eltern gezogen. Sie erfand einen Namen für die Gegend, wo ihr Mann angeblich war, es war im Norden von Irland, und sie erfand Briefe, die sie von ihm bekommen haben wollte, und Nachrichten über die Unruhen, die da herrschten. Schließlich hat sie es ihnen wohl gesagt, und ich nehme an, sie brachen zusammen. Der Mann, der diese imaginären Briefe angeblich überbracht hatte, war Tim, der Postbote, gewesen, und daß er tot war, durfte mein Großvater nicht erfahren. Deshalb saß auf der Veranda ein Mann in abgetragenem Anzug, der Pat hieß, aber auf den Namen Tim hörte und alle Fragen beantwortete, die einem Tim gestellt worden wären, zum Beispiel, wie es seiner Familie gehe, welche Feldfrüchte er angebaut und welche Viehmärkte er besucht habe. Ich fand es seltsam, daß er für einen anderen Rede und Antwort stehen konnte, aber vermutlich waren die Lebensgeschichten von jedermann gleich.

Nach der Messe am Sonntag war ich unten an dem kleinen grünen Tor und vertrieb mir die Zeit, während ich auf Carnero wartete, mit Seilspringen. Wie es oft geschieht, kommt der Besucher gerade dann, wenn wir nicht aufpassen. Der Kuckuck rief, und obwohl ich wußte, daß ich ihn nicht sehen würde, schaute ich hinauf zu einem Baum, wo ein geplündertes Vogelnest war, und in diesem Augenblick hörte ich Carneros Pfiff. Ich rannte die Straße entlang, und gleich hob er mich auf die Fahrradstange.

»Oh, Carnero!« rief ich. Bei unserem Wiedersehen mischten sich Feude und Trauer. Er hatte mir eine Unmenge Bonbons mitgebracht, und das bezauberndste Geschenk bekam ich, als wir an dem kleinen Tor vom Rad abstiegen. Es war eine Spielzeug-Armbanduhr in prächtigstem Rot, und jedes Glied des Armbands hatte Form und Farbe einer Himbeere. Sie hatte Zeiger, und daß sie sich nicht bewegten, spielte keine Rolle. Man konnte das

Armband durch sein Gummiband teilweise auseinanderziehen und es ein- und ausschnappen lassen. Die Zeiger waren schwarz und gebogen wie eine Wimper. Er wollte nicht sagen, woher er die Uhr hatte. Ich hatte nur einen Wunsch, hier unten am Tor zu bleiben, die Uhr zu bewundern und mit ihm über zu Hause zu reden. In Gegenwart der anderen konnte ich nicht reden, denn ein Kind durfte nicht reden oder irgendwelche Wünsche haben. Er schnaufte, weil er bergauf geradelt war, und begann sich den Schlips aufzuknüpfen, und als er ihn abnahm, sagte er: »Dies verdammte Ding.« Ich fragte mich, für wen er ihn überhaupt umgebunden hatte. Er trug seinen Sonntagsanzug und ein Anglerabzeichen am Hut.

»Oh, Carnero, dreh das Rad um und nimm mich mit nach Hause.«

Das waren meine unausgesprochenen und unaussprechlichen Hoffnungen. Später neckte mich mein Großvater und fragte, ob ich Carneros Hinterteil besonders schön fände, und ich sagte, nein, alles an ihm.

Als wir an jenem Abend den Rosenkranz beteten, stieß mein Großvater einen Schrei aus, sackte zusammen, warf den Stuhl um, schlug auf dessen Sprossen auf und fiel dann auf den Zementboden. Er starb in Umnachtung. Er starb, während er seinen Schöpfer anrief. Es war entsetzlich. Joe war draußen, und nur meine Großmutter und meine Tante waren da, um ihm beizustehen. Sie hoben ihn auf. Seine Haut war purpurrot, sie hatte genau die Farbe des Eisenpräparats, und er rollte mit den Augäpfeln, so daß er jede Einzelheit im Raum sah, von der Decke bis hin zu den weißgetünchten Wänden, zum Zementboden, zur Sitzbank und den Milchkannen, alles sah er, und die Augäpfel quollen hervor. Er wand sich wie ein Tier, dann stieß er einen überaus flehentlichen Klageruf aus, und dann war es vorbei. In diesem Augenblick fiel meiner Tante ein, daß ich da war, und sie sagte zu mir, ich solle ins Wohnzimmer gehen und warten. Da war es noch schlimmer, stockdunkel, und es war ein Ort, an dem ich mich nicht auskannte und mich nicht zurechtfand. Ich war nur einmal da drinnen gewesen, um eine Teekanne und eine Zuckerzange zu holen, als Tim kam. Wäre es in unserem Haus gewesen, hätte ich gewußt, wo ich mich festhalten konnte, an einer Stuhllehne, an der Schnur einer Jalousie, am Bauch einer Gipsfigur, aber hier drinnen gab es nichts, woran ich mich halten konnte, und ich dachte daran, daß das, was er gefürchtet hatte, nun geschehen war und er jetzt diese schrecklichen Dinge herausfand, vor denen er sein Leben lang zurückgeschreckt war.

»Möge er in Frieden ruhen, mögen die Seelen der gläubigen Verstorbenen in Frieden ruhen.«

So ging es zwei Tage lang, dazu Litaneien und Trauergäste, die Tonpfeifen rauchten, Teller, die herumgereicht, und Gläser, die gefüllt wurden. Unter den Trauergästen waren meine Mutter und mein Vater. Ich wurde gelobt, weil ich gewachsen war, als ob das etwas wäre, was ich selbst bewirkt hatte. Meine Mutter sah in Schwarz älter aus, und ich wünschte, sie hätte einen Georgetteschal um den Hals getragen, etwas Belebendes. Sie hörte es nicht gern, als ich das sagte, und schickte mich weg, damit ich das Confiteor und drei Ave-Marias betete. Ihre Augen waren trocken. Sie hatte ihren Vater nicht geliebt. Ich auch nicht. Ihre Schwester und sie gingen in das Hinterzimmer und beratschlagten, ob sie noch eine Flasche Whiskey oder noch einen Kuchen hinstellen sollten oder ob es Zeit sei, den Flammeri anzubieten. Sie zögerten, und der Grund war, daß einige Vorräte für den nächsten Tag aufgehoben werden mußten, wenn die besonderen Trauergäste nach der Beerdigung kommen würden. Aber an diesem Abend war die halbe Gemeinde da. Mein Großvater war oben aufgebahrt und hatte eine braune Mönchskutte an. Er hatte Bartstoppeln auf dem Kinn und sah wie ein bereiftes Brett aus, wie er dalag, grauweiß und leblos. Nachdem die Leute einen Augenblick ehrerbietig neben ihm gestanden hatten, eilten sie hinunter in die Küche und ins Wohnzimmer zum Futtern und Schwatzen. Niemand wollte bei dem Toten bleiben, nicht einmal seine Frau, die ein bißchen komisch geworden war und meiner Tante peinliche Fragen stellte über das Essen und das Feuer und darüber, wie viele Priester das Hochamt zelebrieren würden.

»Überlaß uns das«, sagte meine Mutter, und dann erzählte meine Großmutter den Leuten von neuem, was für ein Palast das Haus meiner Mutter sei, das hübscheste Haus weit und breit, und meine Mutter machte dann »sch«, als ob es eine Schande für sie wäre. Mein Vater sagte zweimal »Na, kleines Fräulein« zu mir, und ein fremder Mann gab mir eine Sixpence-Münze. Es war eine sehr dünne, abgegriffene Münze, und ich glaubte, sie würde verschwinden. Ich nannte ihn ehrerbietig Pater, weil er wie ein Priester aussah, aber tatsächlich war er Schiffer.

Die Beerdigung war auf einer Insel im Shannon-See. Die meisten Leute blieben am Kai, aber wir, die Familie, quetschten uns in zwei Ruderboote und folgten dem Boot, das den Sarg hinüberbrachte. Es war eine stürmische Überfahrt, große Wellen schlugen über Bord, und wir bekamen nasse Füße. Die Insel war voller Kühe. Das plötzliche Auftauchen von Menschen bewirkte, daß sie brüllten und herumrannten, und ich fand es sehr unpassend, daß das vor sich ging, während der Leichnam bestattet wurde. Es war ganz und gar trostlos, und obwohl meine Tante ein bißchen schnüffelte und meine Großmutter einige Stoßseufzer von sich gab, war keine richtige Trauer zu spüren, und das war das Traurigste.

Am nächsten Tag verbrannten sie seine Arbeitskleidung und warfen seine verdreckten Stiefel auf den Misthaufen. Dann nähte meine Tante Rauten aus schwarzem Stoff auf ihre Kleider, auf die meiner Großmutter und von Joe. Sie schrieb einen langen Brief an ihren Sohn in England und legte Rauten aus schwarzem Stoff bei, damit er sie auf seine Sachen nähte. Er arbeitete in einer Automobilfabrik in Liverpool. Jedesmal, wenn sie Liverpool sagten, stellte ich mir einen Berg blutiger Leber vor, aber dann blickte ich auf meine Uhr und war wieder fröhlich und tat so, als könne sie die Zeit anzeigen. Im Haus war es bedrückend. Ich fuhr mit Joe los, der Heu machte, saß neben ihm auf der Mähmaschine und verliebte mich ein bißchen. Drinnen war es am schlimmsten, weil meine Großmutter dauernd seufzte und sich an alte Zeiten erinnerte, zum Beispiel an damals, als ihr Mann sie mit einem Tranchiermesser umbringen wollte, und dann heulte sie, er fehlte ihr, und sie sagte: »Der arme alte Kerl, er war nicht bereit...«

Draußen auf den Wiesen tätschelte Joe mein Knie und fragte, ob ich kitzlig sei. Er hatte ein hübsches, längliches Gesicht und konnte wunderbar pfeifen. Wahrscheinlich war er etwa vierundzwanzig, aber er wirkte älter, vor allem wegen eines Schlapphutes und seiner Hosen, die ihm viel zu groß waren. Als die Stute Wasser ließ, stupste er mich und fragte: »Willste Limonade?«, und als sie furzte, bildete er unanständige Schnalzlaute mit den Lippen. Am Rain aßen er und ich zu Mittag und lümmelten ein bißchen herum. Wir hatten Brot und Butter, Milch in einer Thermosflasche und etwas Lebkuchen, der vom Leichenschmaus übriggeblieben war. Er war feucht geworden. Joe sang: »Im Frühjahr wirst du einsam sein, Schätzchen« und lächelte mich mächtig an, und ich kam mir sehr begünstigt vor. Ich wußte, daß er nicht mehr tun würde, als mich an den Knien und in den Kniekehlen zu kitzeln, denn im Grunde war er schüchtern und nicht wie manche Männer hierzulande, die einen auf den Boden werfen und sich auf einen legen wollen, so daß man Gott zu Hilfe rufen muß. Als er mich auf die Mähmaschine hob, sagte er, morgen werde er ein hübsches kleines Kissen mitbringen, damit ich weich sitzen könnte. Aber am nächsten Tag regnete es, und er ging zum Sägewerk, um Bretter zu holen, und meine Tante jammerte, weil das Heu naß wurde und vielleicht verdarb und es womöglich im nächsten Winter kein Viehfutter geben würde.

An diesem Tag widerfuhr mir ein gräßliches Mißgeschick. Ich war draußen auf den Wiesen, spielte, redete und freute mich über die Regenbogen in den Pfützen, als ich plötzlich beschloß, schnurstracks ins Haus zu rennen, falls sie böse auf mich wären. Als ich über den Zauntritt stieg, der zum Hof führte, beschloß ich, einen großen Sprung zu machen, und landete kopfüber im Misthaufen. Ich fiel mit solcher Wucht hin, daß ich keinen trockenen Faden mehr am Leibe hatte und von oben bis unten schmutzig war. Der Misthaufen war gewaltig und sehr matschig. Jeden Tag wurde der Kuhstall saubergemacht und der Mist hierhergebracht, und jede Woche wurde das Stroh aus den Legenestern im Hühnerhaus und aus dem Schweinekoben hier abgeladen. Es war also nicht, als fiele man auf einen Sack voll Heu. Es war weder trocken noch sauber. Es war eine stinkende Brühe, in die ich gefallen war, und als ich herauswatete, hielt ich es für das klügste, mich auszuziehen. Der Faltenrock war hinüber, ebenso meine Bluse und die blaue Strickjacke. Die Feuchtigkeit war durch mein Leibchen gedrungen, und es stank entsetzlich. Ich versuchte, mich unter einem Wasserhahn im Hof abzuwaschen, und benutzte eine Handvoll Gras als Lappen, als meine Tante herauskam und rief: »Jesus, Maria und Joseph, Ehre sei dem großen Gott in alle Ewigkeit, was hast du denn angestellt?« Ich hatte Angst, ihr zu sagen, ich sei hingefallen, deshalb sagte ich einfach, daß ich wüsche, und sie fragte, um Gottes willen, was wäschst du denn, und dann sah sie, in welchem Zustand meine Kleider waren. Sie hob den Rock auf und sagte, warum in aller Welt sie mich an diesem Tag den Rock habe anziehen lassen und ob es nicht der Teufel gewesen sei, der mit mir kam an dem Tag, als ich mit meinem Handkoffer eintraf. Ich versuchte immer noch, mich zu waschen, und beantwortete den Schwall von Fragen nicht, die alle mit »warum« anfingen. Als ob ich wüßte, warum! Sie holte einen Waschlappen und einen Bimsstein sowie einen Eimer Wasser, und ich wurde bis auf die Haut ausgezogen, geschrubbt und gescholten. Dann kamen meine Kleider zum Einweichen in den Eimer, bis auf den Rock, der zum Trocknen ins Haus gebracht und dann mit einer Kleiderbürste gesäubert werden mußte. Zum Glück wurde meiner Großmutter nichts davon erzählt.

Meine Tante verzieh mir zwei Abende später, als sie in

der Milchkammer beim Buttern war und dabei sang. Ich fragte, ob ich mal kurz die Kurbel vom Butterfaß drehen dürfe. Der Rahm begann gerade fest zu werden, und die Kurbel ließ sich nur schwer drehen. Ich versuchte es mit aller Kraft, aber ich war nicht stark genug.

»Du wirst es können, wenn du groß bist«, sagte sie und sang mir vor. »Fern in Australien«, sang sie und fragte dann, was ich gern tun würde, wenn ich erwachsen sei. Ich sagte, ich würde Carnero gern heiraten, und sie lachte und sagte, wie herrlich es doch sei, jung und sorglos zu sein. Sie ließ mich ins Butterfaß gucken, damit ich mir den gelben Butterberg anschaute, der sich gebildet hatte. Lauter Wassertropfen waren auf seiner Oberfläche, und er sah aus wie ein großer Körper, der gebadet, sich aber nicht abgetrocknet hatte. Sie holte für jeden von uns zwei Holzbrettchen, und gemeinsam begannen wir, die Butter hübsch zu formen. Sie konnte es schneller als ich. Sie machte kleine runde Butterbälle mit krauser Oberfläche, dann sagte sie, ob es nicht schön wäre, wenn der Hilfspfarrer zum Tee käme. Er war neu, der Hilfspfarrer, und er trug eine randlose Brille.

Am nächsten Tag fuhr sie in die Stadt, um die Butter zu verkaufen, und ich blieb da, um zusammen mit meiner Großmutter auf das Haus aufzupassen. Meine Tante hatte versprochen, einen Bäckerkuchen mitzubringen, und gesagt, je nach dem Preis werde es entweder ein Biskuitkuchen sein oder ein »Oxford Lunch«, eine Art Rosinenkuchen, eingewickelt in schönes dunkles Silberpapier. Meine Großmutter setzte einen großen Strohhut mit einem Kinnriemen auf und sah sehr beunruhigt aus. Sie glaubte dauernd, ein Wagen oder eine Karre würde auf den Hinterhof fahren, und ich mußte aus dem Fenster sehen, um Alarm schlagen zu können. Dann bekam sie eine Hitzewallung, und ich mußte sie in den Garten bringen und mich neben sie auf die Bank setzen, und kaum waren wir da, als drei riesige Burschen auftauchten, und wir wußten sofort, daß es Kesselflicker waren. Die Angst läßt sich nicht beschreiben. Ich wußte, daß die Kesselflicker einen mitnahmen, unter Tüchern auf ihren Karren versteckten und Schreckliches mit einem anstellten. Ich wußte, daß sie ihre Frauen und Kinder schlugen, sich betranken, sich untereinander verprügelten und so manche Nacht zur Ausnüchterung in der Polizeikaserne verbrachten. Ich sprang auf, als sie durchs Tor kamen. Meiner Großmutter stand vor Schreck der Mund offen. Der eine trug eine große Schere, und der andere hatte eine Waagschale in der Hand. Sie fragten, ob wir Schafwolle hätten, und wir sagten beide, nein, keine Schafe, nur Rinder. Sie blickten böse drein und sahen wild entschlossen aus. Der Himmel mochte wissen, was sie uns antun würden. Dann fragten sie, ob wir Federn für Kissen oder Matratzen hätten. Meine Großmutter war so närrisch vor Angst, daß sie ja sagte und gleich zum Haus voranging. Unterwegs erwartete ich, daß eine kräftige Hand mich an der Schulter packen würde. Die Männer waren beängstigend schweigsam. Nur einer hatte gesprochen, und zwar mit einem scheußlichen Akzent, wie ein Gorilla, hätte meine Mutter gesagt. Meine Großmutter schickte mich nach oben, um die beiden Beutel mit Federn zu holen, die im Kleiderschrank lagen, und ich wußte, daß sie unten blieb, damit die Kesselflicker nicht einen Kuchen oder Brot oder Geschirr oder sonst etwas stahlen. Sie vereinbarte gerade einen Preis, als ich herunterkam, oder verlangte vielmehr einen Preis. Derjenige, der sprach, sagte, es sei ein Tauschgeschäft. Wir würden ein Spitzentuch bekommen. Sie fragte, wie groß dieses Tuch sei, und er sagte, sehr groß, während einer seiner Gefährten die Hand in den Beutel mit Federn steckte, um sich zu vergewissern, daß nichts anderes drin war, daß wir nicht versuchten, sie mit Gras oder Sägemehl oder dergleichen zu beschummeln. Großmutter fragte, wo das Tuch sei. Sie lachten und sagten, es sei unten im Wohnwagen, an der Straßenkreuzung, Madam. Großmutter wußte, daß sie betrogen wurde, aber sie versuchte sich zu wehren. Sie packte ein Ende des Beutels und sagte: »Die bekommt ihr nicht.«

»Halten Sie uns für Verbrecher?« fragte einer von

ihnen und gab den anderen ein Zeichen, sie sollten die beiden Beutel nehmen, was sie auch taten. Dann sahen sie uns an, als wollten sie uns verstümmeln, und ich betete zum heiligen Judas und zum heiligen Antonius, sie möchten uns vor Schaden bewahren. Ehe die Männer weggingen, verlangten sie frische Milch. Sie tranken in großen Schlucken.

»Haben Sie Angst vor mir?« fragte einer von ihnen die Großmutter.

Er war der größte der drei, und sein Hemd stand offen. Ich konnte das Haar auf seiner Brust sehen, und er hatte einen sehr komischen Ausdruck in den Augen, als ob er nicht denke, als ob das Denken für ihn zu hoch sei. Seine Augen hatten etwas Undurchsichtiges an sich. Aus irgendeinem Grund erinnerte er mich an rohes Fleisch.

»Warum sollte ich vor Ihnen Angst haben?« sagte meine Großmutter, und ich war so stolz auf sie, daß ich geklatscht hätte, wären wir nicht in einer so mißlichen Lage gewesen.

Sie bekreuzigte sich mehrmals, als die Männer gegangen waren, und kam zu dem Schluß, daß das, was wir getan hatten, vernünftig gewesen war und daß wir gar keine Wahl gehabt hatten. Aber als meine Tante heimkam und ein ausgiebiges Kreuzverhör anstellte, fragte sie immer wieder, woher die Männer überhaupt erfahren hatten, daß es im Haus Federn gab. Meine Tante meinte, sie hätten es ja nicht wissen können, wenn wir es ihnen nicht gesagt hätten, sie seien doch keine Hellseher. Jedesmal, wenn ich gefragt wurde, brachte ich kein Wort über die Lippen, denn ich wollte meine Großmutter nicht verraten. Jedesmal, wenn sie gefragt wurde, beschrieb sie die Männer in allen Einzelheiten, ihre zerfetzte Kleidung, die Sicherheitsnadeln anstelle von Knöpfen, ihr schurkisches Aussehen, und dann erwähnte sie das Kind – mich – und deutete an, was sie hätten tun können, und ob es nicht ein Segen Gottes sei, daß wir sie im Guten losgeworden waren! Der Sohn meiner Tante machte noch wochenlang Witze über das Spitzentuch. Er tat so, als bewundere er es, hob ein Ende des schwarzen Wachstuchs auf dem Tisch an und fragte: »Ist es Brüsseler Spitze oder Carrickmackrosssche?«

Es kam der Sonntag, und der Besuch meiner Mutter wurde erwartet. Am Abend vorher hatte mich meine Tante in einer Aluminiumschüssel gewaschen. Ich mußte mich hineinsetzen und hatte entsetzliche Angst, mein Vetter könnte hereingucken. Er war im Raum hinter der Küche, wo er sich rasierte und dabei pfiff. Es war das Unternehmen »Gebadet am Samstag, wie geleckt am Sonntag«. Meine Tante schüttete mir eine Kanne voll Wasser über den Kopf und den Rücken hinunter. Es war kochendheiß. Dann übergoß sie mich mit Regenwasser, und das war eiskalt. Sie wusch mich keineswegs so gründlich wie meine Mutter, aber sie sagte die ganze Zeit, ich würde blitzsauber werden.

Meine Mutter wurde erst am Nachmittag erwartet. Wir hatten das Mittagsgeschirr abgewaschen und den Hunden die Kartoffelschalen und Milch gegeben, als ich ernstlich begann, nach ihr Ausschau zu halten. Ich ging zum Tor, wo ich auf Carnero gewartet hatte, und da ich keine Spur von ihr entdecken konnte, schlenderte ich die Straße entlang. Ich war an der Straßenkreuzung, als mir klar wurde, wie gefährlich das war, denn ich näherte mich der Stelle, wo der Wohnwagen der Kesselflicker stand, wie sie gesagt hatten. Deshalb trat ich schleunigst den Rückzug an. Die Fuchsie blühte, und der Holunder hatte Beeren angesetzt. Die Fuchsienblüten sahen aus wie baumelnde Ohrringe, und die reiferen Holunderbeeren bildeten braune Flecke auf der Straße. Ich hatte mich versteckt, um meine Mutter zu überraschen, wenn sie käme. Aber sie kam nicht. Es war fünf, dann halb sechs, schließlich sechs. Ich war immer in die Küche gegangen und hatte die Uhr hochgehoben, die mit dem Zifferblatt nach unten auf der Anrichte lag, dann war ich eiligst auf meinen Posten zurückgekehrt. Um sieben war es klar, daß sie nicht kommen würde, obwohl ich die Hoffnung immer noch nicht aufgab. Es war den anderen gräßlich, daß ich schniefte, und sie fanden es noch schrecklicher, als ich ein Stück

Kuchen ablehnte. Ich konnte einfach nichts essen. Ob sie noch kommen könnte? Sie sagten, es sei nicht zu fassen, wie verwöhnt ich sei. Ich saß wie festgenagelt am Küchentisch vor diesem Stück Kümmelkuchen. In Gedanken hob ich tausendmal den Torhaken an und sah meine Mutter am Küchenfenster vorbeigehen, flüchtig wie ein Gespenst; und als wir alle niederknieten, um den Rosenkranz zu beten, war meine Phantasie Amok gelaufen. Ich malte mir das Schlimmste aus, etwa daß sie gestorben sei oder daß mein Vater sie umgebracht habe oder daß sie einen Mann kennengelernt habe und mit ihm durchgebrannt sei. Alle drei Vorstellungen waren unerträglich. Im Bett schluchzte ich und kaute auf der Bettdecke, um nicht gehört zu werden, und unter Tränen und den Ermahnungen meiner Tante, zu heulen aufzuhören, brütete ich einen Plan aus.

Am Morgen gab es keine Nachricht und keinen Brief, deshalb beschloß ich auszureißen. In einen kleinen Ranzen packte ich etwas Brot, meinen Kamm und verrückterweise ein Paar Söckchen. Ich sagte meiner Tante, ich wollte ein Picknick machen, und tat so, als wäre ich sehr fröhlich, indem ich vor mich hin summte und kleine Hopser vollführte. Es war ein trockner Tag, und der Staub stieg unter meinen Füßen in Wirbeln auf. Die Hunde liefen mir nach, und es war sehr mühsam, sie dazu zu bringen, daß sie umkehrten. An der Wegkreuzung standen keine Kesselflicker-Wohnwagen, und das beglückte mich. Ich ging, und dann rannte ich, und dann mußte ich langsamer werden, und immer, wenn ich langsamer wurde, sah ich mich um, ob mir womöglich jemand folgte. Während ich rannte, hatte ich das Gefühl, ich könnte ihnen entkommen, aber den lockeren Steinen und den in der ungepflasterten Straße eingebetteten Felsbrocken konnte ich nicht entgehen. Zweimal stolperte ich. Wenn ich zwei Menschen sah, die mir entgegenkamen, dann fühlte ich mich sicher, aber wenn es nur einer war, dann kündete das Unheil an, denn der eine könnte verrückt oder betrunken sein oder würde mich womöglich ansprechen. Dreimal mußte ich in einen Acker hinaufsteigen und mich verstecken, bis diese eine verdächtige Person vorbeigegangen war. Zum Glück war es eine ruhige Straße, denn in der Gegend wohnten nicht viele Menschen.

Als ich von der ungepflasterten Straße auf die Hauptstraße kam, fühlte ich mich sicherer, und sehr bald kam ein Mann in einem Ponywagen und bot mir an, ich könnte mitfahren. Er sah recht harmlos aus mit seiner Friesjacke und der Stoffmütze. Als ich in den Wagen einstieg, war ich verblüfft, daß unter einem Sitz zwei Hennen aufgeregt gackerten.

»Bist du vielleicht eine von den Linihans?« fragte er, womit er die Familie meiner Großmutter meinte.

Ich sagte nein und gab einen falschen Namen an. Er setzte mir mit Fragen zu. Um möglichst viel aus mir herauszuholen, ließ er sogar das Pony langsamer laufen, damit die Fahrt länger dauerte. Wir zockelten dahin. Der Sitz aus schwarzem Leder wurde durch schwarze Knöpfe festgehalten. Der Mann hatte sich eine schottische Decke über die Knie gelegt, die er jetzt über uns beide breitete. Rasch schlüpfte ich darunter hervor und beklagte mich über Flöhe und Mücken, die es gar nicht gab. Es war eine entsetzlich einsame Straße, an der nur hier und da ein Haus stand oder ein Friedhof lag und manchmal ein Obstgarten. Die Äpfel an den Bäumen sahen verlockend aus. Jeden reifenden Apfel zu betrachten hieß, ein Wunder zu betrachten. Der Mann fragte, ob ich an Gespenster glaube, und erzählte mir, er habe auf dem Hochmoor das reiterlose Pferd gesehen.

»Wenn du eine Minnogue bist«, sagte er, »solltest du hier aussteigen«, und er zog die Zügel an.

Ich hatte den Namen Minnogue genannt, weil ich ein Mädchen aus dieser Familie kannte, das bei der Mutter, getrennt vom Vater, lebte. Ich wäre gern wie dieses Mädchen gewesen.

»Das bin ich nicht«, sagte ich und versuchte so unschuldig wie möglich auszusehen. Dann mußte ich sagen, wer ich war, und fragen, ob er mich im Dorf absetzen würde.

»Ich fahre an eurem Tor vorbei«, sagte er, und ich hatte

entsetzliche Angst, daß ich ihn hereinbitten müßte, denn meine Mutter graute sich vor Fremden, graute sich sogar vor Besuchern, denn diese Ablenkungen erweckten bei meinem Vater gewöhnlich den Wunsch zu trinken, und wenn er erst mal mit dem Trinken anfing, hörte er wochenlang nicht auf, und das war allgemein bekannt. Daher mußte ich noch eine Lüge hervorzaubern. Sie lautete, daß meine Eltern beide bei meiner Großmutter seien und mich nach Hause geschickt hätten, damit ich für uns alle saubere Wäsche hole. Er war mißmutig, da er nicht zu uns ins Haus kommen sollte, aber ich sprang aus dem Wagen und sagte, er werde bestimmt im Dezember zu einer Kartengesellschaft eingeladen.

Es war niemand zu Hause. Die Tür war abgeschlossen, und der große Schlüssel lag an seinem üblichen Platz unter dem Speisekammerfenster. Die Küche ließ erkennen, daß meine Mutter in Eile weggegangen war, denn die Teller waren nicht abgeräumt, und auf dem Tisch lagen auch ihre Puderquaste, eine fast leere Puderdose und eine Pappschachtel, in der sie ihre Toilettensachen aufbewahrte. War sie in die Stadt gefahren? Ich platzte fast vor Neid. Warum hatte sie mich nicht mitgenommen? Ich rief nach oben, und als ich keine Antwort hörte, ging ich hinauf, und mir schwirrte der Kopf vor Angst, Zorn, Mißtrauen und Neid. Die Betten waren gemacht. Die Zimmer erschienen mir riesig und eindrucksvoll im Vergleich mit den kleinen, vollgestopften Räumen bei meiner Großmutter. Ich hörte jemanden unten in der Küche und eilte hinunter, von neuem mit Herzklopfen. Es war meine Mutter. Sie war zum Laden gegangen und hatte etwas Schokolade gekauft. Die war rationiert, weil Krieg war, aber meine Mutter beschwatzte den Kaufmann immer, ihr welche zu geben. Er war Junggeselle. Er mochte sie. Vielleicht war das der Grund, warum sie Puder aufgelegt hatte.

»Wer hat dich nach Hause gebracht, mein Fräulein?« fragte sie kurz angebunden.

Sie sei Sonntag nicht gekommen, stieß ich hervor. Sie sagte, ob man schon mal solchen Unsinn gehört habe? Ob ich denn nicht wisse, daß ich bis Ende August dort bleiben sollte, bis die Schule wieder anfing? Sie wurde noch zorniger, als sie hörte, daß ich ausgerissen war. Was konnten sie jetzt anderes denken, als daß ich im Moor versunken oder sonstwo verunglückt sei. Sie fragte, ob ich denn überhaupt nicht nachdächte und wie sie um Himmels willen ihnen jetzt eine Nachricht zukommen lassen könne, ein SOS.

»Wo ist Vater?« fragte ich.

»Wendet Heu«, sagte sie.

Ich nahm die Tassen vom Tisch, um mich in ihren Augen nützlich zu machen. Als sie den Zustand meiner Leinenschuhe und die Spuren auf den Söckchen sah, fragte sie, ob ich durch einen Fluß gewatet sei oder was sonst. Ich wollte nur wissen, warum sie am Sonntag nicht wie versprochen gekommen war. Das Fahrrad hatte einen Platten, sagte sie, und dann fragte sie, ob ich glaube, daß sie nach der Tagesarbeit mit entzündeten Ballen, Hühneraugen und Schwielen noch sechs Meilen laufen könne? Ich dachte nur, daß das Heimkommen nicht annähernd so erfreulich war, wie ich gehofft hatte, und es gab keine Umarmung und keine Wiedersehensfreude. Sie füllte den Kessel, und ich stellte saubere Tassen auf den Tisch. Ich versuchte mich zu benehmen und die Gekränktheit und den Kummer, die in mir aufstiegen, zurückzuhalten. Ich erzählte ihr, wie viele Schober Heu sie in ihrer Mutter Haus gemacht hatten, und sie sagte, das sei erheblich mehr als bei uns. Aus einem Sieb im Küchenschrank holte sie ein paar Teekuchen und sagte, ich sollte lieber essen. Sie wärmte sie nicht auf der Herdplatte auf, und das zeigte, daß sie immer noch verärgert war. Ich wußte, bis zum Einbruch der Nacht würde sie weich werden, aber was nützt etwas, was zu spät kommt?

Ich saß am anderen Ende des Tisches und betrachtete die Falten auf ihrer Stirn, betrachtete das Stirnrunzeln, als sie einen Brief an meine Tante schrieb, um zu erklären, daß ich nach Hause gekommen sei. Ich sollte den Brief am nächsten Morgen am Postwagen abgeben und den Briefträger bitten, ihn gleich persönlich zuzustellen. Sie sagte: Gott allein weiß, welche Aufregung da herrscht den ganzen Tag und bis in die Nacht, wenn sie dich suchen. Die Tinte in ihrem Füllfederhalter war alle, und ich hielt das fast leere Tintenfaß schräg, während sie ihn wieder füllte.

»Geh wieder auf deinen Platz«, sagte sie, und ich ging wieder ans andere Ende des Tisches wie jemand, der an seinem Standort festgewachsen ist. Ich dachte an die Wiesen rings um das Haus meiner Großmutter und an die vielgestaltigen glatten Steine, die ich auf das Fensterbrett gelegt hatte, ich dachte an den Sonnengarten, an den Abend, an dem mein Großvater gestorben war, und an meine Wache im kalten Wohnzimmer. Ich dachte an so manches. Als ich da saß, wünschte ich, in unserem Haus zu sein und gleichzeitig bei meiner Großmutter, wo mir meine Mutter fehlte. Es war, als könnte ich meinen Schmerz besser auskosten, wenn ich fern von ihr war, den unerträglichen Schmerz, der mir sagte, wie sehr ich sie liebte. Ich dachte, daß ich es geradezu brauchte, ohne sie zu sein, damit ich an sie denken und über sie nachdenken und sie mir als die ideale Person vorstellen konnte, die sie bestimmt nicht war. Ich kam zu dem Schluß, daß ich sicherlich erwachsen werden und eines Tages von zu Hause weggehen würde. Es war ein verlockender Gedanke, und er war ausgesprochen peinvoll.

Knallharte Mannsbilder

Gieß mehr Petroleum drauf«, sagte Morgan, als er in den Laden hinausging, um Mrs. Gleeson zum sechstenmal an diesem Vormittag zu bedienen. Hickey goß Petroleum auf die graue Asche und warf eine Handvoll Streichhölzer hinein, dann legte er rasch die Ofenplatte wieder drauf, damit die Flammen ihm nicht ins Gesicht schlugen. Die Holzspieße voller gekräuselter Rechnungen auf dem Regal darüber waren versengt, denn sie hatten schon oft fast Feuer gefangen. Es war ein kleiner Büroraum, abgeteilt vom Laden, wo Morgan seine Abrechnungen machte und sich im Winter aufwärmte. Der Raum war gemütlich mit den zwei Stühlen, einem Schreibpult und Kontobüchern, die so weit zurückreichten, daß die meisten Namen, die in den ältesten eingetragen waren, die Namen von Toten waren. Es gab auch einen Geldschrank, und alles wirkte unberührt, weil es von einer gleichmäßigen Asche- und Staubschicht überzogen war. Der Raum wurde das »Privatzimmer« genannt.

»Verdammte Nervensäge, diese Gleeson«, sagte Morgan, als er aus dem Laden zurückkam und die Platte des eisernen Ofens berührte, um zu sehen, ob sie warm wurde.

»Was arbeiten heißt, weiß die gar nicht; der Ehemann drüben in England verdient das Geld; die Kinder sind dauernd unterwegs und stehlen Brennholz und Milch und was immer sie in die Finger bekommen«, sagte Hikkey.

Mrs. Gleeson war eine neugierige Frau, immer schwarz gekleidet, mit einem schwarzen Kopftuch und einem weißen, traurigen, herumschnüffelnden Gesicht.

»Wir brauchen ein gutes Feuer«, sagte Morgan. »Das brauchen wir unbedingt«, und er steckte eine neue Kerze in den Ofen, um es in Gang zu bringen. Er schwor auf

Kerzenwachs und Petroleum, um Feuer anzumachen, und weder das eine noch das andere kostete ihn etwas, denn er verkaufte beides ebenso wie alle Waren, die Landleute brauchten – Tee, Mehl, Hühnerfutter, Eisenwaren, Gummistiefel und Gabardinemäntel. Im Sommer hängte er die Mäntel draußen an ein Fenstersims, und einmal war ein Mantel in eine Pfütze gefallen. Er bot ihn Hickey billig an, der aber ablehnte.

»Wird man dich vermissen?« fragte Morgan.

»Mich vermissen, von wegen! Der arme Mann hat doch die ganze Weihnachtszeit mit Wärmflaschen und Einreibemitteln im Bett verbracht, und sie ist so fix und fertig von der Pflege, daß sie nicht weiß, wo ihr der Kopf steht.«

»Den armen Mann« nannte Hickey seinen Arbeitgeber, Mr. James Brady, einen Gutsbesitzer, der dem Trunk ergeben war und an Rheumatismus und einem hitzigen Temperament litt.

»Sag einfach, die Zentrifuge in der Molkerei war kaputt«, schlug Morgan vor.

»Natürlich«, sagte Hickey, als würde sich das von selbst verstehen. Es war ganz einfach; Hickey war mit Bradys Milch in der Molkerei gewesen, und wenn er nach Hause kam, konnte er sagen, er sei aufgehalten worden, weil eine Maschine ausgefallen war.

»Natürlich werde ich ihnen das sagen«, wiederholte er und zwinkerte Morgan zu. Sie erwarteten einen wichtigen Besucher an diesem Vormittag und mußten sehr listig vorgehen. Morgan machte die untere Klappe vom Ofen auf, und ein Haufen Asche fiel ihm auf die Stiefel. Auch der Rost war voll Asche, und Hickey begann ihn mit einem Stock auszukratzen, um den Raum wenigstens so herzurichten, daß er sich sehen lassen konnte. Dann stöberte er in dem Torfkorb, fand zwei Holzscheite, schmiß sie in den Ofen und schüttete Hobelspäne und Torfstaub, die noch im Korb waren, darüber.

»Dieser Ofen muß dreißig Jahre alt sein«, sagte Morgan und dachte daran, wie er ihn mit zerknülltem Papier und Reisig angeheizt hatte, als er seine Lehrzeit in dem Laden begann. In all den Jahren als Lehrling hatte er ihn geheizt und heizte ihn sogar noch, als er allmählich spitzkriegte, wie man Abrechnungen frisiert und knapp wiegt. Damals sparte er, um dem geizigen Schuft, dem das Geschäft gehörte, den Laden abzukaufen. Den Ofen heizte er auch noch, als er die neue Verkäuferin eingestellt hatte, weil sie es nicht konnte. Sie hatte Frostbeulen und trug daher ein knöchellanges Kleid, und sie tat ihm leid, weil sie so dumm war. Schließlich heiratete er sie. Jetzt hatte er einen Ladenjungen, der den Ofen gewöhnlich heizte.

»Der hohe Herr ist mal wieder nicht gekommen«, sagte er zu Hickey, als ihm der schielende Ladenjunge einfiel, den er angestellt hatte, dem er aber nicht traute.

»Er wird wohl zu Hause geblieben sein wegen eines Zahngeschwürs«, sagte Hickey, obwohl beide nichts dagegen einzuwenden hatten, denn es war wichtig, ungestört zu sein. Außerdem war jetzt nach Weihnachten nicht viel los.

»Wenn diese Sache klappt«, sagte Morgan, »gehen wir freitags und samstags zum Hunderennen.«

»Auf Schusters Rappen?« fragte Hickey grinsend.

»Wir mieten ein Auto«, versicherte Morgan, und die Wunschträume von diesen herrlichen Ausflügen begannen ihm Auftrieb zu geben und ließen ihn voll Vorfreude lächeln. Er mochte die Hunderennen und stellte sich schon die Menschenmenge vor, die Erregung, den Totalisator, die künstlich beleuchtete Rennbahn und die sechs oder sieben schlanken Hunde, die den Hasen mit einer Anmut verfolgten, als würden sie vom Wind und nicht von ihren eigenen Beinen vorwärtsgetrieben.

»Laß uns mal nachrechnen«, sagte Morgan, und er und Hickey zählten ab, wie viele der großen Bauern Heustadel hatten. Da sich Morgan lange nicht aus seinem Bau gerührt hatte, wußte er, wie er zugab, gar nicht genau, wer jenseits des Kapellenwegs wohnte, oben an der Gemeindewiese, unten an der Straße nach Coolnahilla, in den Nebenstraßen oder auf den Hügeln. Da wußte Hickey gut Bescheid, denn sonntags ging er immer ein bißchen auf die Jagd und war durch diese gottverlassene Gegend gelaufen. Sie zählten die Bauern und damit auch die

Heustadel, und ihre Augen glänzten vor Habgier und Freude. Der Fremde, der sie besuchen würde, hatte sich ein wunderbares Zeug patentieren lassen, das, wenn es auf Heustadel gesprüht wurde, Rost verhinderte. Morgan hoffte, ihm werde der Vertrieb für das ganze verdammte Kirchspiel übertragen.

»Jesses«, sagte Hickey, »es muß ja Hunderte von Heustadeln geben«, und er staunte über Morgans Glück, daß er einen Mann getroffen hatte, der ihm einen solchen unverhofften Gewinn verschaffte.

»War reiner Dusel«, sagte Morgan, denn er dachte an den Urlaub, den er in dem Badeort verbracht hatte, und an den Tag, an dem er sich gerade bemühte, das scheußliche Schwefelwasser herunterzubringen, als der Mann neben ihm ihn fragte, woher er komme, und er schließlich von diesem Material hörte, das für Bauern ein Geschenk des Himmels war.

»Reiner Dusel«, sagte er noch einmal und holte die Whiskeyflasche aus ihrem Versteck hinter einem schräg an die Wand gelehnten Heiligenbild. Er nahm rasch einen Schluck.

»Ich glaube, das ist er«, sagte Hickey und knöpfte sich die Weste zu, um nicht wie ein Barbar zu erscheinen. In Wirklichkeit war es John Ryan, ein Medizinstudent, der nicht wegen seiner Bildung eingeladen worden war, sondern weil er einige Beziehungen besaß. Er schlich auf Zehenspitzen zum Eingang und trommelte von außen auf die überfrorene Scheibe, als ob sie ein Klavier wäre.

»Herein«, sagte Morgan.

Er wußte, daß es John Ryan war, erkannte ihn an der Form der langen, idiotischen Finger. Ryan hatte Anweisung erhalten, ihnen zu sagen, ob sich der Kerl mit einem der anderen Ladeninhaber an der Straße in Verbindung gesetzt hatte. Wenn Ryan in den Ferien zu Hause war, tat er nichts, als in Häusern zu hocken, Tee zu trinken und abends Mädchen anzumachen.

»Alles bereit«, sagte er, als er die beiden Männer sah und den Kochtopf, der schon auf dem Ofen stand. Morgan hatte beschlossen, etwas zu kochen, denn er hatte sich überlegt, wenn ein Mann von so weit herkam, wäre ein bißchen Futter nicht unangebracht. Hickey, der nicht einmal zur Molkerei gehen konnte, ohne daß er ein großes, nahrhaftes Butterbrot in der Tasche hatte, erklärte, niemand könne mit leerem Magen gute Geschäfte machen. Der Mann kam aus Nordirland.

»Ist der Vogel schon drin?« fragte John Ryan und breitete seine Hände fächerförmig aus, um etwas Wärme vom Ofen einzufangen.

»Wir haben ihn noch nicht«, sagte Hickey, und Morgan fluchte laut auf den Bauern, der ihm ein Hähnchen versprochen hatte.

»Hol uns ein paar Holzscheite, wenn du noch stehst«, sagte Morgan, und John Ryan ging widerstrebend hinaus. An einer bemoosten Mauer hinter dem Laden nahm er ein Bündel feuchter, ungleichmäßig gesägter Holzscheite auf. Er hatte große Angst, er könnte sich den neuen, rehfarbenen Crombie-Mantel schmutzig machen, den ihm seine Mutter zu Weihnachten geschenkt hatte.

»Ist jemand zu sehen?« fragte Morgan. Es war wichtig, daß der Mann mit dem Huhn vor dem Fremden eintraf.

»Keine Menschenseele«, antwortete John Ryan.

»Blöder Bauer«, schimpfte Morgan und ging zur Tür, um festzustellen, ob Pferd und Wagen wenigstens zu hören seien. Hickey hob den Deckel des Kochtopfs hoch, um Ryan die kleinen Zwiebeln zu zeigen, die darin schmorten. Er hatte sie vorhin an dem Wasserhahn draußen geschält und dabei eimerweise Tränen vergossen. Es war ein neuer Kochtopf, der nachher gesäubert und wieder ins Lager gestellt würde.

»Was machen die Damen, John?« fragte er. Ryan stand bei Damen in gutem Ruf und sah nicht übel aus. Er hatte ein schmales Gesicht, eine ziemlich lange Nase und eine dichte Mähne lockigen, glänzenden, braunen Haars. Seine Augen wiesen eine Schattierung von Grün auf, die Hickey noch nie bei einem anderen Menschen gesehen hatte, nur bei einer bestimmten Stopfwolle.

»Ich wette, bei dir funkt es wie verrückt«, sagte Morgan, als er wieder ins Privatzimmer zurückkam. Er wünschte, er wäre so jung wie John Ryan und kein verheirateter Mann mittleren Alters mit einem geröteten Gesicht und einer geschwollenen Leber.

»Ich bin ganz erfolgreich«, prahlte Ryan und lachte nervös, weil ihm das Rendezvous vom Vorabend einfiel. Er hatte sich mit einem Mädchen verabredet, das er hinter dem Laden treffen wollte, an der Nebenstraße, die zur Molkerei führte, derselben Straße, wo Hickey die Stute mit dem Karren an einem Tor angebunden hatte und wo Morgan sein Holz an einer Mauer aufgestapelt und mit einer Plane abgedeckt hatte. Sie war vier Meilen mit dem Rad gefahren, um ihn zu treffen, denn er dachte nicht im Traum dran, sich wegen irgendeines Mädchens Umstände zu machen. Kaum war sie angekommen, fragte sie, wie spät es sei, und sagte, sie müsse bald zurückfahren.

»Nimm deinen Schal ab«, sagte er. Sie war so eingemummelt mit Schal, Handschuhen und was nicht noch, daß er nicht an sie herankam.

»Ich fühle mich so wohl«, sagte sie; ihr Rad stand zwischen ihnen. Ein halbes Dutzend Worte wurde gewechselt, dann fuhr sie wieder los und verabredete sich mit ihm für den nächsten Sonntag abend.

»Es hat sich also gelohnt«, sagte Morgan, obwohl er an Frauen kein Interesse mehr hatte. Er wußte nur zu gut, daß zwischen Männern und Frauen nicht viel vor sich ging. Seine Frau machte ihn fast wahnsinnig, wenn sie vor dem Küchenherd saß und sagte, sie könne Gesichter in den Flammen sehen, dann plötzlich aufstand und nach oben rannte, um zu sehen, ob unter ihrem Bett ein Mann lag. Er hatte sie im vorigen Sommer nach Lourdes geschickt, weil er hoffte, das würde sie wieder in Ordnung bringen, aber nachher war es noch schlimmer gewesen.

»Liebe, das ist lauter Blödsinn«, sagte er. Seine Frau war plötzlich auf die Schnapsidee gekommen, jedes Stückchen Fleisch mit Zucker und Pfirsichen zu kochen. Dann hatte sie den Einfall, eine Eieruhr zu kaufen. Abends spielte sie mit der Eieruhr, stellte sie auf den Kopf und sah zu, wie der Sand in das untere Röhrchen lief. Kindisch war sie.

»Ich wünschte, er würde kommen«, sagte Hickey.

»Welcher von beiden?« fragte John Ryan.

»Der lange Lulatsch mit dem Huhn«, sagte Hickey.

»Er hat gestern Bescheid sagen lassen, daß er heute vormittag mein Weihnachtsgeschenk herbringt«, sagte Morgan.

»Wird es gerupft und all das sein?« fragte John Ryan.

»Oh, bratfertig«, antwortete Morgan. »Sonst habe ich es immer nach Hause mitgenommen, aber ich will es nicht mit Pfirsichen und Zucker und all dem Quatsch aufgeputzt haben.«

»Kein Mensch will Essen verhunzen lassen«, sagte Hikkey. Er bemitleidete Morgan wegen seiner Frau. Jedermann konnte sehen, daß sie immer absonderlicher wurde, Selbstgespräche führte, wenn sie mit dem Fahrrad zur Messe fuhr, und sich hinter Mauern versteckte, wenn sie einen Mann kommen sah.

Sie hörten Schritte im Laden, und Ryan machte die Tür einen Spalt auf, um zu sehen, wer es war.

»Ist er es?«

»Nein, es ist eine von den kleinen Gleesons.«

»Die kann warten«, sagte Morgan und traf keine Anstalten aufzustehen. Er dachte gar nicht daran, an einem kalten Tag wie heute für drei Pennies Zucker abzuwiegen. Das Kind klopfte mit einer Münze auf den Ladentisch, dann begann es zu husten, um sich bemerkbar zu machen, und summte schließlich ein Lied. Zu guter Letzt mußte es weggehen, ohne bedient worden zu sein.

»In einem Monat wirst du fein raussein«, sagte Hickey.

»Todsicher ist das nicht«, meinte Morgan. Er mußte seine Träume etwas zügeln, denn mehr als einmal war ihm oder seiner Frau eine Erbschaft versprochen worden, um die sie dann betrogen wurden. Doch innerlich war er hochgemut, und seine Stimmung wurde jede Minute besser durch die kräftigen Schlucke Whiskey direkt aus der Flasche. Die beiden anderen tranken aus Bechern. So konnte er sie ein bißchen kurzhalten.

Für die nächste Kundin mußte er in den Laden gehen, denn es war das Hausmädchen der Lehrerin, und die beiden verschafften ihm einigen Umsatz. Sie wollte Klosettpapier für ihre Herrin, aber er hatte keines.

»Werden Sie es bestellen?« fragte das Hausmädchen, und Morgan trug mit großem Getue die Bestellung in das Orderbuch ein. Nachher lachten die drei Männer herzhaft darüber, und Morgan sagte, es sei noch gar nicht lange her, da habe die Lehrerin noch Gras benutzt, aber jetzt, da sie an einem Fernkursus in Latein teilnahm, waren sie und ihre Angabe nicht zu bremsen.

»Und wißt ihr auch«, sagte Hickey, obwohl er es ihnen wahrscheinlich schon hundertmal erzählt hatte, »daß sie die Zeitung abbestellt, wenn sie für einen Tag wegfährt, findet ihr nicht, daß das knickerig ist, wo die Zeitung doch so gut wie nichts kostet?«

»Da ist er!« sagte Hickey plötzlich. Sie hörten draußen einen Wagen vorfahren und eine Stute wiehern. Hickey wußte, daß die Stute Salmon, dem langen Lulatsch, gehörte, denn ebenso wie ihr Eigentümer wurde sie wild, wenn sie in eine zivilisierte Umgebung kam.

»Jetzt«, sagte Morgan und hob warnend seinen kurzen, dicken Finger. »Sitzt still und rührt euch beide nicht, sonst kommt er hier rein und langweilt uns mit Geschichten über seinen toten Bruder.«

Morgan ging hinaus in den Laden, schüttelte Salmon, dem langen Lulatsch, die Hand und wünschte ihm ein gutes neues Jahr. Er war erleichtert, als er sah, daß der lange Lulatsch einen Binsenkorb unter dem Arm hielt, in dem zweifellos das Hähnchen lag. Sie redeten vom Wetter und gaben das übliche Gelaber von sich, wie schlecht es gewesen sei. Schneereste hielten sich noch in den Furchen des Ackers auf der Straßenseite gegenüber dem Laden. Der Laden lag zwischen zwei Dörfern und gewährte Aussicht auf einen großen, unbestellten und von einer niedrigen Mauer umgebenen Acker. Der lange Lulatsch sagte, das Glatteis sei entsetzlich und das sei der Grund, warum er im Schneckentempo habe herkommen müssen, damit die Stute nicht ausrutschte. Er sagte, Weihnachten sei ruhiger gewesen als sonst, und Morgan stimmte ihm zu, obwohl, soweit er sich erinnern konnte, Weihnachten immer der langweiligste Tag seines ehelichen Lebens gewesen war; die Pubs hatten zu, und er war von der Messe bis zum Schlafengehen mit seiner besseren Hälfte allein. In diesem Jahr hatte sie die Pute natürlich mit Zucker und Pfirsichen zubereitet, so daß nicht einmal das ein Genuß war.

»Ich bin Weihnachten geschwommen«, sagte der lange Lulatsch. Er hielt viel vom täglichen Schwimmen und von Schwefelblüte an Samstagen zur Blutreinigung.

»Wir hatten eine Gans, aber keinen Plumpudding«, fügte er hinzu und gab Morgan damit das Stichwort, ihm einen kleinen, in rotes Zellglas eingewickelten Plumpudding zu überreichen.

»Ihr Weihnachtsgeschenk«, sagte Morgan und hoffte zu Gott, der lange Lulatsch werde ihm das Huhn geben und es hinter sich bringen. Er hörte die Männer drinnen murmeln.

»Essen Sie Honig?« fragte der lange Lulatsch.

»Nein«, sagte Morgan in gereiztem Ton. Er wußte, daß der lange Lulatsch Bienen hatte und an seinem Tor ein Schild hing, auf dem in ungelenken verschmierten Buchstaben geschrieben stand: HONIG ZU VERKAUFEN.

»Kein Wunder, daß Sie keine Kinder haben«, sagte der lange Lulatsch feixend.

Morgan war in Versuchung, ihn wegen dieser Bemerkung anzufahren. Er hatte nicht deswegen keine Kinder, weil er keinen Honig aß, sondern weil Mrs. Morgan in der Hochzeitsnacht gekreischt hatte und seitdem jedesmal kreischte, wenn er ihr nahe kam. Schließlich hatten sie sich getrennte Schlafzimmer eingerichtet.

»Nun ja, hier ist ein Glas«, sagte der lange Lulatsch und gab ihm ein Glas mit Honig, der wie weißes Wachs aussah.

»Das ist wirklich zu freundlich«, sagte Morgan, bleich vor Zorn, da er befürchtete, daß der lange Lulatsch an diesem Weihnachten billig davonzukommen versuchte.

»Allmächtiger Gott«, murmelte Hickey drinnen. »Wenn er das Huhn nicht hergibt, mache ich mich auf, fahre bis zu seinem Hof und schlage eine Gans tot.«

Als ob es ihm souffliert worden wäre, tat es der lange

Lulatsch dann. Er übergab das in Zeitungspapier eingewickelte Huhn, bestellte Hafer- und anderes Schrotmehl und sagte, er sei auf dem Weg zur Schmiede, um der Stute die Hufeisen abnehmen zu lassen.

»Ich werde alles für Sie bereitlegen«, sagte Morgan und rannte fast aus dem Laden.

»Man könnte fast meinen, es war ein Eber, den er weggeschenkt hat«, sagte Hickey, als Morgan hereinkam und das Huhn auswickelte.

»Redet nicht«, sagte Morgan, »setzt es auf.«

Das Wasser war verkocht, deshalb mußte John Ryan in seinen Lackschuhen zur Pumpe laufen, die etwa hundert Meter weiter oben an der Straße war. Er dachte bei sich, wenn er erst approbierter Arzt wäre, würde er für niemanden den Laufjungen abgeben und Hickey und Morgan würden den Hut vor ihm ziehen.

»Hübscher Vogel«, sagte Hickey und befühlte die Brust, »aber man hätte erwarten können, daß er ihn in Butterbrotpapier einwickelt.«

»Ach, ein Bergbauer«, sagte Morgan. »Was kannst du von einem Bergbauern erwarten.«

Sie taten das Huhn in den Topf und fügten eine Unmenge Salz hinzu. Nach etwa zwanzig Minuten begann es zu kochen, und Morgan sah auf seine Taschenuhr. Später warf Hickey ein paar Brühwürfel in das Wasser, um die Suppe zu würzen. Es war zum Wahnsinnigwerden, wie oft Morgan Kunden erklären mußte, daß er nichts als einen Schafskopf für einen Hund koche. Hickey und John Ryan saßen, ohne sich zu rühren, im Privatzimmer und rauchten jeder zehn Zigaretten. Hickey holte aus John Ryan heraus, daß das Mädchen vom Vorabend eine Zeitverschwendung gewesen war. Er erfuhr derlei Dinge gern, denn obwohl er nicht viele Verabredungen mit Mädchen hatte, wollte er lieber sicher sein, daß ein Mädchen willfährig war.

»Ich bin überhaupt nicht an sie herangekommen«, sagte John Ryan und bereute zwei Sekunden später, es verraten zu haben. Er hatte sein Renommee zu wahren, und die meisten Männer im Dorf glaubten, daß er, weil er

Medizin studierte, außerordentliche Dinge mit Mädchen anstelle und entsetzliche Gefahren auf sich nehme.

»Ich habe mir sowieso nichts aus ihr gemacht«, fügte er rasch hinzu. »Ich hatte zu viele Frauen in letzter Zeit, und die Frauen haben heute kein Schamgefühl mehr.«

»Ach, hör auf«, sagte Hickey und hoffte, Ryan werde ihm ein paar pikante Einzelheiten von Orgien in Dublin erzählen und von Nutten, die unter ihren Kleidern nichts anhatten. In diesem Augenblick kam Morgan aus dem Laden und sagte, sie sollten einen Schluck von der Suppe trinken. Er war gereizt, weil er im Laden soviel zu tun gehabt hatte und ihm der Whiskey zu Kopf stieg und er beschwipst war.

»Wenn ich mein Leben noch mal beginnen könnte, würde ich in einer Abbruchfirma arbeiten«, sagte Morgan ohne ersichtlichen Grund. Er stellte es sich sehr befriedigend vor, Häuser zu zerstören, dekorative Kamineinfassungen einzureißen und Fensterscheiben zu zertrümmern. Manchmal hatte er einen Traum, da sah er Mrs. Morgan unter einem Haufen von Mörtel und weißem Schutt liegen, und ihre Kleider waren weit über die Knie hochgerutscht. Hickey holte drei neue Tassen aus dem Laden und schöpfte mit einer davon die Suppe aus. Inzwischen war der Ofen so heiß, daß Tropfen verschütteter Suppe auf der schwarzen Eisenplatte zischten. Es war die beste Suppe, die sie je gekostet hatten.

»Wer jetzt kommt, kann warten, denn ich rühre mich nicht von der Stelle«, sagte Morgan, als er auf dem Chefsessel Platz nahm und geräuschvoll die Suppe schlürfte. In ebendiesem Augenblick sagte Hickey: »Verflixt«, und sie hörten einen Wagen vorfahren. Alle drei waren sofort an der Tür und sahen einen ziemlich zerbeulten V 8 dicht an der Mauer halten. Der Fahrer sah wie ein ganz einfacher Typ aus, klein, mit roten Haaren und einem roten Bart.

»Oh, der Rote Hugo aus dem Norden«, sagte Hickey und machte abfällige Bemerkungen über den Wagen und den Rost auf dem Kühler.

»Mir gefällt seine Kleidung nicht«, sagte John Ryan.

Der Mann hatte kein Jackett an, sondern ein graues Trikot, das wie ein altes Geschirrtuch aussah, denn es war voller Löcher.

»Schäbig, seine Kleidung«, sagte Morgan und ging hinaus, um den Fremden zu begrüßen und sich für die Wetterlage zu entschuldigen. Es hatte angefangen zu regnen, oder vielmehr zu hageln, und der Schnee auf dem Acker wurde in Schlamm verwandelt. Der Fremde blinzelte den dreien zu und warf den Kopf etwas zurück, um anzuzeigen, wie sportlich er sei. Er war bei weitem der Kleinste von ihnen. Er sprach mit dem abgehackten Akzent des Nordens, und sie merkten gleich, daß er kratzbürstig war. Er sah sie streng an, als ob er im Geist ihre Charaktere abschätzte.

»Matt O'Meara ist mein Name«, sagte er, schüttelte Morgan die Hand, nickte den anderen aber bloß zu. Im Privatzimmer bekam er einen großen Whiskey, ohne daß er gefragt worden war, ob er Alkohol trinke oder nicht. Er machte sie nervös mit seinem Schweigen und seinen starrenden blauen Augen.

»Kippen Sie den«, sagte Morgan, »und dann werden wir zur Sache kommen.«

Er blinzelte John Ryan zu. Ryan hatte Anweisung erhalten, die Verhandlung damit zu eröffnen, daß er dem Mann sagte, wie verheerend sich der Regen auf alles auswirke, sogar auf Tore, und daß man nicht wisse, ob es der Sauerstoff, der Wasserstoff oder irgendwelche Spurenmineralien seien, die solchen Schaden anrichten.

»Sie würden sich selbst fragen, was sie hier dem Regen beifügen«, sagte Ryan und beglückwünschte sich insgeheim zu seiner Gelehrsamkeit.

»Wie das, was der Priester über den französischen Käse sagte«, steuerte Hickey bei, aber Morgan wollte nicht, daß sich Hickey über diese verdammte Geschichte ausließ, ehe sie das Geschäftliche geklärt hatten. Es wäre besser gewesen, Hickey Porter zu geben, da er Hochprozentiges nicht vertrug.

»Ja, wir haben eine Menge Heustadel«, sagte Morgan,

und der Mann lächelte kühl, als ob das selbstverständlich wäre.

»Für wie viele haben Sie einen Vertrag geschlossen?« fragte der Mann. Er läßt nicht gerade Höflichkeit erkennen, aber, dachte Morgan, Geschäft ist Geschäft, und nahm es hin.

»Wenn wir die Gutsbesitzer gewinnen, ziehen die anderen nach«, sagte Morgan.

»Wie viele Gutsbesitzer gibt es hier?« fragte der Kerl, und nach raschem Aufzählen, das von Ryan und Hickey unterbrochen und wieder unterbrochen wurde, stellte man fest, daß es mindestens zwanzig Gutsbesitzer waren. Mit einem Bleistiftstummel stellte der Mann auf seinem Handrücken seine Berechnungen auf und sagte, das würde tausend Pfund abwerfen; er starrte dabei seine zukünftigen Geschäftspartner eisig an. Fünfhundert für jeden. Morgan konnte ein Lächeln nicht unterdrücken, in Gedanken hatte er den Mietwagen schon für Freitag und Samstag abend reserviert. Er fragte, ob der Mann zufällig ein Muster mitgebracht habe, das wurde aber verneint. Im Norden gebe es Hunderte von Heustadeln, die mit dem Mittel behandelt worden seien, und wenn Morgan da hinfahren wolle, um sie sich anzusehen, könne er das gern tun. Dieser Mann hatte eine sehr schroffe Art.

»Wenn Sie wollen, kann ich woanders hingehen«, sagte er.

Hickey sah, daß der Bursche ungemütlich werden konnte, und da er die Gefahr einer Entzweiung spürte, sagte er, wenn sie Geschäftspartner werden sollten, dann müßten sie sich alle die Hand geben, und das taten sie.

»Genossen«, sagte der Kerl, sehr zu ihrer Verwunderung. Sie verabscheuten dieses Wort. Stalin gebrauchte es, und eine Frau in Südamerika, die Eva Perón hieß. Es schien Morgan der geeignete Augenblick zu sein, Hickey daran zu erinnern, daß es Zeit zum Futtern sei, da ihr Gast schier am Verhungern sein müsse. Hickey schärfte sein Messer, krempelte die Ärmel hoch und begann das Huhn fachmännisch zu zerlegen. Er beschloß, Ryan und dem Gast jeweils ein Bein zu geben und die Brust für sich und

Morgan vorzusehen. Bei Bradys, wo er seit siebzehn Jahren arbeitete, hatte er nie ein Stückchen Brust bekommen. Mrs. Brady gab sie immer ihrem Mann, obwohl der hektarweise Ackerland vertrank und mehr als einmal gedroht hatte, sie umzubringen, und es tatsächlich getan hätte, wenn er, Hickey, sich nicht eingemischt und den Revolver, die Mistgabel oder welche Waffe auch immer in Bradys Reichweite war, ergriffen hätte. Der Fremde fing nicht gleich an zu essen, sondern stellte einige praktische Fragen, zum Beispiel, wo sie Unterkunft erhalten würden, wessen Heustadel sie als ersten drannehmen sollten und wo er die Leitern und die verschiedenen Geräte unterstellen könne, wenn sie am Sonntag kämen. Er hatte vor, mit seinen beiden Leuten am Wochenende anzukommen und am Montag mit der Arbeit anzufangen. Morgan sagte, er werde ihnen Buden besorgen, und es mußte zugegeben werden, daß Mrs. Gleeson zwar eine Nervensäge, aber keine üble Vermieterin war und jederzeit großzügig mit Tee und Kuchen. Dann erkundigte sich der Fremde nach den Angelmöglichkeiten, was bewirkte, daß sich Hickey lang und breit über Aale ausließ.

»Wir nehmen Sie mit auf den See, wenn die Maifliege dran ist«, sagte Morgan und prahlte mit seinem Boot, das unten am Pier vertäut war.

»Da ist noch etwas«, sagte der Fremde. »Die Anzahlung.« Er lächelte, als er das sagte, und schürzte die Lippen.

Morgan, der bisher außerordentlich freundlich gewesen war, machte ein saures Gesicht und starrte ihn ungläubig an. »Denken Sie, ich bin von vorgestern?«

»Das tue ich nicht«, sagte der Fremde, »aber denken *Sie*, *ich* bin von vorgestern?« Dann erklärte er sehr sachlich, daß drei Mann, der Lastwagen, das teure Material und die Geräte vom Norden hergebracht werden müßten. Ferner erinnerte er sie daran, daß Landwirte in ganz Irland dringend nach seinen Diensten verlangten. Ein dreister Bursche war er. »Ich will hundert Pfund haben«, sagte er.

»Das ist ein Vermögen«, fand Hickey.

»Ich werde Ihnen fünfzig geben«, erklärte Morgan

kategorisch, doch wurde ihm erwidert, das komme überhaupt nicht in die Tüte, und wenn Morgan & Co. das vorzögen, werde er mit Vergnügen seine Geschäfte woanders tätigen. Morgan erkannte, daß er keine Alternative hatte, deshalb begab er sich langsam zum Geldschrank und öffnete das quietschende Messingschnappschloß.

»Das muß geölt werden«, bemerkte Hickey unnötigerweise. Im Raum herrschten eine knisternde Spannung und gärender Groll.

Das Geld befand sich in kleinen braunen Umschlägen, und die Scheine wurden durch Gummiringe zusammengehalten, von denen einige zerfetzt waren. Morgan ging nicht oft zur Bank, denn dann kamen die Leute bloß auf dumme Gedanken. Er hatte es auch nicht gern, daß dieser Schurke zusah, wie er die Scheine herausnahm und zählte.

Der Mann schien weder verlegen noch beglückt zu sein, als er das Geld in Empfang nahm; er machte nur einen kümmerlichen Witz darüber, daß es dreckig sei. Er bestätigte die Abmachungen und sagte, für die erste Woche sollten nur zwei Termine vereinbart werden, falls das Wetter schlecht sei oder sonst etwas nicht klappe. Er steckte das Geld in eine alte, fleckige Brieftasche und sagte, er müsse sich auf den Weg machen. Trotz der Tatsache, daß Morgan für Essen gesorgt hatte, forderte er den Burschen nicht auf zu bleiben. Er mochte ihn nicht. Sie würden es mehr genießen, wenn sie allein wären, deshalb begnügte er sich damit, ein paar Formalitäten zu äußern und dem Schuft kühl die Hand zu schütteln.

Nachdem er gegangen war, flüchteten sie sich ins Privatzimmer, um ihr Mahl zu verzehren und über ihn zu reden. John Ryan betrachtete die Sache optimistisch und wies darauf hin, daß der Mann nicht herumlungern wolle und daher ein fleißiger Bursche sei. Hickey sagte, obwohl er bloß ein kleines Würstchen sei, habe er keine Angst, den Leuten die Stirn zu bieten, aber ob es nicht bezeichnend sei, daß er keine Witze gerissen habe. Hickey merkte, daß Morgan ein bißchen nervös war, deshalb gedachte er ihm den Rücken zu stärken.

»Jedenfalls wird er den Kies einbringen«, und er erinnerte Morgan, er müsse eine Aktennotiz anfertigen, daß er ihm hundert Pfund gegeben habe, als ob Morgan das vergessen könnte. Morgan tauchte die Stahlfeder ins Tintenfaß und fragte laut, welches Datum sei, obwohl er es schon wußte.

Kaum hatten sie sich zum Essen hingesetzt, da begann John Ryan zu schnüffeln. Jedesmal verharrte die Gabel, ehe sie in den Mund gelangte, vor der Nase. Hickey machte eine Bemerkung darüber und über die Tatsache, daß John Ryan nicht mal für Geld und gute Worte ein im Laden gekauftes Ei essen würde.

»Es riecht komisch«, sagte John Ryan.

»Du lieber Himmel, es ist das schmackhafteste Hähnchen, das ich je gegessen habe«, sagte Hickey.

»Erstklassig, erstklassig«, sagte Morgan, obwohl es ihm gar nicht so sehr zusagte. Der Schuft hatte ihm die Laune verdorben und ihm überhaupt kein Gefühl von Kameradschaft gegeben, sondern war gleich abgehauen, als er die hundert Pfund bekommen hatte. Wären die anderen nicht dagewesen, hätte Morgan ihn heruntergehandelt, und er beschloß, in Zukunft seine Geschäfte allein zu tätigen.

»Sind Sie da, Morgan?« hörten sie Salmon, den langen Lulatsch, im Laden rufen, und mißmutig stand Morgan auf und stellte seinen Teller oben auf den Ofen.

»Ich komme«, sagte er, während er sich den Mund abwischte.

Draußen im Laden fragte er den langen Lulatsch, ob er noch irgend etwas zu erledigen habe, denn das Geschäft sei so rege gewesen, daß er nicht dazu gekommen sei, das Schrotmehl abzuwiegen.

»Das beste Hähnchen, das ich je gegessen habe«, fügte er hinzu, um den langen Lulatsch bei Laune zu halten.

»Ja, das ist eine gute Fleischrasse, die Rhodeländer«, sagte der lange Lulatsch.

»Das stimmt«, bekräftigte Morgan. »Sie sind die besten.«

»Wenn ich gewußt hätte, daß Sie es so bald essen, hätte ich es für Sie bratfertig gemacht«, sagte der lange Lulatsch.

»Es war doch bratfertig; es brauchte doch bloß in den Topf gelegt zu werden mit ein paar Zwiebeln und Salz, und fertig war der Lack.«

»Es war nicht geputzt«, sagte Salmon, der lange Lulatsch.

»Was?« fragte Morgan, der es nicht ganz begriff.

»Herrgott noch mal, das ist es«, sagte John Ryan, ließ seinen Teller fallen und war mit einem Satz aus dem Privatzimmer und durch den Laden und hinter dem Haus, wo er sich übergeben konnte.

»Der hat's aber eilig«, stellte der lange Lulatsch fest, als er Ryan sah, der, die Hand auf den Mund gepreßt, an ihm vorbeistürzte.

»Ach, Sie meinen, es war nicht ausgenommen«, sagte Morgan, und ihm wurde übel. Dann fiel ihm ein, daß er auf dem Wirtschaftshof des langen Lulatsch gewesen war, und es schauderte ihn, als er an den Dreck dort dachte. Ein Unglück kommt selten allein. In diesem Augenblick betrat Wachtmeister Tighe in Uniform den Laden und sah aufgeregt aus.

»War hier ein Kerl wegen eines Sprühmittels für Heustadel?« fragte er.

»Was geht Sie das an?« brummte Morgan. Er dachte, Tighe sei neugierig und wolle wahrscheinlich, daß die Verwandten seiner Frau, die den Eisenwarenladen weiter oben an der Straße hatten, den Vertrieb bekämen.

»War er hier oder nicht?«

»Er war hier«, sagte Morgan und war drauf und dran, mit seinem neuen Unternehmen zu prahlen, als der Wachtmeister ihm zuvorkam.

»Er ist ein Gauner«, sagte er. »Er fährt überall im Land herum und haut die Leute übers Ohr.«

»Woher wissen Sie das?« fragte Morgan.

Hickey war aus dem Privatzimmer herausgekommen und platzte fast vor Neugier.

»Ich weiß es, weil der Mann, der das verdammte Zeug erfunden hat, sich mit uns in Verbindung gesetzt und vor diesem Gauner, diesem Betrüger, gewarnt hat.«

»Jesses«, sagte Morgan. »Warum sind Sie nicht früher gekommen?«

»Bei uns ist ein Beamter ausgefallen«, erklärte Tighe, und in diesem Augenblick haute Morgan mit der Faust auf den Ladentisch und hörte nicht auf zu hauen, so daß Rechnungsformulare und Tüten herumflogen.

»Es ist Ihre Aufgabe, die Bürger zu beschützen«, schrie er.

»Sie haben ihm doch nicht etwa Geld gegeben?« fragte der Wachtmeister.

»Nur *hundert Pfund*«, sagte Morgan mit einer Heftigkeit, als wäre der Wachtmeister die Ursache von alledem und nicht etwa sein eigenes Fehlverhalten. Der Wachtmeister wollte dann Einzelheiten über den Wagen, das Nummernschild und das Aussehen des Mannes wissen, dessen Namen er als erfunden abtat. Als er fragte, ob der Bart des Mannes gefärbt zu sein schien, verlor Morgan die Beherrschung ganz und gar und rief seinen Schöpfer an, er möge Rache üben an Betrügern, Profitjägern, Lumpen, Dieben, Faulenzern, Lügnern und der Gárda Siochána.

»Herrgott noch mal, ich habe mir nicht mal ein Weihnachtsgeschenk gemacht«, sagte Morgan, und Hickey, der spürte, daß Schlimmeres folgen würde, ergriff seine Mütze und sagte, es sei abscheulich, ganz und gar abscheulich. Draußen fand er Ryan, kreidebleich, drüben an der Mauer, wo die Stute und der Karren angebunden waren.

»Der Rote Hugo aus dem Norden war ein Gauner«, sagte er.

»Mir ist es Wurst, was er war«, sagte Ryan klagend, als kündigte er sein eigenes Hinscheiden an.

»Du meinst wohl Hähnchen«, sagte Hickey, entzückt, daß er einen so treffenden Witz gemacht hatte.

»Wenn du drinnen geblieben wärst, wäre mir nicht wieder schlecht geworden«, sagte Ryan, als er von neuem zu würgen begann. Hickey blickte auf und sah, daß Mrs. Gleeson auf der anderen Seite der Mauer hockte und alles beobachtete. In ihrer schwarzen Aufmachung sah sie wie eine Hexe aus. Sie würde es landauf, landab erzählen.

»Sie wird es meiner Mutter erzählen«, sagte Ryan und

schlug den Mantelkragen hoch, um sein Äußeres möglichst unkenntlich zu machen.

»Brave, brave Bess«, sagte Hickey zu der Stute, als er die Zügel losband. Morgan war herausgekommen, schwenkte wie ein Verrückter die Arme in alle Himmelsrichtungen und rief zum Handeln auf. Hickey dachte nicht im Traum daran, noch hierzubleiben zu irgendeiner nachträglichen Erörterung. Es war offensichtlich, daß das Ganze ein Schwindel war und der Bursche jetzt in irgendeinem schicken Hotel saß und sich den Bauch vollschlug oder – höchstwahrscheinlich – auf dem Weg zum Schiff nach Holyhead war. Die Gangster ab.

»Beseitige dieses verdammte Hähnchen«, rief Morgan.

»Serviere es mit Pfirsichen«, sagte Hickey.

»Komm zurück«, rief Morgan, »komm zurück, du Flegel!«

Aber Hickey war schon losgefahren, und die Stute, die einige unerklärliche Mußestunden verbracht hatte, fiel in einen munteren Trab.

Die Puppe

Zu Weihnachten schenkte mir eine Dame, die ich kaum kannte, immer eine Puppe. Sie war eine Freundin meiner Mutter, und obwohl sich die beiden nur selten oder zufällig bei einer Beerdigung sahen, hielt die Dame die wundersame Gewohnheit bei, mir eine Puppe zu schicken. Gewöhnlich traf sie kurz vor Weihnachten mit dem Abendbus ein und trug zum hektischen Glanz jener Tage bei, die von Geschäftigkeit und Aufregung erfüllt waren. Wir machten Kartoffelpudding, wir machten Mincemeat-Plätzchen, wir machten schüsselweise Biskuitauflauf, wir schmückten die Fensterbretter mit Stechpalmenzweigen und Flitter, und es war, als würde uns unverdientes Glück widerfahren.

Jedes Jahr schien die Puppe schöner und bezaubernder und prächtiger angezogen zu sein als im Vorjahr. Einige der Puppen waren männlichen, andere weiblichen Geschlechts. Es gab einen Jockey in Hellrot und Safrangelb, es gab einen holländischen Trommler in braunem Samt, es gab eine Schlafpuppe in einer Krinoline, ein Geschöpf von so zarter Schönheit, daß ich immer um die Puppe fürchtete, wenn meine Schwestern sie ungeschickt aufnahmen oder versuchten, sie dazu zu bringen, daß sie mit den Wimpern klimperte. Ihre Augen erinnerten an Perlen und kleine blaue Blumen und hatten die betörende Farbe der einen und die glatte Glasigkeit der anderen. Sie hieß Rosalind.

Meine Schwestern waren natürlich neidisch und ärgerten sich über die Ungerechtigkeit, daß ich eine Puppe bekam, sie aber nur die üblichen langweiligen Flanellsocken, in denen Kleinigkeiten steckten, nützliche Dinge wie Bleistifte und Hefte und dazu ein paar Toffees und Lakritzpfeifen. Jede meiner Puppen bekam einen Namen und eine Schlafstelle in einer Ecke oder auf einem Regal oder in einer leeren Keksbüchse, und jeder wurde eine spezielle Unterhaltung zuteil, spezielle Liebkosungen und notfalls spezielle Bestrafungen. Sie hatten spezielle Zeiten, um an die Luft zu kommen – jeweils eine Puppe wurde hinausgebracht und auf ein Fensterbrett gesetzt oder ins hohe Gras gelegt und dann anscheinend im Stich gelassen. Ich hatte keine Lieblingspuppe, bis die siebente kam, und sie war für mich die lebensechte Verkörperung einer Prinzessin. Sie war ebenfalls eine Schlafpuppe, aber eine ziemlich große, und sie hatte ein blaßblaues Kleid an, ein Überkleid aus Gaze, eine blaßblaue Mütze und weiße Knöpfschuhe aus Glacéleder. Meine Schwestern, die älter waren als ich, fanden die Puppe genauso hinreißend wie ich. Sie war unheimlich. Wir waren uns alle einig, daß sie so gut wie lebendig war und man sie mit gutem Zureden zum Sprechen bringen könnte. Ihr flachsblondes Haar war daunenweich, wenn man es befühlte. Ihre kleinen Handgelenke ließen sich drehen, ihre Wimpern waren schwarz und glänzend, und der Blick ihrer Augen war so reizend, daß wir oft glaubten, sie sei kein lebloses Geschöpf, sondern habe eine Seele und Verständnis für uns. Die Gespräche mit ihr waren die intensivsten und aufschlußreichsten von allen.

Wie es nun einmal so geht, hegte die Lehrerin eine Abneigung gegen mich, und zwar aus unbegreiflichen Gründen. Ich ging gern in die Schule, war immer die Beste bei den Hausaufgaben, kam immer früh zum Unterricht, heizte dann den Ofen in der Klasse, räumte die Asche aus und hatte schon einen Korb voll Torf und Holz bereitgestellt, ehe sie kam. Tatsächlich war es mein Fleiß, der sie ärgerte, sie pflegte mich damit aufzuziehen und zu verkünden, was für ein Musterkind ich doch sei. Sie machte Witze über meine Strickjacke oder meine Schnürsenkel oder meine Haarspange, und um die anderen Mädchen zum Lachen zu bringen, bezeichnete sie mich als »es«. Sie pflegte zu sagen: »Es hat ein Loch in seiner Socke«, oder: »Es hat keinen ordentlichen Blazer«, oder: »Es hat einen Tintenklecks im Heft.« Ich glaube, sie haßte mich. Wenn ich bei einer Prüfung am besten abgeschnitten hatte – was gewöhnlich der Fall war –, dann las sie die Noten von allen anderen zuerst und meine zuletzt und sagte: »Wir wissen ja, wer am meisten gepaukt hat«, als ob ich mir etwas hätte zuschulden kommen lassen. Wenn ich im Kochunterricht Pfannkuchen buk und ihr einen brachte, dann machte sie ein Gesicht, als ob ich ihr Kutteln oder Strychnin angeboten hätte. Einmal veranlaßte sie ein großes Mädchen, mir Abführpillen unter dem Vorwand, es seien Bonbons, zu geben, und machte sich dann darüber lustig, daß ich den ganzen Tag aufs Klo mußte. Es war ein grausames Kreuz, das ich zu tragen hatte. Als der Schulinspektor kam und mich lobte, sagte sie, ich sei gescheit, aber es mangele mir an Vielseitigkeit. Dagegen war sie reizend zu meinen Schwestern und erkundigte sich bei ihnen gelegentlich, wie es meiner Mutter gehe und wann sie ihr wieder ein hübsches Glas selbstgemachte Marmelade oder einen Blechkuchen schicken werde. Ich pflegte Novenen dafür zu beten, daß sie eines Tages ihr Gewissen erforschen und darüber nachdenken möge, welches Unrecht sie mir antat, und es bereue.

Eines Tages schien es, als würden meine Gebete erhört. Es war November, und schon sparten die Mädchen für Weihnachten, und wir wußten, daß es bald den Putenmarkt geben würde und bald darauf im Schaufenster des Lebensmittelgeschäfts Schinken und Zitronat. Sie sagte, da wir es alle bei der Katechismusprüfung so gut gemacht hätten, wolle sie die Kleinen das Weihnachtsspiel aufführen lassen, und wir sollten eine Krippe bauen und sie mit frischem Heu und Figuren ausstaffieren. Jemand sagte, meine Puppe würde eine wunderschöne Jungfrau Maria abgeben. Mehrere Mädchen waren mit mir nach Hause gegangen, um sich die Puppe anzusehen, und hatten einen Blick auf sie in ihrer mit Stanniolschnipseln ausgepolsterten Schachtel werfen dürfen. Am nächsten Tag nahm ich sie mit in die Schule, und alle Köpfe in der Klasse reckten sich, als die Lehrerin den Deckel der schwarzlackierten Schachtel hochhob und hineinschaute.

»Die ist annehmbar«, sagte sie und wies eines der Mädchen an, die Puppe in den Küchenschrank zu legen, bis sie gebraucht werde. Ich war betrübt, von ihr getrennt zu sein, aber stolz, daß sie beim Weihnachtsspiel eine Rolle spielen und von allen bewundert werden würde. Ich hatte ihr einen Umhang genäht, einen wallenden blauen Umhang mit einem Überwurf aus Tüll darüber und einer kleinen Straßschnalle. Sie war wie ein Geschöpf aus Mondlicht, schimmernd, selbst an dunklen, regnerischen Tagen. Der Küchenschrank war kein passender Aufenthaltsort für sie, aber was konnte ich tun?

Die Aufführung verlief nicht ohne Zwischenfall. Der Vetter der Lehrerin, Milo, war betrunken, streitlustig und ausfallend. Er rief Mädchen zum Kamin, weil er angeblich mit ihnen reden wollte, dann faßte er nach ihren Waden und kitzelte sie in der Kniekehle. Er rief mich und fragte, ob es mir gefalle. Er war ein Auktionator aus der Stadt und unverheiratet. Auch die beiden Söhne der Lehrerin kamen, um sich das Stück anzusehen, aber der eine ging mittendrin weg. Er war seltsam und pflegte ohne Grund zu lachen, und obwohl er über zwanzig war, nannte er die Lehrerin »Mami«. Er hatte sehr hellrotes Haar und einen merkwürdig starren Blick. Die meisten kleinen Schauspieler blieben stecken, verloren den Kopf, und die Souffleuse hinkte immer hinterher, so daß die falschen Mädchen ihre Stichwörter aufgriffen. Sie saß hinter einem Vorhang, war aber bis auf die Straße zu hören. Die ganze Sache war ein Fiasko. Meine Puppe war die Glanznummer, und alle schwärmten von ihr.

Nachher gab es Tee und Gebäck, und die Lehrerin unterhielt sich mit den wenigen Müttern, die gekommen waren. Meine Mutter war nicht gekommen, weil sie zu dieser Zeit keine Menschenmengen ertragen konnte und sich sogar fürchtete, sonntags zur Messe zu gehen, aber glaubte, Gott werde sie von der Benommenheit und Atemnot, an denen sie litt, befreien. Nachdem alle gegangen waren und einige von uns den Abwasch erledigt hatten, ging ich zur Lehrerin, und zu meiner großen Freude schenkte sie mir ein breites, freundliches Lächeln. Sie dankte mir für die Puppe und sagte, es sei nicht zu bestreiten, daß die Puppe das Stück gerettet habe, und als ich dann nach ihr griff, schlug sie meine Hand mit einem Lineal weg und lachte herzhaft.

»Du glaubst doch nicht, daß ich sie dir jetzt lasse, ich habe sie recht liebgewonnen ... das kleine Ding«, sagte sie und gab dem Porzellanbäckchen einen Klaps. Zu Hause bekam ich einen Tobsuchtsanfall. Meine Mutter sagte, die Lehrerin habe wahrscheinlich Spaß gemacht und werde mir in ein oder zwei Tagen die Puppe zurückgeben. Mein Vater sagte, wenn sie es nicht tue, werde sie sich ihm gegenüber verantworten müssen, sonst könne sie was erleben. Die Tage vergingen, und die Ferien begannen, und sie gab mir nicht nur meine Puppe nicht zurück, sondern nahm sie mit zu sich nach Hause und stellte sie neben Tassen und Nippes in die Vitrine. Wenn ich an ihrem Fenster vorbeiging, schaute ich hinein. Ich konnte die Puppe nicht sehen, denn die Vitrine stand in einer Ecke, aber ich wußte, wo sie war, denn das Dienstmädchen Lizzie hatte es mir gesagt. Ich pflegte die Stirn an die Scheibe zu drücken und die Puppe zu rufen und ihr zu sagen, daß ich an sie denke und daß über ihre Rettung nachgegrübelt werde.

Alle stimmten darin überein, daß es ungeheuerlich war, aber niemand sprach mit der Lehrerin darüber, niemand stellte sie zur Rede. Tatsächlich hatten alle Angst vor ihr. Sie hatte eine scharfe Zunge, und da die Leute abergläubisch waren, glaubten sie auch, sie könnte uns Kindern Verstand verleihen oder ihn uns rauben, genau wie eine Hexe. Es war, als könnte sie mit einer Zange das Gehirn aus uns herausholen und es dann in Salzlake einpökeln. Niemand unternahm etwas, und mit der Zeit fand ich mich damit ab. In einem Anfall von Tollkühnheit hatte ich einmal nach der Puppe gefragt, und die Lehrerin hatte erwidert, ich sei ganz schön unverschämt. Ich blieb nicht mehr stehen, um in das Fenster ihres Hauses hineinzuschauen, sondern ging auf der anderen Straßenseite, und ich sprach nicht mehr mit Lizzie, damit sie mir nichts Ärgerliches erzählen konnte.

Einmal wurde ich mit einer Schweinelende in das Haus

der Lehrerin geschickt und fand sie und ihren komischen Sohn am Feuer sitzend, beide hatten ihre Strümpfe heruntergerollt und wärmten sich. In Zickzacklinien spiegelte sich die Hitze auf ihren Schienbeinen. Sie fragte, ob ich ins Zimmer gehen und mir die Puppe ansehen wollte, aber ich lehnte es ab. Damals bereitete ich mich schon darauf vor, ins Internat zu gehen, und wußte, daß ich die Lehrerin für immer los sein würde, daß ich sie vergessen und die Puppe vergessen würde und das meiste von dem, was geschehen war, vergessen würde oder wenigstens nicht mehr zitternd und bebend daran zurückdenken würde.

Die Jahre vergehen, und für jedes Ding oder jeden Menschen gibt es Ersatz. Diejenigen, die wir kannten, sind zwar nicht da, doch sind sie unauflöslich mit neuen Leuten verschmolzen, so daß jeder Mensch für uns eine Summe von vielen anderen ist und eine Wirkung hervorruft, als würde eine Schachtel nach der anderen geöffnet, während das Original in einer davon für immer versteckt ist.

Die Lehrerin stirbt eines langsamen Todes, durch Krebs zum Skelett abgemagert, dennoch kämpft sie dagegen an und sagt, sie sei noch nicht bereit. Ich höre, wieviel Geld sie hinterließ, und ihre bemitleidenswerten letzten Worte, aber ich empfinde nichts. Ich empfinde keinen Zorn, keine Verzweiflung. Sie ist mir nicht mehr wichtig. Ich befinde mich auf der Flucht vor diesen Leuten. Ich bin vor ihnen geflohen. Ich wohne in einer Großstadt. Ich bin weltgewandt. Menschen kommen in mein Haus, alle möglichen Leute, und sie vollbringen bemerkenswerte Leistungen, sie tanzen, machen Späße oder singen, sie erfinden eine Art Liebhabertheater, bei dem wir alle eine Rolle übernehmen. Auch ich spiele eine Rolle. Meine Rolle besteht darin, sie zu empfangen und zu entwaffnen, sie mit Essen und Trinken zu versorgen und mich insgeheim vor ihnen zu hüten, mich von ihnen zu distanzieren. Ebenso wie sie lächele ich und lasse mich treiben; wie sie rauche oder trinke ich, um rauschhafte Erregung zu erlangen oder eine angenehme, irreale Sinnestäuschung. Das war nicht etwas, was ich bewußt herbeiführte. Es entwickelte sich von allein, wie eine Spore, die im Dunkeln atmet. So bin ich fern von denen, bei denen ich bin, und fern von denen, die ich verlassen habe. Nachts genieße ich die Ferne. Morgens berühre ich einen Tisch oder eine Teetasse, um mich zu überzeugen, daß es ein Tisch oder eine Teetasse ist, und ich rede mit dem Gegenstand, und wenn ich die Blumen gieße, rede ich mit ihnen und denke, wie zart Blumen sind und Wälder und der Rauch von Holzfeuer, und wie zart womöglich auch meine neuen Freunde sind, daß sie aber, wie ich, es unbedingt verheimlichen wollen. Keiner von uns sagt jemals, woher wir kommen oder was uns quält. Vielleicht sind wir verwirrt und schämen uns.

Ich fahre wieder hin. Die Pflicht, noch dort lebende Verwandte zu besuchen, bringt mich zurück, und ich spiele die erwartete Rolle. Ich mußte den Sohn der Lehrerin aufsuchen. Er war der Inhaber des Bestattungsinstituts, das die Beerdigung meiner Tante durchführte. Ich ging zu ihm, um ihn zu bezahlen, um alles »zu arrangieren«, wie man das nennt. Seine Frau, von der ich wußte, daß sie ein bißchen wirr im Kopf war, öffnete mir die Tür und lachte dabei schallend. Sie sagte, sie habe immer geglaubt, ich hätte kohlschwarzes Haar, und lief durch die Diele, um nach ihm zu rufen. Er heißt Denis. Er schüttelt mir sehr förmlich die Hand, fragt, was für einen Kranz ich haben möchte und ob er herzförmig, rund oder in Kreuzform sein solle. Ich überlasse das alles ihm. Da in der überfüllten Vitrine steht meine beschlagnahmte Puppe, und wenn Puppen altern können, dann ist sie bestimmt gealtert. Grau und schimmelig, Kleid und Mantel sehen wie ein Leichentuch aus, und ich dachte: Wenn ich sie in die Hand nehme, zerfällt sie.

»Ach Gott, meine Mutter mochte sie gern«, sagte er, als wollte er damit zum Ausdruck bringen, sie habe auch mich gern gehabt. Hätte er das gesagt, hätte ich es womöglich bestritten. Ich war jetzt älter, und es war mir klar, daß sie die Puppe aus Dickköpfigkeit, aus Gekränktheit, aus Neid behalten hatte. Irgendwie hatte sie erraten, daß sich mein

Leben fern von ihnen abspielen würde und daß sie die Erlebnisse, die mir bevorstanden, selbst nie kennenlernen würde. Da er meine Frostigkeit spürte, prahlte er damit, daß er seine eigenen Kinder nicht mit der Puppe habe spielen lassen, womit er durchblicken ließ, daß sie ein geheiligter Gegenstand sei, ein in Ehren gehaltenes Andenken. Er holte eine Brandyflasche heraus, zwinkerte mir zu und erwartete, daß ich ja sagen würde. Aber ich lehnte dankend ab.

Eine Übelkeit hatte mich überkommen, eine Art Ekel, weil ich so an der Puppe gehangen und zugelassen hatte, daß sie mich mißhandelten, und weil mir jetzt überhaupt nichts mehr daran lag. Mein unvermittelter Aufbruch verwunderte ihn. Er tat etwas Unpassendes. Er versuchte mich zu küssen. Vielleicht glaubte er, in meiner Welt sei es das, was erwartet werde. Nur wurde dieser Kuß als ein Beileidskuß angeboten, als ein Kondolenzkuß zum Tod meiner Tante. Sein Gesicht hatte den schalen Geruch eines Handtuchs, an dem er sich abgetrocknet haben mußte, bevor er hereingekommen war, um mich zu begrüßen. Der Kuß war die Ungeschicklichkeit, wie sie im Buch steht. Der Sohn der Lehrerin tat mir leid, doch konnte ich nicht bleiben, ich konnte nicht in Erinnerungen schwelgen, ich konnte auch nicht so tun, als wäre ich die flotte Frau, die er sich vorstellte, die sich gern küssen ließ.

Als ich die Straße hinunterging, die ich in der Erinnerung morgens, mittags und abends entlanggehe, konnte ich nicht sagen, was es genau war, was mich so unglücklich machte. Tatsächlich war es nicht der Tod, sondern eher die quälende Gewißheit, noch nicht gelebt zu haben. Ich konnte nur sagen, daß die Sterne so einmalig und wundervoll waren, wie ich sie in Erinnerung hatte, daß sie immer noch ein Verbindungsglied und eine Verlockung hin zu dem großen Himmelsgewölbe zu sein schienen und daß ich eines Tages zu ihnen gelangen, in ihrem Glanz aufgehen und aus einer Welt scheiden würde, die, wie ich in diesem Augenblick fand, von Grausamkeit und Dummheit strotzte, einer Welt, die das Schenken verlernt hatte.

Morgen ... dachte ich. Morgen bin ich weg, und ich wurde mir darüber klar, daß mir der Wunsch zu fliehen ebensowenig abhanden gekommen war wie die hartnäkkige Gewohnheit zu hoffen.

Der Junggeselle

Von weitem wurde er oft für einen Priester gehalten – so würdevoll sah er in seinem langen schwarzen Mantel und mit seinem schwarzen formlosen Hut aus. Auch sein Gesicht trug einen feierlichen Ausdruck, und sehr oft hing ein Tropfen an der Spitze seiner langen Nase. Es war befremdlich, einen erwachsenen Mann zu sehen, dem Tränen in den Augen standen, selbst dann, wenn er etwas Heiteres erzählte. Kaum hatte er zu sprechen begonnen, pflegten ihm die Tränen in die Augen zu steigen, so daß er vergrämt und bedrückt aussah. Er trug gestreifte Hemden aus Flanellimitation und ein zerlumptes Jackett aus grobem Tuch, das er früher mit seinem verstorbenen Bruder geteilt hatte. Als sein Bruder noch lebte, hatten sie nicht gemeinsam die Messe besuchen können, da keiner der beiden darauf verzichten wollte, stolzer Träger des hafermehlfarbenen Jacketts zu sein.

Ich fing Flöhe für ihn, die ich in einer Streichholzschachtel verwahrte, und als Belohnung bekam ich einen Penny und ein Glas Himbeerwein. Nie werde ich, nie kann ich die freudige Erregung vergessen, mit der ich den dickflüssigen roten Likör am Boden des Glases betrachtete, und dann die Aufregung, wenn er in den Hof hinausstürzte, um Wasser zu holen, und das genüßliche Glücksgefühl, mit dem ich beobachtete, wie er den Likör verdünnte und das Rot heller und heller wurde, bis es zuletzt ein herrliches zartes lichtes Rosa war, und o was für ein Geschmack, so süß und synthetisch, daß er sogar den köstlichen Geschmack warmen, noch flüssigen Gelees übertraf. Was er mit den Flöhen anfing, weiß ich nicht, aber ich weiß, daß meine Mutter erzürnt war, als sie davon erfuhr, und mir verbot, weiter Flöhe zu fangen, weil sie es als entwürdigend empfand.

Jack war Inhaber eines Weinlokals, das er als »Taverne«

bezeichnete. Es war so düster und geräumig wie eine Kaserne, und auch tagsüber, wenn keine Kundschaft da war, roch es nach altem, schalem Bier, und die runden Abdrücke Tausender von Biergläsern zierten die hohe Eichentheke, die in allen erdenklichen Stimmungen dort abgestellt worden waren – in Wut, in Frohsinn und oft genug in unerträglicher Schwermut. Die Geschäfte gingen nicht besonders, aber es gab Kunden, die kamen, um ungestört und zielstrebig zu trinken, und abends kam eine bestimmte Klientel, die sein Lokal anderen vorzog, weil es hier keine Frauen gab, die einem Vorträge hielten oder tratschten und jedem, der es wissen wollte, erzählten, wieviel man trank und was man dem Wirt schuldete. Jacks Schwester Maggie war auf fremde Hilfe angewiesen und verbrachte ihre Tage vor dem Feuer in der Küche; bisweilen äußerte sie einen Seufzer, der wie ein Gebet klang und ihn darauf aufmerksam machte, daß ein Stück Torf aus dem Kamin auf den Boden gefallen war oder daß sie ihren Tee wollte. Meiner Mutter taten sie leid, und sie schickte ihnen ab und zu einen Kuchen oder Blutwürste oder im Frühjahr, wenn die ersten Pomeranzen aus Sevilla kamen und die Frauen miteinander darin wetteiferten, wessen Marmelade die köstlichste war, ein Glas Marmelade. Dann eilte Jack zu unserem Haus und dankte ihr in überschwenglichen Worten, bis er seine Verlegenheit plötzlich nicht länger meistern konnte, schnell seinen Hut lüpfte und davonrannte. Er war in meine Mutter verliebt und trieb sich oft in der Hoffnung, einen Blick auf sie zu erhaschen, in unseren Feldern herum. An Sommermorgen begegnete ich ihm häufig auf dem Schulweg, während er, wie er es nannte, eine kleine Ode verfaßte. Eines Morgens zur Zeit der Kastanienblüte – die zarten sahnefarbenen Blüten ragten empor wie Kerzen, die angezündet werden wollten – traf ich ihn zufällig an, wie er gerade aufgeregt vor sich hin sprach. Der strahlende frische Morgen, das Rauschen der Bäume, die umherflatternden Vögel, die ganze Natur, deren Trachten so offensichtlich nur ihren Bacchanalien galt – all dies mußte ihn ebenso beflügelt haben wie seine geheime Leidenschaft, und das trotz des Umstandes, daß er wahrscheinlich das Mannesalter erreicht hatte, ohne je einer Frau die Hand gedrückt oder gar einen Kuß gegeben zu haben.

»Verfasse gerade ein kleines Gedicht«, sagte er.

»Was für ein Gedicht?« fragte ich.

»Oho, dafür bist du noch zu jung«, sagte er, und dann fragte er, ob meine Mutter je bis hierher komme.

»Nur wenn sie die Puten sucht«, sagte ich, und er ging weiter, in geflüsterte Selbstgespräche vertieft und mit einem benebelten Lächeln. Ich vermutete, daß das Gedicht in Latein abgefaßt war, einem Latein, das kaum Gefahr lief, von irgend jemandem entziffert zu werden, auch nicht von einem Theologiestudenten, denn Jacks Latein war ein Flickwerk aus Teilen des Meßbuchs mit freigebigen Ausschmückungen. Ich hätte ihm sagen können, daß meine Mutter für das geschriebene Wort nicht empfänglich war, daß sie nie etwas las bis auf die Eierpreise in der Tageszeitung und das große fleckige Kochbuch von Mrs. Beeton. Darüber hinaus war sie davon überzeugt, daß Bücher sündhaft und Gedichte dummes Zeug seien, nur dazu angetan, den Leuten den Kopf zu verdrehen und sie von ihrer eigentlichen Arbeit abzulenken. Ich sagte es nicht, obwohl ich nicht weiß, warum, denn gewöhnlich konnte ich nie den Mund halten.

Am nächsten Sonntag faßte Jack mich auf dem Weg zur Kirche am Mantelärmel und flüsterte mir zu, daß er uns abends besuchen wolle, weil er eine Überraschung für mich habe. Sonntag abends weichte meine Mutter ihre Füße in heißem Wasser mit Natronlauge ein, um danach ihre Hühneraugen mit Vaters Rasiermesser zu entfernen. Es war ein schreckenerregender und furchteinflößender Anblick. Mein Vater ging meistens Karten spielen, obwohl wir uns das nicht leisten konnten, da wir hoch verschuldet waren. Aber als sie ihre Füße bearbeitet hatte, lächelte sie leise und sagte: »Zum Teufel auch« und daß sie jetzt Lust habe, etwas Hübsches anzuziehen. Sie putzte sich so selten heraus, daß es mir fast wie ein Zeremoniell vorkam, ihr ins obere Stockwerk zu folgen, ins Blaue Zimmer zu gehen und zuzusehen, wie sie den Kleiderschrank öffnete und die wenigen langen Kleider berührte, die trotz Alter und Modergeruch noch immer durchtanzte Nächte, Restaurantbesuche, Musik und Lustbarkeiten heraufbeschworen. Sie zog ihre weiße Bluse aus Crêpe de Chine an, die auf Brust und Rücken mit leuchtendroten Blumen bestickt war und mit einer Kordel locker oder eng geschnürt werden konnte. Sie zog die Kordel nur ganz leicht an, und die Wirkung war überwältigend: ihr blasser Hals, der weiße luftige Stoff und die Blumen, die so lebendig wirkten, daß man meinen konnte, es seien Blumen in einem Garten. Unten in der Küche zündeten wir die Lampe an, und ihr rötlichbraunes Haar glitzerte im Licht, während sie mit dem Speck, der vom Mittagessen übrig war, Sandwiches machte. Damals dachte ich, daß ich gewiß glücklich werden würde, wenn ich als Erwachsene ebenso anziehend sein könnte wie meine Mutter. Irgendwie war ich davon überzeugt, daß ihr kummervolles Leben eine Zufälligkeit darstellte, und nicht im Traum hätte ich geahnt, daß ihr Schicksal bereits begonnen hatte, sich auf mich zu übertragen und mich zu prägen.

»Kommt Besuch?« fragte ich.

»Ich glaube nicht«, sagte sie. »Jack hat sicher nur gefaselt.«

Aber als das vertraute Klopfen an der Hintertür ertönte, zeigte sie sich nicht überrascht und sprang auf, um zu öffnen. Jack trat ein, blickte in der Küche herum, aber wollte seinen Hut nicht abnehmen; er lüpfte ihn nur leicht zur Begrüßung. Er tat uns leid, weil er sich für seinen Kahlkopf schämte und weil die Leute behaupteten, daß kein einziges Haar auf seinem Kopf zu finden sei und die Kopfhaut so bleich sei wie Fensterkitt. Er nahm eine Dose aus der Tasche und überreichte sie mir mit einer graziösen Armbewegung. Außen drauf war ein Paar in einem zweirädrigen Wagen, und im Inneren befanden sich Fruchtbonbons, die mit Dreck und Zuckerkrümeln verklebt waren. Wenn man sie lutschte, schmeckten sie nach Gewürznelken – so wie es sich gehörte. Er setzte sich und schob seinen Stuhl vorsichtig immer näher zu meiner Mutter hin, während er sich in umständlichen Erklärungen erging.

»Wirklich sonderbar, Mrs. O. – da freute ich mich auf meinen kleinen Ausflug hierher, und dann wurde ich bedauerlicherweise aufgehalten, was besonders ärgerlich ist, wenn man sich auf seine Pünktlichkeit etwas zugute hält.«

»Es ist nicht spät, Jack«, sagte meine Mutter unbeeindruckt.

»Die Hebamme, Mrs. O....«

Bei diesen Worten zog meine Mutter ein Gesicht, das ihren Abscheu bezeugte. Sie war davon überzeugt, daß Krankenschwestern grundsätzlich ungehobelt seien, aber die Hebamme war an Vulgarität nicht zu überbieten, denn sie war nicht davon abzuhalten, von den Wehen der Frauen zu reden und davon, wie die Fruchtblase springt und das Fruchtwasser austritt.

»Versucht mit aller Macht, meine Wenigkeit einzufangen, Mrs. O.«, sagte er und schob seinen Stuhl verdächtig nahe an sie heran. Sie saßen jetzt nebeneinander, und ich dachte, wenn er sich noch etwas weiter heranschob, würden sie einander berühren.

»Macht kein Geheimnis aus ihren Absichten«, sagte er, und dann flüsterte er etwas, das frivol gewesen sein muß, denn meine Mutter zuckte zusammen und setzte ihre beleidigte Miene auf.

»Mir gefallen Frauen, die Damen sind«, sagte er und lächelte sie dabei auf die allerverschämteste und allereindeutigste Art an, und im selben Augenblick sprang sie auf und sagte, sie müsse jetzt unbedingt einen Apfel essen. Auf dem gefliesten Boden im Vorraum lagen kleine, runzlige, weinrote Äpfel, die das ganze Haus mit einem köstlichen Duft erfüllten, und selbst die verfaulten darunter weckten Sehnsüchte nach Bratäpfeln oder einem warmen Apfelkuchen. Meine Mutter kehrte mit einem Teller voller Äpfel zurück; mit einem kleinen Messer, das sie aus der Küchenschublade nahm, schälte sie einen Apfel, den sie Jack gab, und dann einen zweiten, und dann setzte sie sich in einiger Entfernung zu ihm auf die andere Seite des Feuers.

»Dabei fällt mir ein, Mrs. O.« – er hielt im Sprechen inne und kaute –, »in meiner Taverne wartet ein kleines Geschenk auf Sie. Kommen Sie doch gelegentlich mal vorbei und holen Sie es ab.«

»O Jack, das ist wirklich zu nett von Ihnen!« sagte sie und strahlte ihn an, und ich war mir sicher, daß sie es inzwischen bereute, ihn vorhin zurechtgewiesen zu haben. Als sie aufstand, um Tee zu machen, stand Jack ebenfalls auf, ließ drei Apfelkerne in den Ausschnitt ihrer Bluse fallen und floh aus der Küche, wobei er irgend etwas über die Ohnmachtsanfälle seiner Schwester murmelte.

»Jack, wollen Sie nicht wenigstens eine Tasse Tee«, sagte sie, aber er hatte schon den schweren Riegel hochgeschoben und die Küche verlassen. Sie schickte mich mit der Taschenlampe hinterher. Ich sah ihn das Feld entlanggehen, aber ich rief ihn nicht zurück, denn ich konnte es nicht ausstehen, daß er unsere Tassen benutzte und mit meiner Mutter so vertraulich umging. Draußen war es dunkel und still, und ich konnte hören, wie die Kühe und Pferde das Gras abweideten und wie aus dem Dorf die Klänge eines Akkordeons ertönten, das »Danny Boy« spielte. Ich war unruhig, ohne zu wissen, warum, und ging ins Haus zurück; hinter mir drängten sich die drei Hirtenhunde herein, die um Brot winselten und nicht aus der Küche wichen, bevor jeder von ihnen einen Brotkanten bekommen hatte.

»Er war schon weg«, sagte ich.

»Armer Kerl«, sagte sie, »geht heim und hat zu Hause nichts als Tee und Schwarzbrot und die arme Maggie mit ihren Zuständen.«

»Ich wüßte gern, was das Geschenk ist«, sagte ich.

»Das wüßte ich auch gern«, sagte sie, und ich konnte sehen, daß es ihr nicht aus dem Kopf ging.

»Wäre er dir lieber als Dada?« fragte ich, und im selben Augenblick kam mein Vater herein. Zu meiner Überraschung sagte Mama zu ihm, er hätte früher nach Hause kommen sollen und Jack mit seinen schmutzigen Witzen gehe ihr auf die Nerven.

»Was hat der Schwachkopf hier überhaupt zu suchen«, sagte mein Vater, und dann schrie er uns an und stampfte mit dem Stiefel auf den Boden, was er immer tat, wenn er seine schlechte Laune demonstrieren wollte. Er war eifersüchtig. Ich sah es an seinen unsteten, unzufriedenen, vorquellenden Augen, aber damals wußte ich noch keinen Namen dafür.

»Ich habe Hunger, ich ess' den kalten Braten«, sagte er herrisch.

»Ich habe Sandwiches gemacht«, sagte meine Mutter besänftigend.

»Zum Teufel mit deinen Sandwiches, in diesem Haus kriegt ein Mann nicht mal was zu essen«, und plötzlich schlug er mit der Faust auf den Tisch, so daß der Teller mit den Äpfeln herunterfiel.

»Hol meine Halbschuhe«, sagte er zu mir, und ich holte sie aus dem Schuhschrank und warf sie neben seinen Füßen auf den Boden. Es kam mir vor, als würde er nach Whiskey riechen, und obwohl ich den Gedanken sofort als bloße Befürchtung abtat, als bloße Einbildung, kam es Mama auch so vor, und nachts weinten und beteten wir beide im Bett und hofften, daß er nicht auf eine Sauftour gehen würde.

Als ich am nächsten Nachmittag aus der Schule kam, hatte sie einen Zettel an die Teebüchse gelehnt, auf dem stand, daß ich Teewasser aufsetzen sollte, weil sie zu Jack gegangen war, um ihr Geschenk abzuholen. Ich saß am Fenster und hielt Ausschau nach ihr, und als ich ihr Fahrrad am Gatter aufblitzen sah, rannte ich ihr über die Felder hinweg entgegen, um zu erfahren, was sie geschenkt bekommen hatte – ich malte mir einen Seidenkreppschal oder eine perlenbestickte Tasche aus.

»Ohne Mantel wirst du dich noch erkälten«, rief sie mir auf halbem Weg entgegen.

»Was hat er dir geschenkt?« rief ich.

Als sie näher kam, sah ich ihr die Enttäuschung an. Sie hatte eine Packung Kaffeebohnen bekommen, die für uns völlig nutzlos war, da wir nie Kaffee tranken und außerdem gar nichts besaßen, womit wir die Bohnen hätten mahlen können.

»Du warst ewig lang weg«, sagte ich.

»Ich habe Schmuck angeschaut, herrliche Broschen, die Maggie gehören, in einer Schachtel im ersten Stock.«

»Du warst oben?« sagte ich. Ich war unangenehm überrascht.

»Ja. Du machst dir keine Vorstellung, wie es im Schlafzimmer aussieht.« Sie verdrehte die Augen mitleidig zum Himmel, um die Armseligkeit zu verdeutlichen.

»Nackte Holzdielen, und das ganze Zimmer ist leer bis auf ein eisernes Bettgestell, an dem sein Rosenkranz hängt, und einen Stuhl, auf dem der Sonntagsanzug liegt.«

Sie schien sehr verstimmt zu sein, und als wir ins Haus gingen, warf sie die Kaffeebohnen in einen Behälter, in dem wir nutzlose Dinge aufhoben, Flaschenverschlüsse, Bindfadenreste und einen verrosteten Dosenöffner.

Zwei Tage später stand ein Auto vor unserer Eingangstür, als ich aus der Schule kam, und ich ging schneller, weil ich dachte, wir hätten Besuch. Aber als ich mich dem Haus näherte, hörte ich Geschimpfe, und ich wußte, daß wir wieder einmal in Schwierigkeiten steckten.

»Du armes Kind«, sagte meine Mutter, nahm mich in ihre Arme und erzählte mir dann, daß der Gerichtsvollzieher mit meinem Vater im Wohnzimmer war und daß wir mit den Kesselflickern auf der Straße sitzen würden, wenn wir kein Geld auftreiben konnten. In diesem Augenblick kam der Gerichtsvollzieher in die Küche und sagte, er brauche ein Glas Wasser. Er hatte einen kranken Magen und mußte alle paar Stunden Tabletten nehmen. Mama bot ihm Tee an, den er ablehnte; er stand da und runzelte die Stirn, als könne er nicht begreifen, wie Leute wie wir, die ein nettes Haus und Möbel besaßen, in eine so hoffnungslose Lage geraten konnten. Sie bot ihm ein zweites Mal Tee an, und ich glaube, es ärgerte ihn, daß sie das unangenehme Geschäft, das er abzuwickeln hatte, mit Gastfreundschaft durcheinanderbrachte. Dann bemerkte er meine Anwesenheit, und vielleicht tat ich ihm leid, denn er fragte mich unvermittelt: »Wer ist die Beste in der Schule?«

»Das bin ich«, sagte ich, ohne zu wissen, daß ich prahlte.

Dann erschien der Polizeiwachtmeister, und meine Mutter flehte ihn an, meinem Vater im Wohnzimmer den Revolver abzunehmen. Sie gingen zu dritt hinein. Ich schaute durch den Türspalt und sah meinen Vater mit dem Revolver in der Hand neben dem Kamin stehen; er hatte den Hut auf den Hinterkopf geschoben und Schaum um den Mund. Er sah aus wie ein Mann auf einem Bild, der Gefahr versinnbildlichen sollte. Sie bemühten sich, ihn zur Vernunft zu bringen, und je mehr sie sich bemühten, um so mehr tobte er. Plötzlich verließ meine Mutter den Raum und sagte, sie komme in ein paar Minuten zurück. Blitzschnell radelte sie die Einfahrt hinunter, und im Handumdrehen war sie zurück und Jack begleitete sie. Sie überreichte dem Gerichtsvollzieher einen braunen Umschlag mit einem Bündel Banknoten. Dann faßte der Wachtmeister meinen Vater unter den Armen und half ihm die Treppe hoch; obwohl mein Vater mehrmals stolperte, ließ er kein einziges Mal die Whiskeyflasche los, auf deren Etikett zwei verschiedene Goldschattierungen zu sehen waren. Als der Polizist gegangen war, blieb Jack bei uns und sprach über das Tal der Tränen und die Prüfungen des Lebens. Als mein Vater dann schlief, zog Jack seine Stiefel aus und schlich nach oben, um den Revolver unter dem Kissen hervorzuholen. Außerdem leerte er den Großteil der Whiskeyflasche in eine Kanne und füllte die Flasche mit Wasser auf. Mama goß den geretteten Whiskey in eine Limonadenflasche und sagte, sie wolle ihn für das Weihnachtsgebäck aufheben. Die ganze Küche stank nach Whiskey.

»Mrs. O., Sie wissen, wer Ihre Freunde sind. Auf Jack können Sie sich immer verlassen«, und dann schnürte er seine Stiefel und verabschiedete sich. Mama stand mit ihm auf der Türschwelle, er sagte etwas zu ihr, und sie gab ihm eine Antwort, die ich mir nicht erklären konnte.

»Wie könnte ich das, Jack«, sagte sie mitleidig, und dann kam sie in die Küche zurück und wollte vom Allmächtigen wissen, was aus uns werden sollte. Sie sprach von meinen Schwestern und Brüdern, die im Internat waren, und sagte, wenn niemand für ihre Schulgebühren aufkam, würden sie relegiert werden und nach Hause zurückkommen und sich selbst durchschlagen müssen. Ich sagte, wenn ich erwachsen sein würde, würde ich reich sein und wir würden alle in einem großen Haus wohnen und nie Streit und keine Schulden haben.

»Du kannst von Glück sagen, wenn du überhaupt eine Schulbildung bekommst«, sagte sie bedrückt, und dann erging sie sich in Spekulationen darüber, ob sie Jack das Geld zurückzahlen könnten.

»Es macht ihm sicher nichts aus«, sagte ich, aber sie war sich weniger sicher. Sie sagte, Almosen seien Almosen und die Leute würden es schnell leid werden. Das Wort »Almosen« klang so schön, wie der Name einer exotischen Frucht oder Blume. Später hörten wir meinen Vater schimpfen und rannten aus dem Haus und versteckten uns in einer Senke hinter ein paar Bäumen, bis er weg war. Wir wußten, wie es weitergehen würde – er würde einige Tage lang verschwunden sein und zu guter Letzt im Krankenhaus landen und danach heimkommen und sich für alles entschuldigen.

Etwa zwei Wochen nach diesem Zwischenfall kam er nach Hause zurück und sagte zu mir, ich solle mit ihm kommen und helfen, seine Pferde zu zählen. Ich hatte keine Lust dazu. Es hatte ausgiebig geregnet, und in den Wasserlachen auf den Feldern spiegelten sich die Wolken, tauchten auf und verschwanden wieder. Wir besaßen drei Pferde und ein Fohlen. Ich fürchtete mich vor ihnen, wie ich mich vor ihm fürchtete – auch sie bedeuteten Unberechenbarkeit und geballte, unvermutete Kraft. Als wir uns der Weide näherten, kamen sie wiehernd auf uns zugelaufen, und ich blieb schutzsuchend hinter ihm stehen.

»Sie tun dir nichts, sie tun dir doch nichts«, sagte er, als die Stute mit dem Huf aufstampfte, als wäre sie wütend. Zuerst galoppierten sie aufgeregt durcheinander, aber nach einer Weile wurden sie ruhiger und schnupperten an seinen Händen, um herauszufinden, ob er ihnen Hafer mitgebracht hatte.

»Ich bin ein guter Vater, und eurer Mutter bin ich ein guter Ehemann.«

Das bist du nicht, dachte ich, aber ich sagte nichts.

»Antworte mir«, sagte er.

»Ja«, sagte ich widerwillig, und er fing an zu erklären, daß das kleine Mißgeschick von neulich daher rühre, daß ihm nicht gefalle, wie Jack Holland sich meiner Mutter gegenüber Freiheiten herausnehme. Er sagte, es sei eine Unverschämtheit und er werde es nicht länger mitansehen. Ich sagte nichts. Inzwischen hatten die Pferde sich aus heiterem Himmel heraus entschlossen, sich in den Wasserlachen zu wälzen, so daß ihre Beine und Schenkel mit Schlamm beschmiert waren. Zwei Wochen lang hatten sie keine Menschenseele zu sehen bekommen, und wahrscheinlich waren diese Faxen ihre Art, sich darüber zu beschweren. Am nächsten Tag schrieb Mama Jack einen Brief, auf dem sie »persönlich« vermerkte. Auf die Rückseite des Umschlags schrieb sie SAG (St. Anthony Guide), und sie schickte mich mit dem Brief los. Zum erstenmal betrat ich Jacks Küche. Es war eine große Küche mit einem Steinboden und einem großen Kaminfeuer. Es roch nach gebratenen Zwiebeln, feuchtem Torf und kalter Asche. Maggie döste in einem Schaukelstuhl am Feuer, und Jack saß mit einem Becher Tee am Küchentisch.

»Wie wäre es mit einer Erfrischung?« sagte er, als ich eintrat. Um den Brief zu lesen, mußte er sich die Brille seiner Schwester leihen, also nahm er sie ihr von der Nase und setzte sie auf die eigene. Die Brille hatte randlose Gläser, und er sah wie ein Knicker damit aus. Ein paar Hennen waren aus dem Hof hereingekommen und pickten in einem Sieb, in dem kalter Kohl gewesen war und das sie inzwischen fast leergepickt hatten. Diese Arbeit beanspruchte ihre ganze Aufmerksamkeit. Ein vertrockneter Palmzweig steckte neben dem gläsernen Schirm des Herz-Jesu-Lämpchens, und ich vermutete, daß er seit dem Palmsonntag dort steckte. Die Teller mit blauem Weidendekor, die unordentlich in die Anrichte gezwängt waren, hätten dringend gespült gehört. Während er den Brief las, bemühte ich mich, von seinen Zügen einen Ausdruck der Enttäuschung abzulesen, aber er zeigte keinen.

»Sag deiner Mama, daß Jack alles versteht und auf den Lauf der Zeit vertraut«, und ich sagte, das würde ich ausrichten, und rannte aus der Küche, weil ich irgendwie ahnte, daß er mich küssen wollte. Danach besuchte er uns nur selten, und wenn er kam, sprach er fast nur mit Dada. Aber oft rief er mich auf dem Heimweg von der Schule zu sich, indem er mit den Knöcheln ans Fenster klopfte.

»Wie geht's deiner Mama?«

»Es geht ihr gut.«

Auch wenn es nicht stimmte, sagte ich das aus Rücksicht. Und jedesmal steckte er mir einen Umschlag mit zwei Riegeln Schokolade für sie zu.

Ich war zwölf, als Maggie starb; wir saßen alle im Wohnzimmer, und die Damen tranken Portwein und knabberten an Marietta-Keksen. Jack sah traurig aus; er hatte einen Tropfen an der Nasenspitze und eine Raute aus schwarzem Tuch auf dem Ärmel seines braunen Jacketts. Die Hebamme hatte sie für ihn aufgenäht.

»Armes Geschöpf.«

»Wie lange ist es her, daß sie zum Krüppel wurde?«

»Ein Glück, daß sie Jack hatte.«

»Sie ist direkt in den Himmel gekommen.«

Sie sagten alle dieselben Dinge; sie waren sich über Maggies Himmelfahrt einig und hegten wahrscheinlich verschwommene Gedanken an den eigenen Tod. Meine Mutter sagte, sie wolle Tee machen, und das mußte sie wohl, um meinen Vater von alkoholischen Getränken fernzuhalten. Als sie und ich in die Küche gingen, um Tassen zu holen, fanden wir auf dem Büfett einen Krug mit Margeriten; das Wasser stank, und die Blumen waren vertrocknet. Sie sagte, wie sollte es auch anders sein, wenn keine Frau im Haus war, und als sie den Krug aus dem Zimmer trug, mußten die Frauen sich ihre Taschentücher oder die behandschuhten Hände vor die Nase halten. Als wir nach Hause gingen, erzählte sie es meinem Vater und sagte, wie schade es doch sei, daß Jack nie geheiratet habe, und daß er jetzt vielleicht heiraten würde.

»Wer Jack heiratet, kriegt Maggies Broschen«, sagte ich.

»Vielleicht wartet er auf dich«, sagte sie scherzhaft.

»Sie wird einen Doktor heiraten«, sagte mein Vater stolz; er hoffte darauf, daß ich ihre Lebensumstände verbessern würde.

»Sie wird Jack heiraten«, sagte meine Mutter, und diese Vorstellung war widerlich. Zu jener Zeit sprachen meine Freundinnen und ich von nichts anderem als vom Heiraten. Beim Seilspringen sagten wir einen Vers auf, der so lautete:

Rosmarin und Thymian wächst in unserm Garten,
Mutter, gib mir einen Mann, ich kann nicht länger warten,

und wir träumten von den Filmstars, die wir anschwärmten. Bei vielen Mädchen war Clark Gable der einzige Favorit, so daß sie teilweise wahnsinnig eifersüchtig aufeinander waren, und wenn eine von ihnen sagte: »Clark«, sagte eine andere sofort: »Entschuldige, sprichst du etwa von meinem Freund Clark Gable?«, und das war unweigerlich das Ende ihrer Freundschaft. Wir zupften Gänseblümchen, sprachen Novenen und versuchten es mit Zaubersprüchen. Eine Beschwörungsformel gab es, die den anderen gegenüber den Reiz der Neuheit hatte. Mit der Post kam ab und zu eine besondere kleine weiße Schachtel, die mit Silberpapier ausgelegt war und schweren dunklen Hochzeitskuchen enthielt, dessen Füllung so reichhaltig war, daß er aus nichts anderem zu bestehen schien als aus Früchten, Nüssen, Zitronat und Orangeat – und dann die dicke gelbe Schicht des Marzipanüberzugs und darüber die weiße Zuckerglasur, und bisweilen eine Silberkugel oder ein Bruchstück eines Buchstabens, das von einem Namenszug oder einem Glückwunsch abgeschnitten worden war. Der Kuchen schmeckte exotisch, aber darauf kam es uns nicht an. Wir legten den Kuchen nachts unters Kopfkissen, weil sich uns dann im Traum vielleicht die Initialen des zukünftigen Gatten offenbarten. Geschah es in jener Nacht nicht, dann vielleicht später, in einer anderen Nacht in zwei oder drei Jahren, wenn ein anderes hoffnungsverheißendes Stück Hochzeitskuchen mit der Post ankommen würde. Ich verübelte es meiner Mutter, daß sie Jack in diesem Zusammenhang erwähnt hatte, auch wenn es nur ein Scherz gewesen war. Ich kam mir richtig besudelt vor.

Als ich ins Internat kam, gab Jack mir ein Geschenk mit, das in mehrere Lagen feuchten Zeitungspapiers eingewikkelt war. Es war ein blauer Drehbleistift, dessen Mine so weich war, daß sie abbrach, als ich ihn zum erstenmal benutzte. Später gab ich ihn einer Nonne, die für die Negerkinder sammelte. Schon in der ersten Woche schrieb er mir, und da unsere Briefe kontrolliert wurden, fragte die Nonne mich, wer dieser Herr sei.

»Mein Onkel, Schwester«, sagte ich und war überrascht, wie leicht mir die Lüge über die Lippen ging. Es war fast dunkel, aber noch zu früh, um das Licht einzuschalten, und so mußten wir unsere Briefe im Dämmerlicht lesen. Ich trat ans Fenster, schob eine Rizinuspflanze beiseite und las sein Elaborat.

Ich hoffe, Du erfreust Dich guter Gesundheit und gehst mit Eifer Deinen Studien nach. Ich bin aufs höchste gespannt, ob die Geometrie Dein Lieblingsfach sein wird – wie sie es einst bei mir war: drei Hochrufe auf den alten Pythagoras! Deinen Eltern geht es gut, wir unterhalten uns wie gewohnt über diesseitige Belange und vermissen dabei Deine treffenden und klugen Bemerkungen.

Mein Weinhandel blüht und gedeiht; letzte Woche kam ein Herr aus dem Norden des Landes eigens hergereist, um ein Spezialgewächs meines Hauses zu verkosten, das er auch kaufen will. Ich habe es selbst gebraut – aus den Gaben der Gräben: Rhabarber, Holunder und Pastinake, deren Mischung ein exquisites Bouquet ergibt.

(Wenn irgend jemand diesen Wein machte, dann war es die Hebamme, das wußte ich.)

Ich schreibe noch immer Gedichte und frische meinen Swift und meinen Goldsmith auf – mit beiden halte ich so manches Zwie-

gespräch, wenn ich auf Straßen und Wegen fürbaß schreite. Der Name Holland wird eines Tages einen illustren Klang haben; wenn nicht auf diesem Gebiet, dann auf jenem. Das Wetter ist mild, obgleich es gestern einen Guß gab und ich gezwungen war, Vorkehrungen zu treffen.

(Ich konnte ihn vor mir sehen, wie er im Flur Kübel aufstellte und auf dem Fußboden der Schenke Geschirrtücher ausbreitete, um wenigstens stellenweise den Regen aufzufangen, der durch das undichte Dach hereinströmte.)

Anbei eine kleine Überraschung zur Aufbesserung Deiner Kasse. Paß auf, daß die guten Nonnen nicht eine Betschwester aus Dir machen, und denk immer an das Versprechen für Deinen Freund Jack

Er hatte eine Postanweisung über fünf Shilling beigelegt; ich konnte es zuerst nicht glauben. Das weiße wellige Papier mit der dicken schwarzen Beschriftung überzeugte mich davon, daß er wirklich diesen Betrag geschickt hatte, aber ich wußte nicht, warum.

In einer sternklaren Nacht kehrte ich für die Weihnachtsferien nach Hause zurück. Ich stieg aus dem Bus und wanderte am Feld entlang. Mit Genuß spürte ich die Dunkelheit, roch das nasse Gras und die vermodernden Pilze. Die Hunde sprangen an mir hoch und leckten mein Gesicht ab, vor Wiedersehensfreude führten sie sich auf wie toll. In der Tür stand Mama, die darauf wartete, mich in die Arme zu schließen, und neben ihr war Jack. Er grinste mich töricht an und drückte mir so fest die Hand, daß die Finger neben meinem Ringfinger schmerzten. Meine neue Freundin Lydia hatte mir ihren Siegelring geliehen, damit ich immer an sie dachte.

Mama hatte den Tisch im Frühstückszimmer gedeckt; es gab Würstchen im Schlafrock, Plätzchen mit Mincemeat und Orangentorte mit Zuckerguß. Aus dem Torffeuer züngelten regenbogenfarbene Flammen empor, und jetzt, da ich es nach so vielen Monaten zum erstenmal wieder roch, merkte ich, wie kalt und unnatürlich das Leben war, das wir im Kloster führten.

»Meine Wenigkeit ist inzwischen im Antiquitätenhandel tätig«, sagte Jack über den Tisch hinweg zu mir.

»Oh«, antwortete ich, weil mir nichts Besseres einfiel.

»In der Tat; als ich im vergangenen Herbst nach Pilzen suchte, fand ich eine Brosche, die sich als etwas ganz Besonderes herausstellte. Aber behalte das für dich, denn ein ganzer Haufen von Strolchen wartet nur darauf, es mir gleichzutun. Eine Brosche aus Bronze. Ich konnte bei einigen Dubliner Autoritäten Interesse wecken, und Anfang des Jahres wollen sie herkommen, um die Brosche zu begutachten.«

Mama blinzelte mir zu. »Leuchtest du mir nach oben mit einer Kerze? Ich kann dann ein Kissen heraussuchen, das ich für dich lüften will.«

Wir faßten einander unter, als wir die Treppe hochstiegen, und ausnahmsweise sagte sie nicht, ich solle aufpassen, daß ich kein Wachs auf den alten türkischen Teppich tropfen ließ. Außerdem hätten wir es am nächsten Tag sowieso mit Hilfe des Bügeleisens oder einer heißen Messerklinge und einem Stück Packpapier entfernt. Ich wäre am liebsten mit ihr auf der obersten Treppenstufe gesessen, um alles zu besprechen – daß ich einmal Nissen im Haar gehabt hatte und die Nonne gesagt hatte, was für eine Schande ich für das Institut sei, und dann wollte ich fragen, ob Dada wieder getrunken hatte und ob die Ernte gut gewesen war und wir meine Schulgebühren bezahlen konnten. Als das Kerzenlicht auf Mamas Gesicht fiel, sah ich, daß sie lachte.

»Es ist wegen Jack«, sagte sie, »er fängt an, sich Sachen einzubilden. Er ist nicht mehr ganz bei Trost. Jede Nacht gräbt er auf dem protestantischen Friedhof, aber er findet nie etwas außer alten Flaschen und Nachttöpfen und kaputten Glasstürzen.«

»Hat er überhaupt irgendwelche Freunde?« fragte ich.

»Nur uns ...« sagte sie.

Jack strahlte mich an, als ich die Treppe hinunterkam, und als er kurze Zeit später ging, ließ er zwei Karamelbonbons in den Halsausschnitt meines Pullovers fallen und nicht in den Mamas. Ich war erst seit einem Monat wieder im Kloster, als Mama mir schrieb, daß Jack begonnen habe, drei Meilen vom Dorf entfernt ein großes zweistökkiges Haus zu errichten. Sie schrieb außerdem, daß manche Leute behaupteten, er werde ein Mädchen aus Longford heiraten, und daß die Hebamme Gürtelrose gekriegt habe, als sie es erfuhr. Damals muß er um die Sechzig gewesen sein. Jeder fragte sich, wie er die Dame aus Longford kennengelernt haben sollte – es sei denn auf postalischem Wege –, aber es wurde behauptet, daß eine solche Dame tatsächlich existiere und Cissy heiße. Meistens schloß er nachmittags seine Schenke und baute ohne jede Hilfe an seinem Haus – nicht einmal einen Hilfsarbeiter oder einen Maurer beschäftigte er. Infolgedessen dauerte es drei Jahre, bis das Haus fertig wurde, und meine Mutter schrieb mir, wie es aussah. »Jacks Haus ist nun endlich fertig geworden. Letzten Sonntag hat er Deinen Vater und mich eingeladen, es zu besichtigen. ›Schrecklich‹ ist das einzige Wort, das mir dazu einfällt. Das Dach ist nicht einmal mit Schiefer gedeckt, die Fensterrahmen sind mehr als schief, und das Ganze hat er mit einer gallengelben Farbe angestrichen, die er als ›Ocker‹ bezeichnet. Der Weg zum Haus ist ein einziger Sumpf. In Jacks Augen ist es natürlich ein Wunderwerk, und er hat es doch tatsächlich ›Sweet Auburn‹ genannt. Er erwartet nichts sehnlicher, als es Dir vorführen zu können.«

Als ich nach dem letzten Jahr an der Klosterschule für die Sommerferien nach Hause kam, kreisten meine Gedanken um Dublin, und es verdroß mich, daß ich zu Hause sitzen und deprimierenden Gesprächen zuhören mußte. Meiner Mutter gegenüber war ich sarkastisch, meinem Vater ging ich aus dem Weg, und die meiste Zeit über hielt ich mich im ersten Stock auf, wo ich Kleider anprobierte – die eigenen und die meiner Mutter. Aus dem Dorf kam ein kleiner Junge, der mir ausrichtete, daß Jack mich um drei Uhr erwartete. Meine Mutter meinte, ihr Gefühl sage ihr, daß es etwas Gutes für mich bedeute. Ich hatte gute

Noten, und sie war überzeugt, daß Jack mir zehn oder zwanzig Pfund schenken würde. Ich hoffte, daß sie recht hatte, denn ich brauchte das Geld dringend, um mir schicke Kleider kaufen zu können. Er wartete vor der Schenke auf mich; er saß auf dem Fensterbrett und hatte in flotter Torero-Manier eine Regenhaut über die Schulter geworfen. Er wirkte glücklich und winkte mir schon aus fünfzig Metern Entfernung zu.

»Zum Malen schön«, sagte er, als er sich erhob und mit einer Kopfbewegung andeutete, daß wir nicht hier vor den Augen des ganzen Ortes sitzen wollten. In seiner Schenke war das Rouleau heruntergelassen, und ich fragte ihn, ob er heute nachmittag geschlossen habe.

»Eigentlich nicht, aber meine Wenigkeit ist sein eigener Herr und Meister«, sagte er und ging mit großen Schritten den Hügel hoch und an der Kirche und am Friedhof vorbei.

»Wohin gehen wir?« fragte ich.

»Zu meinem Landsitz«, sagte er.

Es fing an zu regnen; die Tropfen fielen zuerst spärlich und dann immer schneller, und das war ihm ein willkommener Vorwand dafür, mir ritterlich die Regenhaut um die Schultern zu legen. Wir wanderten die Straße entlang, und dann gingen wir den Weg hoch, und ich sah das feuchte, unbewohnte Haus vor mir. Er konnte es kaum erwarten, daß wir hingelangten. Es gab kein Tor, deshalb hob er ein Stück des verrosteten Stacheldrahts hoch, ließ mich hineinschlüpfen und geleitete mich auf den rechteckigen Hof, der das Haus umgab und auf dem die Brennesseln gediehen. Das Haus sah gespenstisch aus, und die Fenster waren dreckig. Eine Ratte flitzte gewandt durch ein Loch unter der Ligusterhecke; falls Jack sie gesehen haben sollte, ließ er sich jedenfalls nichts anmerken. Vögel schwirrten aufgeregt aus den Dachtraufen heraus und wieder hinein und lärmten, als wären sie aufgebracht, weil unsere Anwesenheit ihre Rechte an dem Haus schmälern konnte. Auf dem Feld hinter dem Stacheldraht stand ein sehr kleiner alter Esel mit großen kahlen Stellen auf dem Fell, der uns anstarrte, aber keinen

Laut äußerte. Jack murmelte etwas von Blumenbeeten, die er später einmal anlegen wollte, und sagte, ihm schwebe auch ein Torbogen vor, von dem im Juni die Rosenblüten hängen würden. Es war Juni, und die einzigen Blüten hier waren die des Jakobskrauts und die der unzähligen Butterblumen, beides leuchtend gelb.

Wir standen vor dem Haus, und er machte mich auf bestimmte Details aufmerksam – auf das Oberlicht über der Tür, das er als neogeorgianisch bezeichnete, und auf die Tür selbst, die aus Brettern zusammengenagelt war. Trotz all seines Geredes sah das Haus sehr alltäglich und sehr unfertig aus. Es war ein zweistöckiges rechteckiges Gebäude; seine Frontseite war mit Rauhputz versehen und in diesem schmutzigdunklen Gelbton angestrichen. Die vorhanglosen Fenster sahen aus wie lange trauernde Gestalten, die in den ungepflegten Garten hinausblickten. Das einzige hervorstechende Merkmal des Hauses – wenn man es als solches bezeichnen kann – war der Umstand, daß es an einem Abhang gelegen war und man eine schöne Aussicht auf gepflügte Äcker und auf Wiesen hatte, die an der Straße lagen. Ich wollte durch eines der langen Fenster hineinsehen, aber er hielt mich zurück. Die Besichtigung mußte planmäßig und unter seiner Führung absolviert werden. Ich wurde ungeduldig und sah doch hinein, und ich sah die nackten Holzdielen im Wohnzimmer, die mit Farbe bekleckst waren, und mitten auf dem Fußboden einen Marmorkamin, der überhaupt nicht herpaßte. Carraramarmor, wie er erklärte. Eine Andeutung der Vornehmheit, die er anstrebte. Er räumte ein, daß das Haus hier und da noch nicht ganz fertig sei, und dann meinte er, daß dem Haus fraglos die weibliche Note fehle, der kundige Blick, der sofort erkannte, wo man einen Spiegel anbringen oder eine kleine Etagere aufstellen mußte und welches Porträt über dem Kamin aufzuhängen war, so daß jeder Besucher ein Gefühl geistiger Bereicherung erfuhr. Ich hörte sein Gefasel an und ärgerte mich darüber, daß das nasse Gras meine neuen Sandalen ruinierte, daß die beige Farbe abging. Hatten wir, so fragte ich mich, ihm je das Geld zurückgezahlt, das er dem

Gerichtsvollzieher gegeben hatte? Gewiß wurde er in Naturalien und in Kuchenstücken und Speckseiten bezahlt, und für ein Gutteil des Geldes hatte vermutlich sogar ein besticktes Tischtuch genügen müssen. Mich kümmerte es nicht. Ich hatte nur einen Gedanken – alldem zu entfliehen, und ahnte in meinen Tagträumen nicht, daß ich so hoch und so weit fliegen konnte, wie ich nur wollte, und doch nie diesen Leuten entkommen konnte, die mit mir verwachsen waren.

Ich mußte etwas sagen, also sagte ich: »Es ist sehr einsam hier.«

»Nicht, wenn wir zu zweit sind ...« sagte er.

Er ging am Haus entlang, um den Schlüssel zu holen, den er in einer leeren Konservendose aufbewahrte. Der Anblick des Ganzen machte mich frösteln – die Nesseln, die Disteln, das Jakobskraut und die Feuchtigkeit, die das Haus ausströmte und die es unwohnlicher und trübseliger erscheinen ließ als jeden Schuppen. Als er zurückkam und den großen Schlüssel um den Finger wirbelte, zwinkerte er mir verschwörerisch zu, und dann geschah es, bevor ich ihn noch hätte abwehren können. Jack drehte den Schlüssel im Schloß, dann hob er mich in seinen Armen hoch, trug mich über die Schwelle und rief dabei triumphierend: »Hallelujah ... unser Heim, unser Heim, unser Heim!« Er sagte, diesen Augenblick habe er sich schon so lange ausgemalt, und er bedaure nur, daß er keinen Ring mitgenommen habe. Seine Nase und sein Mund beugten sich über mein Gesicht, und er kam mir vor wie ein großer Vampir, der einen Kuß fordern wollte. Ich riß mich heftig aus seinen Armen, rannte zum Stacheldraht und rief ihm zu, daß er ein Scheusal sei. Entweder war er zu schockiert oder zu beschämt, um mir zu folgen, aber jedenfalls war die Hast, mit der ich den Weg entlanglief, unnötig, denn als ich mich umblickte, stand er so reglos und verlassen da wie eine Pappel. Er bewegte sich überhaupt nicht.

Jack verkehrte von da an nicht mehr in unserem Haus; wenn er meiner Mutter begegnete, ging er auf die andere

Straßenseite, und er mied die Gesellschaft meines Vaters nach der Sonntagsmesse. Die Hebamme wurde unentbehrlich. Nun, da wir verbannt waren, buk sie ihm Kuchenbrot, und wenn sie es brachte, sammelte sie seine schmutzigen Socken ein, die sie auf Tisch und Stühlen fand. Sie stopfte die Socken und fing sogar an, sich Gedanken über das verwaiste Wohnzimmer zu machen; sie hätte gern einen Ölofen in das Zimmer gestellt. Da das Mädchen aus Longford keine greifbare Gestalt angenommen hatte, dachten alle, er würde die Hebamme heiraten, und das dachte sie auch. Aber nachdem sie sechs Monate lang für ihn gewaschen und gebacken und sogar die Spitzenvorhänge geflickt hatte, die im ersten Stock hingen, bat sie den Priester, ein ernstes Wort mit Jack zu sprechen. Der Priester suchte ihn an einem Sonntagnachmittag auf, und da die Schenke geschlossen war, wurde die Vordertür feierlich aufgestemmt. Sie war durch den Regen verquollen. Jack legte eine Zeitung auf die Sitzfläche eines Küchenstuhls und bat Hochwürden, Platz zu nehmen und seine bescheidene Behausung zu entschuldigen; dann offerierte er ihm einen Schluck Sherry oder vielleicht, besser noch, ein Glas Malzlikör.

»Um nicht drumherum zu reden, Jack – jünger werden wir alle nicht mehr, die Zeit bleibt nicht stehen, und Sie erfreuen sich der Bekanntschaft einer sehr netten Dame; wäre es nicht vielleicht an der Zeit, eine Familie zu gründen?«

Das waren die Worte, die der Priester benutzte, denn er beschrieb diesen Vorfall bis ins kleinste Detail meiner Mutter, als sie einmal die Messe zu Hause lesen ließ.

»Heiraten, Vater«, sagte Jack, »kommt nicht in Frage. Lange Jahre war ich mit einer jungen Dame in unserer Gemeinde verlobt, aber sie hat mich sitzenlassen. Seitdem habe ich meine idealistischen Vorstellungen über das andere Geschlecht revidiert, und ich glaube nicht, daß es mir möglich sein wird, jemals wieder eine andere Bindung einzugehen; ohne übertreiben zu wollen, muß ich sagen, daß dadurch mein Leben ruiniert worden ist.«

Schon bald nach diesem Gespräch hörten die Handreichungen der Hebamme auf, und mit der Zeit wurde er immer verschlossener und sprach nicht einmal mehr mit seinen Kunden ein Wort. Er schenkte ihnen nur die Getränke aus, beobachtete sie beim Trinken und brütete dabei vor sich hin. Er kümmerte sich nicht mehr um sein zweistöckiges Haus, und eines Abends sahen Kinder beim Pilzesammeln Flammen hinter einem der Vorderfenster; sie dachten, das Haus brenne, und liefen hin, um nachzusehen. Im Haus hatte eine Gruppe von Kesselflickern es sich auf dem Fußboden bequem gemacht; sie aßen und tranken und hatten im Kamin ein großes Feuer angezündet. Als Jack davon erfuhr, sagte er, er wolle den Polizeiwachtmeister hinschicken, aber seit jener Zeit wohnten die Kesselflicker, wenn sie herkamen, nicht mehr im Freien, sondern in seinem Haus.

Im nächsten Winter bekam er Gürtelrose, und dann fing er an, seine Schenke zu sonderbaren Zeiten zu öffnen – wann es ihm gerade paßte. Als ich älter wurde, mußte ich an ihn denken und daran, wie er sich geschämt haben mußte und wie gefühllos ich ihm erschienen sein mußte. Ich hätte gern mit ihm gesprochen und ihm gesagt, daß es mir leid tat. Meine Mutter riet mir ab; sie sagte, er sei sehr eigen geworden und würde mich gewiß nicht ins Haus lassen, wenn ich ihn aufsuchte – wie es auch ihr widerfahren war. Ich sagte, ich wolle ihm nach der Messe folgen. Geduldig ließ ich das Gehuste und Gekrächze über mich ergehen, ich atmete den klammen Geruch der Tweedmäntel ein und schaute all die Gesichter an, die ich schon fast vergessen hatte, Gesichter, die so knorrig und verwittert waren wie Baumrinde. Jack war kahl und gebeugt; inbrünstig betete er seinen alten schwarzen Rosenkranz aus Horn herunter. Seine Finger hätten die einer alten Frau sein können, so klein und verwachsen waren sie. Die Kirche selbst erschien mir kleiner und unscheinbarer als früher, und ich dachte an die Missionare und an die Schreckensbilder, die sie in ihren Predigten gemalt hatten. Der Priester sprach sehr langsam, und bisweilen hielt er inne, als falle es ihm schwer, sich auf die richtigen

Worte zu besinnen. Beim letzten Evangeliumsabschnitt sprang Jack auf und verließ die Kirche. Ich hatte etwas Derartiges erwartet und stand ebenfalls auf, kniete schnell nieder und bekreuzigte mich und ging. Er hastete unter den Zypressen zum Kirchhoftor, öffnete es und eilte hinaus, ohne es zu schließen. Das Tor fiel klappernd ins Schloß.

»Jack, Jack.« Ich wagte nicht, laut zu rufen, um den Gottesdienst nicht zu stören. Ich schloß das Tor und eilte ihm nach; immer wieder rief ich seinen Namen, aber er tat so, als hörte er mich nicht. Er ging mit großen Schritten, und es war eindeutig, daß er mir aus dem Weg gehen wollte. Als er vor seiner Ladentür angelangt war und sie öffnete, holte ich ihn ein.

»Jack, ich freue mich so, dich zu sehen.«

Er hörte mich wortlos an. Er trat ins Haus, zog die Tür zu und schob sofort den Riegel vor. Ich dachte, er würde sich vielleicht anders besinnen, und wartete. Der graue Gazevorhang, auf dem das Wort »Weinhändler« verblichen war, sah so fadenscheinig und dünn aus, daß man fast erwartete, er werde sich jeden Augenblick in Staub auflösen. Ich klopfte wieder und wieder, aber er ließ sich nicht erweichen. Ich war mir auch gar nicht sicher, ob er unschlüssig hinter der Tür stand oder ob er auf Zehenspitzen in die Küche geschlichen war und sich eine Tasse Tee kochte. Als ich die Straße entlangging und die leuchtendroten Glocken der Fuchsienblüten sah und das fröhliche Hupen der Autofahrer hörte, mußte ich daran denken, wie abweisend er in seiner Schwermut war und wie menschenscheu die Melancholie ihn gemacht hatte. In ihm sah ich zum erstenmal für einen kurzen Augenblick etwas von dem unbehausten Ich, das ich später sein sollte.

Bei seinem Tod hinterließ er seinen Besitz einem Vetter, den wir noch nie gesehen hatten und den wir kaum dem Namen nach kannten. Als meine Mutter erfuhr, daß er uns in seinem Testament überhaupt nicht erwähnt hatte, erklärte sie es damit, daß Blut eben doch dicker sei als Wasser, und sie sagte, sie sei wirklich überrascht, daß er ihr nicht einmal eine Karaffe oder eine Keksdose hinterlassen habe. Aber ich glaube, daß ihre Enttäuschung keine materiellen Gründe hatte, sondern aus den heimlichen romantischen Träumen herrührte, die sie zwar standhaft ableugnete, aber in einem verborgenen Winkel ihrer Seele immer gehegt hatte und an deren Erfüllung sie ihr Leben lang geglaubt hatte.

Unmenschen

Mabels Familie wohnte in einem Cottage am Ende unserer Straße, und es gab ein ständiges Hin und Her zwischen unseren Häusern, sei es, um zu helfen, sei es, um Tee oder Zucker oder die Zeitung zu leihen oder etwas zum Einreiben, die einen erpicht auf die Neuigkeiten der anderen. Seit Wochen wußten wir, daß Mabel heimkommen würde, aber wir wußten nicht, ob sie mit dem Autobus oder mit dem Auto kommen und bei Tage oder gegen Abend eintreffen würde. Sie kam aus Australien, hatte den größten Teil der Reise per Schiff zurückgelegt, war dann mit dem Segelboot nach Dublin übergesetzt und würde von dort mit dem Zug zu unserem Bahnhof fahren, der wahrlich ländlich war und wo selten ein Fahrgast ausstieg. Sie würde müde sein. Sie würde aufgeregt sein. Sie würde voller seltsamer Geschichten und seltsamer Eindrücke stecken. Wie lange würde sie bleiben? Wie würde sie aussehen? Ob ihr Haar dauergewellt war? Was für Geschenke oder was für Schnickschnack würde sie mitbringen? Würde sie einen Akzent haben? Oh, wie aufregend! Diese und noch tausend andere Fragen beschäftigten uns, und als der Zeitpunkt näherrückte, waren ihr Name und ihre Ankunft auf jedermanns Lippen. Ich durfte ihrer Mutter an dem Samstag helfen, und in meinem Eifer machte ich mich schon beim ersten Hahnenschrei auf den Weg und brachte sechs frische Eier und leihweise unseren Schneebesen mit. Die erste Aufgabe war, das Zimmer oben auszuräumen. Es roch muffig. Mäuse huschten da herum, weil die Familie ihren Hafer dort aufbewahrte. Es war eine Mansarde mit einem Dachfenster und einer schrägen Decke. Tatsächlich war es nur ein halbes Zimmer, weil man sich an der niedrigen, mit Leimfarbe gestrichenen Decke dauernd den Kopf stieß. Ich sollte mit einer Kelle den Hafer aufschaufeln und in einen Sack schütten.

So aufgekratzt war ich vor Vorfreude, daß ich ab und zu nicht aufpaßte und der Hafer wieder aus dem Sack herausrutschte. Von Zeit zu Zeit sagte ihre Mutter: »Ich hoffe, sie hat keinen Unfall«, oder: »Ich hoffe, sie hat ihr Gelöbnis nicht gebrochen«, aber diese Dinge sagte sie nur, um ihre Freude zu verschleiern oder abzuschwächen. Mabels Kommen hatte ihrem Leben nämlich wieder Hoffnung und Auftrieb verliehen.

Mabel war zehn Jahre weg gewesen, und in der Zwischenzeit war die Verbindung zwischen ihnen nur durch ihren monatlichen Brief und einige Photographien aufrechterhalten worden. Die Photos waren sehr unscharf, und da waren immer noch andere Mädchen drauf, die affektiert lächelten, so daß man nicht feststellen konnte, wie Mabel aussah, wenn sie entspannt war. Auch trug sie immer einen Hut, der ihre Züge verbarg. Mabel war Gesellschafterin einer Dame, und in ihren Briefen war von dieser Dame die Rede, von ihren Launen, den Sonnenblumen in ihrem Garten und der Schönheit ihres deutschen Klaviers, das aus Kirschbaumholz bestand.

»Ich nehme an, sie wird den Sommer über hierbleiben«, sagte ihre Mutter, und ich fand das ein bißchen optimistisch. Wer würde schon drei oder vier Monate in unserer gottverlassenen Gegend bleiben wollen? Nichts geschah, außer daß das Land gepflügt und die Saat in die Erde gebracht wurde, dann kam die Ernte, das Dreschen, dann wurden die Gänse hinausgeschickt, um sich auf den Stoppelfeldern gütlich zu tun, und bald war das Land wieder kahl. Keine der Frauen schminkte sich, und in der Drogerie pflegten die Töpfe mit Tages- und Nachtcreme einzutrocknen, weil keine Nachfrage bestand. Natürlich informierten wir uns in einer Zeitschrift über Mode, und wir, meine Schwestern und ich, wußten, daß Damen Tweedkostüme in dunklem Purpur trugen und daß sie manchmal mit Parfum getränkte seidene Taschentücher hatten, die sie der Wirkung halber unter ihr Mieder steckten. Nicht eine Sekunde glaubte ich, daß Mabel lange bleiben würde, aber hätte ich etwas gesagt, hätte mich ihre Mutter nach Hause geschickt. Wir trugen ein Feldbett nach oben, bezogen es mit frischen Laken und Decken und hängten dann einen mit Leim bestrichenen Papierstreifen als Fliegenfänger auf. Der Raum roch immer noch muffig, aber ihre Mutter sagte, das sei zu erwarten, und wenn Mabel sich ihrer Herkunft schäme, dann sei sie schief gewickelt.

Wir gingen wieder nach unten, um mit dem Backen voranzukommen. Sie schlug die sechs frischen Eier in eine Schüssel und verrührte sie mit dem Schneebesen zu einer schaumigen Masse. Dann holte sie halbierte Orangen- und Zitronenschalen heraus, und in den Vertiefungen waren Zuckerkrusten, die wie Eis aussahen. Ich hätte gern ein Stück gehabt. Ich war dabei, Mehl zu sieben, und ich machte es so energisch, daß das Mehl durch die Luft wirbelte und alles schneeweiß färbte. In diesem Augenblick kam ihr Mann herein und verlangte sein Mittagessen. Sie fragte, ob er nicht sehen könne, daß sie Kuchen backe. Sie schickte ihn zu dem kleinen Fliegenschrank, der draußen im Garten an einem Baum befestigt war, woraufhin er brummte und mit seinem Spazierstock fuchtelte. Offenbar war nichts im Fliegenschrank, bloß Buttermilch.

»Mach mich nicht verrückt«, sagte sie.

»Soll ich vielleicht Gras essen?« fragte er, und ich sah, daß er drauf und dran war, die Schüssel mit den schaumig geschlagenen Eiern zu nehmen und auf den Hof zu werfen, wo wir die Eier nicht mehr retten konnten, weil Hühner, Enten und Schweine da draußen im Dreck wühlten.

»Kannst du mich nicht mal in Frieden lassen?« sagte sie, aber als sie sah, daß er gleich platzen würde, duckte sie sich, um einem etwaigen Schlag auszuweichen, und dann holte sie eine Ochsenzunge, die sie am Morgen gekocht hatte, unter einer darüber gestülpten Schüssel hervor. Sie war natürlich für Mabel bestimmt, aber ihre Mutter erkannte, daß es besser war, nachzugeben. Während sie die Zunge aufschnitt, beobachtete er sie und konnte seinen Zorn kaum bezähmen. Als ich sah, wie sie das Messer ansetzte, dachte ich: Der arme Ochse hat nichts vom Leben, weder tot noch lebendig. Sie schnitt dünne Scheiben, denn sie wollte sparsam mit dem Fleisch umgehen. In der Stille hörten wir eine Maus, sie war in die Falle geraten, die wir gerade in Mabels Zimmer aufgestellt hatten. Ihr Schrei war unvermutet und flehentlich. Mabels Vater nahm mit der Hand eine Scheibe Zunge, er war zu ungeduldig, um abzuwarten, bis ihm der Teller gereicht wurde. Ich hätte die Zunge auch gern gekostet, aber nicht ohne etwas dazu. Ich hätte gern ein Stück saure Gurke gehabt, damit sie nicht so nach Ochse schmeckte, sondern wie etwas Künstliches, etwas Eingemachtes. Er aß am Feuer, mampfte laut, verlangte von mir noch ein Stück Brot, und zwar schnell. Er trank seinen Tee aus einem Emailbecher, und ich hörte, wie er ihm glucksend durch die Kehle rann. Noch nie in seinem Leben hatte er ein höfliches Wort an mich gerichtet.

Der fertige Kuchen bot einen wunderschönen Anblick. Er war von dunkelgoldener Farbe, war wundervoll aufgegangen und hatte obendrauf kleine Risse, in die sie heimlich etwas Whiskey träufelte, um dem Kuchen, wie sie sagte, etwas Aroma zu verleihen. Ich fragte, ob sie einen Zuckerguß machen würde, aber sie schien diese Frage übelzunehmen. Aus irgendeinem absurden Grund begann ich mich zu fragen, wer Mabel heiraten werde, denn sie war natürlich noch nicht verheiratet und durfte keine alte Jungfer werden, denn das war eine höchst peinliche Rolle.

»Du kannst jetzt nach Hause gehen«, sagte ihre Mutter zu mir.

Ich sah sie an. Wenn Blicke reden könnten, dann hätte dieser es tun sollen. Mein Blick war ein Bittgebet und flehte: »Laß mich zu Mabels Ankunft herkommen.« Ich trödelte herum und dachte, sie würde es noch sagen, aber sie tat es nicht. Ich lobte den Kuchen. Ich geizte nicht mit meinem Lob für ihn, für die sauberen Fenster, die gebohnerten Fußböden, die drei gefangenen und dem Feuer überantworteten Mäuse, für alles. Es war vergeblich. Sie lud mich nicht ein.

Der nächste Tag war eine Qual. Würde ich hingehen dürfen? Das Thema war noch nicht angeschnitten worden, und ich versuchte es mit tausend Listen und ebenso vielen Verwünschungen. Ich nahm die Uhr auf, die mit dem Zifferblatt nach unten lag, und wenn ich die Zeit auf einige Minuten genau erraten hatte, dann würde ich sicher gehen. Ein Schmetterling war zwischen den zwei Scheiben des offenen Fensters gefangen, und ich dachte: Wenn er ohne Hilfe den Weg hinausfindet, dann werde ich gehen. Da drinnen mühte er sich und schlug mit den Flügeln, flog dauernd vergeblich im Kreis, doch wie durch ein Wunder schoß er plötzlich in die Höhe und schwebte hinaus in die Luft, ein sanft flatternder Traum in Orange-Braun. Nicht zu gehen wäre eine Qual. Aber noch schlimmer wäre es, wenn meine Schwestern gehen dürften und mir gesagt würde, ich müßte auf das Haus aufpassen. Das kam manchmal vor. Warum auf ein Haus aufpassen, das stabil war und größer als man selbst? Außerordentlicher Fleiß überkam mich und eine solche Anwandlung von Ordnungsliebe, daß meine Mutter sagte, Mabel müßte in unserem Haus ankommen. Wenn es nur so gewesen wäre!

Nach dem Tee, als ich das Geschirr abgewaschen hatte, konnte ich mich nicht länger beherrschen und begann zu schniefen. Meine Mutter tat so, als bemerke sie es nicht. Sie zog sich in der Küche um. Das tat sie dort oft und hielt die guten Kleider vor das Feuer, um sie auszulüften. Die Zimmer oben waren feucht, die Schränke waren feucht, und wenn man seine guten Kleider anzog, konnte man spüren, wie einem die Feuchtigkeit in die Knochen drang. Sie war barsch. Sie sagte, warum Löckchen und warum die beste Strickjacke. Ich weinte stärker. Sie sagte, wir sollten es uns aus dem Kopf schlagen, und kündigte an, daß keines der Kinder mitgehen würde, weil die Küche der McCanns viel zu klein für Horden sei. Sie sagte, Schluß mit dem Geschluchze und statt dessen Hausarbeiten machen. Während mein Vater sich rasierte, kroch ich unter den Tisch, um zu beten. An der Art, wie er sich die Stoppeln vom Kinn schabte, ließ sich erkennen, daß er schlechter Laune war. Er sagte, nicht einmal einen Tag wie diesen könne man genießen. Er sagte, warum habe er Vieh füttern müssen, und meine Mutter sagte, weil kein anderer da sei, der es tue.

Nachdem sie gegangen waren, beschlossen meine Schwestern und ich, Pfannkuchen zu backen. Dabei hätte meine ältere Schwester fast das Haus in Brand gesteckt, weil sie zuviel Petroleum in den Herd schüttete. Ich werde es nie vergessen. Es war wie der Jüngste Tag, Flammen schlugen aus dem Herd, orange Flammen züngelten die Wände hinauf, und meine andere Schwester und ich schrien sie an, sie solle sie löschen, löschen. Das erste, was wir zur Hand hatten, war eine Kanne mit Milch, die wir vor Schreck hineinschütteten. Zum Glück bezwangen wir das Feuer, und nichts blieb zurück als ein Geruch nach Petroleum und ein fürchterlicher Gestank nach verbrannter Milch. Der Pfannkuchenplan wurde aufgegeben, und wir verbrachten die nächste Stunde mit dem Versuch, die Küche zu lüften und den Herd zu säubern. Zu der Zeit, als die Eltern zurückkamen, waren wir ganz brave Kinder. Es war schon dunkel, und wir hörten das Schloß vom Tor, dann sprangen die Hunde auf, und dann wurde die Türklinke angehoben. Meine Mutter kam zuerst. Sie kam immer zuerst, um den Kessel für den Vater aufzustellen und mit ihren Pflichten voranzukommen. Das erste, was wir bemerkten, war das Päckchen unter ihrem Arm. Es war in Seidenpapier eingeschlagen und an einem Ende geöffnet worden. Meine Schwester griff danach, als meine Mutter die Nase rümpfte und fragte, ob etwas brenne. Wir bestritten es und bestürmten sie, sie solle erzählen, erzählen. Mabel sei gekommen, sei müde von der Reise, spreche mit einem komischen Akzent und sage, das Wort, das bei uns Flechtwerk bezeichne, sei in Australien der Name einer Akaziensorte.

Inzwischen war mein Vater hereingekommen und sagte, er selbst sehe besser aus als Mabel, und dann machte er ihren Akzent nach. So einen Akzent hatte ich noch nie gehört. Mein Vater sagte, das einzig Interessante an ihr sei, daß sie auf Pferde wette und in Sydney zum Pferderennen gegangen sei. Meine Mutter sagte, sie sei auf einer großen Schaffarm gewesen, abgeschnitten von der Außenwelt, und habe sehr wenig Menschen gesehen, nur die Schafscherer und die Dame, für die sie arbeitete. Meine Mutter bezeichnete sie als hager und ihre Haut als grob und durch die Hitze geschrumpelt. Das Geschenk erwies sich als ein blaßblauer seidener Schlafanzug. Ich sah die Reaktion meiner Mutter – ungeheure Enttäuschung, die an Abscheu grenzte. Sie hatte auf ein Kleid oder eine Bluse gehofft, jedenfalls hatte sie auf etwas Tragbares gehofft. Außerdem waren Schlafanzüge anstößig, sündig. Männer trugen Schlafanzüge, Frauen trugen Nachthemden. Schmach und Schande. Meine Mutter faltete ihn rasch zusammen, damit mein Vater ihn nicht sah, falls er dadurch auf Gedanken käme. Sie stopfte ihn in einen Schrank, und es war deutlich zu merken, daß sie sich ärgerte. Selbst mit einem Stoffrest wäre sie zufrieden gewesen, denn daraus hätte sie für uns etwas nähen können. Es schien, daß Mabels Heimkehr ziemlich enttäuschend gewesen war und nicht einmal ihr Vater ein Wort von dem, was sie gesagt hatte, verstehen konnte. Offenbar fanden die Männer, die gekommen waren, um sie auf Herz und Nieren zu prüfen, daß mit ihr nicht viel los sei, und die Frauen waren zutiefst enttäuscht von ihrer Kleidung. Sie hatten erwartet, daß sie hochhackige Pumps trüge, möglichst in Wildleder, und statt dessen trug sie offenbar einfache Lederschuhe, die fast, wenn auch nicht ganz flach waren. Was die Sache noch schlimmer machte: sie waren hellbraun, und ihre Strümpfe waren hellbraun, und ihre Haut war leicht bräunlich, und zu alledem war ihr Kostüm leuchtendrot. Meine Mutter sagte, sie sehe wie eine Vogelscheuche aus, sehr auffällig.

Am nächsten Tag regnete es. So heftig, daß Hagelkörner gegen die Fensterscheiben schlugen und wie Kugeln darauf prasselten. Der Himmel war tintenschwarz, und selbst wenn eine Wolke aufriß, war das silberne Innere dunkel und bedrückend, denn es kündigte einen Sturm an. Ich wurde im Haus herumgeschickt, um die Fenster zu schließen und Tücher auf die Fensterbretter zu legen, falls der Regen durchsickerte. Ich sah eine Frau den Weg heraufkommen und dachte, es könnte eine Bettlerin sein mit einem Mantel über dem Kopf. Als wir das Klopfen an der Hintertür hörten, machte meine Mutter sie mit einem Ruck auf, denn sie war auf Feindseligkeiten gefaßt.

»Mabel«, sagte meine Mutter überrascht, und ich rannte herbei, um sie mir anzusehen. Sie war eine kleine Frau mit schwarzem, kurzgeschnittenem Haar, einer sehr langen Nase und Augen, die wie Rosinen waren und sich blitzschnell bewegten. Sie trug Gummiüberschuhe, die sie auszuziehen begann, und als sie sich an einer Seite des Abwaschbeckens festhielt, stand ich vor ihr. Sie fragte mich, ob ich es sei, und sagte, als sie mich das letztemal gesehen habe, hätte ich im Garten in einer Hängematte gelegen und mir die Lunge aus dem Leib geschrien. Irgendwie erwartete sie, daß mich diese Mitteilung erfreute oder zumindest amüsierte.

Was mir am meisten an ihr auffiel, war ihre Überstürztheit. Im Handumdrehen beklagte sie sich über die alte Urschel und den alten Knacker, wie sie ihre Eltern nannte, und erklärte, sie denke gar nicht daran, den ganzen Tag mit ihnen am Feuer zu sitzen und über Rheumatismus zu reden. Auch beklagte sie sich über das Haus, es sei nicht groß genug.

Meine Mutter beschwichtigte sie mit Tee und Kuchen, und mein Vater fragte sie, welche Art von Pferden sie in Australien züchteten. Er würde jede Wette eingehen, daß sie nicht so reinrassig seien wie die irischen Pferde. Daraufhin seufzte meine Mutter, denn unsere Pferde brachten uns nichts als Enttäuschungen und Schulden. Als sie gebeten wurde, etwas zu erzählen, sagte Mabel, sie habe allerhand erlebt, die Augen seien ihr geöffnet worden, aber sie sagte nicht, in welcher Beziehung. Sie deutete an, daß sie einen entsetzlichen Schock erlitten habe, und ich dachte, womöglich hat man sie sitzenlassen. Sie beschrieb einen Tee, den sie aus Gläsern tranken, wenn sie bei Sonnenuntergang auf der Veranda saßen. Meine Mutter sagte, es sei ein Wunder, daß der heiße Tee die Gläser nicht springen ließ. Mabel sagte, sie hätte überhaupt nicht nach Hause kommen sollen, sie habe sich, als sie morgens aufwachte und den Regen auf dem Dachfenster hörte, danach gesehnt, wieder zurückzufahren. Aber dann widersprach sie sich gleich selbst wieder und sagte, in Australien sei alles »Hinterland«, und wer wolle schon im Hinterland leben. Mein Vater sagte, er werde ihr einen Ehemann besorgen, und allmählich wurde sie fröhlicher, als sie da neben dem Herd saß und von Zeit zu Zeit den einen oder anderen Fuß in die untere Backröhre steckte, um ihn zu wärmen. Ihre Strümpfe waren aus Baumwolle und in einer sehr unvorteilhaften Farbe, es war in etwa die Farbe des Weichfutters, das wir den Hühnern und Küken gaben. Manchmal sprach sie mit einem Akzent, aber sie verlor ihn, sobald sie von ihrer Familie sprach. Sie sagte, ihr Haus sei ja bloß eine Hütte, eine strohgedeckte Hütte. Wenn sie etwas Taktloses sagte, lachte sie so lange, bis jemand mit einstimmte.

»Mabel, du bist zum Schreien«, sagte meine Mutter, während sie gleichzeitig so tat, als wäre sie über die Taktlosigkeiten schockiert.

Sehr widerstrebend war mein Vater zum Füttern hinausgegangen, und Mabel trank Brombeerwein aus einem wunderschönen Stielglas. Wenn sie das Glas hochhielt, tanzten Farben auf ihrer Wange und rannen dann die Kehle hinunter, genau wie der Wein drinnen herabrann. Mit einemmal errötete sie, und Tränen traten ihr in die Augen, und sie gestand, daß sie seit zehn Jahren Tag und Nacht an Irland gedacht und für die Heimreise gespart habe und jetzt erkennen mußte, daß das ein entsetzlicher Fehler gewesen sei. Sie schniefte und zog dann ein getüpfeltes Taschentuch heraus.

»Ferne Hügel schimmern grün«, sagte meine Mutter, und die beiden seufzten, als ob eine tiefschürfende Weisheit ausgetauscht worden wäre. Meine Mutter schlug ein paar Besuche vor, die sie an Sonntagen machen könnten, und nachdem sie durch den Wein und diese Versprechungen Auftrieb erhalten hatte, sagte Mabel, daß sie noch ein zweites Geschenk für meine Mutter habe, doch in der Aufregung des vorigen Abends habe sie es nicht finden können. Sie sagte, es müsse ganz unten in ihrem Koffer liegen. Es sollte eine Kamm- und Bürstengarnitur auf einer passenden Hornschale sein. Wir haben sie nie zu sehen bekommen.

Es vergingen mehrere Monate, bis Mabel mir Aufmerksamkeit schenkte. Sie hatte meine Schwestern vorgezogen, weil sie älter waren und Ansichten darüber hatten, wie man Haare frisierte, wie man Zehennägel lackierte und eine Papiernagelfeile oder Nagelhautentferner verwendete. Eine von ihnen nahm sie bei ihren Sonntagsausflügen mit, und eine von ihnen forderte sie auf dem Heimweg von der Schule auf, sich zu ihr in den Garten zu setzen und mit ihr zu plaudern. Es stellte sich heraus, daß es ein glühendheißer Sommer war, und Mabel hatte zwei Liegestühle in ihren Vorgarten gestellt und Lupinen gepflanzt. Sie ließ niemals jemanden vorbeigehen, ohne zu rufen, denn sie war auf Gesellschaft erpicht. Im Herbst gingen meine Schwestern weg zur Schule, und plötzlich brauchte Mabel eine Begleitung beim Spazierengehen. Meine Mutter hatte schon lange aufgehört, sie zu begleiten, denn Mabel jagte wie eine Verrückte dem Vergnügen nach und war in allen Häusern in der Stadt und in vielen Häusern auf dem Land länger geblieben als erwünscht.

Eines Sonntags erwählte sie mich. Es war ganz so, als ob sie gerade erst heimgekommen wäre, denn für mich war sie noch eine geheimnisvolle Fremde. Wir besuchten eine Familie, die im Weißen Haus wohnte. Es hatte diesen Namen erhalten, weil das Geld dafür von Verwandten in Amerika gekommen war. Es war ein zweistöckiges Haus mit gelbem Rauhputz, das auf eigenem Grund und Boden stand und vor sich eine herzförmige Rasenfläche hatte. Am Rand des Rasens war ein Blumenbeet, in dem dunkelrote Tulpen gewachsen waren, und am anderen Ende stand ein kleines Haus mit einem Generator. Die Leute waren die einzigen in der Nachbarschaft, die elektrischen Strom hatten, und das und die Tulpen, die Chenille-Tagesdecken und die Erbschaft aus Amerika machten ihr Haus zum verlockendsten der Grafschaft. Als wir ihre Auffahrt hinaufgingen, klebten meine weißen Segeltuchschuhe am Asphalt fest, der frisch aufgebracht war und schmolz. Das Haus mit seinen mit Kordel eingefaßten braunen Markisen war still und ließ auf Luxus und Harmonie schließen. Selbstredend hatten sie scharfe Hunde, und beim ersten Kläffen blieb Mabel zurück und sagte mir, ich solle nicht hasenherzig werden und keinen Adrenalingeruch verströmen. Ein Junge, der die Ligusterhecke schnitt, rettete uns, indem er die Hunde rief und sie an ihren gelbbraunen Mähnen festhielt. Sie fauchten wie Löwen.

Da wir nicht erwartet wurden, war eine gewisse Kühle die Folge. Die Dame des Hauses hatte sich hingelegt, ihr kranker Mann hütete das Bett, und das kleine Dienstmädchen, Annie, forderte uns nicht auf, über die Schwelle zu treten. Plötzlich erschienen die Stummen. Sie waren Geschwister, und obwohl ich schon oft von ihnen gehört und sie sogar in der Messe gesehen hatte, wo sie andächtig mit den Perlen des Rosenkranzes spielten, hatte ich keine Ahnung gehabt, daß sie so überschwenglich sein würden. Sie stürzten sich auf uns. Sie betatschten uns. Sie mühten sich mit Zunge und Lippen und jedem anderen Gesichtszug, mit uns zu reden, uns etwas mitzuteilen. Die Bewegungen ihrer Hände waren gewandt und großartig. Sie zogen uns in die Küche, wo das stumme Mädchen mich auf einen Stuhl setzte, damit sie sich die Falten meines Mantels und dann die Knöpfe ansehen konnte. Sie selbst hatte ein schreckliches hanfenes Kleid an, das ihr fast bis zu den Knöcheln reichte. Ihr Bruder trug einen schlechtsitzenden, groben Anzug. Sie waren angeheiratete Verwandte der Dame des Hauses, und man erzählte sich, daß sie sie nicht mochte. Das Mädchen versuchte etwas Dringendes zu sagen, als die Dame, die ihr Nickerchen beendet hatte, hereinkam und uns einigermaßen zurückhaltend begrüßte. Bald saßen wir am Küchentisch, und während Mabel und die Dame darüber sprachen, wer die Messe besuchte und wer die heilige Kommunion empfangen und wer neue Kleider getragen hatte, ließen die Stummen mich nicht in Ruhe und versuchten mich dazu zu bringen, nach draußen zu gehen. Sie bliesen ihre Wangen auf, um mich anzufeuern, es ihnen gleichzutun.

Mabel und die Dame des Hauses begannen über ihren Mann zu reden. Sie rückten näher zueinander. Sie waren wie zwei Verschwörer. Ein entsetzliches Wort wurde ausgesprochen. Ich hörte es. Es war das Wort Blutung. Er blutete. Nur Frauen taten es. Mir wurde vor Schreck ganz schwindlig. Ich packte den Stuhl an den Seiten, dann legte ich, um mehr Sicherheit zu haben, eine Hand auf den Tisch und begann zu summen. Mein Gesicht muß geglüht haben, denn bald merkten die Stummen, daß etwas nicht stimmte, und da sie nur an eines denken konnten, zogen sie mich zur Tür und dann einen Gang entlang zur Toilette. Es war ein kalter Ort, und auf einem Sims stand noch eine Blechbüchse Scheuerpulver, als ob Annie saubergemacht hätte, dann aber in Eile oder mißmutig weggegangen wäre. Die beiden klopften dauernd an die Tür, und als ich herauskam, überprüften sie mich genau, um sich zu überzeugen, daß mein Mantel heruntergezogen war. Das stumme Mädchen, dessen Kosename Babs war, zog mich in die Küche, und als wir vor dem Herd standen, machte sie einen kleinen Luftsprung. Sie hatte ein Geschirrtuch in einer Hand und streckte es vor sich, als hielte sie einen Stier in Schach. Die Dame des Hauses sagte ihr, sie solle es hinlegen, sonst würde sie in die Milchkammer geschickt. Ihr Zwillingsbruder tat, als wäre er ganz fürchterlich beleidigt, indem er stöhnte und ächzte, was fast tierisch klang, und die Augen so schnell hin und her rollte, daß ich glaubte, sie würden herausfallen. Auch ihm wurde ein Aufenthalt in der Milchkammer angedroht. Schließlich waren sie so eingeschüchtert, daß sie beide einen Stuhl nahmen und sich mit dem Rücken zu uns hinsetzten, und als sie aufgefordert wurden, sich umzudrehen, weigerten sie sich.

Die Dame sagte, sie brauchten eine gute Tracht Prügel.

Nach einer Ewigkeit bot die Dame an, uns durch das Haus zu führen. Als sie die Wohnzimmertür aufmachte, sah man als erstes die Sonne, die durch die großen Glasscheiben hereinflutete und die polierten Möbel beschien. Sie murmelte, daß sie vergessen habe, die Vorhänge zuzuziehen. Bilder von Kühen und reifendem Korn hingen auf beiden Seiten des marmornen Kaminsimses, und in dem gekachelten Kamin war ein Arrangement von künstlichen Blumen – gelbe, aprikosenfarbene und goldene Teerosen. Nicht nur das, auch das Blumenmuster eines dicken, runden Kaminvorlegers paßte dazu. Wenn man ihn betrachtete, war man sicher, daß noch niemand diesen Vorleger betreten hatte, daß er unberührt war wie ein Wandbehang. Sein Flor und seine Weichheit gaben einem den Wunsch ein, sich hinzuknien oder sich auf ihm zu aalen. Mabel machte natürlich Bemerkungen über die verschiedenen Dinge, über die Vorhänge zum Beispiel, die prächtig waren, über den dazu passenden Querbehang, über die lange geflochtene Kordel, durch die die Vorhänge zusammengeschoben oder geteilt werden konnten. Als ich daran zog, stellte ich mir vor, daß es ein Theatervorhang sei, der sich öffnete, und durch das Fenster werde gleich eine Schauspielertruppe kommen. Die Dame des Hauses freute sich über unsere Begeisterung, und zur Belohnung nahm sie etwas aus der Vitrine und ließ es mich halten. Es war ein Miniaturhäuschen aus Schwarzdornholz. Es hatte eine winzige Tür, die sich einen Spalt öffnen ließ.

Als nächstes sahen wir das Frühstückszimmer und dann das Eßzimmer, das im Gegensatz zum Wohnzimmer dunkel und düster war bis auf das silberne Tablett auf der Anrichte. Dann sahen wir das Badezimmer mit der grünen Badewanne, passendem Waschbecken und Frotteebadematte. Aber die letzte Treppe, die zu den Schlafzimmern führte, erklommen wir nicht, damit unsere Schritte nicht ihren Mann weckten und er dann gern aufstehen würde. Er sehnte sich danach, aufzustehen und hinaus aufs Feld zu gehen. Da oben war es außerordentlich dunkel wegen der farbigen Fensterscheibe. Der Korridor hatte deshalb etwas von einer Friedhofskapelle an sich, ganz anders als die Räume unten. Ich hörte die Krähen unaufhörlich krächzen, und mir kam der Gedanke, daß es im Haus bald einen Todesfall geben werde, und ich glaube, die beiden hatten denselben Gedanken, denn sie sahen einander an und schüttelten in schweigendem Mitgefühl die Köpfe.

Die Küchenuhr schlug fünf, und immer noch saßen wir da und hofften auf etwas zu essen. Mabel rieb sich den Magen, um anzudeuten, daß sie Hunger habe, während die Dame ihre Schürze anzog und sagte, es sei bald Melkzeit und Zeit, die Kälber zu füttern und tausenderlei Dinge zu erledigen. Halbherzig bot sie uns eine Tasse Tee an. Es war nichts festlich daran, es war bloß eine Tasse Tee auf einem Tablett, vier Teebrötchen und ein Stück stark riechende gelbe Landbutter. Sie war nicht zu kleinen Bällchen gerollt, was ich erwartet hatte. Mabel stieß mich unter dem Tisch an, denn sie wußte, wie enttäuscht ich war. Es gab keinen Kuchen und kein kaltes Fleisch. Mabel beurteilte die Gastfreundlichkeit von Leuten danach, ob sie ihr kaltes Fleisch vorsetzten oder nicht.

Auf dem Heimweg lamentierte sie, daß es nicht ein Stückchen Lamm oder Huhn gegeben habe, keinen Rote-Rüben-Salat oder frischgemachten Kartoffelsalat mit Schalotten.

Es war ein warmer Abend, und das reife Korn auf den Feldern bot einen herrlichen Anblick. Hier und dort hatte es sich umgelegt, aber größtenteils stand es hoch und triumphierend, bereit für den Drescher. »Ich frage mich«, sagte sie, »was sie jetzt in Australien machen«, und wagte hinzuzufügen, daß sie sie vermißten. Sie fragte, ob mir die Blumen gefielen, die meine Mutter herstellte, indem sie Hütchen aus Gold- und Silberpapier über Kornähren stülpte. Als ich nein sagte, schrie sie hurra. Es bedeutete, daß sie und ich jetzt Freundinnen waren, Verbündete. Natürlich wußte ich, daß ich meine Mutter verraten hatte und dafür würde büßen müssen, indem ich entweder bestraft werden oder Anfälle von schlechtem Gewissen haben würde. Mabel holte ihre Puderdose heraus, um sich zu verschönen. Es war eine winzige goldene Puderdose, und die Puderquaste war in Fetzen.

Sie schnitt eine Grimasse und fragte dann, ob ich schon einen Freund hätte. Das Wort »Freund« drohte ebenso wie das Wort »Bluten« mich in Ohnmacht fallen zu lassen. Sie sagte, bald würde ich einen Freund haben und sollte dann dafür sorgen, daß er mich ja nicht anrühre, denn es sei eine wohlbekannte Tatsache, daß man ganz wild danach werden könnte und zu guter Letzt entehrt wäre und in der Wäscherei der Besserungsanstalt für gefallene Mädchen landen würde, bis man ein Baby bekam. Sie hätte vielleicht noch drastischere Schilderungen vom Stapel gelassen, aber ein Wagen kam um die Ecke gefahren, und sie sprang auf und winkte, um mitgenommen zu werden.

Im Landstädtchen besuchten wir eine Frau, der Mabel einen gehäkelten Teewärmer geschenkt hatte, und unsere Belohnung waren zwei Gläser Limonade und ein Teller Rosinenkekse. Mabel war verschwenderisch mit ihren Versprechungen. Sie erbot sich, eine Bettdecke zu häkeln, und fragte die Frau, welches ihre Lieblingsfarben seien oder, was wichtiger sei, welche Farben sie nicht ausstehen könne. Sie rülpste, als wir den Hügel hinunter und über die Brücke nach Hause gingen. Es wurde dunkel, und die Vögel waren mächtig beschäftigt, nicht nur mit Singen, sondern auch mit Schwatzen. Jeder Vogel auf jedem Baum hatte etwas zu sagen. Als wir an den Häusern vorbeikamen, hörten wir die Leute mit Eimern und Schüsseln klappern, und im Schein einer Laterne sahen wir eine Frau, die vor ihrer Haustür Kälber fütterte. Wenn ein Kalb sein Teil gefressen hatte, wurde sein Kopf weggeschoben, um dem nächsten Kalb eine Chance zu geben. Diejenigen, deren Köpfe außerhalb des Eimers waren, stießen immer noch mit dem Kopf und den Füßen und waren keineswegs befriedigt. Wir kannten die Frau, aber wir hielten uns nicht auf, denn Mabel flüsterte mir zu, es würde nur langweiliges Gequatsche über frischmilchende Kühe und Milchkälber geben. Mabel lebte nicht gern auf dem Land und interessierte sich nicht für Ackerbau, Sonnenuntergänge oder Landschaften. Sie hatte etwas gegen Pfützen auf der Straße, Pfützen auf den Wiesen, gegen den Wachtelkönig am Abend und den Hahnenschrei im Morgengrauen. Als wir des Wegs gingen, nahm sie meine Hand und sagte, von nun an solle ich ihre Wanderkameradin sein. Es war aufregend, ihre behandschuhte Hand zu spüren, die verlegen die meine drückte. Ungeahnte Abenteuer lagen vor uns.

Manchmal stießen wir auf unseren Wegen auf geschlossene Türen oder wurden nicht hereingebeten. Aber derart abgewiesen zu werden machte Mabel nichts aus, und sie bezeichnete die Leute lediglich als unwissend und bäurisch. Wie es der Zufall wollte, kamen wir an unserem dritten Sonntag in ein überaus gastfreies Haus. Es war sehr abgelegen, man erreichte es über eine asphaltierte Straße, dann über einen ungepflasterten Weg und zuletzt über einen Bach. Unsere Gastgeberinnen waren zwei junge Mädchen, die aus England zurückgekommen waren und sich sehr freuten, Besuch zu empfangen. Seit einem Monat waren sie hier und brannten schon darauf, wieder abzureisen. Die ältere, Betty, war Krankenschwester, und Moira, ihre Schwester, war Einkäuferin in einem Geschäft, und infolgedessen waren sie nach der neuesten Mode gekleidet. Wir gingen jeden Sonntag hin, denn wir wußten, daß sie uns erwarteten und ihre Eltern weggeschickt hatten, damit sie Verwandte besuchten. Es war so lustig, wenn wir zum Bach kamen, uns Schuhe und Strümpfe auszogen und dann heisere Schreie wegen der Temperatur des Wassers ausstießen, in Wirklichkeit aber, um ihnen unser Kommen anzukündigen. Es war klares, silbrig glänzendes Wasser und floß über Steine, von denen manche rund und glatt waren und manche spitz. Die Mädchen hörten uns und rannten den Abhang herunter, um uns zu begrüßen und sich in übertriebenem Tonfall zu erkundigen, ob das Wasser eisig sei. Wenn wir hörten, daß unsere Namen gerufen wurden, dann war es der Höhepunkt des Willkommens.

Wir wurden dann durch die Küche ins Wohnzimmer geführt, während sie Nora, ihrer jüngeren Schwester, sagten, sie solle den Kessel aufsetzen und nicht trödeln. Das Wohnzimmer war dunkel mit der roten, geprägten Tapete, und wir saßen alle sehr aufrecht auf harten Roßhaarsofas. Zufällig hatte ich damit angefangen, die Stummen zu imitieren, und sofort verlangten sie es immer wieder. Zur Belohnung bekam ich ein Stück Kokosnußkuchen, den sie aus England mitgebracht hatten und der in einer Büchse mit einer Harlekinfigur auf dem Deckel aufbewahrt wurde. Er war ein bißchen trocken, aber viel aparter als ihr selbstgebackener Kuchen. Mabel pflegte sich mit der Zunge über die oberen und über die unteren Zähne zu fahren und dann zu fragen, ob noch etwas Fleisch übrig sei, woraufhin Moira einen Teller anhob, der genau auf einen zweiten Teller paßte, und sich herausstellte, daß sie für Mabel ein richtiges Mittagessen aufgehoben hatte.

»Du bist ein Pfundskerl«, sagte Mabel. Ihr Akzent klang plötzlich australisch.

»Nicht der Rede wert«, pflegte Moira leichthin zu antworten.

Unsere Besuche munterten sie auf. Mit uns konnten sie über Mode reden und ihre schicken Kleider anprobieren und später auf dem gefliesten Boden der großen Küche den Lambeth Walk tanzen. Dabei schrien wir vor Lachen. Immer kam eine von uns aus dem Takt, und das Ganze mußte wieder von vorn anfangen. Selbst ihr Schäferhund fand es lustig und tapste ungeschickt herum zu den Klängen der Musik des mit der Kurbel aufgezogenen Grammophons. Wir tanzten abwechselnd als Herr oder Dame und führten Gespräche, wie Herren und Damen sie führen.

»Kommen Sie oft her?« oder »Darf ich um den nächsten Tanz bitten?« oder »Würden Sie gern ein Mineralwasser trinken?« – das war es, was unsere Partner sagten. Nachher rekelten wir uns atemlos auf den Sesseln, und dann machten wir uns zu einem Spaziergang auf oder, wie sie es nannten, zu einem »Streifzug«. Auf einem dieser Streifzüge trafen wir Matt. Diese Begegnung stand, wie sich herausstellte, unter einem günstigen Stern. Ihm eilte der Ruf voraus, ein komischer Kauz zu sein, ein Einsiedler. Er war nach Kanada gegangen, hatte dort gut verdient und war zurückgekommen, um seine Jugendliebe zu heiraten, doch bekam er dann am Tag vor der Hochzeit einen Korb. Manche sagten, die Verlobung sei gelöst worden, weil sich die beiden Familien nicht über Landbesitz einigen konnten, andere meinten, die Braut habe seine Umgangsformen zu schroff gefunden; wie auch immer, sie floh nach England. Matt war ein hochgewachsener Mann mit einem schmalen Gesicht, einer Warze und ziemlich langem Haar. Er sah gebildet aus, als ob er viel Zeit damit verbringe, Bücher und Almanache zu studieren. Er schien neumodische Ideen über das Pflanzen von Bäumen zu haben, während die meisten Bauern sie einfach fällten, um Feuerholz zu haben. Er hatte etwas von einem Original an sich. Es mag seine Ernsthaftigkeit gewesen sein oder seine Schweigsamkeit. Er konnte in eine Kneipe gehen und einen halben Liter Porter trinken, ohne an irgend jemanden das Wort zu richten, nicht mal an den Wirt. Keinen seiner Nachbarn besuchte er jemals, und sein Weihnachtsessen nahm er zu Hause mit seinem Bruder ein, von dem es hieß, er sei nicht ganz richtig im Kopf. Matt traf uns unten am Fluß. Er hatte einen Stock in der Hand und den Hut auf den Hinterkopf geschoben. Er mußte Vieh getrieben haben, denn er schwitzte ein bißchen, aber er sah dennoch würdevoll aus. Moira hatte etwas Sauerampfer gepflückt, aß ihn und sagte, er schmecke wie Zitronensaft und sei sehr gut für die Haut. Er blieb etwas entfernt von uns stehen, schätzte uns aber gleichzeitig ab. Zumindest entnahm man das seinem Lächeln. Sein Lächeln war spöttisch, aber auch prüfend. Betty und Moira kannten ihn, kannten seine Launen und taten so, als merkten sie nicht, daß er da war.

»Hätten Sie alle nicht gern Mirabellen?« fragte er uns. Mabel antwortete als erste.

»Sind sie reif?« wollte sie wissen.

»Sie sind reif«, sagte er, aber in einem so anmaßenden Ton, daß wir nicht sicher waren, ob er die Wahrheit sprach oder uns bloß zappeln lassen wollte.

»Ich ziehe Haferpflaumen bei weitem vor«, sagte Moira.

»Haferpflaumen sind zu sauer«, fand Mabel. »Die sind nur gut für Mus.«

»Ganz nach Belieben«, sagte er, schlenderte weiter und pfiff sich eins. Mabel rief hinter ihm her, ob wir eingeladen seien oder nicht.

»Wie Sie wünschen«, sagte er, und wir nickten einander zu und folgten ihm. Ich dachte, wir seien wie Kühe, die langsam über eine Wiese zockelten, nicht wirklich eine Herde und nicht gehütet, aber alle gingen wir in derselben Richtung und kamen uns ziellos vor. Es war ein schöner Herbstabend, die Sonne ein leuchtender Ball am Himmel, umgeben von Unmengen von Rot und Rosa und verwaschenem Gold. Sein Haus war zweistöckig und aus Stein, und die Vordertür war zu. Es sah ganz ausgestorben und geheimnisvoll aus. Auf dem Hof war eine Handpumpe, und als er vorbeiging, betätigte er den Schwengel ein paarmal, um den Trog darunter wieder zu füllen. Wir hörten die Kälber muhen, und plötzlich begann der Hahn zu krähen, gleichsam mißbilligend. Hühner rannten in alle Richtungen, und zwei Ferkel suhlten sich im Dreck. Es war alles andere als vergnüglich. Er bat uns nicht herein.

Dagegen war der Obstgarten ein großes Gewirr von Bäumen und Büschen, alle überwuchert von Winden, und das Gras hatte es nötig, gemäht zu werden. Die Äpfel sahen so verlockend aus, blutrot und blank, während die Pflaumen wie schwärzliche Kugeln und drauf und dran waren, abzufallen. Er steckte eine in den Mund. Es war das erstemal, daß etwas, was Freude nahekam, sich auf seinem Gesicht malte.

»Bedienen Sie sich«, sagte er, und ich dachte: Vielleicht ist er ein großzügiger Mann, vielleicht ist er im Inneren freundlich und braucht nur vier oder fünf kichernde und futternde Mädchen, damit er aus sich herausgeht. Mabel war kühn, als sie drei Pflaumen pflückte und hin und her überlegte, welche sie zuerst probieren sollte. Die beiden Mädchen, die in England gewesen waren, benahmen sich viel höflicher und machten nicht so viel Tamtam um den Geschmack und tropften sich auch keinen Saft aufs Kinn.

Mabel erklärte, es gebe jetzt kein Halten mehr für sie, sie werde Sonntag für Sonntag kommen, solange es noch Obst gebe. Er nahm den Deckel einer Blechdose auf, der im Gras gelegen hatte, fütterte ihn mit ein paar Blättern aus und gab ihn mir mit der Anweisung, wir sollten etwas Obst mit nach Hause nehmen. Offensichtlich freute es ihn, daß wir so begeistert waren.

»Niemand ißt es ... Es verfault einfach«, sagte er.

»Das ist eine Schande«, sagte Mabel, und sie zwinkerte ihm zu, und er zwinkerte zurück. Merkwürdig, wie schnell sich ein Gesicht verändern kann. Nicht, daß sie jetzt schön aussah, aber sie hatte eine Art Glanz, und ihre Blicke waren wissend und pikant.

»Wir werden Sie jeden Herbst überfallen«, sagte sie, und ich dachte, das Leben sei zauberhaft, ein Herbst nach dem anderen wie dieser, wenn die Sonne gerade untergeht und die schönen leuchtenden Fruchtbälle darauf warten, gepflückt zu werden, und unser Glück ungetrübt ist. In meiner Hand fühlte ich die Weichheit einer Pflaume, doch wußte ich, daß der Stein drinnen hart war, und ich wußte, daß mein Optimismus unklug war.

»Wie lange bleiben Sie noch hier?« fragte er Moira.

»Noch lange genug«, sagte sie und zuckte die Schultern. Ihre Antwort schockierte und verblüffte mich. Ich dachte: Was für eine wunderbare Art und Weise, mit einem Mann zu reden, zugleich höflich und zurückhaltend, spöttisch, ohne ausgesprochen grob zu sein, Paroli bietend. Dann schnitt er das Thema Jahrmarkt an. Der Jahrmarkt sollte am Ende des Monats stattfinden. Mabel fragte, ob er sie einladen werde zu Schiffsschaukel oder Autoskooter, und er lächelte uns alle an und sagte, er hoffe, das Vergnügen zu haben.

»Wir sind dann nicht mehr da«, sagte Betty.

»Ihr solltet zum Jahrmarkt hierbleiben«, sagte Mabel, aber ich wußte, daß es nicht ihr Ernst war, sondern daß sie sich auf die Zeit freute, da sie Matt sehen könnte, ohne daß ihr zwei jüngere, attraktivere Mädchen Konkurrenz machten. Gott weiß, was für Gedanken da in ihr wach wurden. Vielleicht dachte sie: Ein Junggeselle, ein zweistöckiges Haus, ein Mann, für den sie kochen könnte, Wohlstand, eine Hochzeit. Sie klammerte sich an seinen Mantelärmel, um sich zu bedanken, aber ihm gefiel das nicht. Er ging unvermittelt weg und sagte, wir sollten uns auch von den blauen Pflaumen welche nehmen. Auf dem Heimweg machten sich die anderen über ihn lustig, machten sich über seine Warze lustig und über die unterschiedlichen Knöpfe an seinem Mantel.

»Und was ist mit seinem Körper?« fragte Mabel, und wir lachten alle laut auf, obwohl wir nicht wußten, warum.

Am letzten Abend des Jahrmarkts erschien er, tanzte mit den beiden ältlichen protestantischen Mädchen, tat sich am Schießstand hervor und gewann einen Krug, den er Mabel schenkte. Sie war ihm den ganzen Abend nachgelaufen und forderte ihn bei der Damenwahl auf. Niemand weiß, ob die beiden wirklich hinter das Zelt gingen, aber eine Weile sah man sie nicht, und am nächsten Tag zitterte Mabel vor Aufregung. Allen erzählte sie, daß Matt »nicht ohne« sei. Sie hatte sich zu Hause selbst eine Dauerwelle gemacht, die ihr nicht stand, und außerdem schrieb sie an die Wollspinnerei und fragte an, ob sie Reste hätten, die für ein Jackenkleid oder ein Kostüm reichten, und im voraus bestellte sie gleich die Schneiderin. Das Geld für diese Kinkerlitzchen stammte von den wenigen noch vorhandenen Wertpapieren, die sie verkaufte. Ihre Mutter wußte es nicht. Ihr Vater wußte es nicht. Ich dachte, wie mutig ihre Sorglosigkeit in gewisser Weise sei. Sie wirkte jünger, ungezwungener und war allen gegenüber guter Laune. Eines Morgens fing sie mich auf dem Schulweg ab. Es hatte etwas gefroren, und die Grasbüschel sahen wie Straußenfedern aus. Als sie meine bloßen Hände anfaßte, sagte sie, sie werde mir Handschuhe für den Winter stricken. Ich wunderte mich, warum sie so liebevoll war. Dann kam der Befehl. Ich solle früher aus der Schule weggehen und der Lehrerin sagen, wir erwarteten Gäste und ich müsse meiner Mutter bei den Würstchen im Schlafrock und anderem Gebäck helfen. Ich fürchtete mich zu lügen, aber sie hatte mich in der Hand, weil ich die Stummen imitiert hatte. Sie sagte mir, wo ich sie treffen solle und wann. Es goß in Strömen nach dem Mittagessen, und als ich bei ihr ankam, fluchte sie auf den Regen, auf die Schicksalsgöttinnen und hob die Hände, um ihr gekräuseltes Haar zu schützen. Das Haar hing ihr in nassen, absurden Löckchen über die Stirn und ließ sie wie eine perverse Puppe aussehen.

»Warum zum Teufel kommst du denn so spät?« fragte sie und begann zu laufen. Es dauerte nicht lange, und ich erfuhr, daß ich Matt einen Brief bringen sollte. Sie begleitete mich ein Stück des Wegs, dann kauerte sie sich an eine Mauer, um da zu warten. Es wehte ein heftiger Wind, und sie sah bemitleidenswert aus, als sie in Ungewißheit dort hockte.

»Nimm die Abkürzung durch den Wald«, sagte sie. Es war ein alter Wald und dunkel wie die Unterwelt. Im Wind wiegten sich die Äste, und selbst die Zweige schienen zu zittern. Jedesmal, wenn ein Vogel zwitscherte oder ein Ast knackte, glaubte ich, es sei ein Ungeheuer, das herauskomme, um mich anzugreifen. Ich sprach laut, um die Tiere fernzuhalten, ich schrie, ich rannte, und zeitweise zweifelte ich, daß ich je ankommen würde. Der Gedanke an sie, wie sie da in ihrem guten Mantel an einer Mauer kauerte und nach Parfum stank, trieb mich voran. Das Parfum hieß »Kalifornischer Mohn« und roch nach Nelken. Ich konnte kaum den Weg durch den Wald erkennen, so dunkel war es, und Dornbüsche versperrten mir den Durchgang. Das Herz hüpfte mir im Leibe, als ich die drei Schornsteinkappen sah und mir darüber klar wurde, daß ich fast da war. Das Haus wirkte noch einsamer als am ersten Tag. Alles – die Eingangstür, die Steine selbst, die Fensterrahmen –, alles war grün und regenbenetzt. Das Haus bot ein Bild der Verlassenheit, kein anderes Haus war da, das es bedrohte oder ihm Schutz bot, und keine Frau, die Gardinen aufhängte oder Geranientöpfe auf das Fensterbrett stellte. Ohne das Geflügel und das Grunzen der Schweine wäre es gespenstisch gewesen. Ich nahm an, sie würden die Schweine zu Weihnachten schlachten. Matt war nicht zu Hause. Sein Bruder starrte durchs Fenster, dann schob er den Riegel zurück, schaute hinaus und sagte, ohne gefragt worden zu sein: »Er ist nach Gort gegangen und wird nicht zurückkommen.« Ich befürchtete jetzt einen schlimmeren Zwischenfall, deshalb drückte ich ihm das Briefchen in die Hand, stürzte über den Hof, nahm mir nicht die Zeit, das eiserne Tor zu schließen, und rannte in den Wald, der mir jetzt vergleichsweise sicher erschien.

Mabel war fuchsteufelswild. Sie belegte mich mit allen Schimpfnamen, die ihr einfielen. Idiot, Trottel, Dummkopf, Narrenzipfel. Sie wollte, daß ich noch mal hinginge und den Brief wieder abholte, aber ich sagte, der Bruder werde ihn inzwischen gelesen haben, und noch mal hinzugehen zeige nur, daß wir schuldig seien.

»Du kleiner Feigling«, sagte sie, und ich glaubte, sie werde mir mit dem Stock, mit dem sie in der Luft herumfuchtelte, den Schädel einschlagen. Der Regen hatte aufgehört, aber ab und zu kam noch unvermutet ein Tropfenschwall von den Bäumen, und jedesmal duckte sie sich, um ihr Haar zu schützen. Unser Heimweg war scheußlich. Kein Wort wurde zwischen uns gewechselt. Das einzige, was ich hörte, war ein gelegentliches Schnalzen, das sie mit der Zunge am Gaumen erzeugte, um ihren Zorn zu bezeugen. Wir trennten uns, als wir ins Dorf kamen, und sie sagte, es sei das letztemal gewesen, daß man uns gemeinsam spazierengehen gesehen habe. Ich machte keine Einwendungen, denn ich wußte, daß es vergeblich gewesen wäre. Arme Mabel. Sie konnte einem leid tun, wenn man daran dachte, wie sie sich feingemacht und unter den Überschuhen unbequeme Pumps angezogen hatte und so verschwenderisch mit dem Parfum umgegangen war, alles umsonst. Aber ich konnte ihr nicht sagen, daß sie mir leid tat, sie wäre explodiert. Ich weiß nicht, was sie dann machte, ob sie zurückging, um ihn zu suchen, oder in die Kirche ging, um ihrem Kummer Ausdruck geben zu können. Vielleicht hat sie auch ihre Freundin, die Gastwirtin, aufgesucht, um ein paar Gläser Portwein zu trinken. Ich weiß nur, daß sie aufhörte mit mir zu sprechen, und wenn wir uns auf der Straße trafen, pflegte sie den Kopf zurückzuwerfen und in die andere Richtung zu schauen. Die Sonntage wurden wieder lang und langweilig, und man wartete vergeblich auf einen Besucher.

Nach Weihnachten ging ein gräßliches Gerücht um; es besagte, daß Mabel ein Kind erwarte. Es verbreitete sich im ganzen Kirchspiel. Zuerst wurde es heftig bestritten von Mabels Mutter, der es meine Mutter streng vertraulich erzählt hatte. Mabel sei ein bißchen mollig geworden, soviel gab ihre Mutter zu, aber das liege daran, daß sie zuviel Blechkuchen esse. Das Bestreiten und die Erklärung beruhigten die Leute, aber nicht für lange. Im Lauf eines Monats war Mabel richtig dick geworden, und eines Tages stellten ihr einige Frauen eine fürchterliche Falle; Polly, die ehemalige Hebamme und ihre nächste Nachbarin, die in Ohnmacht gefallen war, als sie von Mabels Schande gehört hatte, gewann Rita, ein junges Mädchen, zur Mithilfe bei ihrer List.

Es war geplant, Mabel zum Tee einzuladen, ihr zu schmeicheln mit der Bemerkung, sie sehe so schlank aus, und wenn sie dann nicht auf der Hut war, sollte Rita sich von hinten an sie heranschleichen und ihr ein Metermaß um die Taille legen. Es erwies sich, daß Mabel enorm dick war, und bei Einbruch der Nacht war der Schluß gezogen, daß Mabel in der Tat ein Kind erwarte. Danach hielt man sich in der Messe von ihr fern und ging ihr aus dem Weg, wenn sie einkaufte. Es war unheimlich, was für Bestrafungen sich die Leute für sie ausdachten. Bei alledem feixte und lächelte Mabel nur und sagte, wie herrlich das Wetter doch sei. Wenn die Leute allzu hochnäsig dreinblickten, ging sie zu ihnen und sagte: »Los, sagt mir doch, was ihr von mir haltet.« Sie forderte sie heraus, eine Meinung zu äußern. Meine Mutter sagte, es wäre ein Segen, wenn jemand Mabel eine Tracht Prügel verabreichen würde, und ihre Mutter sagte, wenn Mabels Vater davon hören sollte, würde er ihr den Marsch blasen. Mabel hatte wenig Freunde – die Gastwirtin, den Briefträger, der selbst einmal ein Mädchen ins Unglück gestürzt hatte, und die Stummen, die sie betatschten, wenn sie aus der Messe kam, weil sie nicht wußten, daß sie in Acht und Bann getan werden sollte. Dauernd ging sie ins Dorf und schnorrte Zigaretten von den Männern, sobald sie betrunken waren.

»Von wem ist es, Mabel?« fragte sie einer der Säufer.

»Wer das wüßte«, sagte sie, womit sie bekundete, daß sie sich überhaupt nicht schämte. Sie ging nicht zu Matt und erwähnte ihn nicht einmal. Er blieb für sich und wurde auch nicht in der Messe gesehen. Seltsam, daß auch keine Schar Männer unter Führung von Mabels Vater zu ihm ging. Vielleicht, weil Matt was Besseres war, denn er war ja in Kanada gewesen, und auch, weil er ein Gewehr hatte und schießen konnte, wenn sie über den Hof kamen. Der Priester versprach Mabels Mutter, er würde hingehen, wenn das Wetter besser würde, aber er verschob es immer wieder und hielt statt dessen eine höchst drastische Predigt über Unreinheit. Die Frauen in der Gemeinde husteten, erröteten und waren tief betroffen dadurch. Mabel grinste bloß und schlug die Beine über, was an dem heiligen Ort sehr ungehörig war. Man war allgemein der Ansicht, daß sie den Verstand verloren habe und sich deshalb so empörend benehme. Sie war abwechselnd sehr gesprächig und ganz trübsinnig. Stundenlang saß sie im Hühnerhaus, rauchte und brütete vor sich hin. Zigaretten zu bekommen war damals eins ihrer größten Probleme, weil sie in allen Geschäften ihren Kredit überzogen hatte. Sie bat mich, ihr ein Päckchen Glimmstengel zu besorgen, wenn ich je einen Shilling bekäme oder Geld fände. Dann ließ sie mich an ihrem Bauch horchen und fragte, ob der nicht voller Unheil sei.

Meine Eltern wurden gebeten zu helfen. Ein Fremder sollte in unser Haus kommen, und ich wußte nicht genau, was er für Mabel tun sollte, aber er war entscheidend wichtig. Ein Mann in einem langen braunen Ledermantel und entsprechenden Handschuhen traf kurz vor Einbruch der Dunkelheit mit seinem Auto ein. Er wurde in das Vorderzimmer geführt, wo meine Eltern und Mabels

Mutter mit ihm sprachen. Mabel war bei mir in der Küche, wo sie bloß Gesichter schnitt. Sie hatte entdeckt, wie befriedigend das Gesichterschneiden ist. Sie zog die Nase hoch, steckte die Zunge heraus und rollte die Augen in alle Richtungen.

»Ich kann mich selbst um meine Angelegenheiten kümmern«, sagte sie, während sie auf und ab ging. Ich beobachtete sie, stellte mir die überaus fürchterliche Metamorphose vor, die sich in ihr abspielte, und versuchte auszurechnen, wie alt das Geschöpf sei. Sie fragte, ob die Leute auf der Straße je über sie sprächen, und ich log und sagte nein. Sie sagte, eine Menge Leute hätten einen ganz schönen Tick, doch wenn sie ihr Vorwürfe machten, zitterte und bebte sie. Sie ging mit gesenktem Kopf und gesenktem Rücken hinein. Plötzlich kam meine Mutter heraus und sagte, ich solle rasch ein Tablett bereitmachen. Sie war erstaunlich vergnügt, als ob er versprochen hätte, ein Wunder zu vollbringen. Sie eilte geschäftig in der Küche hin und her und sagte, welch ein Glück es doch sei, daß wir nicht ein solches Kreuz zu tragen hätten. Dann forderte sie mich auf, ein Deckchen auf die Kuchenplatte zu legen und mich zu vergewissern, daß auf dem Kuchenmesser weder Schimmel noch Rost war.

Bis auf den heutigen Tag weiß ich nicht, ob der Fremde ein Gesundbeter oder ein Quacksalber war oder vielleicht ein Junggeselle, der eine Frau suchte. Nachdem er gegangen war, sank jedenfalls die Stimmung. Es fand noch eine weitere Beratung statt, bei der beschlossen wurde, am selben Abend Mabels Vater zu verständigen. Sein Schock, als er es hörte, war so groß, daß man ihn noch in einer halben Meile Entfernung brüllen hörte, und offenbar waren drei Leute nötig, um ihn festzuhalten, als er drohte, er werde in Mabels Zimmer gehen und sie umbringen. Allmählich beruhigte er sich dank heißen Whiskeys und der Versicherung, der Fall habe sich auf höchst unziemliche und unglückselige Weise ereignet, kurzum, Mabel sei von einem Fremden belästigt worden. Auf diese Weise wurde der Zorn auf einen Rohling gelenkt, der erschienen und wieder verschwunden war, und Mabel wurde gesagt, sie solle herunterkommen und ihr Abendbrot essen. Offenbar saß sie über das Feuer gebeugt da und spielte mit der Feuerzange, während ihr Vater tobte. Er hatte es sich irgendwie in den Kopf gesetzt, daß es ein Kesselflicker gewesen sei, der die Tat verübt hatte, und er verfluchte jeden Angehörigen dieser Zunft, ob männlich oder weiblich. Man ließ ihn schwören, daß er sie nicht schlagen würde, und als meine Eltern heimgingen, war die Familie so glücklich, wie man es unter derart betrüblichen Umständen erwarten konnte.

Am nächsten Tag fuhr Mabels Mutter in die Stadt, um Wolle zu kaufen, und in ihrer Freizeit begann sie Hemdchen, Jäckchen und kleine Schuhe zu stricken. Aber es konnte nicht behauptet werden, daß sie und Mabel sich wieder versöhnten. Ihre Mutter saß oft draußen im Hof, kratzte mit einem Stein oder einem Stock auf dem Boden, malte V und Kreise und bat ihren Schöpfer, Erbarmen mit ihr zu haben. Kein Wort fiel zwischen den beiden Frauen, sie knurrten sich nur an. Wenn die Mutter in die Küche kam, ging Mabel hinaus und zum Hühnerhaus. Niemand wußte, wo die Geburt stattfinden würde, und niemand wußte, wann. Keine Vorkehrungen wurden getroffen. Mabel wurde sehr gereizt, wenn man sie danach fragte, brach in Tränen aus und sagte, niemand auf der ganzen weiten Welt liebe oder verstehe sie. Sie sah verboten aus in ihrem braunen Tweedmantel und ihrer Strickmütze. Das Dicksein stand ihr nicht, und ihr Gesicht sah dagegen winzig aus. Jeden Nachmittag ging sie in die Kirche, als wollte sie Buße tun, und als die Zeit ihrer Niederkunft näherrückte, waren die Leute nicht mehr so boshaft zu ihr.

Es war ein Sommertag, und die Männer waren beim Heuen, als Mabels Wehen begannen. Es hatte gerade zum Angelus geläutet. Als ihre Mutter das erste Schreien hörte, rannte sie, die Feuerzange noch in der Hand, auf die Straße, um Hilfe zu holen. Sie winkte einem vorbeikommenden Radfahrer und sagte ihm, er solle rasch den Arzt herschicken. Der Arzt, der ein Vertreter war, mußte um diese Zeit in der Apotheke sein. Ich spielte in der Nähe mit zweien meiner Freundinnen »Kaufmann«, und wir wurden losgeschickt, um meine Mutter zu holen. Bald war töpfeweise Wasser abgekocht worden, Mabel weinte und flehte um Äther. Meine Freundinnen und ich wurden vom Haus angezogen und gleichzeitig abgestoßen. Bei jedem Geräusch fragte Mabels Mutter, ob es komme, doch vermied sie es, ins Zimmer zu gehen. Sie rief bloß durch die offene Tür hinein. Mabel begann irrezureden, als die Schmerzen schlimmer wurden, aber zum Glück sahen wir den Arzt kommen. Er war kurz angebunden, fragte, was los sei, und machte »tsch, tsch, tsch«, als es ihm gesagt wurde.

»Warum bin ich nicht früher gerufen worden?« fragte er und runzelte dann die Stirn, als sei er zu dem Schluß gekommen, daß fast alle in der Nachbarschaft geistig minderbemittelt seien. Mabel brüllte, als er hineinging, aber kurz darauf trat Ruhe ein, und wir blieben in der Küche, mit Hangen und Bangen, und murmelten ein Gebet. Es dauerte nicht lange, und er kam wieder heraus.

»Sie können das Zeug wegräumen«, sagte er, auf die Windeln und die mit Wasser gefüllte Aluminiumwanne deutend. Mabels Mutter zog den Schluß, daß das Neugeborene tot sei, und sagte: »Der Herr erbarme sich seiner!«

»Es gibt kein Kind«, sagte er. »Sie ist ebensowenig schwanger wie ich.«

Meine Mutter und Mabels Mutter waren entgeistert. Es war, als wäre ihnen ein entsetzlicher Streich gespielt worden. Natürlich konnten sie es einfach nicht glauben.

»Da ist nichts, ich habe sie untersucht.«

»Aber Herr Doktor, ist das möglich?« fragte meine Mutter vorwurfsvoll.

»Es ist alles Quatsch«, sagte er. Er kannte die Umstände nicht, und niemand hielt es für nötig, ihn aufzuklären. Es sei schade, fuhr er fort, daß er nicht früher konsultiert worden sei, und sein Honorar betrage zwei Pfund, die er gern gleich kassieren wolle. Das Geschrei in dem Zimmer hatte aufgehört, aber niemand dachte auch nur im mindesten daran, hineinzugehen. Kein Mensch ging zu ihr. Es war, als trüge sie die Merkmale eines Leprakranken. Ihre Mutter starrte in Richtung des Zimmers und sagte, ihre einzige Tochter habe ihnen nichts als Unglück gebracht. Es jetzt der Gemeinde sagen zu müssen sei der Gipfel. Die Wellen in ihrem weißen Haar sträubten sich, und sie erinnerte mich an nichts so sehr wie an ein Wiesel, drauf und dran zu fauchen. Ihr unterdrückter Zorn war schlimmer als das ganze Wettern ihres Mannes.

»Soll sie es ihm selbst beibringen«, sagte sie und deutete mit der Faust auf die geschlossene Tür. Wenn man stumm fluchen kann, dann tat sie es, so entschlossen und haßerfüllt blickte sie drein. Mit der Absicht zu trösten sagte meine Mutter, Mabel könne doch bestimmt nicht richtig im Kopf sein. Ihre Worte waren kaum tröstlich.

Aus dem Zimmer hörte man jetzt leises Wehklagen. Zweifellos lag Mabel immer noch im Bett wie vorhin, als sie Wehen hatte, und wartete vielleicht auf ein freundliches Wort. Niemand wagte sich hinein. Ihre Mutter schüttete die Teeblätter im Vorgarten aus und sagte in scharfem Ton zu meinen beiden Freundinnen, die draußen gewartet hatten, sie sollten Leine ziehen. Wieder in der Küche, begann sie Mabels Fehler aufzuzählen und über das Geld zu lamentieren, das sie gekostet hatte, seit sie nach Hause gekommen war. Geld für Stärkungsmittel, Geld für Moden, Geld für ausgefallene Lebensmittel, wenn die Gelüste sie nachts überkamen.

»Lachs in Büchsen, man stelle sich das vor«, sagte sie mürrisch und erzählte meiner Mutter, daß ihre Rente jede Woche für Mabels Launen draufgegangen sei. Dann fiel ihr ohne besonderen Grund eine große, schöne, handbemalte Vase ein, die Mabel als Kind zerschlagen hatte. Offenbar hatte Mabel vom Kinderwagen aus versucht, die Vase in die Arme zu nehmen, und hatte sie dabei umgeworfen. Diese Mitteilung schien zu bestätigen, daß Mabel von Geburt an ein Nichtsnutz gewesen sei. Wenn Mabel vom anderen Geschlecht angezogen wurde, dann war das wie eine Krankheit.

Es würde komisch sein, sie wieder schlank zu sehen,

nachdem man sie an ebendiesem Morgen noch dick und plump gesehen hatte. Das Binsen-Kinderbettchen stand noch auf dem Küchentisch, sein Anblick war beleidigend. Ich wollte ihr ein Stück Kuchen bringen oder Tee in ihrer Lieblingstasse, aber ich scheute mich, den anderen gegenüber ungehorsam zu sein. Ich spürte, daß das von nun an ebenso eine Eigenschaft von mir sein würde wie meine Augen oder mein Haar, diese Lahmheit in meinem Charakter, dieses Eingreifenwollen, aber es nicht wagen, dieses entsetzliche Zögern. Ich wollte. Ich wollte nicht. So kämpfte ich mit mir, aber die Stärke und Schwere der Mißbilligung der anderen trugen den Sieg davon, und ich ging nicht hinein; auch die anderen nicht, und das Wimmern hielt an, die Litanei eines Geschöpfs ohne Hoffnung.

Wir bekamen Mabel nie wieder zu Gesicht. Ebenso wie die Schande der Schwangerschaft sie dreist und widerspenstig gemacht hatte, machte die Schande der Nichtschwangerschaft sie jetzt zurückhaltend. Sie weigerte sich, irgend jemanden zu sehen, und brach kaum ihr Fasten. Eines Abends, nach Einbruch der Dunkelheit, fuhr sie in einem Mietwagen weg, wie sie einst gekommen war, und von dem Augenblick an war das Andenken an sie getilgt. Die einzige Erinnerung war, daß am nächsten Tag auf der Wäscheleine ihre Decken hingen, ihre Patchworkdecke und ein paar Babysachen. Ihre Eltern ließen eine Messe im Haus lesen, und mit der Zeit war es, als wäre sie nie nach Hause gekommen, als wäre sie noch in Australien.

Manche sagten, sie sei in Dublin und arbeite bei Nonnen, andere sagten, sie arbeite in einem Pflegeheim, und wieder andere sagten, sie sei Putzfrau. Das alles erzählte man sich, aber niemand erfuhr jemals die Wahrheit. Doch zweifellos wurde Mabel alt und starb schließlich, ohne daß die Beziehung zu Familie und Freunden wiederhergestellt worden wäre, und ist an einem fremden und ungekennzeichneten Ort begraben.

Liebeleien

Ein in der Schule sehr beliebtes Gedicht war »Die Mutter« von Patrick Pearce. Es war ein herzzerreißendes Gedicht, es brachte die Anteilnahme am Kummer einer Mutter zum Ausdruck, die zwei kräftige Söhne hatte fortgehen und sterben sehen »in blutigem Protest für eine glorreiche Sache«. Auch Mrs. Flynn hatte Tragisches erlebt, ihr Mann war an Rippenfellentzündung gestorben, und ihr jüngster Sohn Frank war während eines Ferienaufenthalts ertrunken. Eine Zeitlang weinte sie und knirschte mit den Zähnen, und ihr Schicksal war dem der unglücklichen Mutter in dem Gedicht ähnlich. Ich kannte sie damals nicht, aber es wurde erzählt, wie sie zurückschreckte, als sie die tragische Nachricht erfuhr. Als die Polizisten kamen, um ihr zu sagen, daß Frank ertrunken sei, hielt sie sich einfach die Ohren zu, rannte aus dem Haus in den Garten und sagte, sie sollten sie zufriedenlassen, sollten aufhören, die Leute zu belästigen. Als die Polizisten sich dann schließlich Gehör verschafft hatten, heulte sie so laut, daß der Priester in zwei Meilen Entfernung es hörte. Ihr Sohn war achtzehn gewesen und sehr gescheit.

Als ich sie kennenlernte, war sie ruhig und schien sich mit ihrem Schicksal abgefunden zu haben, eine vielbeschäftigte Frau, die einen Laden und eine Mühle besaß und noch drei Söhne hatte, die alle über eins achtzig groß waren und neben ihr riesig wirkten, denn sie war eine winzige Frau mit grauem, dauergewelltem Haar. Ihr Stolz auf die Söhne war offensichtlich und übertrug sich auf alle, die sie kannten. Es war nicht irgend etwas, was sie sagte, es war einfach die Art und Weise, wie sie zu ihnen aufschaute, als seien sie junge Götter, und manchmal nahm sie eine Kleiderbürste und bürstete einem von ihnen das Revers ab, bloß um ihre enge Verbundenheit zu bekunden. Sie alle hatten dunkle Augen und dickes, lockiges Haar, und es gab kein einziges Mädchen im Kirchspiel, das nicht davon träumte, daß einer von ihnen ihm den Hof machen möge. Einer der drei, Michael, war der begehrteste. Es liege an seiner reizenden Art, sagten die Frauen; selbst die alten Frauen beschrieben gerührt, wie er ihnen die Befangenheit nahm, wenn sie Eier verkaufen oder Lebensmittel einkaufen wollten. Er war ein bekannter Hurlingspieler, und die phantastische Art und Weise, wie er ein Tor schoß, war berühmt und in Versen verewigt, die die Männer bei sich trugen. Wenn seine Mannschaft in Gefahr war, zu verlieren, und er wegen eines Fouls vom Platz gestellt war – was oft vorkam –, verlangten die Zuschauer lautstark nach ihm, und es blieb dem Schiedsrichter nichts anderes übrig, als ihn wieder mitspielen zu lassen. Es war seine Spezialität, in der allerletzten Minute des Spiels ein Tor zu schießen, wenn die gegnerische Mannschaft glaubte, den Sieg schon in der Tasche zu haben; und dieses Tor und die unheimliche Art und Weise, wie es geschossen wurde, waren auf Wochen hinaus Gesprächsstoff. Nach dem Spiel trugen ihn seine Fans auf den Schultern weg, und die Zuschauer drängten sich um ihn und versuchten, seine Füße oder seine Hände zu berühren, genau wie im Evangelium die Menge versuchte, den Herrn Jesus zu berühren. Am Abend wetteiferten die Mädchen dann darum, mit ihm zu tanzen. Er hatte eine feste Freundin mit Namen Moira, aber wenn er zu Hurlingspielen reiste, lernte er auf Tanzvergnügen andere Mädchen kennen, und einige Wochen lang belästigte ihn irgendein neues Mädchen, eine Ellen oder Dolly oder Kate, mit Liebesbriefen. Ich erfuhr das von Peggy, ihrem Dienstmädchen, als ich meine allerersten Ferien dort verbrachte. Seit vielen Jahren hatte ich mich danach gesehnt, dort hinzufahren, und endlich erhielt ich die Chance, weil meine Schwester, die immer hingefahren war, die Stadt ins Auge gefaßt hatte und stattdessen zu Kusinen in Limerick fuhr, die ein Süßwarengeschäft hatten, das neben einem Frittenladen lag. Wie in vielen anderen Dingen auch hatte ich ihren Platz eingenommen; ich war ihr Ersatz, und als ich mir darüber klar wurde, geschah es nicht ohne etwas unterschwellige Eifersucht und Gekränktheit.

An meinem ersten Tag in Mrs. Flynns Haus kam ich mir sehr bäurisch vor, ging den Brüdern aus dem Weg und weinte auf dem Flur. Ich wollte nach Hause, schämte mich aber zu sehr, um es zu erwähnen. Es war Michael, der mich rettete.

»Willst du mir einen Gefallen tun?« fragte er.

Der Gefallen war sehr einfach – ich sollte ihm Apfelbeignets machen. Wenn es etwas auf der Welt gab, wonach ihm der Sinn stand, dann waren es Apfelbeignets. Ich sollte sie heimlich machen, wenn seine Mutter es nicht sah.

»Kann ich nicht«, sagte ich.

Seine Mutter und Peggy waren ständig da, und es war undenkbar, sich ihnen zu widersetzen.

»Angenommen, sie wären einen Tag lang weg, würdest du es dann machen?«

»Natürlich.«

Das »natürlich« kam so schnell, so gefügig, und machte schon deutlich, daß ich begierig war, ihm zu dienen.

In wenigen Tagen hatte ich mich eingewöhnt und fand, daß kein Ort auf Erden so aufregend und so betriebsam war wie ihr Haus und ihr Laden. Sie führten alles – Lebensmittel, Tierfutter, Serge für Anzüge, Flanellette, Baumwollstoff, Petroleum, Kuchen, Süßwaren, Stiefel, Überschuhe und Pullover mit Zopfmuster, die alte Jungfern und einsame Frauen oben in den Bergen strickten. Sie verkauften sogar Unterwäsche für Damen und Herren, was Anlaß zu viel Anzüglichkeiten und Heiterkeit bot. Die rosa Korsetts waren aus Broderie Anglaise, und manchmal nahm einer der Brüder eins aus der Cellophanpackung und zog es sich aus Jux über die Hose. Natürlich nur, wenn der Laden leer und seine Mutter zur Beichte gegangen war oder eine kranke Nachbarin besuchte. Sie hatten Respekt vor ihrer Mutter und bedienten sich in ihrer Gegenwart niemals einer fragwürdigen Ausdrucksweise.

Was mir an dem Aufenthalt dort gefiel, waren die Scherze, die Fröhlichkeit und die ständige Betriebsamkeit – Kuchen wurden geliefert, Schrotmehl abgewogen, Eier gebracht und gezählt und gewaschen, Bestellungen mußten erledigt werden, und jederzeit konnte man von einem der Brüder ein Kompliment bekommen oder in den Arm gezwickt werden. Alles war so erfrischend. Abends gab es noch mehr Unterhaltung, wenn sich die Männer hinten in der Bar versammelten, Porter tranken und einsilbig miteinander redeten, bis sie betrunken waren und dann schwadronierten und randalierten, wenn es um Politik ging. Wenn sie zu ungebärdig wurden, krempelte Michael die Ärmel hoch, nahm seine Armbanduhr ab und drohte ihnen, sie würden unsanft nach draußen befördert werden, wenn sie »mit dem Quatsch nicht aufhörten«.

Am Morgen machten die Brüder Witze und spielten auf die Dramen des Vorabends an, während ihre Mutter immer sagte, man beschwöre Unglück herauf, wenn man nach Geschäftsschluß Männer hereinlasse. Die Polizisten führten selten eine Kontrolle durch, weil sie doch damals die schreckliche Nachricht über Frank hatten überbringen müssen, aber Mrs. Flynn schwebte dauernd in Angst, sie könnte kontrolliert und vor Gericht gestellt werden, weil sie gegen das Gesetz verstoßen habe. Die Brüder neckten sie damit, daß der Wachtmeister eine Schwäche für sie habe, und obwohl sie so tat, als ob sie sich darüber ärgere, errötete sie, wurde sehr aufgeregt, und ihre Blicke flogen hin und her, um den Andeutungen der Söhne zu entrinnen. Ich zog jeden Tag ein sauberes Kleid an und trug, um mich vorteilhaft zur Geltung zu bringen, einen gestärkten weißen Kragen, von dem ich glaubte, daß er mir ein wehmütiges Aussehen verleihe. Ich versorgte alle ununterbrochen mit frischem Tee oder noch einem Spiegelei oder sauren Gurken. Michael berührte dann mein Handgelenk und sagte: »Tüchtiges Mädchen, tüchtiges Mädchen«, und ich hoffte, ich würde nie nach Hause gehen müssen. Ich träumte sogar davon, seine Mutter könnte mich adoptieren, damit ich seine Schwester würde, dann könnte ich ihm die Hand geben oder ihn sogar umarmen ohne eine Spur von Scham oder Sünde.

Jeden Morgen lud William, der älteste Bruder, Vorräte in den Buggy, weil er über Land fuhr, um zu kaufen und zu verkaufen. Er wollte mich immer zum Mitfahren überreden und erzählte mir, was für seltsame Leute er unterwegs traf. In einem Haus waren drei Familienangehörige verrückt und bellten wie Hunde, und der vierte, gesunde Angehörige mußte sie mit Eimern voll Wasser übergießen, damit sie sich beruhigten. Dann erzählte er von dem Haus oder vielmehr der Bruchbude, wo die bucklige Della wohnte, die ihn immer zum Tee einlud in der Hoffnung, er werde ihr einen Heiratsantrag machen. Jedesmal, wenn er dankend ablehnte, stampfte sie mit dem Fuß auf und sagte, die Einladung sei sowieso nicht ernst gemeint gewesen. Dann erzählte er von einer Mutter und ihrer Tochter, die sich nie aus dem Bett rührten und ihm zuriefen, er solle nach oben kommen, wo er sie dann im Bett vorfand, angetan mit schicken Bettjäckchen, Wangenrot und Lippenstift und Modezeitschriften durchblätternd.

»Hast du denn jemals Erfolg?« hörte ich seinen Vetter Tom ihn eines Morgens fragen, und William legte einen Finger auf die Lippen und lächelte, als könnte er ganze Romane erzählen. Aber ich wollte nicht zu diesen Orten mitgenommen werden, denn zum einen interessierte ich mich nicht für Wiesen oder Heustadel oder Seen, und zum anderen wollte ich in Michaels Umkreis bleiben und jederzeit bereit sein, falls er mich rufen sollte oder bloß zufällig auf mich stieß und mir zu meinem Entzücken plötzlich die Hand drückte. Er arbeitete in der Mühle, die nicht weit entfernt auf der anderen Seite des Gartens lag. Manchmal begleitete ich ihn dorthin, und wenn die Vögel an den Johannisbeerbüschen futterten, was sie gewöhnlich taten, dann klatschte er in die Hände und machte viel Lärm, um sie zu verscheuchen.

»Auf Wiedersehen, kleines Fräulein«, sagte er immer und lüftete ein- oder zweimal die Mütze, um zu zeigen, daß er ein Gentleman sei. Ich mußte dann zurückgehen und Peggy helfen, das Geschirr abzuwaschen, den Herd zu putzen und die Küche und den Raum dahinter zu schrubben. Später machten wir die Betten. Sein Bett zu machen war aufregend, aber ärgerlich. Peggy wurde wütend, wenn sie das Zimmer betrat, riß die Bettlaken heraus und schüttelte sie mißmutig zum Fenster hinaus. Im Hof unten gackerten die Gänse, wenn sie die Laken ausschüttelte, und der Gänserich zischte und reckte seinen orangefarbenen Schnabel empor, um seine Sippe zu verteidigen.

»Ich kann es nicht erwarten, nach England zu kommen«, sagte Peggy, und nach ihrer Vorstellung schien sich das dortige Leben in einer Welt abzuspielen, in der es keine Gänse gab und Betten nicht gemacht zu werden brauchten. Das Zimmer selbst war wie alle Schlafzimmer, sehr hoch, ausgestattet mit einem knallbunten Teppich und nicht zusammenpassenden Möbeln. Da war der dunkle Mahagonischrank mit dem hohen Spiegel, der schmuddelig aussah und ein sehr dürftiges Spiegelbild zurückwarf. Dann waren da das Doppelbett mit dem hölzernen Kopfteil und ein Rohrstuhl neben dem Bett, auf den er seine Kleider warf. Seine Schuhe, so groß und so imposant, standen innerhalb des gekachelten Kaminvorsatzes, gut geputzte gelbbraune Schuhe, auf Leisten gespannt; sein rehbrauner Rock auf einem Bügel schwankte ein wenig im dunklen Inneren des Schranks. Da waren auch seine verschiedenen Krawatten, die Schachtel mit der roten Kordel, in die er verschiedene Liebesbriefe geworfen hatte, seine Skapuliere, sein Meßbuch und dann, vielsagender als alles andere, sein Schlafanzug zusammengeknüllt am Ende des sehr verwühlten Betts, das Peggys Zorn erregte und sie veranlaßte, laut zu fragen, ob er im Schlaf Hurling spiele oder was sonst. Auf dem Kaminsims stand die Reihe der Pokale, die er beim Hurling gewonnen hatte, und daneben eine gerahmte Photographie seiner Mutter als ganz junges Mädchen mit einem Schmollmund wie eine Rosenknospe. Ich pflegte die Pokale anzufassen und Peggy zu bitten, mir zu sagen, wann und wo er jeden einzelnen bekommen hatte. Sie waren angelaufen, und ich beschloß, mir ein Silber-Reinigungsmittel zu besorgen und sie so blank zu putzen, daß, wenn er abends in sein Zimmer kam, der Silberschimmer ihn begrüßen und er sich fragen würde, wer das gemacht habe, und es vielleicht sogar herausfinden würde.

Sobald die Betten gemacht waren, dachte ich mir einen Vorwand aus, um zur Mühle zu gehen. Bis zu dem Augenblick, in dem ich weich wurde, hatte ich vorgehabt, nicht hinzugehen, aber dann überkam mich plötzlich ein rasendes Bedürfnis, und obwohl ich mich meiner Schwäche wegen verachtete, konnte ich nicht widerstehen. Auf dem Weg durch den Garten summte ich irgendein albernes Liedchen und malte ihn mir schon aus, sein Gesicht und seine weiß bestäubte Jacke, der ganze Mann nach Mehl riechend, seine Haut bepudert und bleich, was ihn älter aussehen und seine Augen wie tiefe Teiche schimmern ließ. Ich hörte den kleinen Bach rauschen und sah sein Wasser spritzend in den Schaufelkammern des großen bemoosten Mühlrads verschwinden, und ich ging hinein und versuchte zwanglos zu erscheinen.

»Gibt's was Neues?« wollte er wissen und fragte dann unweigerlich, ob die Engländer schon im Laden gewesen seien. Ein Engländer und sein Sohn waren in die Gegend gekommen, um zu jagen und zu angeln, und ihr Akzent ebenso wie ihr Staunen über die Natur erregten unsere Heiterkeit. Sie waren höchst verwundert darüber, daß sie ein Kaninchen gefangen hatten, und brachten es mit, um es den Leuten zu zeigen, als ob es eine Trophäe wäre.

Eines Tages fand ich ihn jedoch vor Wut schäumend vor; ich sah, daß er auf den Schreibtisch schlug, und hörte, daß er Jock, den Jungen, der ihm half, den größten Idioten aller Zeiten nannte. Michael hatte die Rechnungen an seine Kunden ausgeschrieben und hinter jeden Namen den Höflichkeitstitel »Esquire« gesetzt. Dann war Jock gekommen und hatte vor jeden Namen »Mr.« gesetzt, und nun mußten dreißig oder vierzig Umschläge neu adressiert werden. Trotz seiner Wut legte er wie gewöhnlich den Arm um mich und sagte, wie schade es sei, daß ich nicht in der Mühle arbeiten könne, damit er Jock in die Besserungsanstalt schicken könnte, wo er hingehöre. Ich genoß es gerade, ihm so nahe zu sein, als ein sehr hübsches, älteres Mädchen hereingeschlendert kam unter dem äußerst fadenscheinigen Vorwand, es suche seinen Vater. Das war Eileen mit den blonden Haaren, den blauen Augen und den langen, schwarzen Wimpern, mit denen sie geschickt zu klimpern verstand. Sie arbeitete in Dublin, war aber auf ein paar Tage zu Hause, und als sie zwischen den Säcken näher kam, war es erstaunlich zu sehen, wie ihr Interesse füreinander Auftrieb erhielt. Sie wiegte sich beim Gehen in den Hüften und sagte, ihr Vater hätte mit Kornsäcken zum Mahlen hier sein sollen, aber wo um alles in der Welt war er geblieben? Als sie sah, daß Michael den Arm um mich gelegt hatte, tat sie so, als wäre sie über alles erhaben, sagte: »Verzeihung«, machte auf dem Absatz kehrt und ging weg. Sie hatte eine rote Jacke an, einen Faltenrock und Segeltuchsandaletten mit Keilabsatz und Riemen, die um die Waden geschnürt waren.

»Warum hast du's so eilig?« rief er hinter ihr her.

»Muß noch wohin«, sagte sie, drehte sich um und grinste. Er sagte, er habe nicht gewußt, daß sie zu Hause sei, und ob er fragen dürfe, wie lange das Kirchspiel das Vergnügen ihrer ungewöhnlichen Gesellschaft haben werde.

»Bis mich die Wanderlust überkommt«, antwortete sie und kündigte an, sie werde vielleicht auf ein Wochenende in ein Hotel am Meer gehen, denn sie habe gehört, daß es dort Abendveranstaltungen gebe.

»Gott, so was hast du sicher jeden Tag«, meinte er.

»Stimmt«, erwiderte sie und streckte den Arm aus, um die beinernen Armreifen sehen zu lassen, die sie trug.

»Wir sind vermutlich die Dorfdeppen«, sagte er.

»Ihr versteht es bestimmt nicht, ein Mädchen zu verwöhnen«, womit sie andeutete, daß die Männer in Dublin wußten, wie man das anstellte. Ihr schallendes Gelächter klang zugleich lieblich und gewagt.

»Wohnst du auf der Nordseite?« fragte er.

»I wo! Auf der Südseite!« Und sie fügte hinzu, wenn man auf der Nordseite wohne, werde man zweimal in der Woche vom Muhen der Kühe geweckt, die auf den Viehmarkt getrieben und dort eingepfercht würden. »Die Nordseite«, schloß sie, »ist viel zu bäurisch.«

»Du bist also fein raus auf der Südseite«, sagte er mit einiger Schärfe. Inzwischen hatte er mich losgelassen und sich ihr zugewandt, und er betrachtete sie so eingehend, als ob jede Einzelheit ihrer Person ihn fasziniere. Obwohl sie bissig miteinander sprachen, war es alles nur Spaß, und sie hatten Vergnügen an dem beiderseitigen Geplänkel.

»Wer ist denn die Kleine?« fragte sie mit einem Blick auf mich, und als sie darüber aufgeklärt worden war, sagte sie, sie kenne meine Schwester, habe sie bei Tanzveranstaltungen gesehen, und meine Schwester sei sehr von sich eingenommen.

»Was hast du heute abend vor?« fragte er.

»Du gehst aber mächtig ran«, sagte sie, und er pufft sie, dann hakten sie sich unter und gingen nach draußen, um zu beraten. Ich stand neben Jock, der das »Mr.« auf allen Umschlägen ausradierte, und kam mir töricht vor, kam mir ausgestoßen vor wie er. Die beiden standen an der Tür dicht beisammen, und von Neugier angestachelt, eilte ich auf sie zu und schlüpfte an ihnen vorbei, ohne bemerkt zu werden. Ein Lastwagen war draußen geparkt, und ich stellte mich auf das Trittbrett, um die beiden zu beobachten. Es war entsetzlich. Er hatte ihr den Arm um die Taille gelegt, und sie sah zu ihm auf und sagte: »Was machst *du* denn da?« Und er sagte, er könne machen, was er wolle, könne ihr die Rippen brechen, wenn ihm danach zumute sei.

»Versuch es doch, versuch es doch«, sagte sie, und mit beiden Händen, die ihre Taille umfaßten, schien er ihr die Rippen einzudrücken. Ein paar Fliegen summten um den Lastwagen, denn auf der Ladefläche standen Milchkannen, und es roch nach saurer Milch und nach Metall. Der Bezug des Fahrersitzes war zerrissen, und Teile der Sprungfedern standen heraus. Ich fragte mich, wem der Lastwagen gehörte. Nachdem ich ein paar Minuten nicht hingesehen hatte, erlaubte ich mir wieder einen Blick auf das verzauberte Paar. Er stand ein wenig hinter ihr; ihr Faltenrock war hochgeschoben, so daß er ungleichmäßig oberhalb ihrer Knie hing und ich ihre Oberschenkel, die Spitze an ihrem Unterrock und ihre zunehmende Erregung sehen konnte, als sie da auf Zehenspitzen stand, um sich dem anzupassen, was er tat. Auch gab sie aufreizende Laute von sich, lachte und zappelte, bis sie plötzlich sehr sachlich wurde, ihren Rock runterzog und fragte, was er sich eigentlich denke. Dann rannte sie weg, er holte sie aber ein, und sie rauften ein bißchen. Er ließ sie gehen unter der Bedingung, daß sie sich abends treffen würden, und sie verabredeten sich auf dem Gelände eines ehemaligen Herrensitzes, von dem nur noch Ruinen standen.

Zu der Zeit, als sie sich trafen, und möglicherweise in dem Augenblick, in dem er ihre beiden Fahrräder an einen Baum lehnte oder seinen Mantel auf dem Gras ausbreitete, kniete ich nieder, um den Rosenkranz mit seiner Mutter zu beten, deren Stimme vor Inbrunst bebte. Sie hatte an dem Abend beschlossen, für ihren toten Sohn und ihren toten Mann die Gebete des Rosenkranzes zu sprechen. Die Küchenfliesen fühlten sich hart und schmutzig an; es war, als bohre sich Kies in unsere Knie, während wir endlose Vaterunser, Ave-Marias und Ehre-sei-Gott-in-der-Höhe aufsagten. Ich dachte an das Liebespaar mit einer Neugier, die an Besessenheit grenzte. Ich konnte mir den Treffpunkt vorstellen, den Geruch des Grases, das Schnaufen der Kühe, ihre beiden in der Dunkelheit fast nicht zu erkennenden Gesichter, und weil sie nicht zu sehen vermochten, war ihr Tastsinn so überwältigend geschärft, daß sie die Hände ausstreckten, und plötzlich hielten sie einander fest und wagten, ihre Vornamen mit hektischer Eindringlichkeit auszusprechen. Daran dachte ich, während ich gleichzeitig die Gebete herunterleierte und das Murmeln der Männer draußen in der Bar hörte. Ich kannte die Männer sogar, die da waren, und sah einen alten Mann, gegen den ich eine Abneigung hatte, weil der Porterschaum auf seinem grauen Schnurrbart golden aussah. Mrs. Flynn war an diesem Abend geradezu ausschweifend mit Gebeten und bestand darauf, daß wir die drei Geheimnisse aufsagten – das freudenreiche, das schmerzensreiche und das glorreiche. Es war nach zehn Uhr, als wir aufstanden, und wir waren beide ganz krumm nach dem stundenlangen Knien.

Sie fragte, ob ich zur Belohnung eine Bratwurst haben wolle, und sie schmiß zwei Würste in die Pfanne, die immer auf der Herdkante stand, falls einer ihrer Söhne hungrig wurde. Im Handumdrehen zischte das Fett, und sie schubste die Würste mit einer Gabel hin und her und sagte ihnen, sie sollten sich beeilen, hier seien zwei am Verhungern. Nachher gab sie mir kleine Kekse mit buntem Zuckerguß und sagte, ich könne immer in den Ferien kommen und die ganze Zeit hierbleiben. Als sie das sagte, glaubte sie vermutlich, daß ich nie erwachsen würde. Ich schlief bei ihr, und von dem Schlafzimmer weiß ich nur noch, daß es feucht war, die geblümte Tapete sich verzogen hatte und die Federn in den Kissen sich einem ins Fleisch eingruben. An jenem Abend war sie vielleicht in Hochstimmung durch das viele Beten und bestand nicht darauf, daß wir sofort schliefen, sondern ließ zu, daß wir noch schwatzten. Natürlich brachte ich die Rede auf ihre Söhne.

»Welchen von ihnen haben Sie am liebsten?« fragte ich.

»Sie sind in meinen Augen alle gleich«, antwortete sie in sehr sachlichem Ton.

»Aber ist Michael nicht ein großartiger Hurlingspieler?« fragte ich in der Hoffnung, über ihn sprechen zu können und von ihr zu erfahren, wie er als Baby war und als kleiner Junge, was für Unfug er angestellt hatte, und vielleicht auch etwas über sein jetziges Verhalten, vor allem sein Herumpoussieren.

Sie sagte, vor langer Zeit sei einmal eine Zigeunerin in den Laden gekommen und habe geweissagt, daß Michael ein sehr bewegtes Leben haben werde, und sie bete andauernd, daß er es sich nicht in den Kopf setze, nach England zu gehen.

»Das wird er nicht tun«, sagte ich ohne jede Berechtigung.

»So Gott will«, sagte sie und fügte hinzu, daß Michael sich von jedermann so leicht herumkriegen lasse. Keine Ahnung hatte sie, daß er in diesem Augenblick bei einem Stelldichein war, das ihr Kummer bereitet hätte, wenn sie es wüßte.

»Ich glaube, er ist Ihr Liebling«, sagte ich.

»Was für ein kleiner Racker du bist«, lachte sie und erklärte, wir müßten jetzt gleich schlafen. Aber ich wußte, daß ich nicht schlafen würde. Ich wußte, daß ich wach bleiben würde, bis ich ihn die Treppe heraufkommen und in sein Zimmer gehen hörte, und daß ich, wenn ich ihn gehört hatte, ein bißchen Befriedigung empfinden würde, weil ich dann glaubte oder vielmehr hoffte, er habe genug von Eileen und gehöre jetzt wieder uns. Es war sehr spät, als er heimkam, und meine Stimmung war miserabel, weil er pfiff. Ein verrückter Gedanke kam mir: zu ihm zu gehen und ihn zu fragen, ob er Würste haben wolle, aber zum Glück widerstand ich.

Ich fragte mich, welchem der beiden Mädchen er am nächsten Tag in der Messe zulächeln würde. Zufällig saßen Eileen und seine Freundin Moira in derselben Reihe, aber nicht nebeneinander. Eileen war ganz in Schwarz mit einer schwarzen Mantille, die ihr Gesicht verschleierte. Ich glaubte, sie sehe beschämt aus, aber ich mag es mir eingebildet haben. Moira trug eine Strickjacke in einem raffinierten Muster und eine passende Mütze, die seitlich auf ihrem Kopf saß und durch eine mit Perlen besetzte Hutnadel gehalten wurde. Während der langen Predigt drehte sie sich dauernd um, wahrscheinlich um zu sehen, wo Michael war. Er stand hinten in der Kirche bei den Männern, und wie die anderen verdrückte er sich beim Schlußevangelium. Die beiden Mädchen kamen sehr ruhig den Mittelgang herunter und wechselten nur am Portal wenige Worte. Dann ging Moira mit ihren Eltern nach Hause, und Eileen fuhr allein mit dem Rad heim.

Beim Mittagessen war Michael sehr aufmerksam zu mir, gab mir dauernd mehr Sauce und mehr Bratkartoffeln und sagte dauernd, ich solle tüchtig essen. Es war mein letzter Tag, denn früh am nächsten Morgen sollte ich mit dem Postwagen abfahren. Vielleicht war er aus dem Grund nett zu mir, oder es war eine heimliche Bestechung, damit ich sein Geheimnis nicht verriet. Von seiner Mutter hatte ich schon ein Geschenk von zehn Shilling und einen Rosenkranz bekommen; auf der Rückseite des Kruzifixes war ein kleiner Hohlraum, in dem sich eine Reliquie befand.

Während wir aßen, kam ihr Vetter Tom in die Küche gestürzt und verkündete, daß er abends mit mir ins Kino gehen wolle. Die Brüder stießen ein Hohngelächter aus, woraufhin er sagte, zwei Wochen lang hätte ich in der Küche geholfen, im Laden geholfen und überhaupt keine Unterhaltung gehabt. Zu meinem Entsetzen spendete ihre Mutter dieser Idee Beifall und sagte, es sei eine Schande, daß keiner ihrer Söhne auf den Gedanken gekommen sei. Ich mochte Tom nicht; er hatte ein Lächeln, das leicht anstößig war, und wann immer ein Mädchen vorbeiging, gab er schmatzende und glucksende Laute von sich. Er hatte knallrote Haare und eine helle, sommersprossige Haut, und oft trug er seine Socken über den Hosenbeinen, um seine Waden zu unterstreichen. Seine Hände waren am widerlichsten, weil sie so weiß waren, und seine Finger sahen wie lange, weiße Nacktschnecken aus. Obwohl ich vor Schreck über die Einladung wie betäubt dasaß, sagte er, er werde mich um sechs abholen, und wir würden uns großartig amüsieren. Das Kino war drei oder vier Meilen entfernt, und wir mußten mit dem Rad hinfahren. Ich fürchtete mich davor, denn selbst bei Tage fuhr ich sehr unsicher.

Es wurde zum Angelus geläutet, als er in einem grünen Tweedanzug und mit passender Mütze ankam. Er vermochte seine Freude nicht zu verbergen, und wie geil er war, erkannte ich sofort an der Art und Weise, wie er den Sattel meines Fahrrads betatschte und fragte, ob ich nicht ein kleines Kissen drauflegen sollte, er sei nicht weich genug. »Du Lump«, sagte Michael zu ihm, als wir aufbrachen. Das Radfahren war sehr nervenaufreibend; mehrmals stieß ich mit ihm zusammen, und jedesmal, wenn uns ein Auto überholte, steuerte ich automatisch den Straßengraben an. Er sagte, wenn er von meiner Unsicherheit gewußt hätte, hätte er ein Kissen auf seine Lenkstange gelegt und mich so transportiert. Ich konnte seine Stimme nicht ertragen und konnte das Salbungsvolle nicht ertragen, das er an sich hatte, und am allermeisten mißfiel mir, daß er dauernd meinen Namen aussprach und damit deutlich machte, daß er sich zu mir hingezogen fühlte.

Als wir zum Kino kamen, führte er mich untergehakt die Treppe hinauf und ins Foyer. Es war ein sehr elegantes Kino mit einer breiten Treppe, und die Lichtfluten von dem großen Kronleuchter warfen regenbogenfarbige Prismen auf den roten Teppich. Das Treppengeländer war gerade frisch geputzt worden und roch noch nach dem Mittel. Drinnen setzten wir uns auf seinen Wunsch in die vorletzte Reihe, und kaum wurde es dunkel, da ergriff er meine Hand und begann sie zu drücken. Ich tat so, als merkte ich nichts. Sein nächster Trick war, mich mit den Fingern in der Handfläche zu kitzeln. Eine Frau hatte mir erzählt, wenn man in der Handfläche oder in der Kniekehle gekitzelt werde, dann werde man lüstern und verliere die Selbstbeherrschung. Auf der Leinwand war Lola Montez in ein höchst anstrengendes und beunruhigendes Handgemenge verstrickt, als sie versuchte, einem Bösewicht zu entkommen. Ihre mißliche Lage war der meinen nicht unähnlich. Nachdem er die eine Handfläche attackiert hatte, wollte er sich die andere vornehmen, und als er mich unwillig, um nicht zu sagen widerspenstig fand, erklärte er mir, ich dürfe die Beine nicht übereinanderschlagen. Ich wollte meine Sitzhaltung keineswegs ändern, sondern preßte die Oberschenkel fest aneinander und schlang einen Fuß um den Knöchel des anderen, so daß ich gleichsam zusammengenäht war. Ich bemühte mich, keine Notiz von ihm zu nehmen, und darüber verärgert, beugte er sich herüber und leckte an meinem Ohr, und das wiederum ekelte mich dermaßen, daß ich einen Schrei ausstieß, was die anderen Zuschauer veranlaßte, sich verwundert umzudrehen. Natürlich rückte er sofort von mir weg, und als ihm der Mann hinter ihm auf die Schulter schlug, murmelte er, sich demütig entschuldigend, daß seine Schwester (das war ich) sehr nervös sei.

Als wir das Kino verließen, war er fuchsteufelswild. Er fragte, was das solle, warum ich ihn erst aufputschte mit Löckchen und Lächeln und ihm dann die Tugendhafte vorspielte. Ich sagte, tut mir leid. Ich dachte an die lange, dunkle Radfahrt nach Hause, und mir wurde klar, daß ich ihm auf Gnade und Ungnade ausgeliefert war. Ich täuschte großes Interesse an der Handlung des Films vor und begann ihn darüber auszufragen, aber er durchschaute diese List und schwenkte mit seinem Rad plötzlich vor meines und sagte: »Halt, halt!« Ich wußte, was das zu bedeuten hatte. Er nahm beide Fahrräder, schleuderte sie beiseite, dann umarmte er mich und sagte, was für ein kleiner Schelm ich sei, und bugsierte mich rückwärts zu einem Tor. Das Tor ratterte und klapperte unter dem Aufprall unserer beider Körper, und auf der Wiese hinter dem Tor muhte eine Kuh kummervoll.

»Da gehe ich nicht rein«, sagte ich.

»Und ob!« sagte er. Er habe drei Shilling und sechs Pence pro Platz bezahlt und genug Quatsch hingenommen, jetzt lasse er es sich nicht mehr gefallen. Ich nahm all meinen Mut zusammen und sagte, der Priester werde mich umbringen, und auch Mrs. Flynn werde mich umbringen.

»Sie brauchen es nicht zu erfahren«, meinte er.

»Doch, doch, sie würden es erfahren!«

Ihn konnte man mit Ausreden nicht abwimmeln. »Sei ein Schatz«, sagte er, als er mich zu küssen begann und erforschen wollte, welche Farbe meine Unterwäsche hatte.

»Ich liebe Michael, ich liebe Michael«, protestierte ich. Törichterweise glaubte ich, Eifersucht könnte ihn von seinen Absichten abbringen.

»Hat er denn nicht Moira?« Nach dieser rhetorischen Frage schilderte er in groben Zügen, daß Michael in ebendiesem Augenblick mit Moira auf dem Dachboden der Mühle sei, ein Rendezvous, das sie meistens am Sonntagabend hatten.

»Das ist eine Lüge«, sagte ich.

»I wo!«, und er rühmte sich, daß Michael beschrieben habe, wie es mit Moira sei, ihre Scheu, ihr Schwatzen, dann ihre Kapitulation, wenn er ihr den Mantel auszog, das Kleid, die Unterwäsche und sie splitternackt dalag. Als Tom jetzt schnell zur Sache kommen wollte, wußte ich, daß mir nichts anderes übrigblieb, als einen Anfall zu bekommen. Ich begann am ganzen Leib zu zittern, zu schreien, zusammenhanglos zu reden, mich tatsächlich so irre aufzuführen, daß er mir ins Gesicht schlug und sagte, ich solle mich um Gottes willen beruhigen, niemand werde mir etwas tun. Wir hörten in der Ferne ein Auto, und als die Scheinwerfer um die Kurve bogen, rannte ich hinaus und winkte wie wild. Es war der Tierarzt, er fuhr langsamer, kurbelte das Fenster herunter und schrie: »Was ist los?«

»Nichts ist los«, sagte Tom und fügte hinzu, daß ich einen Platten hätte, er ihn aber geflickt habe. Als das Auto weiterfuhr, hob er sein Rad auf und sagte, einen so verheerenden Abend habe er lange nicht erlebt.

Stumm und verdrossen waren wir auf der Heimfahrt. Er fuhr vor mir und blickte kein einziges Mal zurück, um zu sehen, ob ich ihm folgte. Als wir uns dem Dorf näherten, fuhr er weiter, aber ich stieg ab, weil es bergab ging und meine Bremse defekt war. Ich war beschämt und verwirrt und wußte nicht, was ich sagen würde, wenn Mrs. Flynn oder die Brüder mich fragten, ob ich mich gut amüsiert hätte. Ich kam mir blamiert vor und wünschte von ganzem Herzen, ich könnte auf der Stelle nach Hause fahren.

Michael sprach mich an, als ich in der Diele meinen Mantel aufhängte. Ob ich ein Gespenst gesehen hätte oder was sonst, fragte er, ich sei ja weiß wie ein Laken. Bald hatte er es erraten.

»Der Schnösel, der Schuft«, sagte er, als er mich in die Küche brachte. Er setzte mich auf den großen Lehnstuhl, setzte sich neben mich und begann mir über das Haar zu streichen, und die ganze Zeit wiederholte er, was er Tom antun werde. Plötzlich küßte er mich, und da dieser Kuß ein Trost war, ließ er ihm eine Unmenge Küsse, Umarmungen und zärtliche, flüchtige Worte folgen.

»Ich liebe dich«, sagte ich unverblümt.

»Dito«, sagte er. Seine Stimme und sein Ausdruck waren jetzt ganz anders, jung und sorglos. Ich erlebte den Mann, um dessentwillen Moira, Eileen und eine ganze Heerschar von Mädchen sich gegenseitig die Augen auskratzen würden. Wir hörten eine Bewegung, er ließ von mir ab, stand auf, öffnete die Küchentür ganz beiläufig und zwinkerte mir zu.

»Wer ist da?« fragte er in strengem Ton, dann ging er in die Diele, aber niemand antwortete. Er ging hinüber in den Laden, und mit einemmal wurde die Küche dunkel, entweder weil er sich an der Hauptstromleitung zu schaffen gemacht hatte oder wegen einer Panne in ihrem Generator. Ich war wie jemand, der in Trance gefallen war. Daß er zurückkam, spürte ich an seinen leisen, schnellen Schritten und dann am Glühen einer Zigarette. Genau wie ich mir einmal den Reiz seiner Stimme vorgestellt hatte, die im Dunkeln einen Namen ausspricht, sprach er jetzt meinen aus, und seine Arme streckten sich jetzt mir entgegen mit einer sanften, fast kindlichen Flehentlichkeit. Was vor einer Stunde ekelhaft und abstoßend gewesen war, war jetzt berauschend, und da blieb nichts anderes übrig, als froh zu sein; diese wilde und erschrockene Freude, die die Folge ist, wenn man aus seiner einsamen Schale ausbricht, und genau wie bei dem Schwimmer, der als erster der Tiefe trotzt, ist die Furcht nebensächlich gegenüber dem Gefühl, es handele sich um ein großartiges Abenteuer. Er sagte, er wolle etwas Apfelwein und zwei Gläser holen und wir könnten auf den Dachboden gehen, wo uns niemand stören werde. Was immer er vorschlagen mochte, ich wäre einverstanden gewesen. Wir schlichen uns hinaus wie Diebe, und als wir über den Hof gingen, hob er mich hoch, damit meine Schuhe nicht schmutzig wurden.

Am Morgen streckte er seinen Wuschelkopf aus der Tür seines Schlafzimmers und gab mir im Beisein seiner Mutter einen raschen Kuß, dann flüsterte er: »Ich werde auf dich warten.« Es war nicht wahr, aber es war genau das, was ich hören wollte, und auf der Fahrt nach Hause erschien mir alles – die Hügel im blauen Dunst, die kalten Seen, der Gesang der Vögel und die glänzenden Lorbeerhecken um die großen Landsitze – verblüffend schön und belebt, und es war, als sei all das erfüllt von einer neuen und kraftspendenden Vitalität.

Gespenster

Drei Frauen. Sie verkörpern irren Trotz, Eleganz und eine Art Herzenseinfalt, die ich später in meiner Welt vermißte. Sie waren alle drei hochgewachsen, und wenn ich sie mit irgend etwas vergleichen müßte, dann mit den Gemälden von winterlichen Bäumen, vom Wind geschoren, so daß ihnen kaum ein Blatt geblieben ist.

Die erste der Frauen wurde periodisch verrückt, und eines Tages kam sie während eines dieser Anfälle in unsere Küche und fuchtelte mit einem Spazierstock herum. Unsere Hintertür war stets offen, und ein alter Gummistiefel diente als Keil, damit sie immer angelehnt blieb. Die Frau, die Delia hieß, schlug gleich auf alles ein, was sie sah. Ihre höchste Wut richtete sich gegen unsere Anrichte aus heller Rüster, und ich machte mir Sorgen um die schönen Teller, die nebeneinander darauf aufgestellt waren. Diese Teller hatte meine Mutter vor langer Zeit in einem Vergnügungspark auf Coney Island gewonnen. Sie waren das Hübscheste in der ganzen Küche, weiße Porzellanteller, und jeder mit einer anderen Blume bemalt. Der Teller, den ich am meisten liebte, zeigte eine seltsame lila Winde, die keine Ähnlichkeit mit den Blumen hatte, die auf unseren Wiesen wuchsen. Ich ängstigte mich um alle Teller, aber vor allem um den mit dieser Blume. Delia schlug um sich und sagte, sie seien ekelhaft und scheußlich, das ganze Haus sei eine Spelunke und voller Dreck und sie werde dafür sorgen, daß wir unsere Räumlichkeiten säuberten. Ich kroch unter den Tisch, wo ich häufig Zuflucht suchte und wohin mir Welpen oder Hunde oft folgten.

Sie war gut in Fahrt und brachte ihre Abneigung gegen unsere Lebensweise zum Ausdruck, gegen das Schwarzbrot meiner Mutter – sie schnitt entsetzliche Grimassen, als ob sie Cascararinde einnähme –, gegen das Wachstuch auf dem Tisch, gegen den Staub in den braunen Kordsamtkissen auf dem Lehnstuhl. Soviel wir wußten, war ihr eigenes Haus ein Saustall. Sie wohnte mit ihren beiden Brüdern und einer kranken Mutter zusammen, und niemand machte je sauber. Der Tierarzt pflegte zu sagen, er müsse sich ausräuchern, nachdem er in dem Raum hinter ihrer Küche gewesen war, um heißes Wasser zu holen oder sein Honorar. Ihr Haus hieß Bracken House, und in der Nähe war ein Fluß. Im Winter trat er über die Ufer, und ihre Wiesen waren morastig. Im Wohnzimmer hatten sie ein altes Klavier, und dort bewahrten sie Zucker- und Mehltüten auf und auch die Maschine, mit der sie Mangold und Rüben zerstampften. Ihre Stimmen waren immer erhoben. Das war alles, was wir von ihnen wußten, und wenn wir Kinder an ihrem Tor vorbeigehen mußten, dann rannten wir und erzählten einander, die Verrückten seien herausgekommen, um uns zu fangen. Delias Bruder Dinny pflegte Mädchen nachzulaufen und sie zum Herumtoben in die Scheune einzuladen. Auch er wurde dann und wann in die Irrenanstalt gekarrt.

Jetzt war Delia in unserem Haus und benahm sich, als wäre sie eine Gouvernante, als hätte sie ein Recht, Schränke aufzumachen und verschütteten Zucker oder verschüttetes Hafermehl zu beanstanden, »abscheulich« zu sagen und zu wiederholen, bis sie es in einem sehr hohen, zitternden Ton sang. Es war nur gut, daß wir kein Klavier besaßen und unsere Konzertina nicht da hatten. Der Dorfpolizist hatte sie für eine Hochzeit ausgeliehen.

Meine Mutter beruhigte sie, indem sie ihr einen Stuhl anbot und einen Becher Tee und Kuchen gab. Es war ein Marmorkuchen, und Delia staunte über die drei Farben, die jedes Stück aufwies. Sie waren wie ein Gemälde mit mehr Braun als Grün, die schlichte Eierfarbe in der Mitte wirkte wie eine Barriere zwischen den beiden anderen verlockenden Farben. Meine Mutter zeigte ihr dann die grüne Essenz, die sie benutzt hatte, und plötzlich sprach Delia mit leiser Stimme, und unser Haus wurde das behaglichste Heim der Welt. Sie grübelte einen Augenblick, während sie kaute. Sie kaute sehr resolut, als kostete sie jeden Krümel aus. Sie war ein mageres Geschöpf und trug hochhackige Schnürschuhe.

Mit einemmal erlaubte sie sich, zu sagen, ihre Eltern hätten überhaupt nicht heiraten dürfen, denn sie seien seltsame Käuze gewesen. Sie sagte, ihre Mutter habe ihren Vater nur geheiratet, weil er ihr »Zauberwasser« gegeben habe. Meine Mutter fragte, was das sei, und Delia senkte den Kopf und deutete auf die kleine Essenzflasche und fragte, ob sie einen Tropfen haben könne. Nachdem sie einen Löffel von dem grünen Sirup geschluckt hatte, wurde sie ganz albern und kindisch und klopfte sich wie ein Baby, dem es gemundet hatte, den Bauch. »Zauberwasser«, sagte sie, schmecke genauso. Vor langer Zeit sei ihr Vater über eine Leiter in das Schlafzimmer ihrer Mutter eingestiegen, habe ihrer Mutter diesen Trank eingeflößt, und ehe sie wußte, wie ihr geschah, sei sie die Leiter hinuntergetragen, in einen zweirädrigen Wagen gesetzt und zum Haus des Vaters gefahren worden – Bracken House nämlich. Die Familie ihrer Mutter habe sie dann enterbt und nie wieder mit ihr gesprochen.

Delia wurde so vergnügt, daß sie sich, als es dunkel wurde, weigerte, nach Hause zu gehen. Meine Mutter versuchte sie zu bestechen, indem sie ein großes Stück Kuchen in Butterbrotpapier einschlug und ihr einen Pompon schenkte, an dem sie Gefallen gefunden hatte, aber sie wollte sich nicht von der Stelle rühren. Ich erinnere mich, wie sie sich an der braunen, polierten Stuhllehne festklammerte, als unser Arbeiter versuchte, sie wegzubringen, und schließlich mußte er ihr mit dem Schürhaken drohen, denn jetzt waren wir wieder schreckliche Feinde und unser Haus ein Saustall. Sie stürzte davon, warf den Kuchen draußen auf den Plattenbelag, trampelte auf ihm herum, stieg in den Karren ein, den der Arbeiter hergebracht hatte, und schrie mit äußerster Lautstärke: »Wir brauchen euch nicht, wir brauchen euch nicht, wir brauchen euch dreimal nicht!« Das war das letzte, was ich von ihr sah, wie sie da auf dem Karren stand und dann, als die Stute einen Galopp anschlug, umfiel, aber dennoch nicht aufhörte, ihren Trotzschrei auszustoßen: »Wir brauchen euch nicht, wir brauchen euch dreimal nicht!«

Die zweite dieser Frauen, Nancy, war eine Traumgestalt in einem langen Sportmantel, an deren Arm eine Handtasche aus Eidechsenleder mit einem schönen Bernsteinschloß hing. Noch jetzt kann ich hören, wie die Tasche geöffnet und wieder geschlossen wurde, wenn sie ihr Zigarettenetui oder ihr spitzengesäumtes Taschentuch herausnahm oder ohne ersichtlichen Grund hineinschaute – vielleicht allerdings, um in den kleinen Spiegel in der Seitentasche zu sehen. Jedesmal, wenn sie in unser Haus kam, brachte sie ihre Boxkamera mit, so daß ihre Besuche und ihre hübschen Kleider alle verewigt wurden, obwohl viele Bilder verwackelt waren. Nancy war ein Vamp. Ich wußte nicht, was alles damit gemeint war, aber ich wußte, daß sie ein Vamp war. Sie pflegte Männer anzusehen, sie nahm sie in sich auf, dann machte sie eine Bewegung oder eine Reihe von Bewegungen mit ihrer Kehle und schluckte, als wäre es Sorbet oder Limonade oder Sprudel. Sie kam immer in unser Haus, wenn im Dorf ein Ball gegeben wurde; sie kam ein oder zwei Tage vorher und blieb bis ein oder zwei Tage danach.

Am Tag davor brachte sie eine Hafermehlpackung auf ihr Gesicht auf und dann ein geschlagenes Eiweiß, und meine Mutter und sie lachten und ließen sich photographieren, wenn sie Nancys Kleider anprobierten. Sie brachte immer einen Handkoffer voller Moden mit. Mindestens zwei Ballkleider, ihre Pelzstola mit den dunklen Streifen, die den Eindruck erweckte, als könnte sie jeden Augenblick lebendig werden oder zu schnurren beginnen, zwei oder drei Handtaschen, Ballschuhe und einen schönen Parfumzerstäuber. Ich durfte ihn in die Hand nehmen und auf den weichen, dicken Gummiball drücken, und plötzlich war die Zimmerluft erfüllt von dem fast göttlichen Geruch, und ich zumindest fühlte mich woandershin versetzt. Manchmal brachte sie Kleider mit, die sie zur Ansicht geliefert bekommen hatte, und da sie neu waren, waren sie die begehrtesten und schönsten. Sie brachte einen Astrachanmantel mit, den sie und meine Mutter abwechselnd anprobierten; an einem regnerischen Vormittag müssen sie ihn zehn- oder fünfzehnmal anprobiert haben. Dann durfte ich ihn anprobieren, mußte ihn aber gleich wieder ausziehen, denn er schleifte auf dem Boden, und weil sie so abgelenkt gewesen waren, war der Boden an diesem Tag nicht gekehrt worden und war schmutzig durch die Hunde und die Männer. Der Mantel stand Nancy am besten. Ihr volles Haar war kastanienbraun, und der lockige, braune Astrachan war eine ideale Ergänzung. Sie brachte immer ihre Brennschere mit, und wenn sie vor einem Ball begann, ihr Haar zu kräuseln, drohte sie manchmal, meine Nase mit der heißen Schere zu zwacken. Dann kniff sie die Augen zusammen und lachte. Sie war unergründlich.

Sie und meine Mutter sprachen oft über Heiratschancen, obwohl sie doch am Leben meiner Mutter erkennen und aus ihren Gesprächen schließen konnte, daß die Ehe kein idealer Zustand war. Dennoch erregte jeder neue Mann, der in der Nachbarschaft auftauchte, ihr höchstes Interesse. Es tauchten nicht viele neue Männer auf, aber von Zeit zu Zeit gab es einen Personalwechsel in der Bank oder in der Molkerei oder, allerdings seltener, einen neuen Hilfspfarrer. An diesen Männern bekundete sie schon großes Interesse, ehe sie sie überhaupt kennengelernt und eine Ahnung hatte, wie sie aussahen. Das hiesige Mitglied des Grafschaftsrats war zu seriös für sie, aber mein Vater beharrte darauf, daß er eine gute Partie sei und gutes Land und einen guten Viehbestand besitze. Nancy träumte davon, Empfangsdame in einem großen Hotel zu werden, sich mit Leuten aus unterschiedlichen sozialen Schichten anzufreunden und von einem ausländischen Grafen oder Baron geangelt zu werden.

Sie war faul und blieb bis Mittag im Bett. Wenn ich ihr Tee und Toast brachte, ließ sie sich von mir den roten wollenen Morgenrock geben, und dann lehnte sie sich zurück, den Kopf an die Messingstangen gelegt, und sagte, was für ein Faulpelz sie sei. Ich hatte entsetzliche Angst, ich könnte ihre Brüste sehen, aber zum Glück war ihr Nachthemd nicht durchsichtig. Ihren Toast hatte meine Mutter immer in schmale Streifen geschnitten, die leckerer aussahen als alles, was wir unten bekamen. Gewöhnlich mußten wir Schwarzbrot essen, weil meine Mutter es buk, und es war unsere Pflicht, einfach zu leben. Toastbrot wurde im Laden gekauft und war ein ausgesprochener Luxus. Ich aß immer die Krusten, die Nancy übrigließ.

Der neue Hilfspfarrer, der direkt vom Priesterseminar hergekommen war, wurde von allen bewundert. Mädchen erröteten, wenn nur sein Name genannt wurde. Nancy und er wurden unzertrennlich. Sie fuhren in seinem kleinen Ford zu den Läden, um Hammelfleisch oder einen Schafskopf zu kaufen oder ihre Lieblingszigaretten, und wenn sie zurückkamen, stiegen sie nicht gleich aus dem Auto aus, sondern blieben sitzen und lachten und rauchten. Sie rauchten wie die Schlote. Ich sah nie, daß sie sich berührten, aber wenn sie zum Haus gingen, war es oft, als wären sie drauf und dran, sich zu berühren, und das war um so verlockender. Ihre Hand kam aus der Manteltasche, oder seine Hand machte eine Bewegung zum Tor oder hob die Wildrose an, wenn sie sich bückte, um darunter durchzugehen, und es bedurfte nur noch einer Kleinigkeit, damit ihre Hände einander umschlossen. Einmal, als jeder von ihnen einen Henkel eines breiten Strohkorbs trug, ließen sie ihn fallen, so daß die Grapefruit, der Würfelzucker und die Büchsen mit Erbsen über die Fliesen rollten. Die Grapefruit war für ihn, denn meine Mutter sagte, nach dem langen Fasten für die heilige Messe brauche er etwas Leckeres, ehe er sich über ein richtiges Frühstück hermache.

Wenn Nancy bei uns war, kam er gleich nach der Messe in unser Haus und blieb den ganzen Tag, bis es Zeit war, zur Abendandacht zu gehen. Sie pflegten in der Küche zu sitzen, sich zu unterhalten und zu lachen, und Nancy zeigte ihm ihre Moden. An einem Sonntag ging sie so weit, daß sie ihm das Haar schnitt. Es war eine geradezu feierliche Handlung – ein weißes Handtuch wurde ihm um die Schultern gelegt, Zeitungspapier auf den Fußboden, die große rostige Schere wurde ihm an die Schläfe gesetzt, und dann ging es schnipp, schnapp. Er bat sie, ihn in den Spiegel sehen zu lassen, damit er sich überzeugen könne, daß sie nicht zuviel abschnitt, aber sie lachte und sagte, er solle ihr vertrauen. Zum Scherz legte sie eine Haarlocke in das kleine Medaillon, das sie an einer Kette um den Hals trug. Das übrige Haar wurde auf ein Stück Karton gekehrt und über die Hecke geworfen, wie man es mit Teeblättern tun würde. Ihm gefiel der Haarschnitt nicht, er sagte, die Gemeinde würde jetzt seine großen Ohren sehen, und deshalb nannte sie ihn Großohr, lächelte ihn an und schluckte heftig. Als sie ihn bedauerte, füllten sich ihre Augen mit überaus glitzernden Tränen, die sie nicht vergoß. Sie waren wie Glycerin.

Manchmal riefen sie und er mich in die Küche und baten mich, etwas aufzusagen oder eine Geschichte von der Lehrerin zu erzählen – wie sie uns schlug oder uns beschimpfte –, und dann forderten sie mich ebenso unerklärlicherweise auf, die Küche sofort zu verlassen und nach draußen zu gehen und nicht zurückzukommen, ehe ich gerufen wurde. Diese Verbannungen in den Garten waren eine Qual. Sie ließen mich an Christus in Gethsemane denken, und ich kniete nieder und bat meinen Schöpfer, diese Qual vorbeigehen zu lassen, aber ich wußte, daß sie nicht vorbeiging. Der Garten war groß und windig: Da war nur die Ligusterhecke, einige Teufelskrallen, ein paar Sträucher und zwei Granitsockel, die als Dekoration dienten. Sie waren wie riesige Pilze, und einer von ihnen hatte sich von seiner Basis gelöst. Ich rüttelte an ihm, hoffte, er würde umfallen, zugleich befürchtete ich, er könnte umfallen, und sehnte mich nach einem Klopfen an das Fenster oder einem »juhu« – dem Zeichen, das besagte, ich könne zurückkommen.

Der Hilfspfarrer begleitete Nancy zum Allerheiligen-Ball, und da ging ihre Freundschaft in die Brüche. Anscheinend stand er an der Tür des Tanzsaals und hielt ihre Pelzstola, weil er nicht wagte, sie in der Garderobe abzugeben, aus Furcht, sie könnte gestohlen oder von der Garderobenfrau anprobiert werden, die blöd und unzuverlässig war. Die Tanzfläche war wie eine Kunsteisbahn, und die Kapelle aus der Grafschaft Offaly stand in dem Ruf, die beste zu sein, die jemals hier war. Nancy tanzte mit allen und ließ keinen aus, und jedesmal, wenn sie an der Tür vorbeikam, lächelte sie oder winkte dem Hilfspfarrer zu, der sich von allen Tänzern ein Bild machte, aber insbesondere von ihr.

Bei der Damenwahl forderte sie das Grafschaftsrat-Mitglied auf, denn sie wußte, daß das bei ihrem neuen Verehrer keinen Anstoß erregen konnte. Ihr neuer Verehrer war der Schnulzensänger, der einen rehbraunen Gabardineanzug trug und eine Menge Öl in sein Haar geschmiert hatte. Offenbar hatte er in dem Augenblick, da er sie in ihrem himbeerroten Kleid erblickte, mitten im Lied mit Singen aufgehört und dann mit dem Mikrophon in ihre Richtung gedeutet. Danach ließ er es sich angelegen sein, auf sie aufmerksam zu machen, wenn sie sich dem Musikpodium näherte, und als er das Lied »Eifersucht« sang, dachte er an eine bestimmte Dame. Als die Erfrischungspause kam, ging sie nicht ans Ende des Saals, um mit dem Hilfspfarrer Limonade zu trinken und Rosinenkuchen zu essen; vielmehr schlich sie durch eine Tür, die als Notausgang gekennzeichnet war, hinaus, und der Schnulzensänger, der vorausblickend seinen Mantel mitnahm, folgte ihr. Niemand wußte genau, was sich draußen abspielte, nur daß sie das Grundstück verlassen hatten, die Straße ein Stück entlanggegangen waren und sich in einer Toreinfahrt versteckt hatten. Nancy selbst versicherte meiner Mutter, es sei absolut harmlos gewesen – sie hatten auf der nassen Mauer gesessen, während ihr der Sänger den Text eines Liedes beibrachte, das sie liebte. Sie sang ein bißchen vom Refrain:

Als der Ball zu Ende war
Just bei Tagesanbruch
War so manches Herz voll Weh
Wenn ich's recht gelesen
War so manches Herz gebrochen
Nach ... dem Ball.

Es hätte die Titelmelodie für den gekränkten Hilfspfarrer sein können, denn er blieb nicht da, um sie nach Hause zu bringen. Sie wurde auf einer Fahrradstange mitgenommen, und ihr langes Kleid trug lauter Ölflecken davon. Er kam nicht am nächsten Morgen. Meine Mutter sagte, er werde wahrscheinlich nie mehr kommen, und wurde bissig, denn auch sie schätzte seine Besuche, weil sie die unterschwellig verzweifelte Stimmung in unserem Haus linderten.

Nancy sagte: »Wollen wir wetten?« Und sie wetteten um sechs Pence. Nancys Voraussage war, daß er am dritten Tag kommen würde, und so fest war sie davon überzeugt, daß sie ihre Heimfahrt solange verschob, obwohl sie im Geschäft ihrer Eltern in der Stadt gebraucht wurde. Ihre Eltern besaßen eine Konditorei in Limerick und verkauften die schönsten Kuchen und Törtchen. Wenn Nancy zu uns kam, brachte sie immer einen Zitronenkuchen oder Schokoladenkuchen mit, und einmal einen mit Mandelgeschmack und Mandelguß und einem kleinen Mandelküken. Sie merkte die Verstimmung auf seiten meiner Mutter und fing an, zwei Schränke aufzuräumen und sie mit Zeitungspapier auszuschlagen. Sie sortierte auch die alten Socken aus, die auf dem Küchentisch lächerlich aussahen, graue oder melierte Socken, die alle einen Partner suchten und von denen die meisten voller Löcher waren.

Als am dritten Morgen die Hunde freudig von der Hintertreppe losrannten und über die Wiesen hetzten, da wußte sie – und wußten wir alle –, daß er es war. Sie rannte zum vorderen Fenster, um sich zu überzeugen, daß es sein Wagen war. Meine Mutter ging freiwillig auf den Hof, um das Geflügel zu füttern, und sagte Nancy, sie solle ein Teetablett herrichten und es ihm gemütlich machen.

»Hallo, Fremdling«, das war es, was Nancy sagte, und sie streckte die Hand aus, aber er schüttelte sie nicht. Ihr Nagellack war dunkelrosa, und die Nagelhäute waren sehr gut abgehoben. Er setzte sich in die Nähe des Herdes und machte ein brummiges Gesicht wie ein beleidigter Junge. Sie lächelte die ganze Zeit und wartete auf seine

Vorwürfe, um sie zurückweisen zu können. Ihr Haar war in einer großen, weichen Rolle zusammengefaßt, die sich von einem Ohr zum anderen erstreckte; sie ließ sie älter und gesetzter aussehen. Die Frisur war wie eine große Wurst. Sie sagte mir, ich solle mich verkrümeln.

Draußen im Garten fragte ich mich, was sie wohl redeten oder ob sie näher zueinander gerückt seien oder ob er, wenn sie in der Küche hin und her ging, um seinen Imbiß zu bereiten, entsetzt sei über die Schlitze in ihrem Rock. Er hatte vorn und hinten einen Schlitz, und sie machte ungewöhnlich lange Schritte, so daß man bis oberhalb der Kniekehlen sehen konnte – man sah das von einem beige Seidenstrumpf bedeckte Bein, sah den Saum nach oben verlaufen. Ich hielt den steinernen Pilz in der Hand und war drauf und dran, ihn nach einer Seite zu kippen, aber im nächsten Augenblick ließ ich ihn los, und er war schief wie der Turm von Pisa. Im Vorderzimmer, dessen Fenstertür auf den Garten hinausging, war etwas ganz Entsetzliches passiert. Nancy und der Hilfspfarrer waren da hineingegangen, und er war bis zur Taille nackt. Er stand mit dem Rücken zum Fenster. Sie betrachtete seinen Körper, als ob sie ihn auf Pickel oder ein Muttermal oder sonst was hin untersuchte. Aber was? Ich mußte nähergehen, um es herauszufinden. Er hatte den Kopf halb gedreht, vielleicht um »Liebling« zu sagen oder: »Was machst du da?« In ebendiesem Augenblick kam meine Mutter mit zwei leeren Eimern vom Hof. Meine Mutter trug immer Eimer, war immer beschäftigt, immer bescheiden und sollte jetzt die höchst profane Szene miterleben – den halbnackten Hilfspfarrer und die lachende Nancy. Nancy beugte sich hinunter und sagte etwas zu seinem Rücken, und dann mußten sie meine Mutter in der Küche gehört haben, denn plötzlich zog er sein Hemd an, und sie verließ das Zimmer. Ich weiß nicht, was sie zu ihm gesagt oder was ihn veranlaßt hatte, sich auszuziehen. Ich weiß nur, daß mir klar wurde, daß sie eine Art hatte, mit Männern umzugehen, die mir unbegreiflich war und die ich wohl niemals verstehen würde.

Die dritte der Frauen, Mrs. Keogh, hat niemals den Fuß über unsere Schwelle gesetzt, dazu war sie zu schüchtern. Sie kam einmal in der Woche, freitags, nachdem sie ihre Rente abgeholt hatte, setzte sich auf die Hintertreppe und trank einen Becher Buttermilch. Sie trug schwere Sergekleider, sommers und winters dieselben, und immer denselben braunen Samthut mit den zwei Hutnadeln; die eine war mit einer riesigen Perle, die eine Delle hatte, verziert, und die andere mit falschen Smaragden, von denen viele fehlten. Wo die Steine hätten sein sollen, waren Löcher. Sie wohnte auf der anderen Seite der Wiese uns gegenüber und sah die zivilisierte Welt nur an Sonntagen, wenn sie zur Messe ging, und an Freitagen, wenn sie ihr Ruhegeld abholte. Dann saß sie auf der Hintertreppe und fragte meine Mutter gespannt: »Gibt's was Neues?« Sie hatte die Angewohnheit, ihr Gesicht und ihre Nasenspitze zu heben, als wäre sie ein Vogel, der sich gerade in die Lüfte schwingen will. Wenn sie meinen Vater oder einen Arbeiter auf das Haus zugehen sah, rannte sie weg und ließ die nicht ausgetrunkene Buttermilch stehen. Es gab selten etwas Neues, und dennoch fragte sie immer wieder, als ob ihr etwas gesagt werden könnte, das ihre Neugier bis zur nächsten Woche befriedigen würde.

Sie litt an Gürtelrose. Sie sagte, sie hoffe, meine Mutter werde niemals Gürtelrose bekommen, und seltsamerweise wußte meine Mutter, daß sie sie eines Tages bekommen werde. Es war, als ob man vor lauter Mitleid schließlich die Krankheit des anderen bekäme, und wovor sie alle Angst hatten, war, Krebs zu bekommen.

Mrs. Keogh hatte zeit ihres Lebens nur zwei Wünsche, und wir kannten sie. Der erste war, ihr Mann könnte überredet werden, ein neues Haus in der Nähe der Hauptstraße zu bauen, damit sie die vorbeigehenden Leute sehen könnte. Sie wollte weiter nichts, als sie sehen, sehen, wer mit wem ging, sehen, auf was für Rädern sie fuhren, oder die vereinzelten Automobile sehen. Automobile waren noch etwas Neues, und sie hatte große Angst vor ihnen – sagte, sie seien gefährliche Bullen und könnten leicht außer Kontrolle geraten. Meine Mutter sagte, das sei Unsinn, Autos hätten Bremsen, genau wie Fahrräder, aber wie sie funktionierten, das wußten wir alle nicht. Ein Mann führte seinen Werkzeugkasten auf dem Trittbrett mit, und es hieß, er sei voll von Geräten. Mrs. Keogh sagte, man solle sich bloß vorstellen, was alles an einem Auto kaputtgehen könne, und meine Mutter sagte, sie brauchten sich keine Sorgen zu machen, denn sie würden, bis sie stürben, sowieso auf Schusters Rappen reiten. Als zweites wünschte sich Mrs. Keogh – und das war ein schreckliches Geheimnis –, daß ihr Mann vor ihr sterben möge. Auf diese Weise, stellte sie sich vor, könnte sie den ersten Wunsch verwirklichen. Sie dachte daran, ihr Haus an Leute mit Kindern zu verkaufen, und als Witwe könnte sie vielleicht vom Grafschaftsrat ein Cottage bekommen und in einem Blumenkasten Blumen züchten. Das hat sie nur ein einziges Mal gesagt, als sie von Schmerzen gepeinigt war und mit meiner Mutter über eine neue Salbe sprach. Die Salbe war in einer kleinen, runden Dose, und sie rochen beide daran und waren skeptisch. Sie hob ihr Mieder an, und da sahen wir eine Unmenge von wunden Stellen wie Stigmata, und während wir sie betrachteten, entrang sich ihr dieser schreckliche Wunsch, und sie widerrief ihn sofort.

Ihr Leben bot keine Abwechslung. Jeden Abend nach dem Tee beteten sie den Rosenkranz. Sie gingen ins Bett, wenn es im Sommer noch hell war, und sie stand um fünf oder sechs auf und wusch. Sie war eine gewaltige Wäscherin. Sie wusch Tische, Stühle, die Milchkannen, sie wusch die Nebengebäude, sie wusch die Fenster und die Fensterbretter, und sie hätte das Scheunendach gewaschen, wenn sie eine genügend lange Leiter gehabt hätte. Kochen tat sie nicht gern. Auf ihrem Speisezettel standen Kartoffeln, Speck und Kohl und sonst nichts.

Ihre Hunde waren bösartig, deshalb wagte sich niemand zu ihnen, es sei denn, es handelte sich um einen Notfall. Nachdem Mrs. Keogh nicht in der Messe gewesen war, machten meine Mutter und ich uns eines Sonntagabends zu ihr auf den Weg. Als wir den überwucherten Feldweg heraufkamen, der zu ihrem Betonhaus führte, kamen zwei wilde Viecher bellend und wütend knurrend über die Felder gerast. Wir sahen, daß sich der Abstand zwischen uns und ihnen bedrohlich verringerte, deshalb wichen wir zurück, sprangen über einen Zaun und rissen die schon lose oberste Latte ganz ab. Sie hatten uns fast erreicht – zwei räudige Köter, die die Zähne bleckten, so daß wir ihnen ins aufgerissene Maul sehen konnten. Meine Mutter sagte, ich solle einen Stein aufheben, und während ich das tat, drängte sie die Hunde mit der Latte zurück, um sicher zu sein, daß wenigstens der Zaun zwischen unseren Füßen und diesen Menschenfressern war. Der Hagel von Rasensoden und Steinen, dem wir sie aussetzten, machte sie nur wütender, und wäre nicht Mrs. Keoghs Sohn Patrick gekommen und hätte sie gerufen, wären wir wohl aufgefressen worden. Er zerrte sie weg, und immer noch knurrten sie und legten es darauf an, sich auf uns zu stürzen und sich zu rächen. Er bat uns nicht herein.

Mrs. Keogh kam über die Wiese; sie trug einen Männerhut. Sie bedeckte ihren Kopf immer wegen der Gürtelrose, damit die Luft niemals an ihre Kopfhaut kam. Nachdem sie sich die Hände an der Schürze abgewischt hatte, gab sie uns die Hand und bat uns, auf der wackeligen Mauer Platz zu nehmen. Sie wagte nicht, uns ins Haus zu bitten, weil ihr Mann launisch war und nur mit den Schafen redete und sein Geld nie woanders verwahrte als unter der Matratze. Er glaubte, jeder Besucher wolle stehlen oder ihn anpumpen.

Mrs. Keogh und meine Mutter sprachen über ein neues Auto, das Mrs. Sparling bekommen hatte. Sie schwärmten davon. Es gab sechs Autos in der Nachbarschaft, aber das von Mrs. Sparling war ganz was Besonderes. Es war ein französischer Wagen, den sie von ihren Brüdern in Amerika geschenkt bekommen hatte. Ihre Brüder hatten in Amerika große Läden und gaben vielen Auswanderern aus der alten Heimat Arbeit. Meine Mutter sagte, Mrs. Sparling sei als Glückskind geboren und das Glück sei ihr treu geblieben. Der Wagen war dunkelpurpurrot, fast kastanienbraun, und hatte riesige Scheinwerfer, die ein hellgelbes Licht und ein gedämpfteres, trüberes Licht ausstrahlen konnten. Ich hatte meinen Namen in den Staub auf der Kühlerhaube geschrieben, als Mrs. Sparling, die stolze Eigentümerin, gekommen war, um mit dem Wagen anzugeben. Ich hatte mich hineingesetzt; ich hatte die roten Ledersitze berührt und an ihnen gerochen; ich hatte die Hände auf das Lenkrad gelegt und mir verrückterweise eingebildet, ich steuerte hierhin und dorthin; ich hatte aus Versehen auf die Hupe gedrückt und die Pferde meines Vaters in helle Aufregung versetzt. Ich hinterließ meine Initialen auf dem staubigen Metall und dachte, daß auf diese Weise etwas von mir im ganzen Land herumfahren würde.

Mrs. Keogh erkundigte sich sehr ausführlich nach dem Wagen – wie groß er sei, wie viele Leute bequem drin sitzen könnten und ob es beim Fahren im Magen und in den Eingeweiden rumpele. Wir konnten diese Fragen nicht beantworten, weil wir nicht mit dem Wagen gefahren waren, obwohl es uns natürlich danach verlangte. Sozusagen als Entschuldigung dafür, daß sie uns nicht hereingebeten hatte, steckte sie mir eine halbe Krone zu und zog unter ihrem Rock einen Jahrmarktsbecher für meine Mutter hervor. Er war wunderbar orangefarben und fast undurchsichtig, doch als meine Mutter ihn vor die untergehende Sonne hielt, schimmerte er und fing Feuer. Er sah wie etwas von einem fernen Basar aus, ganz anders als die langweilige Umgebung. Da waren nur die großen Wolkenmassen, die stoppeligen Felder, die Haselsträucher mit den unreifen, grünhäutigen Nüssen und der kleine Bach, der trallala, trallala, trallala zu murmeln schien.

Entzückt über das Geschenk, gab meine Mutter ein voreiliges Versprechen ab. Sie werde, sagte sie, Mrs. Sparling fragen, ob wir alle einmal mitfahren dürften. Es war, als wäre die Bitte auf wunderbare Weise ausgesprochen und auf wunderbare Weise erhört worden, denn Mrs. Keogh sprang begeistert auf, sprudelte wie der Bach und fragte, was sie anziehen sollte und wann es sein werde.

Als wir nach Hause gingen, bereute meine Mutter ihr Versprechen schon, denn Mrs. Sparling war ein Snob und machte sich über Mrs. Keogh lustig, über ihre idiotischen langen Kleider, ihre schnabelähnliche Nase und ihre nervöse Singsangstimme. Nannte sie einen Bauerntrampel. Meine Mutter sagte, sie werde sie vorläufig nicht fragen, sondern den rechten Augenblick abwarten. Deswegen mußten wir anfangen, Mrs. Keogh aus dem Weg zu gehen. Wir mußten uns verstecken, wenn wir sie freitags über die Wiesen kommen sahen, und nach der Messe stürzte meine Mutter schon beim Schlußevangelium vor der übrigen Gemeinde los. Mrs. Keogh verließ die Kirche niemals, ehe das Gedränge vorbei war, so daß es recht einfach war, ihr aus dem Weg zu gehen. Es war uns peinlich, als sie eines Tages auf die Hintertreppe einen Pullover legte. Er war in eine alte Zeitung eingewickelt. Es war ein schöner Pullover mit einem besonderen Zickzackmuster, und sie mußte Wochen gebraucht haben, um ihn zu stricken. Er war für mich. Er hatte viele Farben und erinnerte mich an Joseph und den bunten Rock. Doch weil wir ihn bekommen hatten, waren wir ihr gegenüber verpflichtet, und ich konnte mich nur sporadisch an ihm freuen.

Ein paar Wochen später hörten wir, daß Mrs. Keogh im Dorf gesehen worden sei, im Wagen des Försters, und daß sie im Vorbeifahren allen zugewinkt habe. Sie fuhren durchs Dorf, an der Schule vorbei und die sehr steile Anhöhe hinunter, die zur unteren Straße führte, und wir erfuhren, daß sie im nächsten Dorf anhielten und in das schöne Hotel gingen mit den blaßgrünen Mauern und grünen Markisen und den grünen Tischen mit Glasplatte und grünen Bambusstühlen auf der Veranda. Zu unserer Verwunderung tranken Mrs. Keogh und der Förster dort eine Tasse Tee, und die anderen Gäste lachten sich kaputt, als Mrs. Keogh die Fahrt beschrieb, beschrieb, wie die Hecken und Häuser vorbeiflitzten, und sagte, es sei zu schnell gewesen, so als sehe man den Schwanz eines Fuchses, der verschwindet. Dann kaufte der Förster – ein entfernter Verwandter von ihr – eine Schachtel Streichhölzer, zählte sie, stellte fest, daß vier fehlten, bezahlte widerstrebend die beiden Tassen Tee und stand auf, um nach Hause zu fahren.

An dem Tor, das zu ihrem kleinen Zauntritt führte und an das sich ein Spazierweg über vier Wiesen anschloß, hatte Mrs. Keogh keine Lust, ihn zu verlassen. Sie schlug sogar vor, sie wolle mit in das Dorf fahren, wo er wohnte, und von dort nach Hause laufen. Er konnte sie nur loswerden, indem er ihr versprach, er werde sie wieder einmal zu einer Spazierfahrt abholen. Als sie über die Wiesen ging, nahm sie ihren Hut ab und zog den Mantel aus. Sie, ihr Mann und der Sohn taten das immer. Dann hatten sie ihre guten Kleider schon abgelegt, wenn sie zum Haus kamen, und konnten gleich mit der Arbeit anfangen. Sie eilte hinein, um den Kessel aufzusetzen, um das Hühnerfutter zu holen, um Petroleum in die Lampe zu füllen und sie anzuzünden, während sie ihrem Sohn von der Fahrt erzählte, von ihrem Schwindelgefühl, von der Art und Weise, wie der Wagen in einer sehr scharfen Kurve von der Staße abkam, und von der Geistesgegenwart des Försters. Dann ließ sie plötzlich den Becher fallen, mit dem sie den Kessel füllte, und sagte, sie müsse hinausgehen, ihr sei schwindelig.

Draußen blieb sie unter dem Haselstrauch stehen, hielt sich an einem Zweig fest, ließ den Kopf darauf sinken und sackte dann ohne ein Wort zusammen, als ihre Füße nachgaben, fiel sanft zu Boden und starb. Auf ihrem Gesicht malte sich ein verzücktes Lächeln, als ob die Autofahrt die krönende Freude ihres Lebens gewesen sei. Das sagten alle, als sie in dem Zimmer unten saßen und ihre sterblichen Überreste betrachteten. Vielleicht fanden sie Trost darin. Ich selbst konnte nicht umhin, an den Abend zu denken, an dem wir auf der wackeligen Mauer saßen, die Wolken trübe wogten und der kleine leichtfertige Bach trallala murmelte. Jetzt war November, die Eichhörnchen hatten die Haselnüsse gefressen, die Schalen waren in den Boden getreten worden, verfaulten und nährten die Erde. Ich konnte mir

Mrs. Keogh nicht tot vorstellen. Ich kann es immer noch nicht. Keine der drei Frauen kann ich mir tot vorstellen. Sie leben noch; sie sind fest verbunden mit jener fernen Region, genannt Kindheit, wo nichts jemals stirbt, nicht einmal man selbst.

Schwester Imelda

Schwester Imelda gab noch keinen Unterricht am ersten Tag, an dem sie wieder im Kloster war, aber wir entdeckten sie nach dem Abend-Rosenkranz auf dem Gelände. Aufgeregtheit und Neugier veranlaßten uns, ihr zu folgen, weil wir wissen wollten, wie sie aussah, aber sie machte uns einen Strich durch die Rechnung, denn sie ging mit gebeugtem Kopf und gesenkten Lidern. Wir konnten uns nur davon überzeugen, daß sie groß und gelenkig war und beim Gehen betete. Kein Blick auf die Natur kam für sie in Frage, keine Neugier auf siebzig Internatsschülerinnen in Gabardinejacken und schwarzen Schuhen und Strümpfen. Wir hätten genausogut Krähen sein können, so ungerührt war sie von unserem Starren und so taub für unsere erfolglosen Versuche, »hallo, Schwester« zu sagen.

Wir waren nach unseren langen Sommerferien gerade zurückgekommen und alle unglücklich. Die Klosterschule, deren hohe Mauern und grüne Eisentore uns wieder umschlossen, wirkte mehr denn je wie ein Gefängnis – denn nachdem wir eine Zeitlang in der Außenwelt gelebt hatten, kamen wir uns alle viel älter und erfahrener vor, und meine Freundin Baba und ich träumten schon von unserem endgültigen Ausbruch, der in einem Jahr stattfinden würde. Und als ich daher an diesem feuchten Herbstabend die Chrysanthemen und die neue Nonne sah, die so eifrig betete, bedauerte ich sie und dachte, wie einsam sie sein müsse, da sie, abgeschnitten von ihren Freunden und Bekannten, nur Gott als körperlosen Seelenbräutigam hatte.

Am nächsten Tag kam sie in unsere Klasse und gab uns eine Geometriestunde. Ihr bleiches, ziemlich langes Gesicht kam mir furchterregend vor, aber ihre Augen – blauschwarz und voller Verve – waren anders. Ihre Lippen waren ganz purpurrot, als ob sie einen

Lippenstift benutzt hätte. Solche Lippen hätte eine Frau haben können, die in einem Nachtklub sang, und sie hatte wohl unbewußt die Gewohnheit angenommen, sie einzuziehen – vielleicht hatte sie selbst gemerkt, wie aufreizend sie waren. Vier Jahre lang – das heißt ebenso lange, wie Baba und ich die Klosterschule besuchten – war sie in Dublin gewesen und hatte an der Universität Sprachen studiert. Wir konnten nicht verstehen, daß sie den Versuchungen der hektischen Welt widerstanden hatte und bereitwillig hierher zurückgekommen war. Die außerhalb des Klosters verbrachte Zeit hatte bewirkt, daß sie sich von den anderen Nonnen unterschied; ihr Gang war elastischer, aufregender die Art und Weise, wie sie den Unterricht anpackte und uns daran erinnerte, daß es die wichtigste Sache der Welt sei, während sie den Satz aussprach: »Gelobt sei die fleischgewordene Welt.« Jeden Tag las sie vor dem Unterricht aus den Schriften von Kardinal Newman vor, den sie überaus schätzte. Sie las, daß Gott in unerreichbarem Licht weile, daß es bei ihm weder Wandel noch die geringste Veränderung gebe. Es war erstaunlich, wie ihr Aussehen sich veränderte. An manchen Tagen, wenn ihre Augen blitzten, sah sie fast weltlich aus, und ich fragte mich, welche Geschehnisse innerhalb der Grenzen des Klosters bewirkt hatten, daß sie plötzlich so erregt war. Sie hätte ein Mädchen sein können, das zu einem Tanzvergnügen ging, wäre ihre Ordenstracht nicht gewesen.

»Hat sie nicht wundervolle Augen?« sagte ich zu Baba. An ebenjenem Tag waren sie wie Brombeeren, groß und sanft und schimmernd.

»Sie ist nicht ganz richtig im Oberstübchen«, fand Baba und fügte hinzu, mit Make-up wäre Imelda spitze.

»Dennoch hat sie eine göttliche Berufung«, sagte ich und äußerte sogar die idiotische Ansicht, daß ich eine haben könnte. In manchen Augenblicken schien es verlockend, eine Nonne zu werden, ein nicht von Sünde beflecktes Leben zu führen, niemals Kinder bekommen zu müssen und einen Ring zu tragen, der einen als Braut Christi auszeichnete. Aber dann gab es die andere Seite, das Schweigen, den Ernst, daß man nachts zwei- oder dreimal zum Beten aufstehen mußte, und vor allem, daß man nie Gelegenheit hatte, das Kloster zu verlassen, außer zur Beerdigung der Eltern. Für uns Internatsschülerinnen war es eine Tortur, aber für die Nonnen war es geradezu ein Verhängnis. Wir konnten uns untereinander beklagen, und wir taten es auch, und das Essen war der Hauptanlaß zum Schimpfen. Zum Mittagessen gab es entweder Speck und Kohl oder ein ungemein zähes Fleisch und danach einen Tapiokapudding, zum Tee Brot mit einem Klacks Schmalz und gelegentlich als besonderen Leckerbissen ziemlich grüne Rhabarbermarmelade, die nicht genug gezuckert war. Durch die hohen vorhanglosen Fenster sahen wir die Koniferen und einen Himmel, der fast immer Regen oder einen Wolkenbruch verhieß.

Sie sei doch eine regelrechte Verrückte, sagte Baba, daß sie, nachdem sie vier Jahre auf der Universität gewesen war, bereitwillig zurückgekommen sei zu Einkerkerung, Armut, Keuschheit und Gehorsam. Wir dachten uns qualvolle Szenen in irgendeinem Dubliner Heim aus, in denen ein Junge oder gar ein junger Mann unter ihrem Schlafzimmerfenster stand und es mit Lehmbrocken bombardierte oder auch mit Pfiffen oder Beschwörungen. In unserer Fassung der Geschichte war er etwas älter als sie und möglicherweise Medizinstudent, denn Medizinstudenten hatten den Bogen raus mit Frauen, weil sie graphische Darstellungen und Skelette studierten. Seine Vorstöße würden sich wie die eines plötzlichen Gewitters mit Unterbrechungen verstärken und sie überwältigen, und die Erinnerung an diese plötzlichen, schmerzhaften Vorstöße würde sie ihr Leben lang verfolgen, und wenn sie je Fieber bekäme, würden die Geheimnisse herauskommen. Es hieß auch gerüchtweise, sie habe ein hitziges Temperament und als Novizin habe sie ein Mädchen mit ihrem Lederriemen so heftig geschlagen, daß es wegen seiner Wunden das Bett hüten mußte. Ein weiterer Minuspunkt für Schwester Imelda war, daß ihr Bruder Ambrose von einer Nonne verklagt worden war wegen Bruch des Eheversprechens.

An jenem ersten Morgen, als sie in unsere Klasse kam und sich bescheiden vorstellte, ahnte ich nicht, wie entsetzlich sie in mein Leben eindringen würde, wie sie mit der Zeit nicht nur irgendeine Lehrerin und Nonne werden würde, sondern vielmehr eine ganz besondere, fast wie ein Gespenst, das die Grenzen der üblichen Kommunikation überschritt und sich bei einem einschlich und dabei so viel von den eigenen Gedanken verschlang, so viel von der eigenen Leidenschaft, und in den Ort eindrang, den man das Herz nennt. Sie sprach mit leiser Stimme, als ob sie nicht wollte, daß ihre Worte über die Grenze der Wand hinausdrangen, und ständig betonte sie den Wert der Arbeit, um den Gesichtskreis zu erweitern und gleichzeitig das Denken zu schulen. Eines ihrer Lider war rot und geschwollen, als bekäme sie ein Gerstenkorn. Ich nahm an, daß sie sich zu sehr kasteite und überhaupt nicht aß. Sie vermittelte mir die schreckliche Vorahnung eines Opfers, das ich ähnlich wie sie auf mich nehmen müßte. Dann hielt sie in krassem Gegensatz dazu die Kreide zwischen dem Zeige- und dem Mittelfinger, ganz so, als wäre es eine Zigarette, und Baba flüsterte mir zu, vielleicht habe sie, als sie in Dublin war, geraucht. Schwester Imelda blickte scharf auf mich herunter und fragte, was für ein Geheimnis ich habe und ob ich nicht andere daran teilhaben lassen wolle, da es so komisch zu sein scheine. Ich sagte: »Nichts, Schwester, nichts«, und ihre schwarzen Augen strahlten eine derartige Heftigkeit aus, daß ich betete, sie möge nie einen Anlaß haben, mich zu bestrafen.

Es wurde November, und die gekachelten Wände der Aula schwitzten Feuchtigkeit und Düsternis aus. Die meisten Mädchen hatten Halsschmerzen, und es wurde ihnen gesagt, sie sollten diese Unannehmlichkeit ertragen, um sich zu kasteien, damit sie glorreich die geistige Verbundenheit fördern könnten, die die Lebenden mit den Toten vereint. Es war der Monat der armen Seelen im Fegefeuer, und als wir von ihrer zweifachen Qual hörten, dem Sehnen nach Christus und der Unerbittlichkeit der züngelnden Flammen, die ihre armen Glieder verbrannten und verkohlten, wurden wir aufgefordert, uns Kasteiungen aufzuerlegen. Manchc Mädchen verzichteten auf Marmelade oder Süßigkeiten, und manche gaben das Sprechen auf, so daß sie in der Freizeit wie Taubstumme mit Fingern Zeichen machten, bloß um »guten Tag« zu sagen. Baba sagte, geistig gesündere Menschen würden in der Irrenanstalt eingesperrt, die nur eine Meile entfernt war. Wir sahen sie auf dem Gelände auf und ab gehen, die Münder aufgerissen, aus denen es tröpfelte, als schmölzen Eiszapfen. Eine unserer vielen Ängste war, daß einer dieser Irren ausbrechen und sich schnurstracks zur Klosterschule aufmachen und einige der Mädchen anfallen könnte.

Doch inmitten all dieser Ängste stellte ich fest, daß ich fürchterlich glücklich war. Ich hatte Schwester Imelda ein paarmal außerhalb des Klassenzimmers getroffen und gemerkt, daß eine gegenseitige Zuneigung bestand. Einmal trafen wir uns im Garten, und da tat sie etwas sehr Verwegenes. Sie pflückte eine Chrysantheme und gab sie mir, damit ich daran rieche. Sie duftete nicht oder hatte zumindest nur einen schwachen Geruch, der an den Herbst denken ließ, und da sie selbst merkte, daß dem so war, sagte sie, es sei nicht gerade eine Gardenie, nicht wahr? Ein andermal trafen wir uns unter dem Kirchenportal, und als sie ihren Schal fester um sich zog, spürte ich, wie menschlich sie war und der Kälte ausgesetzt.

Im Unterricht war das Verhältnis zwischen uns nicht so ungetrübt. Geometrie war mein schlechtestes Fach, war mir geradezu schleierhaft. Schon nach der vierten Stunde hatte sie das erkannt und warf voll Zorn mit dem Tafellappen nach mir. Einige der Mädchen hielten den Atem an, als sie verlangte, ich solle aufstehen und mich zur Schau stellen. Ihr Gesicht war rot geworden, und plötzlich nahm sie ihr Taschentuch heraus und betupfte das Auge, das rot und geschwollen war. Ich kam mir nicht nur töricht vor, sondern war auch in unmittelbarer Gefahr, niesen zu müssen, weil ich den Kreidestaub einatmete, der auf meinen Turnanzug gefallen war. Mit cincmmal rannte sie aus dem Raum, so daß wir zehn Minuten freihatten, bis die nächste Stunde anfing. Einige Mädchen sagten, es sei eine Schande, ich solle nach Hause schreiben, daß ich tätlich angegriffen worden sei. Andere freuten sich über die paar Minuten, in denen sie schwatzen konnten. Ich hatte nur den einen Wunsch, hinter ihr herzulaufen und ihr zu sagen, daß es mir leid tue, Anlaß zu einer solchen Verstimmung gewesen zu sein, denn ich hatte eine undeutliche Vorstellung, daß es sich dabei ebensosehr um Zuneigung wie um Abneigung handelte. In mir entstand eine Art wortlose Zärtlichkeit für sie, und ich hätte wissen müssen, daß ich angerührt war.

»Wir können erreichen, daß sie aus dem Orden ausgeschlossen wird«, sagte Baba und stieß mich mit dem Ellbogen an, damit ich mich um Gottes willen hinsetzte.

Bei der Benediktion an jenem Abend erlebte ich eine höchst überwältigende Überraschung. Es war ein besonders erfreulicher Abend, die Nonnen, die im Chor sangen, waren hervorragend, und die Reihen von Kerzen sahen wie kleine Leitern zu dem goldenen Kelch aus, der durch ihren flackernden Lichtschein um so stärker glänzte. Mir traten Tränen in die Augen, als ich entdeckte, daß ein neues Heiligenbild in mein Gebetbuch gelegt worden war, und ehe ich wagte, auf der Rückseite nachzusehen, wer es mir geschenkt hatte, ahnte ich, daß das kein gewöhnliches Bild von einer gewöhnlichen Freundin war, sondern ein Talisman und eine Friedensgabe von Schwester Imelda. Es war ein blaßblaues Bild, so blaß, daß es fast grau war wie die Flaumfedern einer Taube, und es zeigte eine Mutter, die auf ihr kleines Kind hinabschaut. Auf die Rückseite hatte sie mit ihrer schönen, schwungvollen Schrift einen Vers geschrieben:

Vertraue Ihm, wenn banger Zweifel dich befällt,
Vertraue Ihm, wenn steter Glaube dir genommen ist,
Vertraue Ihm, wenn Ihm zu vertrauen
Gerade am allerschwersten fällt.

Es war ihre Buße. Man stelle sich vor, daß sie das Fach in der Kapelle ausfindig gemacht hatte, wo ich mein Gebetbuch aufbewahrte, und man stelle sich vor, wie unverblümt und freimütig sie war, daß sie etwas geschrieben und mir die Möglichkeit gegeben hatte, damit zu protzen und es anderen Mädchen zu zeigen. Als ich ihr am nächsten Tag dankte, verbeugte sie sich, sagte aber nichts. Meistens war den Nonnen Schweigen auferlegt, und nur im Unterricht durften sie reden.

Kurz darauf bekam ich noch ein Geschenk, ein Miniaturgebetbuch, in Leder gebunden und mit Goldschnitt. Die Gebete waren auf französisch, und die Buchstaben waren so winzig, als ob ein kleines Insekt sie gezeichnet hätte. Bald war es ein offenes Geheimnis, daß ich ihr Liebling war. Ich machte die Türen für sie auf, stellte die Tafel zwei Pflöcke höher (Imelda war größer als die anderen Nonnen) und verteilte die Hefte, die sie korrigiert hatte. Jetzt fand ich am Rand meiner Geometrie-Aufgaben »Gut« oder »Ausgezeichnet«, während sie früher ein »Beschämend« hinzuhauen pflegte. Baba sagte, es sei widerlich, der Liebling einer Nonne zu sein, und einem Mädchen, das einer Nonne in den Hintern krieche, könne man nicht trauen.

Ungefähr einen Monat später bat mich Schwester Imelda, ihre Bücher in die Lehrküche im vierten Stock zu bringen. Sie gab einer unteren Klasse einen Kochkurs. Als sie vor mir die Treppe hinaufging, dachte ich, wie geschmeidig sie sei und wie rassig, und als sie auf dem Treppenabsatz anhielt, um durch das große vorhanglose Fenster zu sehen, blieb auch ich stehen. Tief unten unterhielten sich zwei Frauen, die Wildlederstiefel trugen und rauchten, während sie mit Einkaufskörben über die Straße gingen. In der Nähe lag eine Laienschwester auf den Knien und schrubbte die Granitstufen, und die kalte Luft war erfüllt von dem scharfen Geruch des Putzmittels. Auf dem Absatz stand eine Topfpflanze, und Schwester Imelda befühlte die Erde und machte »tsch, tsch, tsch«, was bedeutete, daß sie Wasser brauchte. Ich sagte, ich würde sie nachher gießen. Ich war in dem Augenblick glücklich in meinem Gefängnis, freute mich, ihr nahe zu sein, freute mich, hinter ihr herzugehen, als sie ihren Rosenkranz herumwirbelte und sich vor der dienstbaren Nonne verbeugte. Ich weinte nicht mehr nach meiner Mutter, zählte nicht mehr in einem Taschenkalender die Tage bis zu den Weihnachtsferien ab.

»Komm um fünf wieder her«, sagte sie, als sie auf der Türschwelle der Lehrküche stand. Die Mädchen, alle in weißen Kittelschürzen, hatten sich um den langen Holztisch aufgestellt und warteten auf sie. Es war, als ob alle Mädchen in sie verliebt seien. Denn als sie eintrat, malte sich auf allen Gesichtern ein Lächeln, und in unterschiedlich kühnem Ton sprachen sie ihren Namen aus. Sie mußte den Kochkurs gernhaben, denn sie strahlte und forderte jemand, irgend jemand auf, ein ordentliches Feuer zu schüren. Dann ging sie zu dem eisernen Herd und spuckte drauf, um seine Temperatur zu prüfen. Er war heiß, denn ihre Spucke zischte und brutzelte.

Als ich später wiederkam, saß sie auf der Tischkante und schlenkerte mit den Beinen. Ihre Haltung hatte etwas Leichtfertiges an sich, etwas Trotziges. Es war, als würde sie gleich ein Zigarettenetui herausholen, es aufschnappen lassen und mir dann spitzbübisch eine anbieten. Der wunderbare Geruch des Backens machte mir klar, wie hungrig ich war, aber vor allem versetzte er mich nach Hause – meine Mutter prüfte mit einer Stricknadel, ob der Orangenkuchen durchgebacken sei, und ließ mich den halbrohen Teig von der Stricknadel ablecken. Ich fragte mich, ob Schwester Imelda an die Stelle meiner Mutter getreten sei, und ich hoffte, daß dem nicht so sei, denn ich hatte vor, aus meiner ursprünglichen Welt herauszutreten und meinen Platz in einer neuen und geheiligten Welt einzunehmen.

»Ich wette, du bist ein Leckermaul«, sagte sie, stand auf, ging durch die Küche, hob eine wunderschön schimmernde silberne Abdeckglocke an und holte zwei Marmeladentörtchen hervor, die ein Kreuzmuster aufwiesen, weil der Teig die dunkle Marmelade gitterartig bedeckte. Sie waren noch warm.

»Was soll ich damit tun?« fragte ich.

»Sie aufessen, du Schaf«, sagte sie und sah zu, wie ich aß, als ob es ihr eine besondere Freude bereite, während ich verlegen war, weil der Teig krümelte und etwas Brombeermarmelade meine Lippen färbte. Sie war belustigt. Es war einer der peinlichsten und doch aufregendsten Augenblicke, die ich je erlebt hatte, und untrennbar von der Freude war das entsetzliche Gefühl von Gefahr. Würden wir erwischt, würde sie zweifellos schwere Opfer bringen müssen. Ich sah sie an und dachte, wie unvergleichlich und wie tapfer sie sei, und ich fragte mich, ob sie Hunger habe. Sie hatte eine weiße Kittelschürze über ihrer schwarzen Tracht an, das ließ sie lebendiger und freier erscheinen und veranlaßte mich, zu denken, wie glücklich wir wären, wie sorglos, wenn wir nicht im Kloster, sondern in einer gewöhnlichen Küche wären und etwas Ungezwungenes und Übliches täten. Aber wir waren hier. Mir wurde damals klar, daß meine Vorstellung von Freude untrennbar von Schmerz war, daß sie nebeneinander existierten und wechselseitig voneinander abhängig waren wie die beiden Kräfte eines elektrischen Stroms.

»Hatten Sie Freunde, als Sie in Dublin an der Universität waren?« fragte ich kühn.

»Ich teilte mir mit einer Schwester aus Howth einen Schreibtisch und wohnte im selben Heim«, sagte sie.

Aber wie war es mit Jungen? dachte ich, und was ist jetzt mit Ihrem Leben, und sehnen Sie sich danach, in die Welt zurückzukehren? Aber ich konnte das nicht fragen.

Wir wußten etwas von der Lebensweise der Nonnen. Es hieß gerüchtweise, daß sie kratzige wollene Unterwäsche trugen, zum Frühstück trockenes Brot aßen, selten Fleisch, Kuchen oder Delikatessen bekamen, zu bestimmten Zeiten strengstes Schweigen untereinander wahrten und ständig ihre Gedanken überwachten; sollten ihre Gedanken abschweifen und sich Essen und Vergnügungen zuwenden, würden sie daher gleich wieder auf Gott und ihre unsterblichen Seelen gelenkt. Sie schliefen auf harten Betten ohne Laken unter rauhen Decken. Um vier Uhr morgens, wenn wir noch schliefen, standen alle Nonnen in ihrer Ordenstracht, die auch ihr Totengewand war, auf und zogen singend über die Holztreppen hinunter wie Raben, um sich auf dem Fliesenboden der Kapelle niederzuwerfen. Jede Nonne – selbst die Oberin – warf sich in völliger Unterwerfung nieder, sprach lateinische Gebete und bot Gott den Augenblick dar. Dann ging es schweigend zurück in die Zellen zu einer letzten Ruhestunde. Es war nicht schwierig, sich Schwester Imelda mit dem Gesicht nach unten und mit ausgestreckten Armen auf dem Fliesenboden vorzustellen. Ich hörte oft den Gesang der Nonnen, wenn ich plötzlich aus einem Alptraum aufwachte, denn obwohl wir verschiedene Gebäude bewohnten, grenzten sie aneinander, und man hörte oft, wenn man aufwachte, den monotonen lateinischen Gesang, lange bevor die Vögel begannen, lange bevor unsere Glocke uns um sechs Uhr zum Aufstehen aufforderte.

»Ist Ihr Essen gut?« fragte ich.

»Natürlich«, sagte sie und lächelte. Manchmal begann sie von sich aus zu lächeln und bemühte sich dann sehr, es zu verbergen.

»Hast du je darüber nachgedacht, was du werden willst?«

Ich schüttelte den Kopf. Meine Pläne änderten sich von Tag zu Tag.

Sie sah auf ihre silberne Männer-Taschenuhr, schloß die Zugklappe des Herdes und schickte sich an aufzubrechen. Sie vergewisserte sich, daß alle Wandschränke verschlossen waren, indem sie mit der Hand darüberfuhr.

»Schwester«, rief ich, denn ich brachte endlich genug Mut auf – wir mußten ein Geheimnis haben, etwas, was uns verband –, »welche Farbe hat Ihr Haar?«

Das Haar der Nonnen, ihre Augenbrauen oder Ohren sahen wir nie, denn all das war bedeckt von einem steifen, weißen Nonnenschleier.

»Du solltest so etwas nicht fragen«, sagte sie und errötete leicht, dann wandte sie sich ab und flüsterte: »An deinem letzten Tag hier werde ich es dir sagen, vorausgesetzt, deine Geometrie hat sich gebessert.«

Sie war kaum gegangen, da steckte Baba, die hinter einer Säule auf der Lauer gelegen hatte, den Kopf zur Tür herein und sagte: »Herrgott noch mal, heb mir was auf.« Sie aß das zweite Törtchen, dann ging sie durch die Küche und sah in die Schubladen. Da alles abgeschlossen war, fand sie nur etwas Puderzucker in einer Streudose. Sie aß ein wenig und warf den Rest in das sterbende Feuer, das noch einmal zischend und gelb aufflammte. Baba bekundete ihre Eifersucht, indem sie in der Schule verbreitete, ich sei jeden Abend in der Lehrküche, verputzte mit Schwester Imelda Kuchen und petzte.

Ich sprach mit Schwester Imelda nicht wieder privat bis zum Abend unserer Weihnachtsaufführung. Sie kam, um uns beim Schminken und beim Anziehen unserer Kostüme einschließlich der ausgefallenen Kopfbedeckungen zu helfen. Diese Kostüme wurden von einem Jahr zum anderen in einem großen Koffer aufbewahrt, und obwohl sie prächtig und mit goldenen Litzen besetzt waren, rochen sie nach Kampfer. Dennoch kamen wir uns, als wir sie angetan hatten, anders vor, und als wir das feste Puder-Make-up auf unsere Gesichter auftrugen, wurden wir keß und unterstrichen diese neue Aufmachung noch dadurch, daß wir die Augen dunkel umrandeten und die Lippen knallrot anmalten. Es gab nur einen Lippenstift, und alle Mädchen verlangten ihn lautstark. Die abendliche Darbietung sollte Szenen von Shakespeare und lustige Sketche umfassen. Ich war auserwählt worden, Mark Antons Klage an Cäsars Leiche zu rezitieren, und dafür sollte ich eine purpurrote Toga, weiße Kniestrümpfe und Schnallenschuhe aus Lackleder tragen. Die Schuhe waren zu groß, und ich ging darin wie in Holzpantinen. Schwester Imelda sagte, ich solle sie ausziehen und in Strümpfen gehen. Ich merkte, daß ich nervös wurde, und als ich versuchte, mich an meinen Text zu erinnern, kippelten alle Wörter und flogen mir im Kopf herum wie die einzelnen Teile eines Puzzlespiels. Sie spürte meine Panik, legte mir sehr behutsam die Hand aufs Gesicht und befahl mir, sie anzusehen. Ich sah ihr in die Augen, die unergründlich zu sein schienen, und erkannte, daß sie mich durch Willenskraft zwang, mich zu beruhigen und meine Ängste zu beherrschen, aber keine Ahnung hatte ich, daß sie eines Tages dasselbe würde tun müssen wegen des Überschwangs meiner Gefühle für sie. Als wir einander unverwandt in die Augen blickten, spürte ich, daß ich ruhig wurde und die Wörter mir wieder in der richtigen und ununterbrochenen Reihenfolge zur Verfügung standen. Die Lampen in der Aula wurden dunkler, und wir wußten, daß jetzt alle Nonnen gekommen waren, Platz genommen hatten und gespannt den Mischmasch der jährlichen Amateurvorstellung erwarteten. Es trat diese beängstigende Stille ein, als die Aula ganz dunkel wurde und die wenigen Scheinwerfer aufflammten. Schwester Imelda küßte ihr Kruzifix, und mir wurde klar, daß sie ein Gebet für mich sprach. Dann hob sie den Arm, als ob sie die Haltung einer griechischen Göttin einnehmen wollte; als ich auf die Bühne ging, war ich durch ihre leidenschaftliche Anteilnahme angefeuert.

Baba konnte ruhig sagen, ich hätte gebrüllt wie ein verdammter Bulle, aber Schwester Imelda, die in den Kulissen stand, sagte, sie habe sich vorübergehend wie auf den Straßen von Rom gefühlt und Cäsars Leiche vor sich gesehen, während ich diese ergreifenden Verse vortrug. Als ich von der Bühne kam, nahm sie mich in die Arme und überschüttete mich schweigend mit Küssen. Nachdem wir die Dekorationen abgenommen und die phantastischen Kostüme wieder in den Koffer gelegt hatten, gab ich ihr zwei Halbpfundpackungen Pralinen – eines der externen Mädchen hatte sie verbotenerweise für mich gekauft –, und sie schenkte mir ein Kästchen, hergestellt aus den Innenflächen von Streichholzschachteln, mit Goldfarbe bemalt und mit Goldstaub überzogen. Es war, als hielte man Nachtfalter in der Hand, deren Staub an den Fingern haftet.

»Was werden Sie Weihnachten machen, Schwester?« fragte ich.

»Ich werde für dich beten«, antwortete sie.

Es war zwecklos zu fragen: »Werden Sie Pute essen?« oder: »Wird es Plumpudding bei Ihnen geben?« oder: »Werden Sie länger im Bett bleiben?«, denn ich glaubte, der Weihnachtstag werde ebenso trist und trübe sein wie jeder andere Tag ihres Lebens. Dennoch strahlte sie, als wäre diese Askese ein Grund zur Freude. Vielleicht sonnte sie sich in einer geheimen Erkenntnis, die sie und mich betraf.

An dem kalten, verschneiten Nachmittag drei Wochen später, als wir aus den Ferien zurückkamen, suchte Schwester Imelda den Schlafsaal auf, um mich zu begrüßen. Alle anderen Mädchen waren in die Aula hinuntergegangen, um Volkstänze zu tanzen, und ich hörte jemanden auf dem Klavier hämmern. Ich hatte nicht mitgehen und mit sechzig anderen Mädchen herumstapfen wollen, wenn es nichts gab, worauf man sich freuen konnte, nur Tee und Rosenkranz und früh zu Bett. Die Betten waren klamm nach unserem Aufenthalt zu Hause, und als ich mit der Hand zwischen die Laken fuhr, fühlte es sich an wie Tau, nur ohne die Frische von draußen. Auch hatte es mich zusätzlich deprimiert, daß ich in einem Schrank eine Maus gesehen hatte, deren Schwanz sich vor Schreck ringelte, als sie in einer Ritze verschwand. Wenn eine Maus da war, dann gab es Gott weiß wie viele, und die Kuchen, die wir heimlich versteckt hatten, waren in Gefahr. Ich war noch beim Auspacken, als Schwester Imelda zwischen den dicht beieinander stehenden Betten auf mich zukam, und ich sah an ihrem Gang, wie erregt sie war.

»Na, na«, sagte sie gekränkt, »du hast ja dein Haar gelockt.«

Ja, die Außenwelt tat sich irgendwie in dieser Dauerwelle kund, und eine Sekunde lang erinnerte ich mich an den brennenden Schmerz, als die scharfe Flüssigkeit mir über die Stirn tropfte, und dann die Freude, als die Friseuse sagte, ich werde zu guter Letzt wie Movita aussehen, der mexikanische Star. Jetzt plötzlich erschienen mir jene Welt und jene Ambitionen läppisch, und am liebsten hätte ich eine Bürste genommen und die Krause ausgebürstet und wäre wieder das dunkle, linkische, trübsinnige Mädchen geworden, das ich gewesen war. Ich bot ihr Rosinenkuchen mit Zuckerguß an, den meine Mutter gebacken hatte, aber sie lehnte dankend ab und sagte, sie könne nur eine Sekunde bleiben. Sie lieh mir ein Notizbuch aus ihrer Schulzeit, in dem sie Lieblingszitate, religiöse und andere, aufgeschrieben hatte. Ich las aufs Geratewohl den Vers von Donne:

Zwei- oder dreimal hatt' ich dich geliebt,
Eh ich Gesicht von dir noch Namen gekannt.
Mit einer Stimme also, gestaltlos entbrannt,
Rühren Engel uns oft...

»Geht es Ihnen gut?« fragte ich.

Sie sah blaß aus. Es mag an dem Tag gelegen haben, der scheußlich war und grau vor Schneeregen, oder es mögen die weißen Tagesdecken auf den Betten gewesen sein, aber sie wirkte leidend.

»Du hast mir gefehlt«, sagte sie.

»Sie mir auch«, sagte ich.

Zu Hause, wo ich geschlemmt hatte, dauernd Biskuitauflauf aß, sogar zum Frühstück, und Mandelmakronen in den Tee eintunkte, neue Schuhe und seidene Strümpfe anprobierte, hatte ich gewünscht, daß sie bei uns sein und die Wärme und die Freiheit genießen könnte.

»Du weißt, es schickt sich nicht, daß wir so freundschaftlich miteinander umgehen.«

»Es ist nicht unrecht«, sagte ich.

Ich fürchtete, sie könnte beschließen, sich von mir abzuwenden, sie könnte unsere Liebe unterbinden, könnte plötzlich einen Vorhang vorziehen, einen schwarzen Kreppvorhang, der ihren Tod anzeigen würde. Ich fürchtete mich davor und wußte, daß es geschehen würde.

»Wir dürfen einander nicht liebgewinnen«, sagte sie, und ich konnte nicht sagen, daß es schon geschehen war, ebensowenig wie ich sie an den Tag der Aufführungen und an die Vertrautheit zwischen uns hätte erinnern können. Klosterschulen waren Kerker, daran bestand nicht der geringste Zweifel.

Seitdem behandelte sie mich nicht mehr wie einen Liebling. Sie sprach meinen Namen im Unterricht scharf aus, und einmal sagte sie, wenn ich schon husten müsse, solle ich wenigstens warten, bis die Stunde zu Ende sei. Baba war entzückt, die anderen Mädchen auch, denn sie freuten sich, daß ich in Schwester Imeldas Augen weniger wert war. Dennoch wußte ich, daß die Schärfe zu ihrer Liebe gehörte, denn wie gefühllos sie mich auch ansah, manchmal wurde sie sanfter. Es half mir, in ihrem Notizbuch zu lesen, und ich übertrug ihre Zitate in mein Buch, wobei ich mich bemühte, ihre Handschrift möglichst genau zu imitieren.

Aber kurz darauf, als sie eines Abends kam, um unsere Aufgaben zu überwachen, schenkte sie mir ein Lächeln, als sie auf dem Katheder saß und auf uns alle herabsah. Ich sah unverwandt zu ihr auf und deutete durch ein leichtes Stirnrunzeln an, daß ich mit meiner Geometrie nicht zurechtkam. Sie winkte mir kurz zu, und ich ging mit meinem Heft und Federhalter zu ihr. Da ich ganz dicht neben ihr stand und weil ihr Schleier verrutscht war, sah ich zum erstenmal eine ihrer Augenbrauen. Sie merkte es und fragte, ob es meine Neugier befriedige. Ich sagte, eigentlich nicht. Sie fragte, was ich noch sehen wolle, vielleicht ihren Schwanenhals, und ich wurde knallrot. Ich war erstaunt, daß sie so etwas in Hörweite der anderen Mädchen sagte, und dann sagte sie noch etwas Schlimmeres, sie sagte, daß G. K. Chesterton sehr vergeßlich gewesen sei und einmal seine Hose verkehrt herum angezogen habe. Sie erwartete, daß ich lachen würde. Ich stand so nahe neben ihr, daß es schien, als wäre ein Knurren in ihrem Magen in meinem vor sich gegangen, und darüber lachte sie auch. Einen entsetzlichen Augenblick lang kam mir der Gedanke, sie könnte beschlossen haben, das Kloster zu verlassen, dem Gefängnis zu entfliehen. Nachdem sie den Satz für mich abgeleitet hatte, benotete sie ihn mit hundert Punkten und fragte dann, ob ich sonst noch Probleme hätte. Mir traten Tränen in die Augen, ich wollte ihr klarmachen, daß ihre abweisende Haltung in letzter Zeit sich verheerend auf meine Nerven und meinen Seelenfrieden ausgewirkt habe.

»Was ist denn?« fragte sie.

Ich konnte weinen, ich konnte zittern, um auf diese Weise meine Gefühle zum Ausdruck zu bringen, aber ich konnte es ihr nicht sagen. Als wäre ihr das Stichwort gegeben worden, kam die Oberin herein, sah diese eklatante Intimität und runzelte die Stirn, als sie sich zum Katheder begab.

»Würdest du bitte auf deinen Platz gehen«, sagte sie, »und in Zukunft Schwester Imelda freundlicherweise ermöglichen, ihre Pflichten zu erfüllen.«

Ich schlich zu meinem Pult zurück und setzte mich mit gesenktem Kopf, voller Angst und Scham. Die Oberin warf dann einen Blick auf das Tablett, auf dem die Milchbecher standen, und als sie feststellte, daß ein Milchbecher nicht angerührt war, fragte sie, welches Mädchen seine Milch nicht getrunken habe.

»Ich, Schwester«, sagte ich, und ich wurde aufgefordert, sie zu trinken und mich zur Strafe unter die Uhr zu stellen. Die Milch war lauwarm und schal, und ich dachte an Kühe auf den Landwirtschaftsausstellungen zu Hause und an die Bauern, die sie schlugen, wenn sie auf den verdreckten Straßen ausrutschten und schlitterten.

Wochenlang versuchte ich, meine Nonne privat zu sehen; ich lauerte sogar vor Türen, wenn ich wußte, daß sie da durchkommen mußte, aber sie ließ mich immer wieder abblitzen. Ich vermutete, daß die Oberin sie davor gewarnt hatte, mich zu bevorzugen. Aber ich klammerte mich immer noch an den Glauben, daß es eine Bindung zwischen uns gebe und daß ihre Kühle und selbst einige wütende Blicke, die mir zuteil wurden, eine Verstellung waren, eine Maske. Ich fragte mich manchmal, wie ihr allein im Bett zumute war und wie sie schlief und ob sie an mich dachte oder, weil sie nicht an mich denken wollte, von mir träumte, wie ich von ihr. Sie hatte zweifellos abgenommen, denn ihr silberner Nonnenring glitt ihr leicht und manchmal unvermeidbar vom Ringfinger. Mir kam der Gedanke, sie könnte einen Nervenzusammenbruch haben.

Eines Tages im März kam die Sonne heraus, die Heizung wurde abgestellt, und obwohl ein schneidender Wind wehte, wurde uns gesagt, daß der Frühling offiziell begonnen habe und wir zum Sport ins Freie könnten. Wir marschierten alle auf den Sportplatz und sahen zu unserer Überraschung, daß Schwester Imelda an diesem Tag die Aufsicht führte. Die Narzissen auf der Wiese schüttelten und drehten sich; sie waren geradezu knallgelb, aber nicht so reizend wie die kleinen schüchternen Schneeglöckchen, die im Wind zitterten. Wir spielten Schlagball, und als ich dran war, den Ball mit dem langen Schlagholz zu schlagen, da wurden mir die Knie weich und ich schlug daneben, weil ich fürchtete, der Ball werde mich treffen.

»Künstlerin«, höhnte Baba.

Nach dreimaligem Mißerfolg sagte Schwester Imelda, wenn ich wolle, könne ich mich hinsetzen und zusehen, und als ich im Treibhaus saß und mit den Tränen kämpfte, kam sie herein und sagte, ich solle nicht zu weinen anfangen, denn eine Demütigung sei die größte Probe für Christi Liebe oder überhaupt für jede Liebe.

»Wenn du eine Nonne bist, wirst du das wissen«, sagte sie, und sofort faßte ich den Entschluß, Nonne zu werden, und obwohl wir vielleicht nie die Möglichkeit haben würden, unsere Gefühle zum Ausdruck zu bringen, würden wir unter demselben Dach und im selben Kloster wohnen, unser Leben lang in geistiger und seelischer Vereinigung.

»Ist es zuerst sehr schwer?« fragte ich.

»Es ist entsetzlich«, sagte sie und steckte eine kleine Medaille in die Tasche meines Turnanzugs. Sie war noch warm, weil sie in ihrer Tasche gewesen war, und als ich sie in der Hand hielt, wußte ich, daß wir einander wieder nahe und in Wirklichkeit gar nicht getrennt gewesen waren. Als wir vom Sportplatz zu unserem sonntäglichen Hammelfleisch mit Kohl gingen, plauderten alle mit Schwester Imelda. Die Mädchen liefen um sie herum, hakten sie unter, versuchten ihre Hand zu halten, zählten die verschiedenen Schlüssel an ihrem Schlüsselbund und stellten unverschämte Fragen.

»Schwester, sind Sie schon mal Motorrad gefahren?«

»Schwester, haben Sie je nahtlose Strümpfe getragen?«

»Schwester, wer ist Ihr männlicher Lieblingsfilmstar?«

»Schwester, was essen Sie am liebsten?«

»Schwester, wenn Sie einen Wunsch äußern dürften, was wäre es?«

»Schwester, was tun Sie, wenn Sie sich am Kopf kratzen wollen?«

Ja, sie war schon Motorrad gefahren, und sie hatte seidene Strümpfe getragen, aber sie waren mit Naht. Sie aß am liebsten Bananen, und wenn sie einen Wunsch äußern dürfte, dann wäre es der, für ein paar Stunden nach Hause zu gehen und ihre Eltern und ihren Bruder zu sehen.

Als wir an jenem Nachmittag durch die Stadt gingen, vermochte der Anblick geschlossener Läden mit Porterfässern draußen und von Straßenkötern meine wiedergefundene Ekstase nicht zu beeinträchtigen. Die Medaille war in meiner Tasche, und alle zwei Sekunden griff ich nach ihr, ob sie auch noch da sei. Baba sah im Schaufenster einer Konditorei eine Biskuitroulade auf einem Spitzendeckchen liegen, mit Puderzucker bestreut, und das ließ sie vor Hunger aufschreien und darüber schimpfen, daß sie in einer verdammten Besserungsanstalt sei, umgeben von Schwachköpfen und Trübsalbläsern. Einer plötzlichen Regung folgend, nahm sie ihre Nagelfeile heraus und flitzte hinüber zum Schaufenster, um zu sehen, ob sie die Scheibe zerschneiden könnte. Die Aufsichtsschülerin stürzte vom Ende der langen Reihe Mädchen herbei und fragte, ob Baba eingesperrt werden wolle.

»Das bin ich sowieso«, sagte Baba und fuhrwerkte an einem ihrer Nägel herum, um ihre Unabhängigkeit zu beweisen und ihrer schlechten Laune Luft zu machen. Baba war das einzige Mädchen, das einer Aufsichtsschülerin die Stirn zu bieten wagte. Wenn ihr der Sinn danach stand, unterbrach sie einen Spaziergang, setzte sich auf eine Mauer und wartete, bis wir alle zurückkamen. Sie sagte, wenn es etwas gebe, was langweiliger sei als lernen, dann sei es spazierengehen. Sie pflegte ihre Strümpfe hinunterzurollen, ihre Unterschenkel zu untersuchen und zu sagen, sie sehe schon, daß sie von diesem verdammten täglichen Spaziergang Krampfadern bekomme. Ihre Beine waren wie die Beine von uns allen schwarz durch die schwarzen Strümpfe; wir durften nicht baden, denn Baden war unmoralisch. Wir wuschen uns jeden Abend in einer Emailschüssel neben unseren Betten. Wenn sich Mädchen kaltes Wasser auf die Brust spritzten, stießen sie Schreie aus, obwohl es verboten war.

Nach dem Spaziergang schrieben wir nach Hause. Wir durften einmal in der Woche schreiben; unsere Briefe wurden immer zensiert. Ich schrieb meiner Mutter, daß ich beschlossen hätte, Nonne zu werden, und fragte sie, ob sie mir Bananen schicken könne, wenn in unserem Lebensmittelgeschäft ein Posten eintraf. An dem Abend, vielleicht gerade, als ich auf dem linierten weißen Papier an meine Mutter schrieb, kam ein Telegramm an, in dem es hieß, Schwester Imeldas Bruder sei auf dem Heimweg von einem Hurlingspiel in einem Lastwagen ums Leben gekommen. Die Oberin gab es bekannt und forderte uns auf, für seine Seele zu beten und Beileidsbriefe an Schwester Imeldas Eltern zu schreiben. Wir schrieben alle gleichlautende Briefe, denn in unserem ersten Schuljahr hatten wir Musterbriefe für verschiedene Anlässe bekommen, und wir griffen alle auf unseren Beileidsmusterbrief zurück.

Am nächsten Tag fuhr der Mietwagen des Städtchens am Kloster vor, und Schwester Imelda, begleitet von einer anderen Nonne, fuhr nach Hause zur Beerdigung. Sie war kreidebleich, ihre Augen verschwollen, und sie trug einen dicken gestrickten Schal um die Schultern. Obwohl sie am selben Abend zurückkam (ich war wach geblieben, um den Wagen zu hören), sahen wir sie eine ganze Woche nicht, abgesehen davon, daß wir beim Gottesdienst flüchtig ihren Rücken erblickten. Als sie den Unterricht wiederaufnahm, war sie matt und geistesabwesend und erwähnte den Trauerfall überhaupt nicht.

An dem Tag, an dem die Bananen ankamen, wartete ich draußen vor der Tür und gab ihr ein in Seidenpapier eingeschlagenes Büschel Bananen. Einige waren noch grün, und sie sagte, die Oberin werde sie im Gewächshaus nachreifen lassen. Ich ahnte, daß Schwester Imelda sie gar nicht essen würde; sie würden für einen auf Besuch kommenden Priester oder Bischof aufgehoben werden.

»Ach, Schwester, es tut mir so leid, das mit Ihrem Bruder«, platzte ich heraus.

»Wir erleben es alle, früher oder später«, sagte Schwester Imelda traurig.

Ich wagte es, ihr Handgelenk zu berühren, um mein Mitgefühl auszudrücken. Sie ging schnell weg, wahrscheinlich fürchtete sie zusammenzubrechen. Manchmal war sie gereizt und bekam ein Furunkel auf der Wange. Sie versäumte einige Unterrichtsstunden und wurde in der Lehrküche durch eine jüngere Nonne ersetzt. Sie bat mich, für die Seele ihres Bruders zu beten und zu vermeiden, sie allein zu sehen. Jedesmal, wenn sie mir auf einem Korridor entgegenkam, mußte ich woanders langgehen. Jetzt stellte Baba oder irgendein anderes Mädchen die Tafel zwei Pflöcke höher und hängte ihren Schal, wenn er naß war, zum Trocknen auf die Heizung.

Ich bekam Grippe und wurde ins Bett gesteckt. Die Krankheit nahm ihren öden Verlauf, die Subpriorin persönlich brachte mir eine Tasse heißen Sennesblättertee, den ich trank, während sie dabeistand, zur Mittagszeit bekam ich Tee mit dünnen Scheiben Schwarzbrot (denn es war kurz nach dem Krieg, die Lebensmittel waren noch rationiert, und deshalb war die Butter mit Schmalz gemischt, weiße Streifen durchzogen sie, und sie roch leicht ranzig), und stundenlang lag ich bloß da und betrachtete den leeren Schlafsaal, die leeren eisernen Bettstellen mit den weißen Tagesdecken und den eisernen Kruzifixen auf den weißen, mit Rüschen besetzten Kissenbezügen. Ich wußte, daß Schwester Imelda mich vermissen würde, und hoffte, Baba werde ihr sagen, wo ich sei. Ich zählte die Kacheln zwischen der Decke und dem Kopfende meines Bettes, dachte an meine Mutter zu Hause auf dem Hof, die Hühnerfutter mischte, dachte an meinen Vater, der vielleicht einen Wutanfall hatte und mit Nagelschuhen auf dem Küchenboden aufstampfte, und ich dachte daran, daß das Schulgeld für mich noch nicht bezahlt war, und hoffte, Schwester Imelda werde das niemals erfahren. In den Weihnachtsferien hatte ich eine Rechnung gesehen, die die Subpriorin meinem Vater geschickt und auf der sie vermerkt hatte: »Bitte unbedingt noch diese Woche begleichen.« Es war mir gräßlich, im Bett zu liegen, zusätzliche Mühe zu verursachen und die Subpriorin dadurch an das nicht bezahlte Schulgeld zu erinnern. Wir hatten keine Uhr im Schlafsaal, daher gab es keine Möglichkeit, die Zeit zu erraten, aber die Stunden schleppten sich dahin.

Marigold, eines der Hausmädchen, kam um fünf, um die Tagesdecken abzunehmen, und sie brachte mir zwei Geschenke von Schwester Imelda – eine Apfelsine und einen Bleistiftspitzer. Ich behielt die Orangenschale in der Hand, roch daran und überlegte, wie ich ihr danken könnte. An sie denkend, fiel ich in einen fiebrigen Schlaf und wachte erst wieder auf, als die Mädchen um zehn kamen, um ins Bett zu gehen, und die verschiedenen Deckenlampen anknipsten.

Ostern ließ mich Schwester Imelda wissen, ich solle ihr keine Pralinen schenken, deshalb besorgte ich für sie eine Taschenlampe mit Ersatzbatterien. Erfreut über ein so nützliches Geschenk (vielleicht las sie ihre Briefe im Bett), legte sie die Arme um mich und drückte eine Wange an meine, aber ohne das Geräusch eines Kusses. Es war eine Entschädigung für die sieben Wochen, in denen sie sich von mir ferngehalten hatte, und als ich mit Baba die Zufahrtsstraße zum Kloster hinunterfuhr, winkte sie mir, wie versprochen, vom Fenster ihrer Zelle aus zu.

Im letzten Trimester mußten wir mächtig arbeiten, weil uns Ende Juni die Prüfungen bevorstanden. Wie alle anderen Nonnen dachte auch Schwester Imelda nur an diese Prüfungen. Sie stopfte uns mit Wissen voll, bekam jeden zweiten Tag einen Wutanfall und knirschte mit den Zähnen, wenn die Kreide auf der fettigen Tafel nicht richtig schrieb. Immer wenn ich sie auf dem Korridor traf, fragte sie mich, ob ich dieses oder jenes wisse, und auf dem Rückweg vom Sonntagssport ging sie verschiedene Fragen mit uns durch. Der schicksalhafte Prüfungstag kam, und wir saßen an einzelnen Schreibpulten und wurden von einer fremden Frau aus Dublin überwacht. Sie öffnete einen verschlossenen Koffer, nahm die rosa Prüfungspapiere heraus und verteilte sie. Geometrie kam am vierten Tag dran. Als wir herauskamen, war Schwester Imelda mit allen Lösungen in der Halle, so daß wir unsere Lösungen mit ihren vergleichen konnten. Dann rief sie mich beiseite, und wir gingen hinauf zur Lehrküche und setzten uns auf die Treppe, während sie die Arbeit Aufgabe für Aufgabe mit mir durchging. Ich wußte, daß ich drei Aufgaben richtig und zwei falsch gelöst hatte, sagte es ihr aber nicht.

»Es ist dunkel«, sagte sie dann ziemlich unvermittelt. Ich dachte, sie meinte die Beleuchtung, wo wir saßen.

»Es ist auch kühl«, sagte ich.

Es war Sommer geworden; auf dem Klostergelände blühten dunkelviolette Stiefmütterchen, und wir kamen unter unserer schweren Tracht fast um. Sie sah wieder gut aus, und ihre blasse Haut war wieder makellos.

»Mein Haar«, flüsterte sie, »ist dunkel.« Und sie erzählte mir, wie sie den letzten Abend verbracht hatte, ehe sie ins Kloster eintrat. Sie hatte mit einem Jungen eine Radfahrt gemacht, und nachdem sie meilenweit gefahren waren, hatten sie sich auf einem Berg verirrt, und sie hatte Angst, wenn sie so spät nach Hause kam, würde sie am nächsten Morgen verschlafen. Es galt zwischen uns als ausgemacht, daß ich im September ins Kloster eintreten würde und daß auch ich mich noch einmal austoben könnte.

Zwei Tage später bereiteten wir uns vor, nach Hause zu fahren. Man nahm Abschied, erstaunliche Versprechungen wurden abgegeben und Poesiealben herumgereicht, Mädchen zogen durch die Aula, und ihre Koffer barsten schier vor Kleidern und Büchern. Baba verstreute im Schlafsaal Kekskrümel für die Mäuse und stopfte alle ihre Gebetbücher unter eine Matratze. Ihr Vater hatte versprochen, uns um vier abzuholen. Ich hatte mit Schwester

Imelda heimlich verabredet, daß ich sie in einer der Lauben an den Spazierwegen treffen würde, wo wir unsere letzte halbe Stunde miteinander verbringen könnten. Ich nahm an, daß sie mir etwas über mein Leben als Postulantin erzählen würde. Aber Babas Vater kam eine Stunde früher. Er hatte später etwas Dringendes zu erledigen und kam deshalb schon um drei. Mir blieb nichts anderes übrig, als Marigold zu bitten, Schwester Imelda ein Briefchen zu bringen.

Ich bitte dich, gedenke mein,
Doch sollte Gedenken beschwerlich sein,
Vergiß mich.

Ich haßte Baba, haßte ihren geschäftigen Vater, haßte den Gedanken an meine Mutter, die in ihrem guten Kleid an der Tür stehen würde, um mich endlich zu Hause willkommen zu heißen. Ich wäre auf der Stelle Nonne geworden, wenn ich gekonnt hätte.

Ich schrieb an jenem Abend an meine Nonne und am nächsten Tag wieder und dann einen Monat lang jede Woche. Ihre Briefe wurden zensiert, deshalb versuchte ich, meine Gefühle indirekt auszudrücken. In einem ihrer Briefe an mich (sie durfte einen Brief im Monat schreiben) sagte sie, sie freue sich darauf, mich im September zu sehen. Aber im September waren Baba und ich nach Dublin auf die Universität gegangen. Ich hörte dann auf, an Schwester Imelda zu schreiben, denn es widerstrebte mir, ihr zu gestehen, daß ich nicht mehr Nonne werden wollte.

In Dublin immatrikulierten wir uns an dem College, an dem sie so erfolgreich studiert hatte. Ich sah ihren Mädchennamen auf einer Liste von Studenten, die mit Auszeichnung bestanden hatten, und tagelang war ich wieder traurig und reumütig. Ich stürzte los und kaufte Batterien für die Taschenlampe, die ich ihr geschenkt hatte, und schickte sie ohne Begleitschreiben ab. Kein Wort darüber, daß ich mich nicht berufen fühlte, kein Wort darüber, warum ich aufgehört hatte zu schreiben.

Eines Sonntags etwa zwei Jahre später fuhren Baba und ich mit dem Autobus nach Howth. Baba hatte einige Geschäftsleute kennengelernt, die dort Golf spielten, und sie hatte es dann sehr raffiniert angestellt, daß wir dorthin eingeladen wurden. Der Bus war knallvoll, vor allem Mütter mit größeren und kleineren Kindern auf dem Weg zum Dollymount-Strand. Wir fuhren die Küstenstraße entlang und sahen das Meer, hellgrün und glitzernd in der Sonne, und weil das Wasser in Millionen kleiner Wellen unterteilt war, schien seine Oberfläche ein endloser Haufen zerbrochener dunkelgrüner Flaschen zu sein. Nahe dem Ufer sah der Sand warm aus und war keksfarben. Wir schwammen niemals und nahmen keine Sonnenbäder, wir taten niemals etwas, was gut für uns war. Das Leben war auf Arbeit ausgerichtet und darauf, Männer kennenzulernen, und dabei wußte man doch, das Heiraten konnte nur dazu führen, daß man Mutter wurde und sonntags widerspenstige Kinder ans Meer schleppte. »Denn sie wissen nicht, was sie tun«, konnte man bestimmt von uns sagen.

Wir waren sehr zurechtgemacht; selbst der Schaffner schien es zu mißbilligen und schnauzte uns an, weil er auf zehn Shilling herausgeben mußte. Ohne jeden Grund dachte ich an unsere Schminkrituale vor der Schulaufführung und daran, wie unschuldig das vergleichsweise war, denn jetzt erstickte unsere Haut unter dicken Schichten von Make-up, die wir abends niemals abwuschen. Als ich an die Klosterschule dachte, fiel mir plötzlich Schwester Imelda ein, und als ob ich träumte, hörte ich das Rascheln von Serge, roch das Putzmittel und den gekochten Kohl und sah ihr blasses, erschüttertes Gesicht in den Monaten nach dem Tod ihres Bruders. Dann schaute ich mich um und sah sie wirklich, und zuerst dachte ich, daß es Einbildung sei. Aber nein, sie war zusammen mit einer anderen Nonne eingestiegen, und sie setzten sich auf die hinteren Plätze ganz dicht bei der Tür. Sie sah älter aus, aber sie hatte dieselbe Reserviertheit und dieselben Augen, und mein Herz begann zu rasen, angetrieben von einer Mischung von Erregung und Furcht. Zuerst raste es mit erstaunlicher Stärke, und dann begann es zu stocken, und ich dachte, es würde ganz versagen. In einem einzigen grausamen Augenblick kehrten meine Angst vor ihr und meine Liebe zurück. Ich wäre durch das Fenster gesprungen, nur war es nicht breit genug. Es ging jetzt darum, wie ich ihr entkommen konnte. Baba gluckste vor Vergnügen, stand auf und sah sich auf höchst auffällige Weise um, um sicher zu sein, daß es Imelda war. Sie erkannte die andere Nonne als diejenige mit dem Spitznamen Johnny, die Klavierstunden gegeben hatte. Babas erster Gedanke war Rache, als sie die Strafen aufzählte, die sie uns zugemessen hatten, und sagte, wie hübsch es wäre, nach hinten zu gehen, sie zu schockieren und zu sagen: »Prost, ihr Schwestern, wohl bekomm's«, oder: »Haut ab«, oder noch was Schlimmeres. Baba konnte nicht verstehen, warum ich zitterte, und ebensowenig konnte sie verstehen, warum ich den Lippenstift abwischte. Vor allem wußte ich, daß ich ihnen nicht gegenübertreten konnte.

»Das wirst du wohl müssen«, sagte Baba.

»Kann ich nicht.« Es war nicht nur meine Aufmachung, es war die Tatsache, daß ich niemals geschrieben und mein Versprechen gebrochen hatte. Baba sah immer wieder nach hinten und sagte, sie sprächen kein Wort und die Kinder glotzten sie an. Es kam nicht oft vor, daß Nonnen im Bus fuhren, und wir stellten Vermutungen an, wohin sie wohl wollten.

»Vielleicht wollen sie sich mit zwei Kerlen treffen«, sagte Baba und stellte sie sich in dem Golfklub vor, wo sie sich einen antranken und ihre Röcke hoben. Für mich war das nicht zum Lachen. Sie hatte sich eine Strategie ausgedacht, und zwar sollte ich, wenn wir uns unserer Haltestelle näherten, aufspringen und durch den Mittelgang an ihnen vorbeigehen, ohne sie anzusehen. Sie sagte, höchstwahrscheinlich würden sie uns nicht bemerken, denn sie hatten den Blick gesenkt und schienen zu beten.

»Ich kann nicht durch den Bus rennen«, sagte ich. Mir zitterten die Beine, und schon jetzt war mir schrecklich schwindelig.

»Du wirst es tun«, sagte Baba, und obwohl ich darauf

beharrte, daß ich es nicht könne, hatte ich schon begonnen, eine Entschuldigung einzuüben. Während ich das tat, bekreuzigte ich mich immer wieder, und Baba erinnerte mich dauernd daran, daß es nur noch eine Haltestelle bis zu unserer war. Als der entsetzliche Augenblick kam, sprang ich auf und verzog mein Gesicht zu einer Grimasse, die man nur einen armseligen Ersatz für ein Lächeln nennen konnte. Ich folgte Baba zum Heck des Busses. Aber sie waren schon ausgestiegen. Von hinten sah ich ihre schwarzen, identischen Gestalten mit den im Wind heftig wehenden Schleiern. Als sie den Gehsteig entlangeilten, wirkten sie so bedrückt und unglücklich, daß ich ihnen am liebsten nachgelaufen wäre. In gewisser Weise war mir noch beklommener zumute, als wenn ich mit ihnen gesprochen hätte. Ich bin nicht sicher, was ich gesagt hätte. Ich wußte, daß das Ende einer Liebe etwas Trauriges und leicht Ekelhaftes an sich hat, besonders einer Liebe, die nie ganz verwirklicht worden war. Ich hätte das womöglich angedeutet, aber ich bezweifle es. In den Augenblicken tiefsten Fühlens machen wir die unangemessensten Bemerkungen.

Eine verworfene Frau

Alle in unserem Dorf waren einzigartig, und ein oder zwei der Mädchen waren schön. Es hatte vorher und nachher noch andere gegeben, aber es war Eily, mit der ich zu tun hatte. Manchmal stellt man fest, daß man dazugehört, man ist erwünscht, man wird bevorzugt, man ist eingeweiht, man ist in das Schicksal eines anderen, das viel aufregender ist als das eigene, hineinverwickelt.

Sie hatte ein Madonnengesicht und braunes Haar, eine stattliche Mähne. Ihre Haut war hell und ihre Augen so groß und sanft und transparent wie reife Stachelbeeren. Sie war immer ein bißchen atemlos und keuchte, wenn man herankam, dann umarmte sie einen und sagte: »Liebling«. So war es, wenn wir uns heimlich trafen. In Gegenwart ihrer Eltern und anderer war sie etwas eigensinnig und in sich gekehrt, und es wurde erzählt, sie habe, als sie klein war, immer unter dem Tisch gehockt, um den Prügeln ihres Vaters zu entgehen. Einen Advent lang hatte sie daran gedacht, Nonne zu werden, aber das gab sich wieder, und ihre Hauptinteressen wurden Kleider und Näherei. Sie half auf dem Hof und wurde im Sommer wegen der vielen zusätzlichen Arbeit nicht viel weggelassen. Sie liebte die Hauptstraße mit den Autos und Fahrrädern und Bussen, hatte aber nicht das geringste für den zweirädrigen Wagen übrig, das Transportmittel ihrer Eltern. Sie pflegte wie ein Pferd zu arbeiten, um vor der Dunkelheit zur Hauptstraße zu kommen und zu sehen, wer vorbeikam. Sie war schnell wie ein Füllen. Mein Vater wurde nicht müde, diese Eigenschaft an ihr zu rühmen, und führte sie auf Muskeln zurück. Es war wohlbekannt, daß Eily und ihre Familie ihre Schuhe in einer Hecke nahe der Straße versteckten, damit sie sauberes Schuhzeug hatten, wenn sie zur Messe gingen, auf den Markt oder später, in Eilys Fall, auf den Ball.

Der Ball, eine Wohltätigkeitsveranstaltung zur Finanzierung des neuen Mosaikaltars, war zugleich ihr Debüt. Sie trug ein Georgettekleid und Pumps, die mit Silber- und Goldfäden durchzogen waren. Das Kleid war vor langer Zeit aus Amerika gekommen und von Eily umgearbeitet worden, und in der Woche vor dem Ball sah man sie niemals ohne eine Menge Stecknadeln im Mund, da sie unterschiedliche Macharten ausprobierte. Peter der Chef, einer der örtlichen Tyrannen, stand drinnen an der Tür mit zweien oder dreien seiner Spezis, um nicht nur das Geld zu zählen, sondern auch die Paare zu überwachen und sich über ihre Ungeschicklichkeit oder ihre Tanz-»Technik« zu äußern. Als Eily in ihrem Tweedmantel ankam und »Guten Abend, meine Herren« sagte, machte niemand eine Bemerkung, aber in dem Augenblick, in dem sie den Mantel ablegte und die Durchsichtigkeit des Georgettes und ihre nackten Schultern zum Vorschein kamen, spuckte Peter der Chef in die Handflächen und fragte, ob sie nicht 'ne schöne Frau ausgezogen habe.

Die Einheimischen waren fasziniert. Eily blieb kein einziges Mal sitzen, und je mehr sie tanzte, um so bezaubernder wurde sie und sagte »oh« und »ah«, während ihre Partner sie noch und noch herumwirbelten. Schließlich mußte eine der Damen, die für das Abendessen verantwortlich waren, sie in den Speisesaal bringen und ihr mit einem Stück Karton Luft zufächeln. Ich durfte durch das Fenster gucken und die Tanzpaare und die herumhängenden Papierschlangen und die sehr stattlichen Mitglieder der Kapelle mit ihren Koteletten und gestreiften Anzügen bewundern. Im Speisesaal, in den ich mich geschlichen hatte, vertraute mir Eily dann an, etwas Wundervolles sei geschehen. Fast gleich danach wurde sie von ihrer Schwester Nuala nach Hause gebracht.

Eily und Nuala stritten sich dauernd – etwa darüber, wer melken und wer die Milch entrahmen oder wer buttern oder wer Brot backen sollte. Gewöhnlich bekam Eily die leichteren Aufgaben wegen ihrer Atemnot und wegen ihrer Geschicklichkeit bei Nadelarbeiten. Sie strickte wunderbar und konnte jedes Strickmuster nacharbeiten, sie brauchte es bloß in einer Zeitschrift oder in einer Strickvorlage gesehen zu haben. Ich ging immer zu ihnen zum Spielen, und obwohl sie älter waren als ich, forderten sie mich auf zu kommen und bestachen mich mit leeren Garnrollen oder Stoffresten für meine Puppen. Manchmal spielten wir Verstecken, manchmal spielten wir Mutter und Kind und gaben uns schicke Namen und schicke Berufe für den Vater, und wir malten uns gegenseitig an mit Pflanzensaft oder mit Waschblau und bedienten uns unserer Gesichter, als wären sie Paletten, und dann lachten wir und staunten über das Blau und Indigo und taten so, als wären wir Eingeborene und machten hula, hula und aßen Ampferblätter.

Nuala war am glücklichsten, wenn jemand verstimmt war, und fast immer plädierte sie dafür, Krankenhaus zu spielen. Sie war die Ärztin und Eily die Krankenschwester. Nuala operierte gern mit einem großen, schwarzen Tranchiermesser, und lange ehe sie anfing, sprach sie schon genüßlich über die Methode, die sie anwenden wollte, und was für Tumore sie entfernen würde. Sie pflegte zu sagen, es würde nur noch eine leere Hülle übrig sein, wenn sie fertig wäre, und weder würde man jemals Kinder bekommen noch Frauenkrankheiten. Sie hatte Namen für alle weiblichen Körperteile, die Susis waren die Brüste, Florrie der Magen und Matilda weiter unten. Auf den Stufen schärfte sie immer von neuem ihr Messer, befahl Eily, heißes Wasser und die Seife zu holen, um die Utensilien zu sterilisieren, und ein großes Leichentuch zur Hand zu haben.

Auch Eily mußte eine Schürze umbinden, eine weiße Schürze, die sie früher beim Kochunterricht getragen hatte. Der Kessel brauchte immer eine Ewigkeit, bis er auf der offenen Feuerstelle kochte, und sehr oft warf Nuala Zucker ins Feuer, damit es schneller ging. Die beiden Türen pflegten weit offenzustehen, ein Eimer vor der einen und ein Stein vor der anderen. Nuala schärfte das Messer und summte einen Schlager, fast immer sangen oder zirpten die Vögel, die Hunde saßen draußen auf den Hinterbeinen und schnappten nach Fliegen, und ich lag auf dem Küchentisch, voll Angst und unbekleidet. Dann und wann, wenn ich Eilys Aufmerksamkeit auf mich lenkte, pflegte sie den Blick gen Himmel zu richten, was so viel bedeutete wie: »Du armes kleines Ding«, aber sie widersprach Nuala nie und verweigerte auch ihre Befehle nicht. Nuala band sich ihre Maske vor. Es war eine Maske aus hellrotem Pappmaché, die im Haus war seit der Zeit, als einige Vermummte am Day of the Wren gekommen, vom Hund gebissen worden waren und einige ihrer Ausrüstungsgegenstände verloren hatten, darunter diese Maske und eine Gamasche. Ehe Nuala begann, hüstelte sie trocken und vorsätzlich, genau wie der Arzt, der immer trocken und vorsätzlich hüstelte. Niemals werde ich diese letzten paar Sekunden vergessen, wenn sie das Gummiband der Maske über ihren Hinterkopf schob und zu Eily sagte: »Können wir anfangen, Schwester?«

Aus irgendeinem Grund blickte ich immer nach oben und nach hinten, und daher sah ich den Küchenschrank und seinen Inhalt auf dem Kopf stehen. Da war eine ganze Reihe Krüge, vor allem weiße Krüge mit Sepiazeichnungen von Getreide oder Vieh oder einem Mann und einer Frau, die auf dem Feld arbeiteten. Die Krüge hingen an Haken am Rand des Küchenschranks, und hinter ihnen standen die Teller, deren Mitte jeweils mit einer reifen Birne bemalt war. Aber am schönsten von allem waren die kleinen Dessertschälchen vom Jahrmarkt aus orangefarbenem Glas mit gewelltem Rand. Ich pflegte ihnen auf Wiedersehen zu sagen, und dann war es Zeit, die Augen zu schließen, bevor die Tortur begann.

Ich spürte die Spitze des Messers, die wie ein Zirkel um meine kaum entwickelten Brüste herumfuhr. Mein Leibchen wurde nicht ausgezogen, bloß hochgeschoben. Sie äußerte sich über das, was sie sah, und sagte: »Interessant«, oder: »Ganz recht«, oder: »Ach, du meine Güte«, je nachdem, wie die Dinge lagen, und wenn sie dann zum Magen kam, sagte sie immer: »Ach herrjemine«, und: »Was haben wir denn da für eine scheußliche Sache.« Sie zählte all die unbekömmlichen Dinge auf, die ich gegessen hatte, zum Beispiel Fruchteis und bunte Toffees, und dann schlug sie mit der flachen Messerklinge auf meinen Magen und verordnete zwei Löffel Terpentin und drei Löffel Rizinusöl vor dem Eingriff. Diese Arzneien mußten geschluckt werden. Eily, die aufmerksame Krankenschwester, wischte inzwischen der Ärztin die Stirn ab und reichte ihr zusätzliche Gerätschaften wie Zuckerzange, Löffel und Gabel. Der Löffel diente dazu, die Zunge herunterzudrücken und die Patientin »a« sagen zu lassen. Schorf oder Schrammen wurden als gräßliche Laster angesehen, Druckstellen durch Gummibänder als ein Zeichen von Sündigkeit. Ich mußte auch eine allgemeine Beichte ablegen. Ich pflegte dazuliegen und zu beten, daß ihre Mutter unerwartet nach Hause kommen möge. Es war immer am Dienstag, weil ihre Mutter an dem Tag auf den Markt ging, um Agrarprodukte zu verkaufen, Handelsartikel zu kaufen und die Rente ihres Mannes abzuholen. Ich wartete gewöhnlich auf ein Geräusch von den Hunden. Es waren bösartige Hunde, und sie bissen jeden außer den Hausbewohnern, und wenn ich kam, mußte ich immer nach Eily rufen, damit sie herauskam und mich an ihnen vorbeibrachte.

Alles in allem war es eine unerfreuliche Geschichte, aber dennoch ging ich jeden Dienstag auf dem Nachhauseweg von der Schule hin, und wenn ihre Mutter zurückkam, war die ganze Sache vorbei und ich saß still und bescheiden am Feuer und wartete darauf, ein Plätzchen vom Konditor angeboten zu bekommen, obwohl ich mich natürlich zuerst schrecklich zierte.

Eily brachte mich immer über die erste Wiese bis zu dem weißen Tor, und die Hunde knurrten zwar und fletschten die Zähne, versuchten aber kein einziges Mal, mich zu beißen, wenn ich wegging. Eines Abends kam sie noch weiter mit, obwohl es fast Melkzeit war – um, wie ich annahm, ein paar Haselnüsse zu holen, denn zwischen unserem Grundstück und ihrem stand ein Busch, der voll von Haselnüssen war. Man brauchte ihn nur zu schütteln, dann kamen sie herunter, und man brauchte sich bloß auf die nahe Mauer zu setzen und einen der losen Steine zu nehmen, dann konnte man nach Herzenslust Nüsse knakken. Sie waren gerade reif, schmeckten frisch und rein und waren außerdem nützlich, um den ganzen Belag hinten von den Zähnen wegzukriegen. Wir setzten uns also auf die Mauer, aber Eily griff nicht nach einem Ast, und es regnete keine Nüsse. Statt dessen fragte sie mich, was ich von Romeo halte. Das war ein neuer Bankangestellter, ein Protestant und in meinen Augen ein regelrechter Fatzke mit seinen Knickerbockern und dem weißen Sportrad. Das Rad hatte einen Dynamo dran, so daß er nie ohne Licht war. Er fuhr auf dem Rad mit vorgebeugtem Oberkörper, so daß ich, als sie ihn erwähnte, seine Nase und seine in die Stirn fallende Haartolle auf der Straße auf mich zukommen sah. Er zeichnete sich auch dadurch aus, daß er mit dem Rad in Geschäfte und Korridore hineinfuhr. Tatsächlich stieg er überhaupt selten ab. Offenbar hatte er an dem Abend, an dem sie das grüne Georgettekleid trug, mit ihr getanzt und am nächsten Tag ein Briefchen in die Hecke gesteckt, in der sie und ihre Familie immer ihre Schuhe ablegten. Sie sagte, dank Gottes Güte sei sie als erste morgens hingegangen, sonst wäre das Briefchen womöglich jemand anderem in die Hände gefallen. Er habe für den nächsten Sonntag ein Rendezvous vorgeschlagen, und sie wisse nicht, wie es ihr gelingen solle, aus dem Haus zu kommen, und unter welchem Vorwand. Wenigstens war Nuala weg, wieder auf der Gewerbeschule, wo sie zur Hauswirtschaftslehrerin ausgebildet wurde, und meine Schwestern waren wieder in der Klosterschule, so daß wir Pläne schmieden konnten, ohne befürchten zu müssen, daß sie uns belauschten. Ja, sagte ich, ich wolle ihr behilflich sein, ohne daß ich wußte, worauf ich mich da einließ. Am Sonntag sagte ich meinen Eltern, ich würde mit Eily eine Kusine von ihr im Krankenhaus besuchen, und sie wiederum sagte ihren Eltern, wir würden eine Kusine von mir besuchen. Wir trafen uns an dem weißen Tor und waren beide sehr aufgeregt. Sie hatte einen alten schwarzen Dirndlrock an, aus dem sie herausschlüpfte; darunter kam ihr kirschrotes Kleid mit den Schlitzen an der Seite zum

Vorschein. Es war ein im wahrsten Sinne des Wortes bloßstellendes Kleidungsstück. Am Busen trug sie eine Brosche. Die Brosche ihrer Mutter, eine schlichte, flache goldene Nadel mit einem kleinen Stern in der Mitte, der fiebrig glänzte. Sie holte ihre kleine goldene Puderdose heraus und begann sich zu pudern. Sie nahm die Musselinabdeckung heraus und ließ mich sie vorsichtig halten, während sie mit der Quaste direkt in den Puder fuhr. Er war ockerfarben und ruinierte ihren Teint völlig. Dann trug sie Lippenstift auf, feuchtete ihre Schmachtlocke an und ließ mich auf der Wiese niederknien und versprechen, daß ich sie niemals verpfeifen würde.

Wir gingen in Richtung Krankenhaus, aber statt die dunkle, von Koniferen bestandene Allee hinaufzugehen, überquerten wir eine Wiese, wobei wir im Sumpf fast ertrunken wären und uns ständig bückten, um nicht gesehen zu werden. Ich sagte, wir seien wie Soldaten in einem Krieg, und sie sagte, wir hätten etwas Grünes oder Braunes zur Tarnung anziehen sollen. Ihr wohlgeformter und sich auf und ab bewegender Popo hätte leicht von jemandem erspäht werden können, der die Straße entlangging. Als wir in den dichten Wald kamen, war Romeo da. Er sah sehr gleichgültig aus, das Gesicht geradeaus gerichtet, der Kopf fast auf Höhe der Lenkstange seines Fahrrads, und er musterte uns sorgfältig, als wir herankamen. Dann pfiff er ein paarmal, um sie wissen zu lassen, wie willkommen sie sei. Sie stand neben ihm und ich ihnen gegenüber, und wir alle machten Bemerkungen darüber, was für ein schöner Abend es sei. Ich traute kaum meinen Augen, als ich sah, wie seine Hand um ihre Taille wanderte und ihr Kleid sich verkrumpelte, als es von hinten hochgehoben wurde, und obwohl die beiden ganz still standen, sahen sie einander aufmerksam an und machten Zeichen mit ihren Lippen. Eilys Kleid reichte nicht mal bis zu den Kniekehlen. Sie wurde sehr rot, und er betrachtete ihr Gesicht überaus prüfend und fragte, ob es schön sei, schön. Ich bekam von ihm gesagt, ich solle mich wegscheren: »Ab mit dir, Kleine«, sagte er. Ich ging weg und blieb wie angewachsen an der Rinde eines Baums stehen, die Augen geschlossen, die Fäuste geballt, ganz und gar festgenagelt. Bald darauf rief Eily nach mir, und auf dem Heimweg, den wir flott zurücklegten, sprachen sie und ich über Wachstumsschmerzen, und sie sagte, so etwas gebe es gar nicht, das sei alles Rheumatismus.

So ging es weiter, Sonntag für Sonntag, und noch zusätzlich am Himmelfahrtstag. Wir wurden erfindungsreich mit unseren Ausreden – einmal mußten wir mit dem Schulchor üben, ein andermal kleineren Kindern beibringen, wie man die heilige Kommunion empfängt, und einmal – und das war unser riskantester Trick – ging es darum, bei einer alten Urschel mit Namen Miss MacNamara Stachelbeeren zu holen. Es erwies sich deshalb als gefährlich, weil unsere beiden Mütter auf einige Beeren hofften, entweder zum Rohessen oder fürs Kompott, und wir mußten sagen, Miss MacNamara sei nicht zu Hause gewesen, woraufhin sie sagten, ob denn die Büsche, an denen die Stachelbeeren hingen, nicht dagewesen seien. Einen Augenblick bildete ich mir ein, ich sei tatsächlich da gewesen, in dem kleinen vollgestopften Garten mit den Zwerghühnern und den kleinen moderigen Büschen, niedergedrückt vom Gewicht der großen, haarigen Stachelbeeren, die sich weich anfühlten und platzten, wenn man hineinbiß. Auf dem Nachhauseweg pflegten wir zu beten, Gebete und Seufzer auszustoßen, und sehr oft, wenn wir uns an die grasbewachsene Böschung lehnten, während Eily ihren alten Rock und ihre alten Segeltuchschuhe anzog, sagten wir das eine oder andere Geheimnis des Rosenkranzes auf. Sie hatte neue Schuhe, die eigentlich Pantoffeln waren und die ihre Mutter nicht gesehen hatte. Sie waren olivgrün, und sie hatte sie von einer Zigeunerin im Tausch gegen ein Tischtuch bekommen, das sie ihrer Mutter gestohlen hatte. Es war eine besondere Tischdecke, die eine Nonne aus Australien geschickt hatte. Eily war also auch eine Diebin. Eines Tages würde man für all diese Sünden geradestehen müssen. Nachts erschauerte ich immer, wenn ich an die Zahl der Gebote dachte, die wir beide übertraten, aber um Eily machte ich mir mehr

Sorgen, denn bei diesen Umarmungen und Transaktionen mit ihm übertrat sie das schlimmste Gebot von allen. Sie sprach nie über ihn, abgesehen davon, daß sie sagte, sein zweiter Vorname sei Jack.

In diesen Wochen pflegte meine Mutter zu sagen, ich sei blaß und warum ich nicht esse und warum ich so oft mit Salz und Wasser gurgle. Das waren Bußhandlungen Gott gegenüber. Selbst Eily an den Dienstagen zu sehen war nicht eine ebenso große Freude wie früher. Ich war gefoltert. Ich pflegte zu sagen: »Ist das ein Dolch, den ich vor mir sehe?« und erinnerte mich an all die sonderbaren Leute ringsum, die Visionen hatten und an Wahnvorstellungen litten. Das würde auch unser grausames Schicksal sein. Sie ging hoch. Heiraten! Ich liebte sie doch wohl, oder etwa nicht? Natürlich liebte ich sie und hätte mich für sie hängen lassen, aber sie verlangte von mir das Allerschwerste, was es auf Erden gab – Gott und meiner Mutter gegenüber ungehorsam zu sein. Oft war sie beleidigt und schwor, sie werde jemand anderen – gewöhnlich Una, meine größte Rivalin – als ihren Anstandswauwau anheuern und in ihr ganzes geheimes Leben einweihen. Aber dann machte sie es wieder gut und wartete auf der Straße auf mich, wenn ich von der Schule kam, und wir kletterten über die Mauer, die zu ihren Wiesen führte, hakten uns unter und sprachen über die möglichen Ausreden für den nächsten Sonntag. Einmal dachte sie daran, das grüne Georgettekleid anzuziehen, aber selbst ich, der es in puncto Kleidern auch an Zurückhaltung mangelte, fand, es werde unnötig die Aufmerksamkeit auf sie lenken, da es ein Tanzkleid war und sie darin, wie Peter der Chef gesagt hatte, »ausgezogen« aussah. Ich sagte, Mrs. Bolan würde Lunte riechen. Mrs. Bolan war eine der vielen Frauen, die immer herumschlichen und unvermutet auf Friedhöfen oder im Schieferbruch aufkreuzten, um zu sehen, ob da Liebespaare waren. Mrs. Bolan sagte immer, sie suche streunende Puten oder Puteneier, aber sie hatte in Wirklichkeit gar kein Federvieh und war bekannt dafür, daß sie üble Nachrede über die Leute verbreitete; ihretwegen hatte eine Aushilfslehrerin die Nachbarschaft verlassen und bei Nacht und Nebel ausziehen müssen und nicht einmal Zeit gehabt, ihre Schuhe vom Schuster abzuholen. Aber Eily sagte, wir würden nie ertappt werden, der Gott Amor sei auf unserer Seite, und solange ich mit ihr zusammen war, glaubte ich es.

Ein paar Abende danach gab es eine Überraschung für mich. Eily lauerte mir auf dem Heimweg von der Schule auf. Sie linste über die Mauer, sagte »juhu« und duckte sich dann wieder. Ich kletterte hinüber. Sie hatte unter ihrem Kleid nichts an, denn es war ein glühendheißer Tag. Wir liefen ein Stück, dann ließen wir uns auf einen Heuhaufen fallen, den letzten auf der Wiese, denn die anderen dreiundzwanzig waren am Tag zuvor eingefahren worden. Dieser eine sah ein bißchen albern aus und war auch nur wegen eines Unfalls noch da: Die Stute war durchgegangen, hatte sich vom Heuwagen losgerissen und den Fahrer fast erdrosselt, der ein Idiot war und dessen Kinn ständig mit Spucke beschmiert war. Sie sagte, ich solle die Augen zumachen, die Hände aufhalten und sehen, was Gott mir schenke. Es gibt Augenblicke im Leben, da ist die Freude größer, als man ertragen kann, und man sinkt nolens volens hinab in einen wilden Tunnel des Taumels und des Schwindels. Es passiert auf Schiffschaukeln und Kettenkarussells, es passiert manchmal an Wasserfällen, und es heißt, es passiere manchen Menschen, wenn sie sich verlieben, aber mir passierte es an jenem Tag, als ich mich an den Heuhaufen lehnte, die Sonne schien, ein leichter Wind aufkam, die Wolken am Himmel schwebten wie Kreuzfahrtschiffe auf dem Weg zu einem fernen Hafen. Ich hatte die Augen geschlossen, und dann kam das kalte Ding in meine Handfläche, paßte genau hinein, und meine Finger schlossen sich über ihm, um es besser festzuhalten und zu raten, was es sei. Ich traute mich nicht, es zu sagen, falls es falsch geraten sein sollte. Es war natürlich eine kleine Flasche mit einem Gummistöpsel und einem Etikett auf einer Seite, aber ich wagte nicht zu hoffen, daß es mein Lieblingsparfum war, das »Mischief« hieß. Sie setzte mir zu, ich solle raten.

Ich fürchtete, es könnte eine leere Flasche sein, obwohl ein solches Geschenk nicht völlig unwillkommen gewesen wäre, weil die Reste des Dufts sich immer noch hielten. Es konnte aber auch ein billigeres Parfum sein, ein weniger geheimnisvolles, das nach Nelken oder auch Mohnblumen benannt war und mir nicht Freudenschauer durch die Kehle und den Schlund bis ins Herz jagen würde. Schließlich machte ich die Augen auf, und da war es, der Gegenstand meines leidenschaftlichen Begehrens, eine kleine dunkelblaue Flasche mit einem silbrigen Etikett und einem kleinen Gummistöpsel, und drinnen das kostbare Duftwasser. Ich schraubte die Kappe ab, zog den kleinen Gummistöpsel heraus, und ein Tropfen der kostbaren Flüssigkeit benetzte meine Fingerkuppe und wurde an eine bestimmte Stelle hinter dem linken Ohr befördert. Eily machte genau dasselbe, und wir küßten uns und atmeten den hinreißenden Duft ein. Der Heugeruch störte, deshalb rannten wir dorthin, wo kein Heu war, und küßten uns noch einmal. Dieser Augenblick hatte etwas Geheimnisvolles und Heiliges an sich wegen der Überraschung und unserer Sprachlosigkeit, und verschwommen kam mir zu Bewußtsein, daß wir uns auf eine ganz faule Sache eingelassen hatten und unsere fröhlichen Tage vorbei waren.

Wenn alles gutging, pflegte meine Mutter zu sagen, es sei zu schön, um wahr zu sein. Das Prophetische an dieser Redensart zeigte sich am folgenden Samstag, denn während mein Haar am Küchentisch gewaschen wurde, kam Eily, setzte sich ans andere Ende des Tisches und schnalzte dauernd mit den Fingern in meiner Richtung. Als ich von meiner Schüssel voller Seifenschaum aufschaute, sah ich, daß sie den Tränen nahe und ganz fleckig im Gesicht war. Meine Mutter verbrühte mich fast, denn weil sie Eily begrüßte, vergaß sie, dem kochenden Wasser im Topf kaltes Wasser hinzuzufügen, und ich brüllte und sprang in der Küche herum und schrie zetermordio. Nachher gingen Eily und ich zur Vorderseite des Hauses, setzten uns auf die Stufen, und sie erzählte mir, daß alles im Eimer sei.

Sie war zu ihm gegangen, wie es ihre Gewohnheit war, unter die Brücke, wo er jeden Freitag ein bißchen angelte, und er sagte ihr, sie solle verduften. Sie wollte nicht, woraufhin er sich stromabwärts begab, und in dem Moment, in dem sie ihm folgte, watete er ins Wasser. Er sagte dauernd: Hau ab, hau ab. Sie setzte sich auf den kleinen Melkschemel, auf dem er vorher gesessen hatte; dann tat er etwas Schreckliches, und zwar warf er seine Angel in ihre Richtung aus und hätte ihr mit dem ekelhaften Haken fast ein Auge ausgerissen. Sie brach in Tränen aus, und ich begann zum Trost ihr Haar zu flechten. Sie schwor, sie werde sich in ebendenselben Fluß stürzen, ehe die Nacht vorüber sei, dann sagte sie, es sei nur ein Streit unter Liebesleuten, dann sagte sie, er werde sich bei ihr entschuldigen müssen, und schließlich verkündete sie, ihr Herz sei ganz und gar gebrochen, in tausend Stücke. Ich hatte die kleine Parfumflasche in der Tasche und hob sie hoch ins Licht, um zu zeigen, wie sparsam ich damit gewesen sei, aber sie war an nichts interessiert, nur an Mitteln und Wegen, wie sie ihn zurückbekommen könnte, und dann wieder daran, sich das Leben zu nehmen. Abgesehen vom Ertrinken erwog sie, sich aufzuhängen, eine Flasche Salmiakgeist auszutrinken oder ein paar Körnchen Strychnin zu schlucken, das ihr Vater für die Füchse hatte.

Ihr Vater war ein sehr barscher Mann, der nie mit der Familie sprach, außer um seine Mahlzeiten zu verlangen und den Mädchen zu sagen, sie sollten sich um ihre Bücher kümmern. Er selbst war nie in die Schule gegangen, war aber sehr schlau beim Kaufen und Verkaufen von Rindern und Schafen, und das führte er auf die Tatsache zurück, daß er mit Leuten Umgang hatte, die lesen und schreiben konnten. Er war ein alter Mann mit einem abscheulichen Jähzorn, und einmal hatte er an einem Jahrmarktstag einem Auktionator die Kleider zerrissen, der versucht hatte, ihn mit dem Preis für einen wunderwirkenden Talisman übers Ohr zu hauen.

Meine Mutter kam und setzte sich zu uns, und das beunruhigte mich, denn sie nahm sich nie die Zeit, sich irgendwo hinzusetzen, weder drinnen noch draußen. Sie begann mit Eily übers Stricken zu reden, über eine neue Wollsorte, und fragte, ob Eily, wenn sie welche kaufte, ihr helfen würde, eine dreiviertellange Jacke zu stricken. Eily hatte schon viel für uns gestrickt, auch das Kleid, das ich gerade anhatte – es war lachsrosa, und Saum und Ausschnitt hatten einen Rand mit ausgebogten Zacken und einer Einfassung aus weißer Angorawolle. In ebender Sekunde, in der ich die Angorawolle an mein Gesicht hielt und es von ihr kitzeln ließ, sagte meine Mutter zu Eily, sie sei einmal zu einer Wahrsagerin gegangen und habe zur Tarnung ihren Trauring nicht getragen, und als die Wahrsagerin fragte, ob sie verheiratet sei, habe sie es bestritten, woraufhin die Wahrsagerin sagte: »Wie kommt es dann, daß Sie vier Kinder haben?« Meine Mutter sagte, sie seien unheimlich, diese Damen mit ihrem Zigeunerblut und ihren hellseherischen Fähigkeiten. Ich erriet genau, was Eily dachte: Können wir eine Wahrsagerin finden oder eine Hexe, die ihr die Zukunft voraussagen kann?

Es gab eine Hexe zwanzig Meilen weit weg, die eine Kneipe hatte und sehr bekannt war, die aber Leute nur nach Lust und Laune annahm. Als meine Mutter wegrannte, um zu sehen, ob ein Fuchs den Krach im Hühnerhaus hervorgerufen habe, sagte ich zu Eily, statt eine Hexe zu Rate zu ziehen, sollten wir lieber zu anderen Dingen unsere Zuflucht nehmen, zum Beispiel zu Novenen oder Hochzeitskuchen unter dem Kopfkissen oder dazu, am frühen Morgen Flaschen voll Tau zu sammeln und sie in einer bestimmten Weise anzuordnen und sich etwas zu wünschen. Außerdem – wie sollten wir in ein zwanzig Meilen entferntes Dorf gelangen, wenn nicht zu Fuß oder mit dem Fahrrad, und beide hatten wir keinen Drahtesel. Dennoch machten wir uns am nächsten Sonntag auf den Weg mit einer Flasche Tee, Flickzeug für die Schläuche und acht Shilling, die alles waren, was wir an Geld hatten zusammenkratzen können.

Wir waren noch nicht lange unterwegs, als Eily klagte, sie fühle sich schwach, und plötzlich schlingerte das Rad über die ganze Straße, und sie tat einen gewaltigen Sturz, als sie versuchte, die Fahrt zu verlangsamen, indem sie auf eine grasbewachsene Böschung auffuhr. Ihr Rad hatte keine Bremse, das meine ebensowenig. Es waren geborgte Fahrräder. Ich mußte dieselbe Methode anwenden, um abzusteigen, und wir beide, unsere in die Böschung verkeilten Vorderräder und die verqueren Lenkstangen veranlaßten einen vorbeikommenden Autofahrer zu dem Ausruf, wir seien ein richtiges Paar Dorfdeppen und eine Gefahr für den Grafschaftsrat.

Ich gab ihr einen Schluck Tee und zwang ihr eines der Eier auf, die wir in verschiedenen Legenestern gestohlen hatten und mit denen wir unsere Hexe bestechen wollten. Außer den Eiern hatten wir noch eine kleine selbstgeräucherte Speckseite dabei. Sie schlug das Ei auf der Lenkstange auf und schluckte es mit viel Überredung meinerseits herunter und erklärte, es sei schlimmer als Rizinusöl. Da Sonntag war, dachte sie an die anderen Sonntage und wo sie in ebendiesem Augenblick gewesen wäre, und sie betete zum heiligen Antonius, er möge ihn bitte wieder zurückbringen. Wir hatten gehört, daß er jetzt an den meisten Wochenenden nach Limerick fuhr, und man munkelte, er gehe mit einem Mädchen aus, dessen Vater eine Speckräucherei betreibe, und sie wollten sich verloben.

Die Frau, die die Seitentür der Kneipe aufmachte, sagte, die Hexe wohne hier nicht mehr. Sie war sehr unwirsch und hatte zusammengewachsene Augenbrauen, die ebenso wie ihr Haar gelblich-grau waren. Sie sagte, wir sollten uns schleunigst fortscheren, und wie wir es überhaupt wagen könnten, ihre Sonntagsruhe zu stören. Sie schlug uns die Tür vor der Nase zu. Ich sagte zu Eily: »Das ist sie.« Und als wir gerade unseren ganzen Mut zusammennahmen, um noch einmal zu klopfen, machte sie die Tür wieder auf und fragte, wer in Jakobs Namen uns geschickt habe. Ich sagte, wir seien von weither gekommen, Meilen und aber Meilen; ich zeigte ihr die Eier und den Speck, und sie sagte, sie sei überaus beschäftigt, da es ihr Geburtstag sei und Söhne und Töchter und Vettern und Kusinen zu einem frühen Abendessen kommen würden. Sie öffnete und schloß die Tür unzählige Male, und bei alledem wichen wir nicht von der Stelle, und schließlich wurden wir hereingelassen, aber ich war es, der sie wahrsagen wollte. Die Küche war winzig und stickig, und das gleiche Linoleum lag auf dem Fußboden und auf dem kleinen, wackligen Tisch. Dann war da ein kleiner hölzerner Armstuhl für sie, eine Holzbank für Besucher und ein Herd, der rauchte. Zwei Rhabarbertorten standen oben drauf zum Abkühlen; das und eine Karte waren die einzigen Hinweise auf eine Geburtstagsfeier. Ein kleiner Mann, ihr Ehegemahl, entschuldigte sich und verdrückte sich seitwärts durch eine andere Tür. Ich bat sie, lieber Eily als mich dranzunehmen, und nach langem Zaudern und nachdem sie sogar in den Garten gegangen war, um Teeblätter auszuschütten, sagte sie, vielleicht werde sie es tun, aber wir seien Nervensägen, alle beide. Ich wurde hinausgeschickt zu ihrem Mann in der kleinen Vorratskammer, wo ich an seinem Pfeifenrauch fast erstickte. Es roch da auch sehr stark nach Mehl, und es gab keine Möbel außer einer Nähmaschine, unter deren Nadel ein halbfertiges Kleidungsstück, ein Hemd, festgeklemmt war. Er sprach flüsternd davon, daß der Geheimbund Mau-Mau nach Irland kommen und der heilige Columbus aus seinem Grab auferstehen werde, um es wieder zur Insel der Heiligen und Gelehrten zu machen. Ich war sicher, daß ich ersticken würde. Doch es hatte sich gelohnt. Eily war überglücklich. Die Lage hätte nicht besser sein können. Die Hexe hatte seine Initiale, J, in dem, was sie aus einem Eiweiß und etwas Haferschleim zusammengerührt hatte, nicht nur einmal, sondern zweimal gesehen. Ja, die Lage der Dinge war schlecht gewesen, sehr schlecht, es hatte bedauerliche Mißverständnisse gegeben, aber alles werde sich ändern, und sie hatte sich über den Tisch gebeugt und zu Eily gesagt: »Ah, gewiß, Sie werden Ihre Tage mit ihm beschließen.«

Die Radfahrt nach Hause war ein Vergnügen; wir sausten bergab, wir sagten uns, zum Teufel mit der Sicherheit, zum Teufel mit den Bremsen, wir grüßten Fremde, bewunderten all die kleinen Hütten und Schuppen und die Milchbehälter und die winselnden Köter und ängstigten uns nicht, als wir an dem Spukhaus vorbeifuhren. Tatsächlich hätten wir an diesem fröhlichsten aller Tage gern ein Gespenst gesehen. Als wir zu der Wegkreuzung kamen, wo es zu unserem Dorf abging, hatte Eily eine starke Vorahnung, und ich übrigens auch, daß er dort auf uns warten würde, zerknirscht, im härenen Hemd, kniefällig. Aber er war nicht da. Da war die übliche Schar von Jungen, die Kopf oder Wappen spielten. Einige der Jüngeren versuchten uns zu behindern, indem sie sich vor unsere Räder stellten, und Eily wurde rot. Sie war bei allen sehr beliebt in jenem Sommer und zog jeden Tag der Woche ein anderes Kleid an. Sie wurde eine Modepuppe genannt. Wir sagten einander gute Nacht und wußten, daß es nichts ausmachte, daß, obwohl er nicht auf uns gewartet hatte, er und Eily bald vereint sein würden. Sie beschloß, Geduld zu haben, ein bißchen hochmütig zu sein und ihm nicht nachzulaufen.

Drei Wochen später, an einem Samstagabend, nahm meine Mutter ein warmes Fußbad mit einem Zusatz von Bleichsoda, als am Fenster der Spülküche geklopft wurde. Wir zitterten beide. Ein Verrückter hatte in einem Moor seinen Wohnsitz aufgeschlagen, und wir waren überzeugt, daß er es sein müsse. »Ruf deinen Vater«, sagte sie. Mein Vater war verärgert ins Bett gegangen, weil sie ihm zum Abendessen ein gekochtes Ei statt etwas Gebratenem vorgesetzt hatte. Ich wollte sie nicht allein und schutzlos zurücklassen, deshalb schrie ich zu meinem Vater hinauf, und gleichzeitig wurde ein zweiter Angriff auf die Fensterscheibe unternommen. Ich hörte die Wörter: »Sir, Sir.«

Es war Eilys Vater, denn er war der einzige, der meinen Vater Sir nannte. Als wir ihm die Tür öffneten, war das erste, was ich sah, daß er eine Hippe in der Hand hatte, und dann der Zustand seines Haares, das ihm im wahrsten Sinne des Wortes zu Berge stand. Er sagte: »Ich werde ihn aufhängen, strecken und vierteilen«, und meine Mutter sagte: »Kommen Sie rein, Mr. Hogan«, denn sie wußte nicht, wem dieses anschaulich geschilderte Schicksal zugedacht war. Er sagte, er habe seine Tochter mit dem Bankangestellten im Kalkofen gefunden, in einer höchst satanischen Stellung, ihr Bauch sei zu sehen gewesen.

Mein erster Gedanke war Freude über ihre Wiedervereinigung, und dann war ich verärgert, daß Eily mir nichts gesagt, sondern statt dessen beschlossen hatte, ihn abends in dem nicht mehr benutzten Brennofen zu treffen, der klamm roch. Besser im Wald, dachte ich, wo der Kuckuck ruft und ich eine Art Wache halte, obwohl ich unweigerlich an der Rinde eines Baums kleben würde.

Er sagte, er sei gekommen, um eine Laterne zu holen, um sie zu verfolgen, denn sie seien in verschiedenen Richtungen davongelaufen, und er wisse nicht, wen von den beiden er zuerst umbringen solle. Mein Vater, dessen gute Laune durch diese plötzliche und unerwartete Störung wiederhergestellt worden war, sagte, er solle einen Augenblick warten und hereinkommen, damit sie einen Schlachtplan aufstellen könnten. Mr. Hogan ließ seine Mütze auf der Treppe – das tat er immer –, und meine Mutter bat ihn, sie hereinzunehmen, weil der Welpe jeden Gegenstand aus Stoff fresse, den er finden könne. Erst an diesem Morgen hatte meine Mutter auf die Wiese hinausgeschaut und geglaubt, sie sehe Schneeflocken, aber in Wirklichkeit war es die Wäsche, die sie aufgehängt hatte, zu Fetzen zerkaut. Er wollte seine Mütze nicht mit hereinbringen, was für mich ein deutlicher Hinweis auf seine Dickköpfigkeit und auf die schrecklichen Dinge war, die geschehen würden. Sofort wies mein Vater meine Mutter an, Tee zu kochen, und obwohl er noch in barschem Ton sprach, herrschte jetzt zwischen ihnen Einvernehmen wegen der schlimmeren Tragödie, die drohte. Meine Mutter schien am verwirrtesten zu sein, kochte einen miserablen Tee, schnitt das Brot in bäurisch dicke Scheiben und machte alles verkehrt, als ob sie selbst bei einem unanständigen Tun erwischt worden wäre. Nachdem die Männer zu ihrem Suchunternehmen hinausgegangen waren, ließ mich meine Mutter niederknien und mit ihr beten; mir fiel das Beten schwer, denn ich mußte an die Prügel denken, die mir blühten, weil ich hineinverwickelt war. Sie unterzog mich einem Kreuzverhör. Ob ich etwas darüber wisse? Ob Eily ihn je getroffen habe? Warum sie sich so schicke Kleider gemacht habe, vor allem diesen geschlitzten Rock.

Ich sagte zu allem nein. Diese Neins kamen viel zu schnell, und wenn meine Mutter nicht so mit Nachdenken und Mutmaßen beschäftigt gewesen wäre, hätte ihr ein Verdacht kommen müssen. Während ich da kniete, sah ich sie jeden unserer Schritte verfolgen, ein paar Auskünfte von diesem oder jenem einholen, von den sogenannten Kusinen, der Frau, die uns die Stachelbeeren versprochen hatte, und Mrs. Bolan. Ich wußte, daß es hoffnungslos für uns war. Eily! Ihr größtes Kleinod war futsch, ihr Stein. Das Innere eines Menschen war wie eine kleine Uhr, und sobald der Stein oder die Steine futsch waren, war das Äußere nur noch leerer Schein. Ich sah sie in dem kalten Kalkofen sterben und dann wieder in einem Krankenzimmer und dann ausgestreckt auf einem Operationstisch, so wie ich einst dagelegen hatte. Sie gehörte jetzt zu der kleinen Gemeinschaft verworfener Frauen, die Kinder empfangen hatten, ohne sich die Väter zu sichern, und die verdammt waren, an Leib und Seele gleichermaßen. Hätten sie sich zusammengefunden, wären sie eine Gruppe von sieben oder acht gewesen und hätten womöglich eine gottlose Wehklage an ihren Schöpfer und ihre heimlichen Verführer richten können. Das, was ich nicht ertragen konnte, war der Gedanke an ihren dicken Bauch und an ein Baby, das da herauskam und »Ba-ba« sagte. Hätte ich die Möglichkeit gehabt, sie zu sehen, hätte ich vorgeschlagen, daß wir mit Zigeunern wegrennen sollten.

Arme Eily, von da an wurde sie hinter Schloß und Riegel gehalten und durfte nur zur Messe heraus, und dann war sie mit einer Mantille über dem Gesicht so verhüllt, daß sie mir nicht einmal mit den Lippen ein Zeichen geben konnte. Niemals hat sie so schön ausgesehen wie an diesen einander folgenden Sonntagen in der Kirche, Haar und Gesicht hinter dem Schleier, durch den die Augen nachdenklich starrten. Ich saß ihr einmal direkt gegenüber, und als wir zum ersten Evangeliumsabschnitt aufstanden, blickte ich auf in ihr Gesicht und bekam einen solchen Rippenstoß von meiner Mutter, daß ich fast hingefallen wäre.

In der Woche darauf begannen Missionspredigten, die ein fremder Priester mit einer schönen Aussprache und einem starken Sinn für Rhetorik jeden Abend hielt. Es war schöner als Theater – die ganze Kirche in andächtigem Schweigen, leiterartig angeordnete Kerzen, alle brennend, zusätzliche Blumen auf dem Altar, eine Vielfalt von Gerüchen, das weiße Leinen und eine so große Menschenmenge, daß wir Kinder auf den Altarstufen sitzen mußten und alles deutlicher sahen, auch den Adamsapfel des Priesters, der auf und ab tanzte. Immer konnte ich Eily sehen, eingerahmt von ihrer Mutter und einer anderen alten Frau, bleich und teilnahmslos, und ich war sicher, daß sie drauf und dran war, zu sterben. An dem Abend, an dem sich die Predigt um das sechste Gebot drehte, wurden wir Kinder bis zur Benediktion hinausgeschickt. Wir ergingen uns derweil in der Sakristei und betrachteten die Reihen von Rosenkränzen, die wie Halsketten schimmerten, alle nebeneinander hingen und sich im Durchzug zitternd bewegten, in vielen Farben und unterschiedlichen Materialien, dann natürlich die bunten Skapuliere und kleinen Medaillen aller Art und die wunderschönen Kruzifixe, die größer waren als der Umfang einer Hand von uns, und manche hatten sogar einen kleinen Hohlraum, in dem sich eine Reliquie befand, und dann waren da schöne Gebet- und Meßbücher, manche mit Goldschnitt, und kleine Behälter aus Filigran.

Als wir zur Benediktion wieder hineinmarschierten, steckte mir Eily heimlich ein Heiligenbild zu. Es zeigte Christus am Kreuz, und darunter stand ein Vers: »Du hast nur eine Seele, um sie zu retten / Einen Gott, um ihn zu lieben und ihm zu dienen / Eine Ewigkeit, um dich darauf vorzubereiten / Der Tod wird bald kommen. / Das Strafgericht wird folgen und dann / Himmel oder Hölle auf immer.« Ich grübelte darüber nach und schluckte im selben Augenblick meine Tränen hinunter, in dem Eily zu würgen begann und von vier Männern hinausgebracht wurde. Sie hoben sie ganz hoch und trugen sie, als wäre sie eine Leiche auf einer Bahre. Ich sagte zu meiner Mutter, daß Eily höchstwahrscheinlich sterben würde, und meine Mutter sagte, wenn es nur eine solche Lösung geben könnte. Meine Mutter wußte es schon. Am nächsten Abend war Eily in unserem Haus, im Vorderzimmer, und weil ich nicht zugelassen war, lauschte ich an der Tür und rannte nur weg, wenn ein Schrei oder ein Schlag oder ein Bums zu hören war. Sie wurde über jedes einzelne Geschehnis ausgefragt, über den Bankangestellten und wie ihre Beziehungen zu ihm genau waren. Sie sagte immer wieder nein, und manchmal war sie ganz trotzig und, wie die Eltern sagten, ein »Aufsteiger«, was sie wohl mit Aufrührer verwechselten. Eben fragten sie noch ganz freundlich, in der nächsten Minute hackten sie auf ihr herum, dann wieder schwor ihr Vater, er werde sie in die Irrenanstalt schicken, und dann plötzlich warf ihre Mutter ihr vor, sie habe seit zwei Wochen nicht gemolken.

Sie waren die personifizierte Inkonsequenz. Wie hätte sie melken können, wenn sie in dem Raum hinter der Küche eingesperrt war, wo der Hafer aufbewahrt wurde und es von Mäusen wimmelte. Ich wußte, daß ihre Mahlzeiten – ein großes Stück Brot und ein Becher schwachen Tees – ihr zweimal am Tag hineingebracht wurden und daß sie nichts anderes zu tun hatte, als zu weinen und nachzudenken und ganz allein auf dem Hafer zu sitzen und mit den Fingern durch die Körner zu fahren und wahrscheinlich dauernd Geräusche zu machen, um die Mäuse zu verscheuchen. Bei diesen Verhören war meine Mutter die Vernünftigste, aber auch die Strengste. Meine Mutter stellte zum Beispiel Fragen wie: »Wo habt ihr euch getroffen? Wie lange wart ihr zusammen? Waren andere dabei?« Eily leugnete, ihn je getroffen zu haben, und war so keß zu fragen: »Wofür halten Sie mich denn, Mrs.

Brady, ein Flittchen?« Aber das hatte wohl zur Folge, daß ihr Vater ihr eine knallte, denn ich hörte meine Mutter sagen, es sei nicht nötig, auf Gewaltmaßnahmen zurückzugreifen. Ich wäre fast ohnmächtig geworden, als ich auf der Glasscheibe unserer Dielentür einen Schatten sah, dann Knöchel und schließlich eine braune Kutte, wie sie der Missionar trug.

Er sprach mit Eily allein; wir anderen warteten alle in der Küche, die Männer tranken Tee, und meine Mutter zerteilte eine Grapefruit, die sie dem Priester anbieten wollte. Es erschien seltsam, sie ihm abends vorzusetzen, aber sie war es nur gewohnt, Priester zur Frühstückszeit zu bewirten, wenn einer alle fünf oder zehn Jahre kam, um eine Messe im Haus zu lesen, es neu zu segnen und das Werk des Teufels zunichte zu machen. Als der Missionar sich verabschiedete, gab er jedem von uns die Hand, dann tätschelte er mir den Kopf. Als ich sein blasses Gesicht mit der randlosen Brille beobachtete und seine schöne Sprechstimme in mich aufnahm, dachte ich, wenn ich Eily wäre, würde ich ihn dem Bankangestellten vorziehen und alles tun, um in seiner Gesellschaft zu sein.

Ich war eine Sekunde mit Eily allein, während alle hinausmarschierten, um dem Priester das Tor zu öffnen und ihm zum Abschied zu winken. Eily sagte, ich solle sie um Gottes willen nicht verpfeifen. Dann wurde sie von meiner Mutter nach oben gebracht, und als sie wiederkamen, trug Eily einen Regenmantel meiner Mutter, einen Mrs.-Miniver-Hut und eine alte Sonnenbrille. Es war eine Art Verkleidung, denn sie machten sich auf eine Reise. Eilys Vater wollte ihr ein Halfter umlegen, aber meine Mutter sagte, wir lebten nicht mehr im Mittelalter. Mir wurde aufgetragen, das Geschirr abzuwaschen, den Aschenbecher auszuleeren und die Kissen wieder aufzuschütteln, aber kaum waren sie weg, vermochte ich mich nicht mehr zu rühren, weil ein entsetzlicher Schmerz den unteren Teil meines Rückens und Bauches befallen hatte. Ich war überzeugt, daß auch ich ein Kind bekäme, und wenn ich mich bewegte oder die Beine spreizte, würde irgendein verrücktes Geschöpf herauspurzeln.

Am nächsten Morgen ging Eilys Vater zur Bank, wo er zwei Glasscheiben zertrümmerte, Münzen in der Luft herumfliegen ließ, den Bankdirektor angriff und versuchte, den Bankangestellten um einige seiner Körperteile zu erleichtern. Die beiden Kunden – der Metzger und der Leichenbestatter – mußten eingreifen, und der Angestellten, die gerade auf der Toilette war, gelang es, zum Telephon zu gehen und die Polizeikaserne anzurufen. Als der Wachtmeister auf der Bühne erschien, wurde Eilys Vater festgehalten und seine Hände mit einem Sprungseil gefesselt, aber er versuchte immer noch, dem Schuft, der seine Tochter entehrt hatte, einen Fußtritt zu verpassen. Sehr schnell begriff der Polizist den Kern der Sache. Es wurde vereinbart, daß Jack – das war der Name des Missetäters – am nächsten Abend zu ihnen nach Hause kommen sollte. Obwohl der ganze Anlaß ein unglückseliger war, sagte meine Mutter, als sie davon hörte, eine Art kaltes Büfett müsse ins Auge gefaßt werden.

Es stellte sich heraus, daß es ein anstrengender Tag wurde. Der Hafer mußte aus dem Raum geschaufelt werden, und das zu tun blieb den Frauen überlassen, da mein Vater den Anwalt und den Priester sprechen mußte und Eilys Vater im Dorf geblieben war und sich damit brüstete, was er dem Scheißkerl angetan hätte, wenn der Wachtmeister nicht dazwischengekommen wäre.

Eily war das Schweigen selbst. Sie lächelte nicht einmal mir zu, als ich den Korb mit Lebensmitteln brachte, die zu holen ihre Mutter mich losgeschickt hatte. Ihre Mutter kam dauernd darauf zurück, daß sie jetzt niemals Backsteine und Mörtel für das neue Haus beschaffen könnten. Seit Jahren hatten sie und ihr Mann geknausert und gespart, weil sie vorhatten, ein Haus um zwei Wiesen näher an der Straße zu bauen. Es sollte ganz genauso sein wie ihr jetziges Haus, das heißt zweistöckig, aber zusätzlich mit einer Toilette und einer winzigen Diele hinter der Haustür, damit, wie sie sagte, Leute, die zu Besuch kamen, gleich dort auf Herz und Nieren geprüft werden könnten, ehe sie direkt in ihre Küche stürzten. Sie war eine rückständige Frau, und wahrscheinlich hatte sie, weil sie auf den Wiesen wohnte, keine Freundinnen und hatte niemals ein fremdes Haus betreten. Sie wusch sich immer draußen an der Regentonne und nannte ihren Mann nie anders als Mister. Als sie die Lebensmittel auspackte, sagte sie, es sei ein Jammer, die guten Sachen an ihn zu verschwenden, und der einzige Genuß, den sie sich gönnte, war, daran zu riechen, vor allem an dem Päckchen mit Himbeer- und Vanillekeksen. Da war Schwarze-Johannisbeer-Marmelade, eine Scribona-Biskuitroulade, eine Dose Heringe in Tomatensauce, ein Brotlaib und eine große Büchse Früchtecocktail.

Eily hörte nicht auf, ihre Wildlederschuhe zu weißen. Kaum standen sie draußen auf dem Fensterbrett, holte sie sie wieder herein und weißte sie von neuem. Die Frauen waren im Zimmer und füllten den Hafer in Säcke. Sie hatten sich nicht viel zu sagen. Meine Mutter lachte immer über Eilys Mutter, denn jedesmal, wenn sie sich trafen, fragte Mrs. Hogan: »Gibt es neue Nachrichtigkeiten?«, sah zu ihr auf mit diesem wilden, starren Blick, machte den Mund auf und zeigte die großen Lücken zwischen ihren Vorderzähnen. Aber die »neuen Nachrichtigkeiten« waren schließlich an ihrer eigenen Tür angelangt, und obwohl es ihr hätte entsetzlich unangenehm sein müssen, schien sie mehr ärgerlich als beschämt, als ob die Unbequemlichkeit ihr mehr zusetze als die Schande. Aber von dem Tag an rief sie Eily fast nie mehr mit ihrem Kosenamen Alannah.

Ich sagte zu Eily, wenn sie wolle, könnten wir Sahnebonbons machen, denn das hatte sie immer gern getan. Sie gab vor, mich nicht gehört zu haben. Selbst mit ihrer Mutter sprach sie nicht, und wenn sie etwas gefragt wurde, fletschte sie die Zähne wie ein Hund. Sie wollte, daß Spot, einer der Hunde, mich beiße, und führte ihn am Ohr zu mir, aber er war mehr an dem Schafskopf interessiert, den ich aus dem Dorf mitgebracht hatte. Es war, wie gesagt, ein anstrengender Tag mit all dem Wegschaffen des Hafers in Blechkannen und Eimern und mit dem

Umfüllen in Säcke, und dann mußten ein Tisch und Teekisten hereingebracht werden, für die noch geeignete Abdeckungen gefunden werden mußten, der Tisch mußte richtig gedeckt und alle Spinnweben in den Ecken beseitigt sowie der Ruß aufgekehrt werden, der aus dem Schornstein gefallen war, und sogar ein kleiner Vorhang wurde angebracht. Eily mußte ihn säumen, und als sie draußen vor der Hintertür saß, konnte ich ihr Gesicht und ihren Ausdruck sehen; sie sah sehr störrisch aus und nicht annähernd so gefügig wie früher. Meine Mutter steuerte ein Brathähnchen, einige Pickles und frisch gekochte rote Rüben bei. Sie hielt die heißen roten Rüben in der Hand, während sie sie schälte, und sagte: »Wie man sich bettet, so liegt man«, aber Eily gab nicht zu erkennen, daß sie es gehört hatte. Sie wusch sich bloß das Gesicht in der Aluminiumschüssel, kämmte sich das Haar straff zurück, zog ihre geweißten Schuhe an und drehte sich dann um, um sich zu überzeugen, daß die Nähte ihrer Strümpfe gerade waren. Ihr Vater kam betrunken zurück und sah wie ein jüngerer Mann aus, als er in seinen hafermehlfarbenen Socken über die Wiesen trabte – er hatte seine Schuhe verloren. Als er das Wohnzimmer sah, das bisher die Haferkammer gewesen war, stieß er einen Überraschungsruf aus, zog seinen Hut vor dem Zimmer und sagte: »Bin ich überhaupt in meinem eigenen Haus, Mister?« Mein Vater kam mit wichtigen Neuigkeiten, über die er, wie er ständig wiederholte, später sprechen werde. Wir warteten, in einem Kreis um das Feuer geschart, und die vereinzelten Wörter, die gesprochen wurden, wurden nur von den Männern gesprochen, und dann, ohne daß sie zur Sache gehörten. Sie sprachen über ein Tier, das irgendeine Krankheit gehabt hatte.

Die Hunde waren die ersten, die uns aufmerksam machten. Wir sprangen alle auf und sahen durchs Fenster. Der Bankangestellte kam zu Fuß, und meine Mutter sagte, man solle sich diese Großspurigkeit ansehen, und ob es nicht die Großspurigkeit eines Landstreichers sei. Eily rannte zum Spiegel, der am Fensterbrett befestigt war. Aus irgendeinem ungewöhnlichen Grund ging mein

Vater hinaus und ihm entgegen und zückte gleich ein Päckchen Zigaretten. Rauchend kamen die beiden herein, und er wurde ins Wohnzimmer geleitet, das gleich links hinter der Tür war. Es wurden keine Drinks angeboten, denn die Frauen meinten, die Männer würden dann nur über die Stränge schlagen. Eilys Vater wies immer wieder auf die Herrlichkeiten des Zimmers hin und hob einen Zipfel Kretonne an, um sich zu überzeugen, daß unten drunter eine Teekiste war und nicht ein kostbares Stück Mahagoni. Mein Vater sagte: »Ja, Mr. Jacksie, Sie werden Ihre Pflicht an ihr tun müssen und sie zur ehrbaren Frau machen.« Eily stand am Fenster und blickte hinaus in die hereinbrechende Dunkelheit. Der Bankangestellte sagte: »Wieso?« und pfiff so, wie ich ihn schon früher hatte pfeifen hören. Er schien nicht beunruhigt zu sein. Ich hatte Angst, er könnte aus einem plötzlichen Impuls heraus hinüberstürzen und die Hände irgendwo auf Eily legen. Eilys Vater brachte uns alle in Verlegenheit, als er sagte, in ihr stecke ein Ferkel, und der Bankangestellte sagte, das stecke in so manchem jungen Mädchen, woraufhin er eine Ohrfeige bekam und ihm gesagt wurde, er solle sich hinsetzen und sich benehmen.

Von diesem Augenblick an muß ihm klar gewesen sein, daß er verloren war. Bisher hatte ich ihn immer in einem khakifarbenen Jackett und Knickerbockern gesehen, aber an diesem Abend trug er einen braunen Anzug, der ihm einen gewissen Anstrich von Verläßlichkeit und Langweiligkeit verlieh. Er sagte kein Wort zu Eily und sah auch nicht in ihre Richtung, als sie da auf einem Hocker saß, aus dem Fenster starrte und auf das kleine Medaillon biß, das an ihrer Halskette hing. Mein Vater sagte, er habe lange genug den jungen Schnösel gespielt und das einzige, was er jetzt tun könne, sei, sich der Sache zu stellen und sie zu heiraten. Der Bankangestellte brachte drei Einwände vor – erstens, er habe kein Haus; zweitens, er habe kein Geld; und drittens, er habe nicht vor zu heiraten. Während des Abendessens weigerte sich Eilys Mutter, sich hinzusetzen; sie blieb in der Küche, hatte sich die große Dose Früchtecocktail vorgenommen und führte schwächliche Vorstöße mit dem alten Büchsenöffner aus. Sie sprach laut mit sich selbst über die Leute »hierhin« im Zimmer und wie traurig die Lage der Dinge sei. Wie gewöhnlich aß meine Mutter nur den Bürzel und gab den Männern die Hühnerbrust. Alle zwei Sekunden änderte sich die Lage; eben waren sie noch höflich zu ihm, eingedenk seines Status als Bankangestellter, dann fragten sie ihn, welche Feldfrüchte in seinem Teil des Landes angebaut würden, dann wieder sprachen sie von ihm, als ob er nicht anwesend wäre, und sagten: »Dem jungen Schnösel schmeckt sein Stückchen Fleisch.« Ihm wurde eröffnet, er werde sie Mittwoch in einer Woche heiraten, er werde von der Bank versetzt, er werde mit seiner jungen Frau weggehen und sich in einer Stadt in Mittelirland eine Wohnung nehmen. Er zuckte bloß die Schultern, und ich dachte, er werde wahrscheinlich am nächsten Tag verduften, aber ich wußte nicht, daß sie Gott und die Welt alarmiert hatten und daß, als er es tatsächlich am nächsten Morgen bei Tagesanbruch versuchte, drei kräftige Männer ihn daran hinderten und ihn auf eine Spazierfahrt in ihrem Lastwagen in die Berge mitnahmen. Eine Woche lang war er danach unpäßlich, und es heißt, daß er nicht ein, sondern zwei blaue Augen hatte. Im unteren Teil seiner Wange blieb auf die Dauer eine Höhlung zurück, als ob ihm ein bißchen Fleisch abgezwackt worden wäre.

Jedenfalls besprachen sie die Einzelheiten der Hochzeit, während sie ihren Früchtecocktail aßen. Er wurde in den kleinen Glasschälchen vom Jahrmarkt serviert, und ich dachte an die unzähligen Operationen, die Nuala durchgeführt hatte, und daß die Sache, wenn sie Eily und mir überlassen geblieben wäre, nicht annähernd so schwierig gewesen wäre. Ich wollte nicht, daß sie ihn heiratete, und wäre damit fast herausgeplatzt. Aber die Pläne wurden weiterentwickelt; ihm wurde eröffnet, daß es ihn zehn Pfund kosten werde, daß es in der Sakristei der katholischen Kirche vor sich gehen werde, da er ja Protestant sei, und daß keine Gäste dasein sollten außer den hier Anwesenden und Eilys ehemaliger Lehrerin, einer Miss Melody. Selbst ihre Schwester Nuala solle es erst hinterher erfahren. Sie fragten ihn immer wieder, ob das klar sei, und er sagte immer wieder: »Ja, ja«, als ob es sich lediglich darum drehen würde, ob er noch mehr Früchtecocktail haben wolle oder nicht. Die Kirschen darin waren dünn gesät, und aus irgendeinem Grund hatten sie eine leicht malvenfarbene Tönung. Ich hatte eine bekommen, und meine Mutter gab mir noch ihre. Eily aß tüchtig, aber lustlos, als ob sie gar nicht da wäre. Gegen Ende sang mein Vater »Master McGrath«, ein Lied über einen Windhund, und Mr. Hogan erzählte die Schauergeschichte, daß er als Junge den kopflosen livrierten Mann an einer Wegkreuzung gesehen habe.

Bei dem Weg über die Wiese wurde Eily gesagt, sie solle mit ihrem Zukünftigen vorausgehen, wahrscheinlich, damit sie über ihre Aussteuer sprechen konnte oder über irgendwelche anderen Dinge, die in letzter Minute erledigt werden mußten. Die Sterne waren bezaubernd, und der Mond schien so hell und weiß, daß es aussah, als wäre es schon Morgen und die Welt durch Rauhreif überzukkert. Eily und er gingen in tiefem Schweigen. Schließlich sah sie zu ihm auf und sagte etwas, woraufhin er von ihr abrückte; sie waren so weit auseinander, daß ein Karren oder ein Auto zwischen ihnen hätte durchfahren können. Sie ging ein wenig nach rechts, um ihm näher zu kommen, und er entfernte sich in derselben Richtung, so daß sie schließlich am Wegrand ging und er direkt an der Hecke und die Büsche mit einem Stock schlug, den er aufgehoben hatte. Wir folgten, die Erwachsenen sprachen darüber, ob es am nächsten Tag regnen würde oder nicht, während ich mich fragte, was Eily ihm wohl hatte sagen wollen.

Sie trafen sich noch zweimal vor der Hochzeit, einmal in der Hotelhalle, als der Anwalt die Papiere aufsetzte, die ihr eine Mitgift von zweihundert Pfund garantierten, und einmal in der Stadt, wohin er mit ihr geschickt worden war, um beim Juwelier einen Ehering zu kaufen. Es war dieselbe Stadt, wo er mit dem Mädchen ausgegangen war, dessen Vater eine Speckräucherei betrieb, und Eily sagte, daß er in dem Juweliergeschäft den Wunsch geäußert habe, sie möge tot umfallen. Bei dem Hochzeitsessen gab es nur Seufzer und Tränen, und die Lehrerin stellte sich, wie es ihre Gewohnheit war, vor das Feuer und hob, uneingedenk der anwesenden Herren, ihr Kleid hinten hoch, um ihre Pobacken besser zu wärmen. In seiner Tischrede sagte mein Vater, sie müßten eben das Beste daraus machen. Eily schniefte, ihre Mutter weinte und weinte und sagte: »Oh, Alannah, Alannah«, während der frischgebackene Ehemann murmelte: »Gebranntes Kind scheut das Feuer.« Der Empfang fand in ihrer neuen Unterkunft statt, und meine Mutter sagte, sie habe es als ungehörig empfunden, daß die Wirtin sich sozusagen selbst eingeladen habe. Meine Mutter sagte auch, ihr Haushalt sei mitleiderregend schlecht ausgerüstet gewesen: zwei Gabeln, zwei Messer, zwei Löffel, ein alter Kessel, eine Eierpfanne, ein Spirituskocher und, wie sie sagte, nicht einmal ein hübscher Emailbrotkasten, sondern eine alte rostige Keksbüchse. Als sie abfahren wollten, versuchte Eily blitzschnell, sich hinten ins Auto zu setzen, versuchte es mehr als einmal wie ein Tier, das versucht, wieder in seinen Bau zurückzukommen.

Als meine Mutter nach Hause kam, ließ sie mich ihren Lippenstift ausprobieren und lobte mich peinlicherweise dafür, daß ich ein so braves, ein so reines kleines Mädchen sei, und ich hatte ein so schlechtes Gewissen wie nie zuvor wegen der führenden Rolle, die ich bei Eilys Romanze gespielt hatte. Auf der Hochzeit hatte meine Mutter nur ein mit Milch zubereitetes Fruchtgelee gegessen. Wir versuchten es am nächsten Sonntag nachzukochen, eine Himbeerspeise, hergestellt mit Milch und Wasser zu gleichen Teilen und dann geschlagen. Es war wie eine schöne rosa Zunge, mit Spucke getüpfelt, und es schmeckte schlüpfrig. Ich war nicht durchschaut worden, hatte keine Strafe bekommen, und das Leben wurde wieder normal. Ich gurgelte mit Salzwasser, sehnte mich an Sonntagen nach Besuchern, die nie kamen, und montags morgens waren alle meine Bücher mit neuen Umschlägen versehen, so daß die Lehrerin mich loben würde. Seit dem

Skandal ermahnte sie uns, immer zu zweit nach Hause zu gehen, irisch zu sprechen und uns eines Ganges zu befleißigen, der nicht aufreizend war.

Doch sie selbst stand vor dem Kamin und tätschelte sich, nachdem sie ihr Kleid hochgezogen hatte. Wenn sie einen Wutanfall bekam, bombardierte sie uns mit Kreide oder irgendwelchen Utensilien und führte unanständige Ausdrücke im Mund.

Es war ein wundervolles Fliederjahr, und die Fensterbretter standen voll davon, zuerst die großen saftigen Sträuße mit den schönen, kühlen, grünen Blättern, dann folgte eine Zurschaustellung des Welkens, und schließlich lagen die Samen überall auf dem Fensterbrett verstreut, und das Lila war viel trauriger und schmerzlicher als das der frisch gepflückten Blüten.

Wenn ich mit offenen Augen träumte, was oft vorkam, drehte es sich um Eily. Hatte sie eine Freundin, liebte ihr Mann sie, hatte sie Heimweh, und vor allem, wurde ihr Bauch dick? Alle vierzehn Tage schrieb sie an ihre Mutter. Ihre Mutter pflegte in ihrer Schürze, in deren Tasche der Brief steckte, zu uns zu kommen, sich auf die Hintertreppe zu setzen und zu zögern, ehe sie ihn vorlas. Sie kam niemals ins Haus, dazu war sie zu schüchtern, aber sie saß auf der Treppe, während mein Vater ihr einen Himbeerlikör holte. Wir waren alle Leckermäuler. In den Briefen stand so gut wie nichts, nur Mitteilungen der Art, daß ihr Schornstein in Brand geraten sei, daß ein Junge, der Ziegen hütete, auf einer Wiese eine alte Münze gefunden habe, oder die Frage, ob ihre Mutter in einem Koffer alte Kleider aufstöbern und ihr schicken könne, sie habe überhaupt nichts anzuziehen. »Schick hat sie genug«, sagte ihre Mutter verbittert, und dann meinte sie, es sei besser, mir die Haare abschneiden und mich nicht mit Löckchen herumlaufen zu lassen, denn, fügte sie hinzu: »An den Federn erkennt man den Vogel.« Dann und wann weinte sie und fütterte schließlich die Vögel mit den Krümeln der Kekse und Teekuchen, die meine Mutter ihr angeboten hatte.

Sie liebte die Vögel, und heimlich brachte sie auf ihrem Hof kleine Sitzstangen für sie an und – ich übertreibe nicht – hängte bunte Stoffetzen auf und den Rasierspiegel, damit sie sich damit amüsieren konnten. Meine Mutter hatte für Eily eine Steppdecke genäht, und das war, glaube ich, das einzige Hochzeitsgeschenk, das sie bekam. Sie packten die Decke zusammen ein. Es war eine rote Flanellsteppdecke, weiß eingefaßt, und der Rand war im Fischgrätenstich gesäumt. Sie war nicht wie die große, weiche Steppdecke, die einmal das ganze Schaufenster des Stoffhändlers eingenommen hatte, aus rosa Satin, auf der sich der Körper aalen und schweben konnte. Eines Tages sah mich ihre Mutter direkt an und fragte: »Hat sie noch mehr Würmer gehabt?« Ich hatte einen großen Bandwurm gehabt, und das war, nachdem die Aufregung über die Hochzeit abgeflaut war, etwa eine Woche lang ein Gesprächsthema gewesen. Dann schenkte sie mir eine halbe Krone. Es war ihre Art und Weise, mir dafür zu danken, daß ich Eilys Freundin war. Als ihr Sohn geboren wurde, bekam die Familie ein Telegramm. Er erhielt den Namen Jack, wie sein Vater, und ich dachte daran, wie recht die Hexe gehabt hatte, als sie die Initiale zweimal sah, aber wie sehr wir es mißdeutet hatten, als wir es für eine frohe Botschaft hielten.

Eily begann seltsam zu werden, begann Selbstgespräche zu führen, und dann begann ihr schönes Haar büschelweise auszufallen. Ich hörte, daß ihre Mutter meiner Mutter derlei Dinge erzählte. Die Nachrichten kamen bruchstückweise, zuerst von einer Familie, die dort hingezogen war, um Weideland zu pachten, und dann von einer Krankenschwester, die Eily Tabletten und Tropfen hatte geben müssen. Eilys Briefe waren zusammenhanglos, und sie erkundigte sich nach Toten oder nach Leuten, die sie kaum kannte. Ihre Mutter hatte vor, eines Tages mit dem Autobus hinzufahren und über Nacht zu bleiben, aber sie verschob es, bis ihre Arthrose so schlimm wurde, daß sie überhaupt nicht mehr ausgehen konnte.

Vier Jahre später machten Eily, ihr Mann und ihre drei Kinder einen Weihnachtsbesuch zu Hause; sie betrachtete alles ganz genau und bat die Leute, sie bitte nicht so anzustarren, und dann ging sie im Haus herum und suchte unter den Betten nach einem Spion, den sie dort vermutete. Sie war braun gekleidet und trug braune, pelzgefütterte Handschuhe. Ihr Mann war sehr liebenswürdig, hatte sein Haar lang wachsen lassen, preßte beim Tee sein Knie ständig gegen meins und fragte, was ich am liebsten hätte, süß oder pikant. Den einzigen lustigen Augenblick gab es, als die drei Kinder mit der ganzen Kledage in den Schweinetrog stiegen und darin herumplanschten. Eily lachte sich scheckig, als ihre Mutter sie mit dem Schlauch abspritzte. Dann mußten sie auf der Truhenbank ins Bett gesteckt werden neben den Mehlsäcken und den Besen und den Nippsachen, während ihre Kleider gewaschen wurden und dann zum Trocknen auf einen hölzernen Handtuchhalter vor dem Feuer kamen. Die Kinder lachten, klapperten aber mit den Zähnen. Eily erinnerte sich nicht mehr genau an mich und fragte immer wieder, ob ich die älteste oder die mittlere Schwester sei. Wir hörten später, daß ihr Mann befördert worden sei, ein kleines Geschäft leite und junge Mädchen als Angestellte beschäftige.

Ich war schwanger und ging in einer Stadt mit meiner Mutter unter nicht sehr glücklichen Umständen eine Straße entlang, als wir ein wildes Geschöpf auf uns zukommen sahen, das Selbstgespräche führte. Ihr Haar war grau und gekräuselt, ihre Kleidung schlampig, und sie sah uns an, dann starrte sie, als ob sie sich auf uns stürzen wolle; dann fing sie an, über uns zu lachen oder vielmehr höhnisch zu grinsen, und sie stolzierte weiter und stürzte sich auf andere Leute. Meine Mutter sagte: »Ich glaube, das war Eily« und ermahnte mich, ich solle nicht zurückschauen. Wir gingen ganz entsetzt weiter und versteckten uns dann im Eingang zu einem Geschäft, wo wir ihr mit den Augen folgen konnten, ohne selbst gesehen zu werden. Die Leute gingen ihr alle aus dem Weg, und mittlerweile schrie sie etwas, hob drohend die Faust und mühte sich, Gehör zu finden. Ich zitterte, was auch das Kind in meinem Leib veranlaßte zu zittern, und einen Augenblick lang wollte ich zu ihr gehen, aber meine

Mutter hielt mich zurück und sagte, sie sei gefährlich und in meinem Zustand dürfe ich nicht hingehen. Es brauchte nicht viel, um es mir auszureden. Sie ging weiter; inzwischen lachten mehrere Leute und sahen ihr nach, und ich vermochte mich nicht zu rühren; die ganze Fröhlichkeit unseres Sommertages und eine kleine Flasche »Mischief« spürte ich wieder in meiner Hand, und ich sah sie schlank und schön, wie sie einst gewesen war, und auf der Straße umgab eine große Lichtflut säulenartig einen kleinen Heuhaufen, während wir beide vor Freude tanzten.

Jahre später machte ich mich auf die Suche nach ihr. Mein Mann wartete oben an der Kreuzung, und ich ging die schmale, steile Straße mit meinem Sohn hinunter, der es begeisternd fand, in ein Geschäft zu gehen. Eily stand hinter dem Ladentisch und hatte den Kopf über einen Stoß Rechnungen gebeugt, die sie aufspießte. Sie blickte auf und lächelte. Dasselbe Gesicht, aber viel gröber. Ihr Haar war dauergewellt, und ein frisch gespitzter Bleistift ragte daraus hervor. Sie freute sich, mich zu sehen, holte gleich eine Handvoll Toffees in buntem Papier und gab sie meinem Sohn.

Es war genauso, als hätten wir uns erst vor kurzem getrennt. Sie gab mir nicht die Hand und machte auch nicht viel Aufhebens, sondern sagte bloß: »Wenn man den Esel nennt ...«, denn sie habe an ebendem Morgen an mich gedacht. Ihre Kinder halfen ihr; eins wog Zucker ab, das kleine Mädchen füllte durch einen Trichter Rizinusöl in Vier-Unzen-Flaschen, und ihr ältester Sohn stand auf einer Leiter und befestigte eine Verlängerungsschnur an einer Deckenlampe. Er sagte meinen Namen, sagte ihn keck, kaum daß sie mich vorgestellt hatte, aber sie sagte ihm, er solle den Mund halten. Für ihre eigenen Kinder hatte sie keine Zeit, weil sie schon groß waren, aber meinen Sohn nahm sie sehr freundlich auf und wiederholte, was für ein reizender kleiner Bursche er sei. Sie wog ihn auf der großen Waage, dann ließ sie ihn mit einem Schäufelchen das Getreide aufschaufeln und ließ es über seinen Arm rinnen, worüber er kicherte.

Kunden kamen und gingen, und sie unterhielt sich weiter mit mir, während sie sie bediente. Sie beherrschte die Lage völlig und sagte, wie schade, daß ihr Mann nicht da sei, er sei mit dem Lastwagen unterwegs, um frei Haus zu liefernde Aufträge zu erledigen. Er hatte das Bankgeschäft aufgegeben, denn er fand den Handel lukrativer. Sie zwinkerte jedesmal, wenn sie die Tasten der Registrierkasse drückte, um mir zu zeigen, wie sachkundig sie sei. Immer, wenn mal keine Kunden da waren, dachte ich daran, etwas zu sagen, aber die Streiche meines Sohnes nahmen unsere Aufmerksamkeit in Beschlag. Sie war sehr erpicht darauf, mir etwas anzubieten, und riß das Zellglas von einer Zwei-Pfund-Packung Pralinen ab, dann stellte sie sie gewissermaßen aufgebockt vor mich, an eine Büchse oder dergleichen gelehnt, und als ich dankte, spielte sie auf die Figur an.

»Du warst immer so großzügig«, sagte ich. Es klang, als hätte es meine Mutter oder irgendeine steife Verwandte gesagt.

»Ach, hör auf«, sagte sie und puffte mich.

Es schien der richtige Augenblick zu sein, das Thema anzuschneiden, aber wie?

»Wie geht es dir?« fragte ich. Wie ich sehen könne, sagte sie, gehe es ihr prima, sie werde ein bißchen älter, die Kinder seien Prachtexemplare, und wenn ich das nächstemal käme, müsse ich rechtzeitig Bescheid sagen, damit wir eine Party machen könnten. Ich sagte ihr nicht, daß mein Mann oben an der Straße wartete und mittlerweile wohl auf die Uhr sah und »verdammt« sagte und vielleicht weggegangen war, um das alte Auto, das er so liebte, zu polieren oder sonstwie zu bearbeiten. Ich sagte, und wieder war es erbärmlich: »Erinnere dich an die alten Zeiten, Eily.«

»Nicht viel«, sagte sie.

»Die schönen alten Zeiten«, sagte ich.

»Alle ziemlich ein und dasselbe«, sagte sie.

»Schlecht«, sagte ich.

»Nein, beschäftigt«, sagte sie. Mein erster Gedanke war, sie müßten ihr durch Pharmaka das Gefühl abgetötet haben, sie müßten ihr seltsame Gebräue gegeben haben, und sie hätten sie zwar von ihrem Wahnsinn geheilt, ihr aber die Lebendigkeit genommen. Eine tote Freundschaft wiederzubeleben ist fast immer ein Risiko, und wir wußten es beide, versuchten aber, höflich zu sein.

Sie küßte mich und benetzte meine Stirn mit ein wenig Weihwasser, drückte es so tief hinein, als wäre ich Teig. Sie und ihre Kinder winkten uns, und mein Sohn konnte nicht zurückwinken, so beladen war er mit den verschiedenen Geschenken, mit denen sie ihn überschüttet hatten. Ein leichter Regen setzte ein, und deswegen sowie wegen des Weihwassers und der roten Eberesche, leuchtend und von Leben erfüllt, dachte ich, daß unser Land wahrlich ein Land der Schande, ein Land des Mordes und ein Land merkwürdiger, erstickter und geopferter Frauen sei.

Vorbei

Oh, mein Lieber, ich wäre so gern etwas anderes, irgend etwas anderes, ein Albatros. Kurzum, ich wünschte, ich hätte dich nie kennengelernt. Oder könnte dich vergessen. Oder wäre ein Knochen – du könntest ihn auslutschen. Oder ein Stein unten in deiner Tasche, hinuntergerutscht, wenn du willst, durch eins der Löcher im Futter, und mehr oder weniger für immer im Saum verkeilt, bis du den Mantel wegwirfst oder ihn einem deiner Verwandten schenkst. Ich habe dich nie in einem Mantel gesehen, nur in einer Art Jacke, die man Anorak nennt. Ein komisches Wort.

Als du mich das erstemal besuchtest, warst du gerade im Begriff, wieder wegzugehen, als ich die Tür öffnete. Schon wegzugehen. Ja, dermaßen kühn warst du. Ich auch. Du fragtest mich, wo du deinen Mantel aufhängen könntest, oder vielmehr diesen Anorak, und mir fiel nichts ein, denn es gab keine Flurgarderobe. Erinnerst du dich, daß das Zimmer zu groß für uns war? Ich erinnere mich. Ich sah dich eine Unendlichkeit entfernt auf einem kattunbezogenen Stuhl sitzen, befangen, jung, jünger als deine dreißig Jahre, und ich dachte, daß ich irgendwie hinübergehen oder sogar -schreiten würde, um dich zu wiegen. Es war zu großspurig: das Zimmer, das Klavier, der Kristalleuchter. Früher hatte ich verrückte Ideen von Großartigkeit gehabt, aber sie vergehen. O mein Gott, alles vergeht, ausgenommen du.

Ein jüngerer Mann. Ich gehe die vor uns liegenden Jahre durch; mache einen Sprung voraus, wenn du so willst. Ich werde vor dir grau werden. Wie demütigend. Ich werde meine Locken färben, alle meine Locken. Vielleicht sollte ich jetzt mit einer Flasche brauner Farbe und einem kleinen weichen Pinsel Versuche anstellen, sogar mit meinen verborgenen Haaren Versuche anstellen. Ich muß dir immer zuvorkommen, immer. Es darf nichts zweideutig bleiben, nichts, was dich enttäuschen oder ernüchtern kann. Was für ein Unsinn, wenn du doch schon weg bist. Ich erwarte nicht, dich wiederzusehen, es sei denn, wir träfen uns zufällig. Ich glaube, ich werde allmählich von dir enttäuscht sein, und das ist gut. Ausgezeichnet. Du hast mir selbst gesagt, wie du mich angelogen hast. Du bist zurück von deinen Vorlesungen, und wahrscheinlich denkst du daran, dich mit mir in Verbindung zu setzen, wahrscheinlich in ebendiesem Augenblick. Du hast die Hand auf dem Telephon, du überlegst, mit allen Fasern überlegst du. Jetzt hast du deine Hand weggezogen. Du hast es aufgeschoben. Du weißt, daß du es kannst, du kannst es aufheben wie ein Vergnügen, ein Kindheitsvergnügen.

Ich habe das als Kind mit einer Uhr gemacht. Keiner richtigen Uhr, aber immerhin einer Uhr. Sie hatte die Farbe von Marmelade, Himbeermarmelade, und ich ließ sie irgendwo liegen, und zwar in der Diele, damit ich hingehen konnte, um sie anzusehen, um sie da zu sehen, meine Uhr, meine.

Ich habe es getan. Ich bin durchs Zimmer gegangen, und du hast immer wieder und jeweils auf unterschiedliche Weise mein Haar befühlt, es mit der Handfläche berührt, dein Drink war in der anderen Hand (zuerst hattest du einen Drink abgelehnt), du hast es befühlt, Strähnen von Haar mit den Fingern befühlt, hast es berührt, als wäre es Stoff, so wie ein Kind die Oberfläche seiner Lieblingsdinge berührt, etwa einer Puppe oder eines Spielzeugs.

Ich sage dauernd Kind. So war es, und du starrtest, starrtest durch mich hindurch, in mich hinein.

Nicht zu sagen, was ich in jener Nacht preisgab, was ich aufgab. Ich gab die meisten Menschen auf und gab die Vorliebe für Kleider und gutes Essen auf und für alles, was als leichtfertig bezeichnet werden könnte. Ich gab selbst mein Verlangen zu reden auf, mich aufzudrängen oder meine Anwesenheit bemerkbar zu machen. Ich ging einfach zurück; das stimmt, in gewissem Sinne zurück zu den Feldern, wo ich aufwuchs. Alle Merkmale jener Gegend, die einfachsten Dinge, die Empfindungen beherrschten mich wieder. Kristallklar. Ein Tor, eine Haspe, ein Wassertrog, die Wiesen und die Art und Weise, wie man sich auf den Feldrain plumpsen lassen kann, auf eine Wiese. Wieder Tau. Und das Bild, das mir vor Augen stand, war das der Nässe, die Säuglinge und Kälber und Fohlen an sich haben, wenn sie gerade geboren sind und nun abgeleckt werden, und doch war ich die Mutter.

Zweifellos war ich die Mutter, als ich dir diese Suppe vorsetzte und eine Kartoffel für dich pellte und sie zerschnitt und quetschte, als ob du es nicht selbst tun könntest, und du sagtest: »Ich habe nicht viel Appetit.« Du fandest, ich hätte dir mehr zureden müssen. Selbst meine Küche gefiel dir, die Unordnung und die Lorbeerblätter in einem Krug. Sie halten sich lange, und mir wurde gesagt, sie bringen Glück.

Ich hätte diese Nacht genießen sollen, diese erste unvorhergesehene Begegnung. Tatsächlich tat ich es auch, aber sie ist von so viel anderem überdeckt worden, daß sie wie etwas Zerquetschtes ist, etwas Begrabenes, etwas unten in einem Schrank, was vergessen wurde, dessen Form zerstört ist, dessen Bezeichnung vergessen ist und das dennoch immer dasein wird, nur daß niemand es weiß oder sich dafür interessiert, und niemand wird es wiederfinden wollen, und wenn in künftigen Jahren der Schrank ausgeräumt werden sollte, zum Beispiel wenn die Bewohner ausziehen, dann wird es tatsächlich gefunden werden, aber es wird so verschrumpelt sein, daß es unbrauchbar geworden sein wird.

Ich habe von dir geträumt, ehe ich dich kennenlernte. Das war voreilig. Ich träume immer noch von dir, nicht gerade erbauliche Träume, in denen du mich umarmst und flüsterst und wir so gestört werden, wie wir im Leben ständig gestört werden. Einmal sagtest du mir, wir hätten nur noch zehn Minuten Zeit, weil du eine Scheibe Plexiglas für ein Gemälde kaufen und sicher sein wolltest, daß du sie bekamst, ehe die Geschäfte schlossen. Das Gemälde war ein Geschenk für euch beide. Es muß als eine Art Hochzeitsgeschenk gedacht gewesen sein.

Ja, ich glaube, du hast Angst vor ihr. Du sagst, es sei Mitleid, das dich bei ihr bleiben läßt. Aber ich glaube, du hast Angst vor ihr und weißt es nicht, und ich glaube, du liebst sie und weißt es nicht. Du weißt nicht sehr viel über dich, du verdrängst es. Ich bat dich einmal, kniend bat ich dich, auf drei Tage wegzugehen, ohne sie oder mich oder sonst jemanden, und du sahst mich an, als ob ich dich nach Tasmanien schicken wollte.

Und noch etwas, du hast mir dieselben Geschichten erzählt, dieselben Eskapaden. Du scheinst zu vergessen, daß du es mir schon erzählt hast, daß du Champagnerflaschen den Hals brachst, daß du sie stahlst und ihnen dann den Hals brachst. In deiner Jugend. Und daß du Zimmermädchen bedauerst, mit ihnen Betten machst, das heißt ihnen dabei hilfst. Eine weitere Tugend von dir ist, daß du niemals flirtest. Du nutzt dein gutes Aussehen nicht aus, und du verdienst tatsächlich ein schönes junges Mädchen. Ich glaube, du bist nicht ganz bei Trost. Ich auch nicht. Wir hätten uns nie kennenlernen dürfen. Ich glaube, das ist eine Sache des Stammes. Als ich deine Tochter sah, glaubte ich, sie sei ich. Nein, nicht ganz. Ich dachte oder wußte vielmehr, daß ich einst sie gewesen war. Sie sah mich an, als gehörte ich dazu. Dieser Blick. Sie fremdelte nicht. Ich faßte sie überall an. Ich mußte sie anfassen. Ich mußte sie kitzeln, ihre Zehen, ihre weichen Knie (wie Flammeri war sie), ihre Babyspeckfalten, und sie lächelte zu mir auf, und du sagtest: »Lächle die Tante an«, und ich freute mich, daß du mich Tante genannt hattest, es war so normal und üblich und stellte mich dir gleich.

Könnten wir nicht alle zusammenleben, könnten wir es nicht versuchen? Ich war immer sehr eifersüchtig, krankhaft eifersüchtig. Ich bin es noch, aber könnten wir uns nicht einfach so tragen lassen, wie die Wellen, die Schaumkronen vom Meer getragen werden? Als ich es zu dir sagte, versetzte dich der bloße Gedanke in Panik, und das machte mir natürlich klar, daß du dazu nicht fähig bist, dem nicht gewachsen bist, du vermagst nur zu lügen, du vermagst nur zu betrügen.

Eines Tages wirst du also für immer verschwinden. Vielleicht ist es schon geschehen. Gibt es keine Möglichkeit, es mich wissen zu lassen? Ich hatte so viele Wünsche in bezug auf uns, aber an einem lag mir ganz besonders, an dem kleinsten und harmlosesten, und zwar daran: daß ich eines Tages von draußen hereinkomme und du hier bist, schon auf mich wartest, dich ganz zu Hause fühlst, vielleicht den Kessel schon aufgestellt oder einen Drink eingeschenkt hast. Kein ausgefallener Wunsch. Ich nehme an, du würdest die Reise nicht machen wollen ohne die Gewißheit, mich zu sehen. Du sagtest, wenn du die Straße heraufkamst, habest du dich immer gefragt, wie ich aussehen und was ich anhaben würde. Jetzt trage ich Braun. Ich nehme an, ich muß mich düster kleiden.

Nachdem deine kleine Tochter gelächelt hatte, hast du sie auf den Drehstuhl gesetzt, und ich habe sie beobachtet, und du hast mich beobachtet, und dein Freund, den du zur Sicherheit mitgebracht hattest, hat beobachtet, daß du mich beobachtet hast, und das Kind hat auf uns alle aufgepaßt. Es war ein vollkommener Augenblick. Ich weiß das. Keiner von uns wollte, daß er endete. Dein Freund war im Bilde. Er wußte, wie sehr ich dich liebte, und vielleicht wußte er auch, wie sehr du mich liebtest, aber weder du noch ich wußten es, weil wir es nicht wagten, und vielleicht werden wir es nie wissen.

Möglicherweise und vielleicht – deine beiden Lieblingswörter. Verdammt. Weißt du, ich hatte mich gerade an die Möglichkeit gewöhnt, daß niemand da ist, an ein leeres Leben, als du auftauchtest. Natürlich glaubst du das nicht; du glaubst, ich mit meinen vielen Kleidern und Armbändern und Schuhen mit Plateausohle triebe mich ständig herum. Es stimmt, früher tat ich das. Diese Gewänder haben sich im Lauf der Jahre angesammelt, und den Sonnenschirm, den du sahst, habe ich einmal auf dem Weg zu einem Stierkampf geschenkt bekommen. Ich habe aufgehört, mich herumzutreiben – vor ungefähr einem Jahr. Nicht, daß ich tugendhaft sein will, nein. Wenn ich überhaupt etwas sein will, dann lasterhaft, denn ich möchte, daß es endet, ohne daß es zu jämmerlich wird. Das Ende ist meist scheußlich. Bei Blumen zum Beispiel; manche fangen an zu stinken, diejenigen, die am allerlieblichsten duften, fangen an zu stinken – und Petersilie auch. Ich hätte gern, daß es einfach verwelkt. Allerdings muß es nicht sein.

Das Merkwürdigste ist, daß er seine Eltern auch sehr früh verlor. Mein Vater nämlich. Du siehst, ich verwechsle dich mit allen, mit meinem Vater, meiner Mutter, meinem ehemaligen Mann, mit mir. Könntest du nicht kommen, könntest du dich nicht jetzt mit mir in Verbindung setzen, damit ich dir von ihnen erzählen kann, von ihren Gewohnheiten und ihrem Wesen? Das ganze Kirchspiel kenne ich. Die Dame mit Namen Josie, die drei Abende mit einem Mann ausging und sagte: »Ich habe nichts zu erzählen«, womit sie meinte, ob er ihr einen Heiratsantrag machen werde, und am nächsten Tag ließ er sich eine Auswahl von Verlobungsringen kommen. Er muß es aus Angst getan haben. Später ist sie verrückt geworden. Die Leute sind so sehr voneinander abhängig. Zu sehr. Du hörst mir gut zu, tatsächlich wiederholst du manches, was ich sage. Meine Gedanken sind wie Triebe, Triebe am Zweig deines Gehirns. Warum bist du so kühl, so schweigsam? Dein Element ist das Quecksilber.

Alles mögliche erinnert mich an dich. Auf einer Müllkippe sah ich heute die Überreste eines Gasherdes und einen Weihnachtsbaum, obwohl wir genau in der Jahresmitte sind. Weihnachten. Das wird mich wurmen. Du wirst mit deiner Familie feiern wie letztes Jahr. Na, jedenfalls sah das erbärmlich aus da draußen im Regen – ein kleiner Gasofen und ein Weihnachtsbaum mit einem Fuß aus Ton. Ich blieb stehen und sah mir das an. Ich hatte das Gefühl, daß du um die Ecke kommen könntest, schnell, wie es deine Art ist. Wir hätten nichts zu sagen brauchen, du hättest es verstanden. Das ist das Schlimmste, daß du manchmal verstehst.

Wir sind zweimal in Lokalen gesehen worden. Es war

mir gräßlich, daß du meine Drinks bezahltest, aber du wolltest es mich nicht selbst tun lassen. Ich wollte dir einen Geldschein zustecken, aber ich konnte es nicht. Tatsächlich büßte ich mein ganzes Selbstvertrauen ein und ein gut Teil meiner Bewegungsfreiheit. Ich schämte mich, meinen Mantel auszuziehen, obwohl ich schwitzte. Ich dachte, es würde dann so aussehen, als fühlte ich mich dort allzusehr zu Hause, und schließlich hatte ich dich eingeladen und du hattest nicht kommen wollen, dein Widerstand war so groß, daß dir kein Name einer Kneipe einfiel, obwohl es dein Stadtviertel war, und ich mußte hingehen und herumschleichen und eine ruhige ausfindig machen und dich anrufen. Du erlaubtest mir, dich anzurufen, weil sie nicht da war, sondern bei ihrer Schwester. Ihre Schwester ist körperbehindert. Du schienst durchblicken zu lassen, daß sie sich selbst eine Verletzung zugefügt hat. Gehören sie zu einer hysterischen Familie, sind sie musikalisch? Sollen wir sie Bimba nennen? Ich kann mich ihres Namens nicht bedienen, das wäre zu freundschaftlich. Ich träume von ihrem Tod, daß sie im Schlaf stirbt, bei einem Flugzeugabsturz ums Leben kommt. Jedenfalls ließest du mich in der Kneipe versprechen, einen Eid ablegen, daß ich nie wieder anrufen würde. Ich legte den Eid ab. Ist das lobenswert? Ich dachte an dich, selbst als ich dasaß und es versprach; ich dachte an dich, in einem ganz anderen Zustand, einem früheren Zustand, im Stand der Gnade, ein Du, das sagte: »Ich werde immer zu dir zurückkommen, immer, ich kann gar nicht anders«, und ich dachte an den mit der damaligen Zeit zusammenhängenden Ausdruck, die traurigen Augen und so weiter. Deine Augen durchbohren Menschen. Du kannst es wieder sagen mit deinen traurigen, treuen Augen. Alles kann geschehen, alles.

Um jedenfalls auf meinen Vater und deinen zurückzukommen. Es gibt Ähnlichkeiten, und es gibt Unterschiede. Dein Vater liebte seine Frau und starb kurz nach ihr, um sie im Jenseits wiederzutreffen. Du hast dich als Kind vielleicht vernachlässigt gefühlt, ausgeschlossen. Dabei hattest du Geschwister, du warst weder das jüngste noch das älteste Kind. Auch meines Vaters Eltern starben kurz hintereinander. Lungenentzündung. Winterkälte und Schnee bei der Beerdigung, und Schnee fiel auf den Sarg, und dann wurden die vier Kinder auf Verwandte verteilt; die Aufteilung ging so vor sich, daß jedem Kind gesagt wurde, es solle wählen, auf welchem Ponywagen es mitfahren wolle, und damit wählte es sein zukünftiges Heim. Kein bißchen Liebe wurde meinem Vater zuteil. Einmal, als er krank war, versteckte er sich in dem Raum, wo die Pferdegeschirre hingen, und als er gefunden wurde, versetzte ihm die Frau des Hauses eine gehörige Tracht Prügel, und dann gab sie ihm ein Abführmittel. Kein bißchen Liebe wurde ihm zuteil.

Vielleicht bist du irgendwo in deinem Innersten wie er, vielleicht bist du ihm ähnlich. Nein, du bist es nicht. Ihr seid so verschieden wie Tag und Nacht. Du hast Charakter. Ihm fehlt er. Nicht viele Menschen haben Charakter. Und nicht viele Menschen besitzen Freundlichkeit. Man betrachte nur meine Nachbarn, sie schreien und laufen in Bademänteln herum, und wenn ihre Freunde kommen, schreien sie noch lauter, und die Gastgeberin zieht einen schrecklichen roten Regenmantel an, wenn es zufällig regnet und sie etwas aus dem Auto holen will. Ich habe das entsetzliche Gefühl, daß sie mir mit ihrem Schreien und ihrem Auto und ihrem Regenmantel zu imponieren versucht.

Es gießt heute in Strömen. Ich hab's mir schon gedacht. Ich habe das Gefühl, das sehr bestimmte Gefühl, daß es womöglich nicht aufhört, daß es eine zweite Sintflut werden könnte. Wir werden alle eingekerkert sein, wo immer wir zufällig sind. Bist du im Haus, sprichst du auf einer Versammlung, bist du oder warst du vielmehr auf dem Weg zu einer Bushaltestelle und hast dich unter einem Baum unterstellen müssen? Du sagtest, dir sei nicht bewußt, daß du jemals in deinem Leben jemanden vermißt hättest. Ja, ich glaube, es könnte auf immerdar regnen, oder zumindest vierzig Tage und vierzig Nächte. Das ist sozusagen immer. Ich werde diese Leuchter Stück für Stück zerschmettern. Es wird nicht schwierig sein. Sie zerbrechen leicht; einmal, als wir sie abwuschen, sind einige Teile zerbröckelt. Die Frau, die mir half, konnte nicht verstehen, warum ich lachte, und ich auch nicht.

Sie gab mir einen Ratschlag und sagte, indem ich dich liebte, verschlösse ich allen anderen Freiern die Tür.

Vielleicht bist du im Bett und liebst sie oder streichelst sie auch nur bei zugezogenen Vorhängen. Jedenfalls sind eure Zimmer so klein, daß ihr, wenn ihr im Haus seid, euch unweigerlich sehr nahe sein müßt. Ich sehe es vor mir, das kleine Zimmer, das Sofa, die Kissen, und ich habe dir das nie gesagt, aber drei Ornamente in diesem Zimmer sind identisch mit drei Ornamenten in meinem Zimmer. Ich werde es dir jetzt auch nicht sagen, sondern es dir überlassen, sie zu erraten.

Wenn wir nur hemmungsloser gewesen wären. Ich bin insgesamt dreimal dagewesen, zweimal gegen deinen Willen. Beim letztenmal hatte ich übrigens Hunger. Du hast mir nichts angeboten. Bist du womöglich knickerig? Ich hätte so gern ein Andenken an dich gehabt, und wirklich, bei einem dieser unseligen Besuche gabst du mir ein Taschentuch, um meine Tränen zu trocknen, aber es war ein neues und hatte nichts von dir an sich. Ich weinte jede Menge. Ich frage mich, wer es gewaschen hat. Deine Hosen wäschst du selbst, denn als ich mich erkundigte, was das für runde weiße Flecken seien, sagtest du, das seien Stellen, wo du das Bleichmittel unverdünnt aufgebracht habest. Ich hätte es dir sagen können. Ich wünschte, ich hätte die Hose. Wenn ich sie jetzt haben könnte – ich würde sie in der Hand halten und sie an mich drücken.

Es ist nicht recht, so zu lieben. Ich nehme an, es gibt ebenso eine Krankheit des Herzens wie eine Krankheit der Seele und des Körpers. Ja, als du das erstemal kamst, hatte ich wirklich einen Punkt erreicht, an dem ich aufgehört hatte, Ausschau zu halten, und du erschienst an meiner Tür mit einer Broschüre, und du wolltest wieder weggehen, und mir gefiel dein Aussehen, und ich bat dich herein. Man nennt das Schicksal. Ich sehe immer noch dein Gesicht in der Fensterscheibe, erscheinend, verschwindend, wieder erscheinend. O mein Gott, ein Gesicht.

Heirate nicht, oder wenn du es tust, gib mir vorher Bescheid, damit ich mich daran gewöhnen kann. Ich werde dir kein Hochzeitsgeschenk schicken. Wie häßlich, so etwas zu sagen. Ja, es ist häßlich. In diesem Haus geht es völlig drunter und drüber, das Wohnzimmer, das du gesehen hast, ist ein Trümmerfeld, Gläser stehen herum, und die Pflanzen sind nicht gegossen worden oder wenn, dann gedankenlos, zuviel Wasser an einem Tag, so daß es überfloß, und dann tagelang gar nicht. Auf dem Fußboden sind kleine Pfützen, und diejenigen, die ausgetrocknet sind, haben weiße Flecken auf dem Parkett hinterlassen, nicht unähnlich dem Bleichmittel auf deiner Hose. Wie lange es jetzt schon so geht. Mein Gott, bei allem kommt es nur darauf an, wie lange es schon geht. Die Tage sind ganz durcheinander geraten. Jetzt gerade liege ich auf dem Bett – eine weitere fatale Gewohnheit – und habe den Baum gesehen, den ich immer sehe, die Platane, ihre Blätter, und es ist nicht zu glauben, mir schien, daß das bißchen Himmel, das ich zwischen den Blättern sah, ebenfalls Laub sei, andersfarbige Blätter, an den Rändern gezackt, so sah ich also Baumblätter und Wolkenblätter. Ich verliere den Verstand. Der Garten ist durchweicht, verwüstet. Und obwohl Sommer ist, rieche ich eindeutig den Herbst. Ich denke immerzu, daß es sich bis zum Herbst ein bißchen gebessert haben wird. Dann wieder denke ich, daß du zurückgekommen sein wirst, wie du gedroht hast, und daß wir im trübsten Licht zusammensein werden, unter Decken, redend, uns berührend, die entsetzlichsten Versöhnungen hervorgebracht, hervorbringend. Weißt du, daß ich dich, wenn du schläfst, immer streichle, und daß du, wenn du aufwachst, wie spät es auch sein mag, immer sagst: »Eine schöne Art aufzuwachen«, und du bist immer ein paar Minuten länger geblieben, hast dich über die Zeit hinweggesetzt, ja, und wenn ich es mir jetzt überlege, waren das unsere kostbarsten Augenblicke. Du warst dann in Hochform und ohne Angst. Ich stand an der Tür, um dir nachzuwinken, und nur einmal hast du dich umgedreht. Ich nehme an, du kannst Abschiede nicht ausstehen.

Als ich mich das letztemal austobte, war es nicht wie diesmal, abgesehen davon, daß er wirklich in festen Händen war, verheiratet. Ein sonderbarer Kauz. Harry hieß er. Wir verbrachten fünf Tage fern von seinem Land und meinem, wenngleich in einem sehr ähnlichen Land, dunkel, felsig und mit einem ausgiebigen Regenguß... Einige interessante Ausgrabungen gab es da, völlig intakte Skelette im Moor. Wir sind viel herumgefahren. Er erzählte mir, wie sehr er seine Frau liebe, immer geliebt habe und immer lieben werde. Ehefrauen kommen bei den Puffen und Stößen in unserem Leben nicht allzu schlecht weg. Wir bekamen jeden Tag zum Mittagessen dasselbe – salziges Brot und Heringe und ein kleines Glas Schnaps. Als wir unser Ziel erreichten, hatten wir eine Suite, und ein Teil der Fenster ging auf das Meer hinaus und ein anderer Teil auf die Schlafstadt. Am ersten Morgen haben wir Steine gesammelt. Ich fand einen schönen weißen Stein, fast wie Perlmutt. Ich wollte ihn dir schenken. Ich schenkte ihn einem Freund von dir, den du hierher mitgebracht hast. Ich habe es nicht getan, um dich eifersüchtig zu machen, sondern vielmehr um dich wissen zu lassen, daß ich, wenn es diese Belastung zwischen uns nicht gäbe, zu dir nett sein könnte, und vielleicht könntest du deinerseits zu mir nett sein und sogar lustig und sogar leichtsinnig. Ja, einmal haben wir Krach gemacht wie Truthühner, hupend.

Als ich diesen Mann Harry näher kennenlernte, verminderte sich meine Wertschätzung für ihn. Er ließ es sich angelegen sein, mir von seinen anderen Liebschaften zu erzählen, und da war immer von einer Menge Blut die Rede. Eine seiner Geschichten handelte von einer sehr schönen spanischen Jungfrau, und er berichtete alles über ihre Schönheit und ihre Feuchtigkeit usw. An unserem allerletzten Abend, als er gerade die Speisekarte für das Abendessen zu Rate zog, sagte er, er hoffe, daß ich Geld dabeihätte, denn er habe nicht sehr viel mitgebracht. Ich schämte mich für ihn, und das ist der Grund, warum ich bezahlte. Dagegen hast du, als wir in ein Hotel gingen, bezahlt, obwohl du es dir kaum leisten konntest. Und du hast den Wecker zwanzig Minuten früher als nötig läuten lassen, damit wir noch einen dieser köstlichen Augenblicke, noch eine Reihe dieser köstlichen Augenblicke zusammen verbringen konnten. Selbst du, der du behauptest, nichts zu vermissen, kannst du sagen, daß dir diese Augenblicke nicht fehlen? An jenem Morgen im Hotel hast du zum erstenmal von Liebe gesprochen und die Zukunft geplant, unsere Zukunft. An jenem Morgen hast du den Kopf verloren. Du mußt dich selbst als jemand anderen gesehen haben, oder du hast geglaubt, du könntest ihr alles erklären, alles ausbügeln. Du warst ganz sachlich. Du sagtest, es würde fünf Wochen erfordern, aber statt dessen warst du nach einer Woche wieder da, und ich hätte wissen können, daß etwas nicht in Ordnung war, denn du bist früh gekommen, hast viel getrunken und gesagt, ob wir reden können, reden können. Wir redeten. Du sagtest, du habest Krach mit ihr gehabt, zwei widerliche Kräche, und dann sagtest du ganz zum Schluß, daß ihr beide zusammengebrochen wärt.

Jesus Maria, niemals zuvor habe ich einen solchen Schmerz verspürt. Dieser Zusammenbruch. Ich konnte ihn tatsächlich sehen und empfinden. Ich sah die Zeit, es war in den Morgenstunden, und deine Müdigkeit und ihre, beide seid ihr fix und fertig, und der eine oder andere von euch – wer von euch, ist unwichtig – sagt: »Was sage ich, was tue ich«, und dann der Zusammenbruch, ihr fallt angezogen aufs Bett, schlaft ein bißchen, bis euer Baby sich rührt und einer von euch hingeht, um es zu versorgen, während der andere zwei Tassen Tee kocht. Vielleicht hast du, während du dich rasiertest, hinübergerufen: »Hoffentlich habe ich dir nicht ein blaues Auge verpaßt.« Natürlich war nicht alles ausgelöscht oder gar vergessen, aber es war vorbei, es lag hinter euch, und ihr hattet etwas zustande gebracht, hattet eure häßliche Seite gezeigt und wart einander nähergekommen.

Ich habe euch einander nähergebracht, Gott steh uns bei. Höchstwahrscheinlich bist du den Tag über weggegangen, vielleicht bist du in die Bibliothek gegangen. Aber zweifellos hast du gesagt, wann du ungefähr zurückkommst, und darum geht es. Du hast zu verstehen gegeben, daß du zurückkommen würdest, zu welcher Zeit auch immer. Das war das Zweitbitterste, denn da ist noch etwas anderes.

An dem Abend – bei einem der drei Male, als ich angerufen und vor Schreck den Hörer wieder aufgelegt und dann von neuem gewählt und dich später in der Kneipe gesehen habe –, fragte ich, ob ich ein Kind von dir bekommen könnte. Du hast mir schlankweg erklärt, das sei unmöglich; außerdem hast du zu verstehen gegeben, in Anbetracht meiner Scheidung, meiner großen Kinder und all dessen sei ich zu alt. Nach ein paar Whiskeys hast du dann beschlossen, mich wieder in dein Haus mitzunehmen, und auf dem Weg dahin hast du zugelassen, daß ich dich unterhakte, bis wir in die Nähe deiner Straße kamen, und dann bist du vorausgerannt, um nicht bespitzelt zu werden, und ich folgte, leicht beschämt und, wie ich sagte, wie ein Hund.

Dennoch warst du im Haus anders. Kaum hattest du dich überzeugt, daß dein Baby sich nicht erdrosselt hatte, nicht gekidnappt worden war und nicht an irgendwas erstickte, hast du mich zärtlich geküßt, mir viele zärtliche Küsse gegeben, du hast mir den Mantel ausgezogen, und später, als wir anfingen zu reden, sagtest du, du habest an dem Morgen jemanden besorgt, der sich um das Kind kümmere, und du seist zum Markt gegangen und habest Rasierklingen und weiße Baumwolltaschentücher gekauft, von denen du mir eins angeboten hast – und dann kam der zweite und bitterste Schlag, denn als du mir das erzähltest, wurde mir klar, daß du freie Zeit gehabt hattest, du hättest mich besuchen können, du hättest dich mit mir in Verbindung setzen können, du warst ausnahmsweise nicht durch sie in Anspruch genommen, aber du tatest es nicht, und mir wurde klar, daß es nicht sie war, die immer zwischen uns trat. Manchmal warst du es.

Du hast meine Gedanken erraten und gesagt, du liebtest niemanden und seist nur an deiner Pädagogik interessiert. Wenn du dich an jenen Abend erinnerst, das heißt, wenn du den Furien der Erinnerung freien Lauf läßt, die sich heranschleichen, erinnerst du dich dann an die anschließende Zeit, das Ziegenfell, du, ich, wir, vollkommen damals? Du kannst es nicht alles vergessen haben. Hättest du mir nicht schreiben können? Ach ja, du hast geschrieben. Ein wohlerzogenes Briefchen des Inhalts, daß du nicht den Boden unter den Füßen verlieren dürfest, daß kein Aufblühen zugelassen werden dürfe. Na ja, das gab es auch nicht. Doch, sie blühte auf, und überdies fing sie Feuer, es gab einen ganzen Waldbrand.

Und noch etwas, du hast mich anderen gegenüber sanfter gemacht. Ich bin bereit, meinen betagten Vater und meine betagte Mutter zu pflegen, wenn die Zeit kommt und sie mich darum bitten. Soll ich dir sagen, warum? Aus deinem Ausdruck und dem einen oder anderen, was du sagst, entnehme ich, daß du wirklich an meiner Seite sein wolltest, und zwar ständig, daß dich aber ein Pflichtgefühl zurückgehalten hat und ein Vergleich. Daß ich dich weniger brauchte als sie. Dir scheint, daß ich ihr gegenüber im Vorteil sei. Dabei fällt mir ein, daß ich dir nichts von dem Jungen gesagt habe, der starb. Ich fühle mich verantwortlich; nein, nicht verantwortlich, aber irgendwie beteiligt.

An dem Tag, an dem ich dich kennenlernte, lernte ich noch einen zweiten gutaussehenden jungen Mann kennen, einen Arzt. Er war ein neuer Arzt, zu dem ich gegangen war, und er fand ein bißchen Gefallen an mir. Ich hatte ihn meiner Depression wegen aufgesucht. Etwas, wovon ich nicht wollte, daß du es weißt. Er sah, was los war, und verschrieb mir entsprechende Medikamente. Später an dem Tag traf ich dich, hatte schon die ersten Tabletten eingenommen und glaubte bereits, daß Zauberei am Werk sei.

Der junge Doktor besuchte mich, aber nicht in ärztlicher Eigenschaft, und zwar, nachdem ich dich kennengelernt hatte. Er küßte mich, ja. Inzwischen war ich so von dir bezaubert, daß ich zu allen Leuten nett war. Ich ließ mich von ihm küssen. Ich erinnere mich genau an unser Gespräch, er beschrieb eine Geburt mit Kaiserschnitt, griff mit beiden Händen hinein und hob das imaginäre Baby heraus. Er sagte, mit Kaiserschnitt entbundene Kinder hätten weniger Mumm, denn sie hätten sich nicht so ins Zeug zu legen brauchen. Er erzählte mir all das, und ich beobachtete derweil, wie flink sich seine Nasenflügel aufblähten und wieder zusammenzogen, und dann ging er ein bißchen weit, als er diesen Kaiserschnitt an mir vorführte, und ich sprang von den Kissen hoch. Da war noch etwas. Er ordnete die Kissen so an, daß wir uns darauf fläzen konnten. Du hast das nie gemacht. Du hast dich in einiger Entfernung hingesetzt. Wir unterhielten uns gezwungen. Nach langer Zeit und fast immer, wenn du im Begriff warst, aufzubrechen, fragtest du, ob du näher kommen und mich küssen dürftest, und ziemlich oft trafen wir uns mitten im Zimmer wie zwei Tiere, kleine Tiere, die einander angreifen. Nur einmal hast du mich ganz und gar abgewiesen, du sagtest, ob ich denn meine Gefühle so offen zeigen müsse. Ich stürzte auf dich zu und umarmte dich, und du hast mich abgeschüttelt. Du hast sogar gesagt, wenn wir wirklich miteinander schliefen, würde das verhindern, daß es wieder geschieht.

Warum hast du das gesagt? Um mich dafür zu bestrafen, daß ich in dein Haus gekommen bin, daß ich dich angebettelt und angefleht habe. Und als ich wegging, fragte ich: »Bist du böse?«, und du sagtest, nein, aber vielleicht sei ich es ein bißchen. Natürlich war ich böse, nicht ein bißchen, sondern gehörig. Ein andermal sagtest du, ob ich denn soviel reden müsse. Der Haken ist, daß ich zwischendurch mit niemandem sonst sprach. Das ist das Schlimmste daran, wenn man alles auf eine Karte setzt. Ich liebte deinen Geruch. Du magst es von anderen gehört haben, daß du nach Gärten riechst, nicht nach Blumengärten, sondern nach Kräutergärten und Gräsern und Gewächsen und Ampfer und all den Kletterpflanzen.

Bedienst du dich genau derselben Wörter und genau derselben Liebkosungen, befühlst und betastest du genauso und zauderst du ebenso? Bist du bei ihr ebenso scheu wie bei mir? Wenn du nur Mut gehabt hättest und dein Herz tapferer gewesen wäre.

Ich glaube, daß wir wirklich glücklich gewesen wären. Es ist vielleicht töricht, es zu sagen, aber du hattest nichts an dir, was ich nicht mochte und bewunderte. Selbst deine Fehler, selbst deine Vergeßlichkeit. Du hattest nichts an dir, was nicht zu mir paßte. Du warst einmal verblüfft über die Blumen, sehr weiße Blumen waren es, mit sehr dicken Blüten. Du hast sie bewundert. Es war, als hättest du vorher noch nie Blumen gesehen oder bestimmt niemals solche. Du hast bei mir das Gefühl hervorgerufen, als hätte ich sie gezüchtet, als wären sie ein Auswuchs von mir.

Ich hörte von dem Freund, den du mitgebracht hast, sie sei anspruchsvoller, mache ihre Bedürfnisse geltend. Du entdecktest bei mir einen Mangel. Du sagtest mir, ich sei freundlich. Ich tat deinem Freund einen Gefallen, aber damit suchte ich dich zu gewinnen.

Ich bin nicht freundlich. Ich schneide Leute ab wie mit einer Heckenschere, und ich lasse sie fallen wie Brennesseln. In diesem Augenblick gibt es mehrere Menschen, die sich über meine Gesellschaft sehr freuen würden, aber ich enthalte sie ihnen vor, und die arme Katze sitzt Tag für Tag auf dem Fenstersims oder draußen vor der Tür, und wenn ich die Tür aufmache, um die Milch hereinzuholen, versucht diese arme schwarze Katze sich hereinzuschleichen, aber ich versetze ihr einen Fußtritt, und zwar mit dem Absatz meines Schuhs. Dieselbe schwarze Katze, die ich eines Abends an die Brust drückte, als du kamst und ich faulenzte. Das war ein falscher Augenblick, aber ich mußte etwas abwechseln, denn das Mal davor hattest du gesagt, es sei unnatürlich, so viele Stunden am Eßtisch zu verbringen, und ich hatte das Gefühl, daß alles schon ein bißchen schal wurde, und ich wünschte im Grunde meines Herzens, du würdest etwas erfinden, dir etwas Neues ausdenken, irgendeinen Zeitvertreib, eine Möglichkeit, uns woanders zu treffen. Natürlich konntest du das nicht. Es war eine Frage der Geheimhaltung und der Geldknappheit. Wenn ich knapp bei Kasse bin, pumpe ich, und um dir die Wahrheit zu sagen, meine Schulden holen mich ein, aber wenn du knapp bist, kommst du auch so zurecht. Ich wollte deinem Kind ein großes Kissen schenken. Du hast es abgelehnt. Zur selben Zeit, als du mich Verschwiegenheit geloben ließest, brach ich das Versprechen. Ich erzählte es einigen meiner Freundinnen, und dann stelltest du mich einigen deiner Freunde vor. Ich glaube, du hast mit mir angegeben. Wenn ich es mir recht überlege, waren wir wie Kinder. Ganz gut, daß es zu nichts geführt hat.

Ja, manchmal denke ich, die ganze Geschichte erscheint lächerlich. Zum Beispiel der Abend, als du zum Essen kommen solltest, oder vielmehr einer der Abende, an denen du zum Essen kommen solltest, und nachdem ich ungefähr zwei Stunden gewartet hatte, wurde ich unruhig und begann auf und ab zu gehen, hin und her zulaufen, Kleinigkeiten zu erledigen in der Hoffnung, das würde dich schneller herbringen – zog andere Schuhe an, bürstete mein Haar, klimperte auf dem Klavier, machte die Tür immer wieder auf und zu. Es war damals Winter, und ich konnte auf alle möglichen Weisen feststellen, wie viele Sekunden vergingen, vor allem aber am Herunterbrennen der Kerze. Es war eine blaue Kerze. Schließlich konnte ich es nicht mehr ertragen, deshalb drehte ich den Herd kleiner – ich kochte immer Gerichte, die sich warmhalten ließen – und ging ohne Mantel hinaus, um an der Bushaltestelle zu warten. Und weißt du was, als ich da stand, gab es einen Augenblick, einen bestimmten Augenblick, da hielt ich einen anderen für dich. Ja, ich war überzeugt. Ich sah ihn im Oberdeck des Busses, unordentliches Haar, Anorak, und dann sah ich ihn aufstehen, ich sah seinen Rücken, als er die Treppe herunterkam, ich schickte mich an zu lächeln, zu küssen, die Hand auszustrecken, ja, ich zitterte und war so aufgeregt, als ob du es wärst.

Ich wünschte, du wärst es gewesen. Das war das zweitemal, daß ich zu deinem Haus ging. Ein sehr kühler Empfang. Du hast den Fernseher nicht ausgeschaltet. Ich war darauf gefaßt, daß es zu Ende war, aber am nächsten Tag bist du atemlos erschienen, hast dich hingesetzt und geredet und gesagt, alles zwischen uns werde besser werden.

Hast du das damals geglaubt? Ich muß gestehen, daß ich es glaubte. Dieser besondere Abend, die Dinge – das Zimmer, das dunkel wurde, das Ende der blauen Kerze, wir beide, die wir glaubten, unsere größten Schwierigkeiten lägen hinter uns.

Du mußtest am nächsten Tag wegfahren. Weg. Natürlich gibt es Tricks, um die Zeit herumzubringen. Ich habe meine Freunde nicht besucht, leider habe ich meine Freunde im Stich gelassen, aber ich bin in die Cafés gegangen, die sehr voll und sehr laut waren. Ich kundschaftete sie aus, aber wie voll ein Café auch sein mag, für einen allein gibt es immer Platz, gewöhnlich am Tisch eines anderen. Die Art und Weise, wie sie disputierten oder einander in die Augen schauten. Ich ruhte mich von dir aus. Ich konnte die Lesben erkennen, obwohl sie es nicht wußten, und konnte unterscheiden, welche für immer zusammensein würden und welche nicht. Ich vermochte so gut in sie hineinzusehen, mit solcher Klarheit. Da ist noch etwas. Ich sehe dich oft als alten Mann, und du hast einen Trenchcoat an, einen weißen, und der Gürtel hängt herunter, einen dieser steifen Trenchcoats mit Luftlöchern unter den Achseln, und du erholst dich von irgendeiner Krankheit, und du bist, ja, ein Mann, der sich keinen Illusionen mehr hingibt. Es wird dann alles hinter dir liegen, sie und ich und deine Tochter und dein Lebenswerk, und wie wirst du dich dann daran erinnern, wie?

In diesen Restaurants spielen sie Walzer. Ich liebte die ersten Walzertakte. Ich stand oft auf zum Tanzen, und meine Gedanken wanderten ziellos. Ja, das war mein Leben in letzter Zeit, Restaurants und Leute, die einander fragen: »Glücklich?«, und Leute, die sagen, was François gesagt hat und wieviel von dem Haar sie abschneiden sollten.

Ich habe etwas Schreckliches getan. Freunde von mir fuhren für immer mit einem Schiff weg, und ich bin nicht dagewesen, um mich von ihnen zu verabschieden. Es war mein Patensohn, der für immer wegfuhr, und ich habe mich nicht von ihm verabschiedet. Ich glaubte, du würdest vielleicht anrufen, und ich wollte zu Hause sein.

Mein reizender Patensohn. Ich habe ihm eine Tasse mit Untertasse in die Kabine geschickt, aber das ist nicht dasselbe. Ich hatte nämlich ein einzigartiges Erlebnis mit ihm. Ich glaube, es kam einem sexuellen Erlebnis gleich. Es war folgendermaßen.

Ich war einmal bei ihm zu Hause gewesen oder vielmehr in ihrem Garten, und da war eine Party in vollem Gange. Eine Menge Leute, eine Menge zu trinken und viel Geschwätz, und er und ich saßen abseits von den anderen unter einem Baum und gaben uns gegenseitig Rätsel auf. Da waren Fliegen, die uns belästigten, und wir verscheuchten sie, und er erzählte mir von seinen Träumen, in denen er immer den Sieg davontrug, und dann fragte er, ob ich gern ein bißchen herumlaufen würde, aus dem Garten herausgehen. Und das taten wir; wir gingen hinaus und liefen um den ganzen Holzzaun herum und trafen eine Dame, eine Art Servierdame, die mit einer Schüssel Erdbeeren hineinging, und er hielt meine Hand und drückte sie ab und zu, und als wir zu unserem Ausgangspunkt zurückkamen und gerade durch das überdachte Tor hineingehen wollten, deutete er auf einen nahen Wald und sagte, da drinnen sei ein fieser Mann, der seine Hose runterlasse und einem seinen Hintern zeige, und dann eilten wir hinein. Ich habe mich nicht von ihm verabschiedet.

Und noch etwas. Ich habe Feuerhaken und andere Geräte für den Kamin gekauft – frag mich nicht, warum, denn jetzt ist ja Sommer – und dabei versucht, den Preis herunterzuhandeln. Ich ging in das Privathaus der Geschäftsinhaberin, die Adresse hatte ich von der Verkäuferin bekommen, und als sie die Tür öffnete, sah ich, daß ich einer Buckligen gegenüberstand, und dennoch versuchte ich, den Preis herunterzuhandeln. Es war nicht der Rede wert, eine Frage von Shillingen. Ich stand da und wartete darauf, daß sie etwas nachließ, und sie tat es. Wir sind zu bedauern.

Ein weiterer beliebter Aufenthaltsort von mir sind Kinos, ehe sie aufmachen. O mein Gott, man muß sie gesehen haben, um es zu glauben. Schäbig. Ziemlich weit entfernt von Strauß und den Walzern. Platzanweiserinnen, meist ältliche Damen, und Leute wie ich, die nachmittags die Zeit totschlagen. Ich möchte, daß alle meine Zähne gezogen und andere Zähne, Backenzähne, wenn du willst, in mein Zahnfleisch eingepflanzt werden. Ich will diese neuen Zähne, diese Backenzähne, zu Brei zermalmen. Vielleicht will ich dich lebend fressen. Ach ja, der Ursprung dieser Liebe muß in der Tat Haß sein. Das würden mir die Weisen sagen. Der Haß erstreckt sich auf andere. Gute Freunde. Wie langweilig sind sie geworden. Sie erzählen mir, welche Form ihre neuen Zimmer haben, welche Farben die Wände, und was sie in Restaurants essen. Ganz fürchterlicher Quatsch. Ich werde teilnahmslos. Dann werde ich wütend. Ich muß mitten in ihrem Gespräch weggehen. Meistens besuche ich sie nicht.

Ich arbeite jetzt nicht. Ich warte. Es geht einem auf die Nerven. Ich kann noch ein bißchen durchhalten, aber nur ein bißchen. Etwas Gutes bringt das Ausgehen mit sich: Ich bilde mir ein, du habest angerufen. Von diesem kleinen Trick zehre ich stundenlang. Ich erlebe sogar deine Enttäuschung mit. Du wählst einmal, dann gleich noch einmal, dann fragst du bei der Auskunft nach der Nummer, dann wählst du nach etwa einer Stunde noch mal und nach einer zweiten Stunde wieder und kommst zu dem Schluß, ich müsse weggefahren sein, ins Ausland, vielleicht bis nach Marokko, während ich die ganze Zeit in einem dieser Cafés sitze und mir einen dieser Walzer anhöre und an dich denke oder in einem dieser Kinos darauf warte, daß der Film anfängt, das Schild lese, auf dem OBST und EIS steht, und nicht aufhören kann, an dich zu denken. Das kann kein Haß sein. Kannst du dir mich mit einem anderen Mann vorstellen? Einmal hast du mir einen deiner Freunde angeboten, an dem Abend, als wir hier alle zusammen waren, tanzten, herumhüpften und lachten. Gelacht haben wir. »Warum nimmst du nicht Mike?« hast du gefragt. Aber die Arme hattest du um mich gelegt, und wir waren sowieso auf dem Treppenabsatz, auf dem Weg ins Bett. Glaube mir, ich wünschte sogar, du würdest mich essen und trinken. Ich wünschte, ich würde in deinem Dienst vergehen. Würde ein Knochen sein.

Sage ich »wünschte«, wenn ich in Wirklichkeit »wünsche« meine? Es ist immer noch mein Ziel, meine Absicht. Du hast mir das Geschenk versagt, ein Kind von dir zu bekommen, und ich war zu ehrlich oder auch zu feige, dich zu hintergehen, dich zu betrügen. Vielleicht hast du den entscheidenden Schritt gewagt, vielleicht hast du geheiratet, und das ist der Grund, warum du dich nicht sehen läßt. Du hast mir einmal gesagt, daß du etwas darüber gemurmelt habest. Du Murmeler. Dieser Arzt, den ich erwähnte, ist bei einem Flugzeugabsturz zusammen mit hundert anderen ums Leben gekommen. Du kommst vielleicht auch ums Leben. Weißt du, was ich an mir hasse? Daß ich nie etwas Tapferes getan habe, ich habe nie mein Leben aufs Spiel gesetzt. Wenn ich nur etwas getan hätte, was du bewundern könntest. Wenn ich nur auf dich verzichtet hätte. Sie ist an deiner Seite. Dein Schutzengel, vielleicht deine kleine Gehilfin? Nicht nach dem, was ich von ihr weiß. Du hast mir wenig erzählt, aber viel durchblicken lassen. Wir sind so streng mit uns. Ach ja, diese Walzer in den Restaurants bringen mich zum Weinen, Pilze übrigens auch. Wenn ich nur deine Stimme hören könnte, eine Minute, eine halbe Minute oder noch kürzer. Du fährst von Ort zu Ort. Sie ist an deiner Seite, ob es dir gefällt oder nicht. Ich stelle mir oft vor, wie ihr euch im Zug gegenübersitzt, ab und zu ein Wort sagt, dann aussteigt und jeder von euch einen Henkel des Tragebettchens faßt. Welche Seligkeit.

Sag mal, ist sie hübsch, ist sie sanft, deine Madam, oder hat sie, was man eiserne Launen nennen könnte? Ich habe dich einmal gefragt, ob sie blaue Augen habe, und du hast behauptet, es nicht zu wissen. Du mußt es wissen. Nicht, daß ich blaue Augen besonders liebe, die Frage tauchte einfach auf. Du mußt sie in allen Beleuchtungen gesehen haben und zu jeder Tages- und Nachtzeit, vielleicht sogar bei der Niederkunft. Denkst du bei diesen zahlreichen Bahnreisen jemals an mich? Ich weiß, daß du es tust. Ich bin davon überzeugt. Ich spüre es, daß du gerade jetzt an mich denkst. Mag sein, daß dich der Gedanke nicht losläßt, daß du dich vielleicht mit mir in Verbindung setzt. Ja, er ist gestorben, dieser junge Arzt. Ich bin froh, daß ich nicht mit ihm geschlafen habe. Es wäre mir nicht angenehm, mit einem toten Mann geschlafen zu haben. Ja, zwischen uns, dir und mir, wurde es vernichtet. Zuwidergehandelt. Das ist eine Tatsache, eine bittere Tatsache. Nicht, daß es nicht geschah, oh, es ist geschehen. Und wie es geschah. Dein Gesicht und meins, deine Stimme und meine. Abend. Gerade wie Melkzeit, und die Kühe muhten, als wären wir im Kuhstall. Dann ging der Mond auf. Unsere Gesichter leuchteten. Ich hätte die Sterne vom Himmel holen können. Man sollte heilfroh sein über den Augenblick, sogar dankbar, nicht so wehmütig, wie ich es jetzt bin. Ja, es ist geradezu ein Wunder, wie du mir mehr als halbwegs entgegengekommen bist. Wie du aus deinem Inneren und deiner Komplexität herausgekommen und zu mir gekommen bist, und ich erzählte dir alles mögliche, lauter Unsinn. Zum Beispiel erzählte ich dir von dem Praliné aus Holz, das unter all den anderen Pralinés in einer Jahrmarktspackung lag. Es war in genau dasselbe bunte Stanniol eingewickelt wie alle anderen Pralinés, und mehr als einmal bekam ich es und wußte nicht, ob ich mich freuen oder traurig sein sollte, und keiner von uns wußte, warum es überhaupt in der Schachtel war, ob es sich dabei um einen Scherz oder dergleichen handelte. Und du erzähltest mir, du habest dich bei einem Arzt ausziehen müssen, dein Unterhemd sei schmutzig gewesen und deine Mutter habe dich gescholten. Sie hatte sich geschämt.

Wenn ich daran denke, daß du leidest, dann kann ich das nicht ertragen. Ich denke daran, daß du geweint hast. Du hast geweint, daß du mich nicht wiedersehen könntest, und ich sagte, du könntest mich immer wiedersehen und ich würde es immer verstehen und fraulich und geduldig sein. König Lear sagt, Frauen müssen freundlich sein, oder etwas in diesem Sinne. Ja, das muß ich sein, freundlich und fraulich. Ich weiß, was ich tun werde. Ich werde mit deinem Freund Mike sprechen, dem Freund, den du hergebracht hattest. Ich werde ihm irgendeinen kleinen Scherz erzählen, und er wird ihn dir weitererzählen, und du wirst gerührt sein, entzückt. Ich werde das gleich machen.

O Gott, ich habe es getan. Ich habe angerufen. Er hat es mir gesagt. Du bist in dein Vaterland zurückgekehrt, du bist geflohen. Hast deine Familie mitgenommen. Ich wußte es. Es scheint, daß sie etwas Dummes gemacht hat wie ihre Schwester, etwas Übertriebenes. Und wie verrückt von mir, zu glauben, sie würde dich aufgeben, wir alle würden teilen. Oh, was für übergeschnappte Gedanken man haben kann. Du hast es richtig gemacht, das einzig Richtige. Ja, ich werde dich sehen, wenn du alt bist, genau wie ich es mir ausgemalt habe, in dem grauweißen Regenmantel mit den Luftlöchern unter den Achseln, und du erholst dich gerade von einer Krankheit. Ich nehme an, du bist verheiratet. Ach ja, du hast keinen Charakter. O Gott, schick mir ein Wort, ein Zeichen, ein Andenken. Sag mir, ob du verheiratet bist, oder wenn du es vergessen hast, sag mir, wie es dir geht. Es ist alles verheerend gewesen, sag mir etwas. Ich muß es wissen ... Ich werde es nie wissen, ich will es jetzt nicht wissen.

Das arme Ding

Die Leute im Dorf nannten sie immer das arme Ding – die Schneiderin, für die sie die Knopflöcher nähte, der Sakristan, der an dunklen Winterabenden die Kirchenbänke nach ihr absuchte, ehe er zuschloß; und sogar das kleine Mädchen Sally, für das sie den Text eines Liedes aus der Zeit der Hungersnot abschrieb. Das Leben war brutal mit ihr umgesprungen, doch beklagte sie sich nie, sondern war immer zum Lächeln bereit, so daß ihr Gesicht mit den runden, rosigen Wangen mehr wie etwas aussah, das man essen oder ablecken konnte; sie erinnerte mich an nichts so sehr wie an Apfelbeignets.

Ich traf sie gewöhnlich, wenn sie von der Andacht oder von der Messe kam oder einen Spaziergang machte, und sie lächelte, wenn wir aneinander vorbeigingen, sprach aber nie, wohl weil sie fürchtete, aufdringlich zu sein. Ich arbeitete vorübergehend als Lehrerin in einer kleinen Stadt in Westirland und erfuhr bald, daß sie in einem winzigen Haus gegenüber einer Autoreparaturwerkstatt wohnte, in der auch das Begräbnisinstitut untergebracht war. Als ich sie zum erstenmal besuchte, saßen wir im Wohnzimmer und blickten hinaus auf die schiefe Beschriftung an der Tür. In der Tankstelle schien niemand anwesend zu sein. Ein Mann bediente sich selbst. Auch waren die kleinen Musselinvorhänge nicht da, um die Welt zu verschleiern, weil sie sie, wie sie wiederholte, an ebendiesem Tag gewaschen hatte, was für eine Schande. Sie bot mir ein Glas Rhabarberwein an, und wir saßen auf demselben Stuhl, der eigentlich eine Holzbank mit einer gitterartigen Rückenlehne war; sie hatte sie auf einer Müllkippe gefunden und selbst lackiert. Nach dem Lackieren war sie mit einem Nagel über das Holz gefahren, um eine Art Maserung zu erzielen, und man konnte sehen, wo ihre Hand gezittert hatte, denn die Linien waren wellig.

Ich war aus einem anderen Teil des Landes gekommen; tatsächlich war ich hier, um über eine Liebesgeschichte hinwegzukommen, und da ich gewissermaßen Traurigkeit ausgeströmt haben mußte, fühlte sie sich in meiner Gegenwart sehr wohl, nannte mich »Liebste«, wenn wir beisammensaßen und wenn wir uns voneinander verabschiedeten. Nachdem ich die Schulhefte korrigiert, meine Tagebucheintragungen erledigt und einen Spaziergang gemacht hatte, klopfte ich gewöhnlich an ihrer Tür und saß dann mit ihr in dem kleinen, fast möbellosen Zimmer, in dem es nicht einmal eine Pflanze oder ein Bild gab, und meistens bekam ich ein Glas Rhabarberwein und manchmal ein Stück Kuchen. Sie lebte allein, und zwar seit siebzehn Jahren. Sie war Witwe und hatte zwei Kinder. Ihre Tochter war in Kanada; der Sohn wohnte etwa vier Meilen entfernt. Sie hatte ihn seit siebzehn Jahren nicht zu Gesicht bekommen – nicht seit seine Frau sie hinausgeworfen hatte –, und die Enkelkinder, die sie als Säuglinge gesehen hatte, waren jetzt groß und, wie sie gehört hatte, überaus stattlich. Sie bezog eine Rente und machte einmal im Jahr eine Reise zum südlichen Ende des Landes, wo Verwandte von ihr in einem Häuschen mit Blick auf den Atlantik lebten.

Ihr Mann war zwei Jahre nach ihrer Hochzeit ums Leben gekommen, und seinen Tod, er wurde auf der Ladefläche eines Lastwagens erschossen, haben die britischen Streitkräfte später als bedauerlichen Zwischenfall bezeichnet. Sie mußte die Tatsache seines Todes und die Art seines Todes vor ihrer Mutter geheimhalten, die etwa zur selben Zeit einen Sohn verloren hatte, ebenfalls im Kampf; und am Tag der Beerdigung ihres Mannes, als die Kirchenglocken läuteten und immer von neuem läuteten, mußte sie behaupten, ein Ortsfremder werde begraben, ein Kesselflicker, der plötzlich gestorben sei.

Sie und ihr Mann hatten mit ihrer Mutter zusammengewohnt. Sie zog ihre Kinder in dem alten Bauernhaus auf, sagte ihrer Mutter schließlich, daß auch sie Witwe sei, und die beiden Frauen arbeiteten zusammen und plagten sich und versorgten das Vieh und molken und butterten und hielten eine Sau, die sie Bessie nannten. Jedes Jahr wurden die Ferkel ihre Hätscheltiere und liefen ihr auf der Straße bis zur Kirche oder wohin auch immer nach, und auch ihnen gab sie hübsche Namen. Ein Wanderarbeiter half ihnen in den Sommermonaten, und im Herbst schlachtete er die Ferkel, damit sie im Winter Fleisch hatten. Wenn die Ferkel geschlachtet wurden, machte es sie immer traurig, und sie behauptete, sie habe jahrelang diese Schreie – jeden einzelnen Schrei – hören können, und darauf beharrte sie, und dann erzählte sie, daß ein besonders unartiges Schwein sich einmal ins Haus gestohlen und die Schüsseln mit Sahne ausgeschleckt habe, und dann lag es auf dem Fußboden, schnarchend und rülpsend wie ein betrunkener Mann. Der Arbeiter schlief unten auf der Truhenbank, betrank sich an den Samstagen und war der Anlaß eines Unfalls; als er ihrem Sohn das Scheibenschießen beibrachte, schoß sich der Junge drei Finger ab. Sonst war ihr Leben ohne Zwischenfälle verlaufen.

Wenn ihre Kinder von der Schule nach Hause kamen, machte sie den halben Tisch für sie frei, damit sie ihre Schularbeiten erledigen konnten – sie war eine unordentliche Frau –, dann kochte sie jeden Abend Pudding für sie, ehe sie ins Bett geschickt wurden. Sie pflegte den Pudding rot oder braun oder grün zu färben, je nachdem, und sie staunte über den Farbstoff fast ebenso wie die Kinder. Jedes Jahr strickte sie beiden einen Pullover – zwei gleiche Pullover aus selbstgesponnener, ungefärbter Wolle –, und sie war eine wirklich stolze Mutter, als ihr Sohn Ministrant werden durfte.

Finanziell erlitt sie einen schrecklichen Rückschlag, als ihr gesamtes Vieh an Maul- und Klauenseuche erkrankte, und es trug zu ihrem Kummer bei, daß sie mitansehen mußte, daß ihre so geliebten Tiere starben und rings um das Haus begraben wurden, wo immer sie vom Tod ereilt worden waren. Ihr Land wurde desinfiziert und blieb über ein Jahr ungenutzt, und doch kratzte sie genug Geld zusammen, um ihren Sohn in ein Internat zu schicken, und hatte insofern Glück, als ihr wegen ihrer prekären Verhältnisse eine Ermäßigung des Schulgeldes zugestanden wurde. Der Gemeindepfarrer hatte zu ihren Gunsten interveniert. Er bewunderte sie und machte sich über die Groschenromane lustig, die sie so gierig verschlang. Ihre Kinder gingen weg, ihre Mutter starb, und sie machte eine Phase durch, in der sie niemanden sehen wollte, nicht einmal eine Nachbarin, und sie meinte, das sei ihr Garten Gethsemane. Sie erkrankte an Gürtelrose, und eines Abends, als sie einen Eimer Wasser aus dem Brunnen schöpfte, sah sie zuerst hinauf zu den Sternen und dann hinunter ins Wasser, und sie dachte, wieviel einfacher es wäre, wenn sie ertränke. Dann fiel ihr ein, daß sie einmal von ihrem Bruder aus Spaß in den Brunnen gesteckt worden war, und ein andermal hatte ihr eine eifersüchtige Schwester einen Eimer übergeschüttet, und die Erinnerung an den Schock dieser beiden Erlebnisse und eine Bitte an Gott veranlaßten sie, sich vom Brunnen zurückzuziehen und durch den Garten hinauf zur Küche zu eilen, wo wenigstens der Hund und das Feuer sie erwarteten. Sie kniete nieder und flehte Gott an, er möge ihr die Kraft verleihen, weiterzumachen.

Man stelle sich ihre Freude vor, als ihr Sohn nach Jahren der Wanderschaft aus der Stadt zurückkam und verkündete, er wolle Bauer werden und sei im Begriff, sich mit einem jungen Mädchen zu verloben, das als Fußpflegerin in der Stadt arbeitete. Sie schenkte ihnen eine Patchwork-Steppdecke und eine besondere Rabatte mit Kornblumen, die sie vor dem Fenster pflanzte, weil die zukünftige Schwiegertochter mehr als stolz auf ihre veilchenblauen Augen war und das auf die eine oder andere Weise erwähnte, wann immer sich eine Gelegenheit dazu bot. Das arme Ding dachte, wie nett es wäre, vor dem Fenster eine Rabatte mit passenden Blumen zu haben, und wie angemessen, obwohl sie selbst Goldlack schöner fand, sowohl des Wohlgeruchs als auch der Samtigkeit wegen. Als das junge Paar von der Hochzeitsreise zurückkam, lag sie auf den Knien und jätete das Blumenbeet, und als sie aufschaute und die junge Frau mit Hut und

Schleier sah, dachte sie, kein Ölbild sei schöner und prächtiger. Insgeheim hoffte sie, ihre Schwiegertochter werde sie von ihren Hühneraugen befreien, nachdem sie gute Freundinnen geworden seien.

Bald gewöhnte sie sich an, in den Kuhstall zu gehen, um das junge Paar allein zu lassen, denn selbst wenn sie nach oben ging, konnte sie alles hören. Es war ein kleines Haus, und die Schlafzimmer lagen direkt über der Küche. Sie stritten sich ständig. Als sie zum erstenmal zornige Wörter hörte, betete sie, es möge bloß ein Streit unter Liebenden sein, aber es wurden so gehässige Dinge gesagt, daß sie erschauerte und an ihren toten Mann dachte und daran, daß nie ein böses Wort zwischen ihnen gefallen war. In jener Nacht träumte sie, sie suche ihn, und obwohl andere wußten, wo er sich aufhielt, wollten sie ihr den Weg nicht weisen. Es dauerte nicht lange, bis sie sich darüber klar wurde, daß ihre Schwiegertochter mit einem mißgünstigen und griesgrämigen Temperament geschlagen war. Eine Frau, die immer nur zankte und stritt – über den Preis der Eier, die beste Kartoffelsorte zum Einkellern und sogar über das Land, wo die Wiesen sein sollten und wo Acker. Tagsüber kamen die Frauen ganz gut miteinander aus, aber abends gab es unweigerlich Streit, wenn der Sohn nach Hause kam und das arme Ding entweder in den Kuhstall ging oder ein Stück die Straße entlang, während der Streit ausgetragen wurde. Oben in ihrem Schlafzimmer steckte sie sich kleine Wattebäusche in die Ohren, um alle Geräusche auszuschließen. Die Geburt des ersten Kindes verschlimmerte den Nervenzustand der jungen Frau, und nach drei Tagen versiegte die Milch in ihren Brüsten. Der Sohn rief seine Mutter, ging mit ihr hinaus in den Kuhstall, zündete sich eine Zigarette an und erklärte ihr, sofern sie ihm nicht den Hof und das Haus überschreibe, werde seine keifende Frau keine Ruhe geben.

Das tat das arme Ding bald danach, und ehe drei Monate vergangen waren, hatte sie ihre wenigen Habseligkeiten gepackt und das Haus verlassen, in dem sie achtundfünfzig von ihren sechzig Jahren verbracht hatte.

Sie nahm nichts mit außer ihrer Kleidung, ihrem Talisman und einem Wandteppich, der Schiffe auf einem hanffarbenen Meer darstellte. Es war ein Erbstück. Sie fand Unterkunft in dem Landstädtchen und war Gegenstand von viel Neugier und dann von Spott, weil sie ihren Hof dem Sohn und der Schwiegertochter überlassen hatte. Der Sohn hielt die wöchentlichen Zahlungen nicht ein, die er leisten sollte, aber obwohl sie die Sache ihrem Rechtsanwalt übertrug, erschien sie am festgesetzten Tag nicht vor Gericht und verbrachte, wie es sich so traf, die ganze Nacht in der Kirche, in einem Beichtstuhl versteckt.

Nachdem ich im Lauf der Monate die Geschichte gehört hatte und wie das arme Ding sich eingerichtet hatte und daß sie an den meisten Tagen nur von Suppe lebte, weil sie für eine Heizdecke sparte, und den Winter dem Sommer vorzog, beschloß ich, die Bekanntschaft ihres Sohnes ohne Wissen seiner Frau zu machen. Eines Abends folgte ich ihm aufs Feld, wo er mit einem Traktor arbeitete. Ich fand einen mißmutigen Mann mittleren Alters vor, der nicht geruhte, mich anzusehen, sondern fortfuhr, seine Zigarette zu drehen. Ich erkannte ihn hauptsächlich an den fehlenden drei Fingern und fragte mich sinnloserweise, was sie mit ihnen an jenem schrecklichen Tag gemacht hatten. Er war auf der langen Wiese, zu der sie zweimal täglich mit Eimern entrahmter Milch gegangen war, um die noch nicht entwöhnten Kälber zu füttern. Das Haus war hinter einigen Bäumen zu sehen, und entweder der Geheimhaltung wegen oder aus Nervosität stieg er vom Traktor ab, kam herüber und stellte sich unter einen Baum, den Rücken an den knorrigen Stamm gelehnt. Es war ein kleiner Weißdorn, und irgendwie abergläubisch, zögerte ich, mich darunter zu stellen. Seine Blüten verliehen dem ansonsten trostlosen Ort eine gewisse Traumhaftigkeit. Gepflügte Erde hat etwas Grausiges an sich, vielleicht weil sie an das Grab denken läßt.

Er schien mich zu kennen und betrachtete, fand ich, voll Abscheu meine Lackstiefel und mein Tweedcape. Er sagte, er könne nichts tun, was vergangen sei, sei vergangen und seine Mutter habe sich ja im Ort ein neues Leben aufgebaut. Man hätte denken können, sie sei reich geworden oder habe wieder geheiratet, so sarkastisch war sein Ton, als er von »ihrem neuen Leben« sprach. Vielleicht hatte er auf ihren Tod gerechnet. Ich sagte, wie liebevoll sie immer noch an ihn denke, und er sagte, sie habe immer ein weiches Herz gehabt, und wenn es etwas auf der Welt gebe, das er nicht ausstehen könne, dann das vollgeheulte Taschentuch.

Nachdem er sich gehörig gewunden hatte, erklärte er sich schließlich bereit, sie zu besuchen, und wir vereinbarten einen Nachmittag gegen Ende der Woche. Er rief hinter mir her, ich solle es für mich behalten, und mir wurde klar, daß er nicht wollte, daß seine Frau es erfuhr. Von seiner Frau wußte ich nur, daß sie sich ganz in sich zurückgezogen hatte, Baumaßnahmen im Haus hatte durchführen lassen – größere Fenster und ein Badezimmer waren eingebaut worden –, und daß sie nie zusammen gesehen wurden, nicht einmal am Weihnachtsmorgen in der Kirche.

Zu der Zeit, als ich das arme Ding an jenem ereignisreichen Tag besuchte, war die Schule schon lange vorbei, und wie gewöhnlich hatte sie den Schlüssel in der Vordertür für mich stecken lassen. Ich fand sie schlummernd im Lehnsessel ganz dicht am Herd, ihr Buch noch in einer Hand und die Finger der anderen in Bewegung, als ob sie mit irgendeiner Arbeit beschäftigt wäre. Ihr schöner gestrickter Schal war auf den Boden gefallen, und als sie aufwachte, war das erste, daß sie ihn aufhob und ausschüttelte. Ich sah, daß sie eine Art Hitzeausschlag bekommen hatte, und ihr Gesicht ähnelte geradezu dem eines Frosches mit ihren kleinen Rosinenaugen, die eingesunken waren zwischen geschwollenen rosa Lidern.

Zuerst blieb sie stumm und schüttelte nur den Kopf. Aber schließlich sagte sie, das Leben sei eine schwere Prüfung, eine schwere Prüfung. Ich versuchte sie zu trösten, ohne genau zu wissen, worüber ich sie trösten mußte. Sie deutete auf die Hintertür und sagte, es sei von dem Augenblick an alles vermasselt gewesen, als er über die Schwelle trat. Offenbar kam er von hinten durch den

Garten und fand sie, als sie gerade letzte Hand an ihre Frisur legte. Überrumpelt, verfiel sie wieder in den alten Erregungszustand und vermochte nichts Vernünftiges zu sagen. »Ich dachte, es sei ein Dieb«, sagte sie zu mir und starrte immer auf die Hintertür, wo ihr Stock an einem Nagel hing.

Als ihr klar wurde, wer es war, nötigte sie ihm Essen und Trinken auf, ohne ihm Zeit zum Atemholen zu lassen, und ich sah, daß er nichts gegessen hatte, denn die Ochsenzunge in Aspik stand unangerührt auf dem Tisch. Eine kleine Whiskeyflasche lag da, leer. Sie sagte, er sei so alt geworden, und als sie sein graues Haar berührte, sei er zurückgefahren, als habe er einen elektrischen Schlag bekommen. Er, der das weiche Herz und das vollgeheulte Taschentuch haßte, mußte diese Berührung gehaßt haben. Sie fragte nach Photos von seiner Familie, aber er hatte keine mitgebracht. Er sagte ihr nur, seine Tochter werde als Mannequin ausgebildet, und sie trat wieder ins Fettnäpfchen, als sie sagte, was schön sei, brauche nicht verschönt zu werden. Er hatte Zeitungspapier in seine Schuhe gelegt, um die Feuchtigkeit abzuhalten, und sie zog ihm die feuchten Schuhe aus und versuchte sie zu putzen. Ich sah es geradezu vor mir, wie alles gewesen war mit ihrem ständigen Aufspringen, um ihn zu erfreuen, womit sie ihn aber nur nervös machte. »Sie trockneten auf dem Herd«, sagte sie, »als er sie nahm und anzog.« Er war weg, ehe sie sie hatte blank putzen können, und das Schlimmste war, daß er kein Versprechen für die Zukunft abgegeben hatte. Als sie fragte: »Werde ich dich wiedersehen?«, antwortete er: »Vielleicht«, und sie sagte zu mir, wenn es ein Wort gebe, das ihr Qualen bereite, dann sei es das Wort »vielleicht«.

»Ich habe es verkehrt gemacht«, sagte ich, und obwohl sie nicht nickte, wußte ich, daß sie das auch fand – daß sie mich insgeheim von jetzt an für jemanden hielt, der sich in anderer Leute Angelegenheiten einmischt. Plötzlich fiel mir der kleine Weißdorn ein, der kahle, gepflügte Acker, sein Herz, das so hart und kalt war wie das des Mannes, den zu vergessen ich hierhergekommen war, und das löste auch in mir einen gewaltigen und sinnlosen Kummer aus. Während sie seit zwanzig Jahren auf diesem letzten hohen Seil der Hoffnung getanzt hatte, war ihr die Hoffnung jetzt genommen, und sie blieb ohne einen Menschen, ohne etwas zurück, und ich wünschte, ich hätte mich nie damit bestraft, daß ich mich um eine Aushilfsstellung in diesem langweiligen, gottverlassenen Nest bewarb.

Das Haus meiner Träume

Sie eilte aus dem Nachbarhaus nach Hause, um noch ein paar Augenblicke für sich zu haben. Die Zimmer waren ausgeräumt, die Fenster kahl, der Staub und der schlechte Zustand der Fensterbänke völlig unverhüllt, alles war weg, abgesehen von den wenigen Dingen, die sie unbedingt selbst mitnehmen wollte – eine Geranie, ein Wasserkrug und einige kleine Kaffeetassen, die wie durch ein Wunder heil geblieben waren. An der Wand lehnte ein Besen – ein weicher grüner Zweig, der kaum den Boden streifte, kaum bis zu dem Unrat vordrang, der daran haftete. Nachbarn zu haben war gut am Umzugstag. Nein, das war nicht anständig. Sie hatte gute Nachbarn gehabt, und zwar ganz unterschiedliche. Sie hatte Abende mit ihnen verbracht, sich mit einigen von ihnen betrunken, mit einem von ihnen geschlafen und es später bereut, sich mit einem von ihnen gestritten und mit einer anderen den festen Plan gefaßt, einmal in der Woche einen Spaziergang auf dem Land zu machen, aber immer entschuldigte sich eine von ihnen, entweder sie oder die andere.

Sie ging ins Kinderzimmer und schrie: »He, um die Ecke, Töpfchen – Töpfchen, wartet auf Henry Lee.« Das war das Zimmer, wo ihre Kinder allabendlich darum gestritten hatten, wer oben auf dem Etagenbett schlafen würde, das Zimmer, in das sie Becher mit heißer Milch und viel Honig gebracht hatte für die Erkältungen, die sie nicht gehabt hatten, und wo ihr älterer Sohn gern zu dem Dachfenster hinaufschaute, dem darauf trommelnden Regen lauschte, hoffte, es werde schneien, darauf lauschte (obwohl man es nicht hören kann), daß die Sonne aufgehe und die Glasscheibe erhelle, dann zusah, wie das dunkle Glas allmählich durchsichtig wurde und Ähnlichkeit mit etwas bekam, was in einen flüchtigen Farbüberzug von leuchtendem

Morgengold getaucht war. Ihr Sohn hatte auch geträumt, in einem Glas seien rosa Flamingos, in einem Glas, aus dem er trank, und sie seien da wegen bestimmter Bakterien im Wasser. Dieses Rosa oder vielmehr diese unzähligen gefiederten Rosatöne, Schicht auf Schicht, ließen sich mit keiner Farbe vergleichen, die er je gesehen hatte. Er weidete sich daran.

Das Zimmer war leer bis auf die Spuren von Möbelrollen, die an die Wand gekritzelte Initiale J und die verschiedenen Flecke. Als sie noch einmal rief: »He, um die Ecke, Töpfchen – Töpfchen«, gab es nicht die leiseste Andeutung eines Echos. Ach ja! Die Kinder hatten feierlich eine Münze unter einem der losen Fußbodenbretter vergraben, und zweifellos war sie da unten irgendwo in ihrer Höhle, staubbedeckt, vielleicht mit Spinnweben überzogen.

An dem Abend, an dem sie dem Vater der Kinder eine Gerichtsvorladung wegen des Sorgerechts geschickt hatte, war sie im ganzen Haus herumgegangen, hatte die Telephonhörer abgenommen und sie beäugt, da, wo sie wie betäubte Tiere lagen, schwarze Tiere oder weiße Tiere und ein rotes Tier, die vorübergehend tot waren. Mitten in der Nacht kam ihr Mann und steckte den Drohbrief unter der Haustür durch (den Briefkasten hatte sie zugenagelt), und sie kauerte da und wartete darauf, und im Brief stand: »Sie sind meine, sie sind nicht Deine, Du wirst nervlich eine Leiche werden, wenn Du damit vor Gericht gehst, Du wirst nichts erreichen außer Deiner ungeheuerlichen Demütigung, Du wirst unweigerlich verlieren, ich kann Dir gegenüber nicht Gnade für Recht ergehen lassen, ich bin fest entschlossen, jede gesetzlich zulässige Maßnahme zu ergreifen, um das Sorgerecht für die Kinder zu bekommen, mit harten Bandagen werde ich kämpfen.« Sie hatte es gelesen und wieder gelesen und die Hände gerungen und sich gefragt, wie sie einen solchen Mann überhaupt hatte heiraten können.

Ein andermal hatte sie in der Diele gewartet, weil sie sich scheute, am Fenster zu stehen, und von Zeit zu Zeit hob sie die Klappe vom Briefkasten an, um hinauszusehen. Sie wartete auf einen Mann, der nicht erschien. Sie hatten am selben Tag Geburtstag, und dieser Umstand sowie sein Lächeln ließen sie irgendwie annehmen, er würde kommen, und als sie horchte, ob sie das Auto oder ein Taxi hörte, hatte sie eine bestimmte Haltung eingenommen, eine Haltung, die eine vor langer Zeit eingenommene wiederholte: Damals hatte sie in einem Flanellnachthemd an einem Fenster gestanden und auf einen Mann gewartet, ihren Vater, der sie womöglich zu Tode prügeln würde. Es war, als bäten alle diese früheren Zustände nur darum, wiederholt zu werden, von neuem erlebt zu werden, auf immer und ewig weiterzugehen, Amen. Diese Dinge waren wie Handschellen, die sie fesselten.

Das Haus war ihre Festung gewesen. Und doch hatte es Mißlichkeiten gegeben. Zum Beispiel damals, als ein völlig Fremder klopfte, ein hochgewachsener, magerer Mann, der fragte, ob er ein Wort mit ihr sprechen könne, dann hereinkam, sich auf die Gummimatte stellte und ihr erklärte, er habe nicht die Absicht, sie in Ruhe zu lassen. Es war im späten Frühling, und er war eingerahmt vom Weißdorn, und als sie den Baum und die sich fast öffnenden Blüten betrachtete, dachte sie: Wenn ich so tue, als hätte ich nicht im mindesten Angst, wird er weggehen. So machte sie es – starrte den Baum an, erweckte den Eindruck, als wäre noch jemand im Haus, als wäre sie nicht vor Schreck versteinert, als wäre sie nicht aufgeschmissen, nicht allein. Er wiederholte seine Absicht, sie verabschiedete ihn, indem sie sagte: »Das werden wir sehen« und die Tür sehr ruhig schloß. Aber wieder im Haus, begann sie zu zittern und war so fix und fertig, daß sie nicht einmal den Telephonhörer abnehmen konnte, um jemanden anzurufen; als sie dann hörte, daß sich seine Schritte entfernten, legte sie sich auf den Fußboden und fragte sich, woran es lag, daß sie nicht mit ihm hätte reden können, aber sie wußte, warum: weil sie vor solchen Leuten Angst hatte. Sie waren gewöhnlich fanatisch, hatten einen komisch starren Blick und lachten über Dinge, die nicht zum Lachen waren. Die erste Person dieser Art, die ihr über den Weg lief, war eine Frau gewesen, ein großes schlampiges Geschöpf, deren Manie ihr eine wilde Energie verlieh, sie über Felder, Straßen, Nebenstraßen, Fußwege schleichen, zu jeder Tages- und Nachtzeit an den Türen von Leuten klopfen und beleidigende Bemerkungen über ihre Berufe, Wichtigtuerei, Möbel und über alles machen ließ, das sie für prestigeverleihend gehalten hatten. Sie hätte nicht gleichmütig erscheinen können aus Angst, er könnte sie erwürgen oder sich schlecht benehmen, den Fußboden für ein Klo halten oder, noch schlimmer, ihr einen Schlag auf den Kopf geben. Sie ließ das Glas auswechseln, so daß sie zwar hinaus-, aber kein Besucher hereinschauen konnte. Er kam noch ein paarmal, aber ein Bauhandwerker, der für sie arbeitete, sagte ihm, er solle verduften.

Es war ein gutes Mittagessen gewesen, lecker – verlorene Eier und Blattspinat. Als sie sich hinsetzte, reichte ihr die Nachbarin eine Leinenserviette und sagte: »Bitte schön, Schätzchen.« Sie tranken Wein, sie stießen mit den Gläsern an, sie erinnerten sich an Weihnachtsfeste, zahlreiche Parties, den schottischen Jungen, den sie beide gern hatten und über den sie sich gegenseitig etwas vormachten. Damals hatte es sie gewurmt. Durch bloßen Zufall hatte sie ihn eines Morgens auf der Straße getroffen, und er hatte die Unverfrorenheit gehabt zu behaupten, er suche ein Eisenwarengeschäft, dabei gab es in der Straße lediglich Privathäuser. Aber das lag alles weit zurück. Der Garten würde weiterhin blühen. Der wilde Wein würde sich überall anklammern und schließlich alles überwuchern. Sie hatte drei Bäume, zahllose Kletterpflanzen, Küchenkräuter und wundervoll blühende Sträucher gepflanzt, die dem unfruchtbaren Londoner Boden trotzten. In späteren Zeiten würde sie sich des Gartens erinnern, der Abende, an denen sie auf der niedrigen Mauer gesessen und auf den Fluß hinausgeschaut hatte oder auch auf die Wohnblocks auf der anderen Seite, wobei sie das Vibrieren der fernen U-Bahnzüge im Magen und in den Eingeweiden spürte, wenn sie die Blumen bewunderte und sich manchmal daranmachte, eine Rose zu stützen, die darniederlag. Es war ein Zuhause gewesen. »Daheim ist daheim«, pflegten ihre Eltern zu sagen, wenn sie ihren heruntergekommenen Hof verließen, weil sie krank waren oder einen Tag lang Einkäufe machten oder, im Fall ihres Vaters, um Sauftouren zu unternehmen.

Sie ging hinauf in ihr Schlafzimmer. Nichts war von seinem Charakter geblieben außer der Tapete. Eine beige Tapete mit erhabenen roten Rosen, jede Rose wie eine Embryoknospe, und alle ausgeklügelt verbunden durch Stiele, die dünn wie Fäden waren und im Begriff, sich aufzudröseln. Nicht viele Leute hatten ihr Schlafzimmer gesehen, aber diejenigen, die es gesehen hatten, weilten noch darin wie Geister, wie Gespenster, erstarrt in den Stellungen, die sie einst gedankenlos eingenommen hatten. Da war ein Junge, blond, sommersprossig, der nie mit ihr geschlafen, aber wahre Liebe für sie empfunden hatte. Er kam immer mit einer Gruppe, aber fast immer war er zu betrunken, um nach Hause zu gehen, und einmal, als er nicht betrunken war, hatte er keine Lust, nach Hause zu gehen, zog am Kamin seine Stiefel aus, hielt die Füße zum Feuer und fragte, ob Seher zufällig aus Füßen lesen könnten, ob Füße Schicksalslinien hätten wie Hände. Sie glaubte, daß ihn vielleicht Schüchternheit zurückgehalten habe oder vielleicht Abneigung. Er pflegte am frühen Morgen zu reden, am ganz frühen Morgen, er berührte die Rosenstiele mit dem Zeigefinger, beobachtete durch das Fenster das Krängen der Vögel und dahinter den Lauf des Flusses. Die Leute beneideten sie um diesen Blick auf den Fluß. Ja, es war eine Schande, das aufzugeben. Wegen des Aussehens und des Plätscherns des Wassers schien es nachts oft, als wäre es eine ganz andere Stadt, und gerade jetzt, da die Bäume zu wachsen begannen, verließ sie alles. Sie müßte es entweihen, irgendeine Missetat begehen wie in der Schule, wenn die Ferien begannen und sie Zirkel und Kreide durch die Gegend warfen und sangen: »Schmeißt die Tische um, schmeißt die Stühle um, schmeißt Schwester Soundso die Treppe runter, kein Latein mehr, kein Französisch mehr, nicht mehr auf harten Bänken sitzen.« Aber das waren die sorglosen Tage oder schienen es zu sein.

Ich gehe sehr ungern weg, dachte sie und fuhr mit dem Besen über den kahlen Holzfußboden. Staub stieg von nirgendwoher auf, deshalb füllte sie Wasser in eine Kaffeetasse und bespritzte damit den Boden, um den Staub zu binden. Einmal, bei einer ganz besonderen Party, dachte sie, der sommersprossige Junge werde wohl nicht kommen, und als sie gerade die Hoffnung aufgegeben hatte, erschien er mit einem neuen Mädchen, einem Mädchen, das ihr nicht unähnlich war, aber jünger, robuster und selbstsicherer. Das Mädchen hatte sofort nach Zigarren gefragt und stolzierte, eine Zigarre rauchend, im Zimmer herum und sagte zu allen Männern, sie wisse, daß sie geil auf sie seien. Sie war nicht nur klug, sondern auch abstoßend. Gegen Morgen waren nur noch sie drei da und saßen beieinander. Er war mitten in einem Satz, als er plötzlich in tiefen Schlaf fiel, so wie es Kindern geht, und den beiden Frauen blieb es überlassen, über ihn zu wachen, was sie wie Geier taten. Gemeinsam zogen sie ihm die hohen Stiefel aus, die Wildlederjacke und den Pullover. Als auch das Mädchen schließlich einschlief, ging sie selbst in ihrem eigenen Haus herum, stapelte Gläser und dachte, es sei eine schöne Party gewesen, hauptsächlich, weil er dagewesen war. Und selbst in jenen frühen Tagen änderte sich manchmal die Lage plötzlich, und ihr Herz weissagte dann ein Verhängnis. Sie vergaß mit einemmal einen Namen, selbst ihren eigenen Namen, oder ein Zigarettenstummel in einem Glas wurde hundertfach vergrößert, und einmal lösten sich Veilchen aus einer Brosche, und ihr schien, daß sie entweder Schweiß oder Tränen von sich gaben. Das kesse Mädchen rief in dem Augenblick, in dem es aufwachte, seine Mutter an und fragte, wie es Kafka, dem Hund, gehe. Dann pumpte sie sich Geld, verließ ihn stolzierend und sagte: »Ist er nicht pummelig« – seine Aufgabe in ihrem Leben war damit erfüllt.

Auch die Kinder pflegten Parties zu geben, Geburtstagsfeiern, bei denen alle Gläser mit verdünntem Orangensaft in Reih und Glied auf dem Tablett standen und der Stoß von Papierhüten zu einem Kegel aufgetürmt war; später flogen Baiserkrümel durch die Gegend, und einige Kinder fingen an zu weinen, weil sie nicht aufs Klo gegangen waren. Am schlimmsten war es, nachdem sie ins Internat gekommen waren – leere Zimmer, leere Betten und zwei Fahrräder, die bloß im Schuppen herumstanden. In den Ferien kamen sie nach Hause, und dann gab es wieder die übliche Betriebsamkeit, verschiedene Kleidungsstücke blieben auf verschiedenen Treppenstufen liegen, aber immer war es, als ob sie nur Gäste wären, und allmählich nahm das Haus so etwas wie Grabeskälte an.

Aber sie lernte einen heiligen Mann kennen, und nachdem sie lange mit ihm gesprochen und sich sein Glaubensbekenntnis angehört hatte, forderte sie ihn auf, zu ihr zu kommen, mit ihr unter einem Dach zu wohnen. Am allerersten Abend hatte sie indes eine böse Vorahnung, denn als er zur verabredeten Zeit mit seinem Rucksack erschien, sah sie, daß er sich einen schwarzen Schal über den Kopf gezogen hatte, und als sie ihn an der Tür erblickte, sah er haargenau wie eine Hure aus, seine asiatischen Züge zeichneten sich scharf ab, seine Augen waren wie Pfeile und voller Erwartung. Sie saßen am Kamin; sie servierte das Eintopfgericht und rückte einen kleinen Tisch heran, auf dem er seinen Teller abstellen konnte. Er trank sogar etwas Wein. Er erzählte ihr von seinem Wunschtraum, den ganzen Sommer über im Boot die französischen Kanäle abzufahren. Als es Zeit war, schlafen zu gehen, schien es ihr, als stieße er eine Art Wimmern aus.

Als sie in ihrem Schlafzimmer war, verriegelte sie die Tür und begann zu zittern. Sie hatte sich gerade eine neue Katastrophe eingebrockt. Als er sich ins Bett begab, hustete er laut, und ihr schien, daß er lange auf dem Treppenabsatz verweilte, direkt vor ihrer Tür. Sie war drinnen, erschauerte, lauschte. Sie schien immer zu lauschen und zu erschauern, in irgendeinem Bett, unter irgendeinem

Bett, hinter irgendwelchen Möbelstücken oder hinter einer Tür, die mit Mänteln und Trenchcoats behängt war. Sie schien immer die Schuldige zu sein, obwohl in Wirklichkeit der andere derjenige war, welcher.

Am Morgen schob der heilige Mann einen Zettel unter ihrer Schlafzimmertür durch mit der Aufforderung, sich sofort nach dem Aufwachen zu ihm zu gesellen, denn sie wollten doch keinen Augenblick ihrer kostbaren gemeinsamen Zeit verlieren. Sie begrüßte ihn kühl in der Küche, aber schon merkte sie, daß er sich an ihre Worte, ihre Blicke und jede ihrer Gesten klammerte. Nach drei Tagen war es nicht mehr zu ertragen. Seine Seufzer erfüllten das Haus, und auch in den Zimmern, die mit Blumen und hübschen Gegenständen einigermaßen fröhlich waren, begann sich Traurigkeit anzusammeln. Sie stellte fest, daß sie sich dauernd versteckte, irgendwo, auf der Toilette, im Schuppen im Garten, im Park, obwohl es bitterkalt war. Er stürzte mit einem Handtuch und Hausschuhen herbei, wann immer sie ins Haus kam, und hatte einen Brei bereitet, von dem er behauptete, daß sie ihn essen müsse. Er nannte sie »Engel« und gebrauchte diesen Kosenamen bei jeder passenden und unpassenden Gelegenheit. Die Nachbarn sagten, er müsse ausziehen. Sie wußte, daß er ausziehen mußte.

An dem Tag, als sie es ihm sagte, erklärte er, daß seine größte Befürchtung sich verwirkliche, nämlich die, daß ihm das Glück, das ihm endlich zuteil geworden sei – seine Frau war vor zehn Jahren gestorben –, wieder genommen werde. Er brach zusammen, sagte, daß er davon geträumt habe, mit ihr auf den französischen Kanälen zu fahren, sie auf Kissen zu betten, damit sie die Landschaft sehen könne, sie zu lieben und für sie zu sorgen und sie in den Schlaf zu wiegen.

Am Tag seiner Abreise schrieb er einen Zettel, auf dem stand, er werde in seinem Zimmer bleiben, in seiner »Höhle«, wie er es nannte, und sie nicht belästigen, er verlange auch nichts zu essen und werde, wie verabredet, um vier ohne Aufsehen verschwinden. Zur Mittagszeit rief sie ihn, damit er die Suppe mitesse, die sie gekocht hatte. Er war in seinem safrangelben Gewand, ganz säuberlich und gepflegt wie ein Mann, der sich anschickt, auf eine Reise zu gehen. Aber er zitterte, und seine Augen waren verschleiert, es war ein dichter Tränenschleier. Er saß da und zog den Löffel durch die dicke Kartoffelsuppe, und zuerst dachte sie, er wolle sie auf diese Weise abkühlen, aber dann merkte sie allmählich, daß es bloß eine Masche war, um damit herumzuspielen wie ein Kind.

Er sprach kein Wort. Sie klatschte in die Hände und sagte viel zu harsch: »He, diedel-diedel, die Katze und die Fiedel, die Kuh sprang über den Mond, der kleine Hund lachte, als er diesen Spaß sah, und der Teller rannte mit dem Löffel weg.« Er sah sie an, als ob sie verrückt geworden sei. Sie sagte: »Bitte nehmen Sie es nicht so schwer.« Er sagte, sie sei der zweite Mensch, den er je geliebt habe, seine Frau sei auch Europäerin gewesen, gezeugt in einem dunklen, nassen Land, Liebhaberin des Regens und Liebhaberin der Musik. Er liebe nichts Asiatisches, nichts, was mit seiner Heimat zusammenhänge, nicht einmal den Sonnenschein oder die leuchtenden Farben oder die Gerüche, die Bombays Luft durchdrängen. Sein Schicksal war seine tote Frau, und jetzt sie.

Sie wurde so wütend, daß sie ihn am liebsten mit dem Löffel geschlagen, sein Gesicht mit der Suppe beschmiert und ihn gedemütigt hätte. Als sie das Geschirr wegräumte, sagte er wieder, er werde in seiner »Höhle« bleiben und um vier ohne Aufsehen weggehen. Aber als die Uhr vier schlug, wartete sie auf seine Schritte auf der Treppe und dann in der Diele, aber sie wartete vergeblich. Sie flehte Gott an, er möge gehen.

Um fünf war sie zu dem Schluß gekommen, er müsse sich umgebracht haben; ehe sie nach oben ging, rief sie vorsichtshalber die Nachbarin herüber. Gemeinsam erklommen sie die Treppe, heftig rauchend, eine Bekundung von Mut. Er saß mitten auf dem Fußboden, den Rucksack umgeschnallt, den Kopf gesenkt. Er schien zu beten. Er sagte »Engel« und daß er jedes Zeitgefühl verloren haben müsse. Dann sagte er, jetzt sei es zu spät, und er werde sein Weggehen auf morgen verschieben.

Zu guter Letzt mußte sie die Polizei rufen; als er ging, übergab er ihr einen Zettel, auf dem stand, er werde sich nie, nie wieder mit ihr in Verbindung setzen, aber er wolle ihr sagen, wo er jederzeit zu erreichen sei. Er werde eine Stellung als Koch antreten und schrieb die Telephonnummer seines Arbeitgebers auf, wobei er darauf hinwies, daß er dort jederzeit sein werde, außer wenn er zweimal in der Woche mit dem Bus wegfahre, um Gitarrenstunden zu nehmen. Dann schrieb er die verschiedenen möglichen Nummern des Gitarristen auf, der keinen festen Wohnsitz habe. Am nächsten Morgen war ein weiterer Brief unter der Tür durchgesteckt worden, und so getreulich jeden Morgen, bis er sieben Tage später starb. Sie weigerte sich, ihre Schuld einzugestehen.

Kurz danach beschloß sie, Renovierungen durchführen zu lassen – Küche und Wohnzimmer zu einem Raum zu machen, ein großes Panoramafenster einzubauen, um eine eindrucksvollere Aussicht auf den Fluß zu haben, und ein Buntglasfenster, bei dem alle möglichen Farben aufeinander einwirkten, wie sie es vor langer Zeit bei Kirchenfenstern gesehen hatte. Die Würfel, Kreise und Streifen von Licht, die sie als Kind fasziniert hatten, vermochten sie in einer Minute der Unsicherheit noch immer zu faszinieren. Wie Menschenmengen und die Sternsinger und die verschiedenen klappernden Gebisse. Auch anderes – Rufe, Gemurmel, Schreie, ein ältlicher Betrunkener, der eine Treppe hinunterstürzte, dessen Leiche später in einer elfenbeinfarbenen Mönchskutte auf einer eisernen Bettstelle aufgebahrt war und über den ihr gesagt wurde, er sei an Lungenentzündung gestorben, nicht an den Folgen des Sturzes.

So viele verwirrende Aussprüche wurden getan, Aussprüche, die einander widersprachen. Sie gratulierten dir, weil du gesungen hattest, dann sagten sie dir, du solltest nie wieder die Klappe aufmachen, solange du lebtest. Deine Zunge meinte es nicht gut mit dir, sie war zu dick und schwerfällig, sie faltete sich in deiner Kehle zusammen, sie trocknete aus, sie sehnte sich nach Pastillen. Ja,

Kräche und die Vorspiele zu Krächen und Püffe und Schläge und das unbesonnene Tun deiner Schwester, der flatterhaften, die abends ausging, im Winter, und einen blauen Satinschlüpfer anhatte, den sie gestohlen hatte, die zu einer bestimmten Toreinfahrt ging, um mit einem reisenden Molkereimanager herumzutoben, lange nach Mitternacht nach Hause kam, verzweifelt bemüht, nicht gehört zu werden, aber sie wurde gehört und gewaltig verprügelt.

Aus irgendeinem seltsamen Grund knarren Fußbodenbretter im Dunkeln lauter, und ihre Schwester wurde immer gehört und immer schwer gezüchtigt, so daß man nach Mitternacht Schreie hörte: »Laßt doch, laßt ...« Ihre Schwester blutete auf dieser Treppe; kurz darauf wurde sie dann von ihrer Mutter, ihrem Vater, einem Geistlichen und zwei anderen gewichtigen Männern über ihr Privatleben vernommen. Ihre Schwester leugnete alles, blieb einfach sitzen, wie angewachsen an den feuchten Bereich der Treppe. Am nächsten Tag gingen ihre Mutter, ihre Schwester und sie eine von einer Hecke eingefaßte Straße entlang, und jede Minute wurde ihre Schwester einem Kreuzverhör unterzogen, und jede Minute bestritt sie die Beschuldigungen und sagte, sie sei noch Jungfrau. Sie waren auf dem Weg zu einem anderen Arzt, einem Arzt, der sie nicht kannte. Als sie durch einen Obstgarten kamen, waren die Äpfel an den Bäumen schon ziemlich groß, sie sahen außerordentlich prächtig aus, waren aber hart und ungenießbar. Es stellte sich heraus, daß ihre Schwester gelogen hatte – sie hatte versucht abzutreiben, wurde für die restlichen fünf Monate in die Besserungsanstalt für gefallene Mädchen geschickt und hatte dort ihre bittere Niederkunft.

Aber es hatte auch Tröstliches gegeben – Genüsse. An Sonntagen wurde ein Biskuitauflauf vor der bunten Glasscheibe abgestellt, damit er fest wurde, ein Biskuitauflauf in einer großen Puddingform, abgestellt auf Fliesen, um abzukühlen. Sie ging im Nachthemd die Treppe hinunter, schleichend, ging durch die Glastür, hockte sich auf die Fliesen, schöpfte mit den Händen etwas von dem köstlichen kalten Fruchtgelee und schluckte es. Es war schon fest geworden. Später würde es mit einer Schicht Schlagsahne bedeckt, dann bestreut mit Hunderten und Tausenden von Fünkchen, die verglühten, wenn sie geschluckt wurden. Sie bekam nie Prügel für dieses Vergehen, denn in den Augen ihrer Mutter war sie ein kleines Ding. Ihr Vater andererseits bestrafte sie für alles, vor allem, weil sie gern im Bett ihrer Mutter schlief. Wenn er nach Hause kam, versuchte sie, nicht zu schauen, nicht zu lauschen, nicht zu sehen, nicht zu hören und nicht zu sein. Sie rutschte hinüber an die Wand, roch die Feuchtigkeit der Tapete und konnte sogar den Mörtel hinter der Tapete riechen. In dem Zimmer waren Mäuse. Sie huschten hin und her. Schande, Schande, Schande. Immer befiel sie für eine Sekunde auch eine schreckliche Ohnmacht. Ihre Knochen und jedes bißchen von ihr lösten sich auf. Dann machte sie sich klein und beruhigte sich.

Nachdem ihr Vater ins Bett gegangen war, aßen sie und ihre Mutter die Schokoladenbonbons, kleine braune Knöpfe. Sie pflegten auf der Zunge zu zergehen wie die heilige Kommunion. Sie waren so beruhigend und befriedigend nach der Attacke. Dann war für eine Woche das Schlimmste vorüber, bis es wieder passierte.

Auf einer Seite des Betts war ein Gitter, und wenn man einen Finger hindurchsteckte, war es, als wäre der Finger in den Weltraum geschickt worden. Finger allein konnten nichts tun, aber mit Knöcheln verbundene Finger, die zu Handflächen, Handgelenken und Armen gehörten, konnten Kuchenteig rühren, Kartoffeln zerdrücken oder einem anderen oder sich selbst das Lebenslicht auslöschen. Das eigene Lebenslicht war dabei, innewohnend, nicht als Beleuchtung, sondern als Abfall. Lichter, die Hunden oder Kötern vorgeworfen wurden und nicht den Weg wiesen wie eine Lampe oder eine Laterne.

Die Samstagmorgenstunden waren die Zeit der Träumerei. Ihre Mutter brachte ihr Tee und schmale Toaststreifen. Die Sonne strömte durch die Jalousie, erzeugte Gestalten und Gesten, wärmte die triefende, geschichtsträchtige Wand, das dunkle Linoleum wurde hell, der

Staub tanzte darüber hin, der Staub selbst war unterhaltend, während draußen auf dem Treppenabsatz die Sonne durch ein Buntglasfenster strahlte, was ein ganz anderes Muster hervorrief. Vergnügt kaute sie ihre Toastscheiben. Selbst die irdene Wärmflasche, die kalt geworden war, war eine Quelle der Freude, als sie sie mit den Füßen bis an die Stangen des Messingbetts schob und fast hinauswarf. Als ihr Vater ihr mit der Hippe drohte, blähten sich ihre Nasenflügel auf wie Engelsflügel, und mit erstaunlicher Schnelligkeit raste sie über drei sumpfige Wiesen zu einem Nachbarhaus, dem eines Landarbeiters, und die Frau rührte Pflaumenmus, während sie gleichzeitig ihrem Mann ein Bad in einer Aluminiumwanne bereitete. Sie lachten über sie, weil sie so zitterte, und fragten, ob sie vielleicht die Todesfee gesehen habe.

»Nein, Schatz, niemand kann dir helfen, du kannst dir nur selbst helfen«, hatte die Nachbarin gesagt. Stimmte das? Stimmte das immer?

Sie ging in ihr leeres Badezimmer. Die Holzvertäfelung war so neu und blond wie in einem Ausstellungsraum, und das mandelförmige Stück Seife, das am Hahn hing, bat förmlich darum, benutzt zu werden. Sie flüsterte etwas. Sie betrachtete die Dusche, die schöne blaue Wanne und die Glastür. Sie hatten zusammen geduscht, sie und ein neuer Mann, ein wahrer Koloß. Sie hängte sein Hemd über die Glastür, damit es als eine Art Schutzschirm diene. Sie kam und kam. Er sah so gut aus und war so stark und so warm und so hartnäckig, als er sie bedrängte, daß sie glaubte, sie würde platzen wie eine Frucht. Wie schade, daß er sich als ungehobelt erwies. »Laß uns heiraten«, sagte er sofort.

Sie nahm ihn mit nach Paris, und in dem Hotelzimmer richtete er sich gleich häuslich ein, ließ seine Sachen überall herumfliegen, begann großspurig aufzutreten, bestellte den teuersten Champagner und führte zwei Ferngespräche. Ihre Kinder waren in der Suite nebenan. Sie hatten nicht gewollt, daß er mitkam, aber eingedenk des Genusses in der Dusche, des kräftigen Stückes Fleisch in ihr, wahrer, überzeugender als Worte oder Taten, der brennenden halben Glückseligkeit, hatte sie ihn sie begleiten lassen, obwohl sie wußte, daß sie es sich nicht leisten konnte, und wußte, daß er schnorren würde. In dem Augenblick, als er ihre Zahnbürste benutzte, wußte sie Bescheid. Sie ging in die Drogerie und kaufte eine neue, und er sagte, wie schade, daß sie nicht etwas After-shave für ihn gekauft habe.

Sie konnte nicht wieder mit ihm schlafen. Sie ging hinunter und nahm ein zweites Zimmer für ihn, ein billigeres. Sie stritten sich schändlich. Er nahm den Telephonhörer und fragte die Telephonistin, ob sie wolle, daß er herunterkomme und sie bumse. Er sagte, er sei »eine schlechte Nachricht«, aber schlechte Nachrichten verbreiten sich wie Lauffeuer. Er zog in das andere Zimmer, ließ aber sie und die Kinder nicht in Ruhe. Er folgte ihnen, wohin sie auch immer gingen, und so war die Pariser Reise verdorben. Er rief sie an und sagte, er komme vom Gesundheitsamt und müsse ihre Möse untersuchen. Er ließ sich die teuersten Weine aus dem Weinkeller kommen, und sie war überzeugt, er würde Möbel oder Wäsche stehlen. Es war ein schönes Hotel mit kreisrunden Zimmern und kleinen, abgetrennten Balkonen auf jedem Treppenabsatz, die einen Blick hinunter in die Tiefe der Halle gewährten. Das Badezimmer war wie ein Wohnzimmer eingerichtet, sogar mit einem Liegestuhl ausgestattet, und die Wände waren in einem hübschen, warmen Rosa. Das war eine Sandmalerei, wie Puder. Die Wände waren warm, wenn man sich an sie anschmiegte. Sie nahm auf dem Liegestuhl Platz und verfluchte ihn in aller Form.

Im Mädchenzimmer blieb sie beim Waschbecken stehen. Das war ein Zimmer, das sie vernachlässigt hatte. Das Waschbecken bot einen unschönen Anblick. Würden die neuen Leute es reparieren oder ausbauen lassen? Der neue Eigentümer war Arzt, und auf dem Trottoir würde ein Hinweis aufgemalt werden: ARZT – STÄNDIG DIENSTBEREIT. Das spanische Mädchen war eine nette Person gewesen, aber eine Schlampe. Sie hatte so altmodische

Gewohnheiten, flocht zum Beispiel abends ihr Haar oder plättete ihre Kleider, indem sie sie unter die Matratze legte. Sie redeten viel miteinander, richtige Plaudertaschen. Das Mädchen kam an einem Tag im Januar, und die Kinder warfen Schneebälle und hatten gerade einen neuen Hund bekommen. Der neue Hund hinterließ überall auf dem Fußboden kleine Pfützen, winzigkleine gelbe Pfützen, nicht mehr als eine Flaschenkapsel, und das Abendessen war ganz besonders speziell wegen des neuen Mädchens, und die Kinder hatten rote Apfelbäckchen nach der Schneeballschlacht und durch die Aufregung über den neuen Hund.

Das Mädchen hatte einen verrückten Vater gehabt, der Uhren kaputtmachte, und eine Mutter, die sie verwöhnte. Sie kam aus einer Kleinstadt in Nordspanien, wo es abends nichts zu tun gab, als mit anderen Mädchen spazierenzugehen. Das Mädchen plättete sein Haar, um es zu glätten, und trank Kamillentee gegen Kopfschmerzen. Sie tauschten Träume aus. Morgens pflegte sie in das Zimmer des Mädchens zu gehen, sich auf das Fußende des Betts zu setzen und lange zu überlegen, was sie an dem Tag anziehen wollte.

Das Mädchen begann auf englisch zu träumen, träumte von Katzen, Scharen von Katzen, die durchs Fenster kamen und miauten, und sie versuchte den Riegel vorzuschieben, versuchte die Katzen zurückzudrängen. Das Mädchen ließ sich verwöhnen. Jeden Monat blieb sie an drei oder vier bestimmten Tagen im Bett, ließ unter dem Kopfkissen Bananenschalen liegen, vernachlässigte die Wäsche und entfernte nie die Haare aus Kamm und Bürste. Schließlich mußte sie gehen. Wieder ein Abschied. Ebenso von dem kleinen Hund, der zwar stubenrein geworden war, sich aber eine Nervenkrankheit zugezogen hatte, die bewirkte, daß er dauernd winselte, selbst im Schlaf, und daß er die kleinen Zähne zusammenbiß und mit ihnen knirschte, und er zerbiß fast alles.

Nicht lange danach begann etwas schiefzugehen. Als sie es zuerst roch, war es wie ein Vorgeschmack, und es roch wie frisch vergossenes Blut. Doch es war nichts. Da war ein freier Raum, wo das kleine Erkerfenster gewesen war. Der Baumeister hatte ein Stück Sackleinwand da hingehängt, aber sie war überzeugt, daß etwas dort eindringen könnte, nicht bloß ein Einbrecher oder Wind oder Regen, sondern eine Katastrophe, etwas Unbekanntes, ein Raubtier. Immer, wenn sie das Zimmer betrat, hatte sie das Gefühl, etwas habe sich gerade daraus entfernt. Ein Wolf, dachte sie. Die Leute lachten darüber. »Ein Wolf«, sagten sie, »der sprichwörtliche große böse Wolf.« Sie stöberte in ihren alten Büchern nach einer Ausgabe von »Rotkäppchen«, konnte sie aber nicht finden. Sie erinnerte sich daran. Es war ein Leinenband mit gezackten Rändern. Die Ränder waren sorgfältig geschnitten, damit das Buch nicht ausfaserte. Sie sah die kleinen Leinenfusseln, die herausgerissen waren, in einem Haufen auf dem Fußboden liegen, bunt wie Konfetti.

Als das große neue Fenster geliefert wurde, mußte die Dielentür ausgehängt werden. Sechs Männer trugen es, jeder kommandierte den anderen herum, sagte dem anderen, mach schon, geh weiter, Herrgott noch mal, tue dies, tue jenes, paß doch auf. Hundertmal sah sie es in tausend Stücke zerspringen, aber erst, als es an Ort und Stelle und gut verkittet war, wurde ihr tatsächlich klar, welches Risiko die Männer auf sich genommen hatten. Sie machte eine Flasche Whiskey auf, und während sie tranken, blickten sie hinaus auf den Fluß, der zufällig an diesem Tag den Glanz und die Konsistenz von Paraffinöl hatte. Es war wie eine helle Haut über dem braunen Wasser. Sie stellte sich vor, daß es verstopften Touristen löffelweise verabfolgt wurde, die auf den Ausflugsdampfern vorbeifuhren.

Natürlich gab es eine Party, um das Zimmer einzuweihen. Ob er bei dieser Gelegenheit das freche Mädchen mitgebracht hatte, dessen Hund Kafka hieß, oder war es ein andermal? Sie waren alle nicht auseinanderzuhalten, diese Parties, diese Anlässe, wie die auf dem langen Ausziehtisch aufgestapelten Teller oder die Weinflaschen oder die feuchten goldenen Etiketten der

Champagnerflaschen oder die köstlichen Vorgerichte. Perfektion und Verschwendung.

Sie setzte zwei Männer nebeneinander, woraufhin der eine beleidigt war, weil er glaubte, er werde für homosexuell gehalten. Sie mußte mit ihm in den Garten gehen und ihm im Mondschein feierlich erklären, daß sie nicht feinfühlig gewesen sei, eine unachtsame, schlechte Gastgeberin. Er war voller Unmut. Er sagte, er hätte nicht kommen sollen. Sie wußte, daß er nie wieder eingeladen werden würde. Eine Ausländerin blieb noch länger, und sie tranken ein bißchen, aßen ein wenig und tranken mehr und legten sich auf die Matte vor das ersterbende Feuer. Selbst die Glut war grau. Sie blies hinein, und langsam wurde eine Kohle lebendig, dann eine zweite. Ohne nachzudenken, begann sie die Frau zu streicheln und merkte bald, daß sie auf dem besten Wege war, sie zu verführen.

Es war ein seltsames Gefühl, als ob man Gaze berührte oder eine Substanz, die im Begriff war, sich in Luft aufzulösen. Wie die Pusteblumen von Löwenzahn, die da waren und nicht da waren, flüchtiger Löwenzahn, der verschwand, weglief, alles lief weg, alles entkam seinem früheren Zustand.

Die Frau bat sie weiterzumachen, bitte weitermachen. Sie dachte an andere Lieben, andere Berührungen, und es war, als würde all das in ihr addiert wie Zahlen, die in einer riesigen Registrierkasse zusammengezählt werden, arme Zahlen, die niemals wieder getrennt werden können.

Sie machte damit weiter, dann verschwamm ihr alles vor den Augen, und ohne Grund fiel ihr das transparente Papier ein, das ihre Mutter jeweils auf die untere Hälfte der Fensterscheiben aufklebte, Papier mit einem Muster von Schmetterlingen und mit der Konsistenz von Wasser, wenn es angefeuchtet wurde. Sie waren beide naß. Ihre Finger in der Frau würden für alle Zeiten ein Kennzeichen hinterlassen.

Sie wußten nicht, was sie sagen sollten. Die Frau sprach über ihren Typ, der regelrecht verrückt sei. Dann erzählte sie ihr einiges aus ihrer greulichen Kindheit in Kairo, daß sie als kleines Mädchen ständig von Onkeln und Vettern, von Großonkeln und Urgroßonkeln vergewaltigt worden sei, und bei jedem neuen Fall, den sie erwähnte, sagte sie: »Entsetzlich, nicht wahr, entsetzlich, nicht wahr?«

Die Frau hatte Kriege durchlebt, war fast verhungert, hatte Kaktuswurzeln gegessen, war von Soldaten geschlagen und verletzt worden, und so abscheulich diese Erlebnisse gewesen waren, sie hatten die Frau nicht hinterhältig oder mutig gemacht, sie waren gar nicht zu ihr vorgedrungen. Sie war wie jede andere Frau am Ende einer Party, ein bißchen betrunken, ein bißchen müde, verbittert über ihr Schicksal.

Der kleine Hund fletschte drohend die Zähne. Er spürte, daß er getötet werden sollte, daher biß er in Türen, Holzverkleidungen und Stuhlbeine, biß gierig in Erwartung seines Schicksals. Sie hatte es den Kindern erst gesagt, als es vorüber war. Sie weinten. Dann vergaßen sie es.

Aber vergaßen sie es wirklich? Auch ihnen war das Herz schwer. Kinderherzen brechen, aber sie wissen es lange Zeit nicht. Eines Tages entdecken sie es, und dann ist es, als ob ihnen auf einem rituellen Operationstisch gedankenlos ein Körperteil abgenommen worden wäre.

Kurz darauf holte sie sich die Krankheit, oder vielmehr wurde sie von der Krankheit befallen, einem eskalierenden Fieber. Es war im Rachen, in der Nase und hinter den Augen konzentriert, und sie fühlte sich am ganzen Körper wie zerschlagen. Die Nachbarin kam ab und zu, um nach ihr zu sehen und ihr in einer Thermosflasche Fleischbrühe zu bringen, und der Arzt kam zweimal am Tag. Aber wenn sie weg waren, beherrschte der Hund des Schreckens sie wieder. Würde ihr das Herz aus dem Leibe gerissen, würde das Dach einstürzen, würde eine Ratte aus ihrem Versteck hervorkommen? Oft sah sie eine, auf dem Kopfteil des Bettes, auf dem Bettknauf in drohender Haltung.

Ein Mädchen, das sie gekannt hatte, hatte eine Ratte im Schlafzimmer gehabt, die nach Stunden und aber Stunden des Spiels von einer Katze getötet wurde; das Mädchen hatte den Kampf miterlebt, das Gekreische, die Sprünge, und hatte dann die Überreste beschrieben – ein kleines dreieckiges Stück Fleisch, das Herz, und ein Stück Bindfaden, das der Schwanz war. Das Mädchen hatte einen netten Kerl gefunden und zog zu ihm auf seinen Schleppkahn. An ebendem Tag, an dem das Mädchen ihn kennenlernte, schrieb sie ihm einen Brief, in dem stand, daß seit fast einem Jahr kein Mensch, kein Tier, Insekt oder Ding an ihrem Geschlecht herumgeschnüffelt habe, und sie fragte, ob es Angebote gebe. Es funkte mit ihnen.

Als das Fieber den Höhepunkt erreichte, fanden sich kleine, fliegende Geschöpfe ein und führten ein mittelalterliches Schauspiel auf. Sie flogen von der Decke los, hockten sich auf die großen Messingringe des Vorhangs, versteckten sich in dem staubigen Hohlraum über dem Schrank und zischten einander an. Sie plapperten in einer klangvollen, barbarischen Sprache. Sie konnte sie verstehen, vermochte sie aber nicht zu sprechen. Sie zogen sie nackt aus. Sie arbeiteten paarweise, manchmal wie Engel, manchmal wie kleine Kobolde. Auch sie hatten Schwänze. Sie arbeiteten schnell, alles ging prompt und war von vornherein festgelegt.

Sie lag ausgestreckt da. Ihre Brustwarzen waren wie zwei schmerzende Münder, unfähig zu flehen. Der Anführer, halb Mann, halb Frau, lag auf ihr, und bei dieser ungewohnten, verulkenden, verschaukelnden Kopulation schien alle Kraft aus ihr herausgesaugt zu werden. Ihre Brustwarzen vermochten nichts mehr zu geben. Nach Milch kam Blut und nach Blut Lymphe. Ihr Verführer hatte, obwohl er leicht wie die sprichwörtliche Feder war, einen langen, schwarzen, gekrümmten Schnurrbart, der aus seinem linken Nasenloch herausragte, und sie besaß keinen Körperteil, der nicht von diesem rasend machenden Schweif bestrichen wurde. Die anderen Geschöpfe hielten eine Art kreischenden Chor in Gang. Sie war leergesaugt.

Auf dem Fußboden kam sie zu sich. Sie sah die Bilder und ihren in Silber gefaßten ovalen Spiegel, als wäre sie von einer langen Reise zurück, und begrüßte sie. In der Stille lag eine Schwere, als ob etwas schnarche, und in das Glas Orangensaft neben dem Bett waren mehrere Haare geraten.

Am nächsten Tag, als ihre Temperatur etwas gesunken war, beschloß sie, sich wieder in den Griff zu bekommen, zu lernen, wie man seine Beine gebraucht, und herumzulaufen. Es gab sogar einen Spazierstock, den jemand hier vergessen hatte. Sie machte die Tür zu einem Zimmer auf, einem unbewohnten Zimmer übrigens, aber es war nicht länger leer; sie sah überall im Raum eine Reihe von Särgen, die aufstiegen und herumflogen, und sie hörte eine Säge, die langsam und hartnäckig durch Holz fuhr.

Du lieber Gott, ich sterbe, dachte sie, als die Särge da herumsegelten, und dann machte sie die Tür zu und dann wieder auf, und da war das Zimmer, wie es sein sollte, darinnen ein Einzelbett mit einer orangenfarbenen Tagesdecke, eine Lampe mit einer weißen Lampenglocke, eine verzogene Frisierkommode und ein Gemälde, das ein schnurrendes Herz darstellte.

Das war das erstemal. Nicht lange danach vollführte das Waschbecken im Mädchenzimmer einen kleinen Tanz, und das Email war wie Schrotmehl in ihrem Mund und zermalmte ihr die Zähne. Die Leute sagten, es sei nicht gut, allein zu sein. Richtig.

Sie verlor das Interesse am Kochen und am Haushalt, drohte sich selbst mit dem Finger und sprach ein lächerliches Urteil aus: »Du läßt nach, wirklich.« Sehr oft sah sie eine blanke Sixpence-Münze, verborgen in einem Teigklumpen, und sie dachte, wenn sie sie nur kriegen und in ihrem Portemonnaie aufheben könnte, wäre es ein gutes Vorzeichen für die Zukunft. Ja, sie ließ nach. Ihre fleißige Mutter würde es nicht billigen. Ihre Mutter war eine gute Köchin gewesen und machte hervorragende Puddings – was bei uns alles Pudding heißt, Blutwurst, Brotauflauf und natürlich die Krone aller Puddings, den unnachahmlichen Plumpudding.

Die Nachbarn schlugen vor, sie solle Fahrstunden nehmen, und das tat sie. In der zweiten Stunde fuhr sie schnurstracks auf einen Teich zu und kam nur mit dem Leben davon, weil der Fahrlehrer das Lenkrad packte. Alles, was sie hören konnte, war: »Der Teich! Der Teich!« Sie sah ihn, und mit dem feinen grünen Schleier von Entengrütze wirkte er außerordentlich friedlich und ungefährlich. Der Fahrlehrer fuhr auf dem Heimweg selbst.

Sie ging zu einem Jungen mit Namen Pierre, um sich einzelne Strähnen färben und blondieren zu lassen. Infolgedessen erinnerte ihr Haar nachts an die Lichter in Aladins Höhle. Sie hätte auf den Strich gehen sollen. Sie kaufte sich eine neue Ausstattung. Sie kaufte sich neue Stiefel. Sie waren rupfenfarben und üppig mit Blumenmustern verziert. Im Laden sagte ihr der Verkäufer, daß der das Geschäft beratende Psychiater an den Schuhen, die eine Frau kaufe, ihren Charakter erkennen könne. Daraufhin grinste sie bloß.

Eine einzige Melodie ging ihr durch den Kopf, und zwar die von der Londoner Brücke, die einstürzt, die einstürzt. Sie pflegte sich auf dem Stuhl weit zurückzulehnen und zu versuchen stillzusitzen. Aber sehr oft kam sie, diese Meuterei, und man konnte nicht wissen, was für blutige Schlachten, was für Volksfeste, was für verrückte Augen und hervortretende Augäpfel vor ihr verschwimmen würden. Macht euch fort ins Nonnenkloster, sagte sie vergeblich zu ihnen. Die Rechnungen flatterten ins Haus. Dennoch kaufte sie unnötige Dinge, einen Beistelltisch mit Elfenbeinintarsien, einen Betstuhl.

Der Stuhl mußte drei Tage im Schaufenster stehenbleiben, bis ein geschickter Mann kam, der ihn herausholen konnte. Sie ging immer hin zu dem Laden und sah ihn sich an, vor allem das Wort VERKAUFT in großen, roten Buchstaben und ihren Namen direkt darunter. Sie malte sich aus, daß sie darauf sitzen, darauf knien würde. Es wurde nichts daraus, er mußte wieder in das Geschäft zurückgebracht werden, immer noch in Wellpappe eingeschlagen, weil der Scheck geplatzt war.

Sie hatte angeblich für einen Monat aufgehört zu arbeiten, aber es wurden mehrere Monate daraus. Sie war durch ein jüngeres Mädchen ersetzt worden, und die Kolumne, die jeden Donnerstagmorgen ihren Namen und das Abbild ihres ovalen Gesichts zu tragen pflegte, wurde jetzt begleitet von der niedlichen kleinen Photographie einer blonden Dame, die sich des Pseudonyms Sappho bediente. Ihr ehemaliger Redakteur schrieb ihr und fragte, ob er etwas für sie tun könne, er würde sehr gern behilflich sein. Es war ebenso rührend wie zwecklos.

Im Lauf der Zeit verkaufte sie, statt zu kaufen. Ihre Kleider, zwei Chiffongewänder in schönen, anmutigen Mustern, lagen in einem Schaufenster nicht weit weg, und ihr Fuchscape war zwei Minuten, nachdem sie es in den Secondhandladen gebracht hatte, schon weg. Sie sah die neue Eigentümerin damit ausgehen, stolzierend, und sie hätte sie am liebsten erdolcht. Die neue Eigentümerin trug rote Schuhe mit Plateausohlen, und sie nahm sich vor, sich solche zu kaufen, wenn sie das große Los zog.

Die Kinder vermuteten etwas, sagten aber nichts. Sie besorgten kleine Geschenke für sie – gewöhnlich hübsche Hefte und Kugelschreiber, mit denen sie ihr die Arbeit wieder schmackhaft machen wollten. Aus der Schule schrieben sie unbekümmerte Briefe – daß sie keine Socken mehr hätten, fast keine Unterwäsche mehr und sich fragten, ob sie die undichte Stelle im Dach schon habe reparieren lassen. Ein Mann, den sie im Park traf, ein weiterer Spinner, stellte eine Kurve ihrer abnehmenden Sexualität auf und überreichte ihr einen versiegelten Brief, in dem stand:

Anscheinend schätzen Sie einen reifen Menschen wie mich nicht. Sie kennen viele kultivierte Kinder, einige verehren Sie, über andere machen Sie sich lustig, aber, liebe Freundin, Sie sagen, Sie seien sehr beschäftigt, das sind der Papst, die Vereinten Nationen, die Bruderschaft der Arbeiter, die schwarzen Kämpfer und die weißen Pazifisten ebenfalls; alle spielen ähnliche Spiele.

Mit-Werkzeug der Natur von außerhalb, in meinem Raum, meiner Zeit und Ruhe stationiert, beobachte ich den kosmischen Staub, der durch die Milchstraße treibt und pulsiert. Adieu. Es ist nicht mein Ende.

Dann sagte er, sie solle sich in acht nehmen. Alles, weil sie ihn eines Tages versetzt hatte auf einer Parkbank, zu der er sowieso ging wegen seiner Nachmittagsration an frischer Luft.

Sie ließ die Rechnungen kommen und warf sie dann in den Heizkessel. Sie war froh, daß sie nicht auf Öl umgestellt hatte, sonst hätte es jetzt keinen Heizkessel gegeben und keine Asche und keinen Aschenkasten mit der schönen, surrealistischen Schlacke. Das Haus war still, und doch konnte sie in dieser Stille einen kleinen Gong hören, der sie zu etwas rief, vielleicht zum Gebet, und die Stimmen, wirkliche und eingebildete, waren dann wie Packnadeln, in ein Ohr hineingesteckt und zum anderen heraus durch den Muskelteil ihres Kopfes. Noch war niemand gestorben, nicht einmal ihre Eltern, so daß es keine Entschuldigung gab für diese lächerlichen Särge.

Indes, Morgen war Morgen. Sie würde sich in den Garten hinunterschleichen, leise, um nicht einmal die Tauben auf ihrem Schlafplatz zu stören, und sofort würde sie von einem so schönen Gefühl ergriffen werden, einer Sicherheit – freundschaftlich würde sie mit der Lieblichkeit der Natur rings um sie reden. Dergleichen gab es noch, die milchige Luft, die Kamelien vor dem bebenden Hintergrund ihrer schimmernden Blätter, die sie riechen und berühren und einatmen und denen sie dafür danken würde, daß sie da waren. Symbole einer anderen Welt, einer früheren Welt, einer schönen Welt. Welcher Welt? Wo, wann und warum war sie fehlgegangen?

Drinnen war es am schlimmsten. Wenn sie zu lange in einem Zimmer saß oder sich darin aufhielt, schien es, als könnten die Bücher und Enzyklopädien zu reden beginnen und die Seiten sich von selbst aufschlagen und etwas Gräßliches offenbaren. Dann und wann schnurrten die Wände. Sie hatte unterschiedliche Größen, winzig und schrumpfend, sie hielt eine Puppe, drückte ihr auf den Bauch, damit sie »Ma-ma, ba-ba« sagte, sie schlug mit einem Stock auf Brennesseln, sie hockte unter den Bäumen, sie war eine Mißgeburt, auf Stelzen gehievt, sie flog, sie flog nicht, unbeweglich erstarrt. Sie begann die Türen zu einem Zimmer nach dem anderen abzuschließen, und dann lauschte sie draußen vor den Türen und guckte durchs Schlüsselloch, ging aber nicht hinein. Alle Zimmer in diesem Haus schloß sie ab, schlief auf einem Feldbett unten in der Diele und war darauf gefaßt, bei dem geringsten Hinweis auf etwas Ungewöhnliches die Flucht zu ergreifen. Zuletzt nahm sie sich in einem kleinen Hotel ein Zimmer und kam nur nach Hause, um die Kleidung zu wechseln oder die Post abzuholen.

»Klopf, klopf.« Er war da. Sie ging lächelnd hinaus, und er half ihr mit den paar Sachen, die sie trug. Er zögerte, ehe er den Choke zog. Auf dem Rücksitz lagen zwei Kartons voll leerer Milchflaschen, und in dem Augenblick, in dem sie starteten, rollten zwei oder drei Flaschen weg.

»Betrübt?« Ja, sehr betrübt. Sie ging an einen Ort, der nach einem See benannt war, und sie und andere würden unter Aufsicht sein. Er sagte, es werde ihr gutgehen, da seien noch viele, die im selben Boot säßen. Sie wurde nicht wütend.

Ach, nie hatte das Haus so schön ausgesehen wie gerade jetzt, die schützende Dachtraufe, wo die Vögel ein- und ausflogen, der vielfarbige Backstein mit seinen violetten und hochroten Schattierungen, der Anstrich, der ohne allzuviel Mühe erneuert werden konnte. Sie hatte das alles versäumt, hatte es schleifen lassen. Ihre Lunge war einen Augenblick zum Bersten voll von Bedauern, und sie dachte an die Alternative, wie beseligend es wäre, hineinzugehen und wieder von vorn anzufangen, mit Holzlöffeln und einem Küchentisch, einem Spirituskocher oder einem Herd; ein paar Habseligkeiten. Dann riß sie sich zusammen. Es war zwecklos, sich das zu wünschen. Sie sah das trostlose Dasein und die Dämonen der letzten Zeit wieder vor sich, sie sah die traurige Welt, die sie für sich erfunden hatte, aber von der Zukunft sah sie nichts, nicht einmal ein kleines Geschenk des Himmels.

Veilchen

In einer Stunde wird er dasein. In dieser Stunde habe ich Aufgaben zu erledigen, und sie drehen sich natürlich um ihn. Ich muß Feuer machen. Ich werde es so machen, wie ich es als Kind gelernt habe. Ich werde zerknülltes Papier hineintun, dann kleine Stückchen Kohle und zuletzt ein paar trockene Holzscheite. Das Anmachholz stammt von einem hellen Spankorb, den der Gemüseladen geliefert hat. Er war voll von Klementinen, und ihr Duft hängt ihm noch an, als wären sie noch darin. Weihnachten ist erst vor einem Monat gewesen. Damals kannte ich ihn nicht; damals dachte ich, ich hätte diese Schaukelzustände überwunden, einem Manne untertan, vielleicht einen Mann liebend, auf die Folter gespannt wegen eines Mannes.

Weihnachten verbrachte ich mit meinen erwachsenen Kindern und mehreren alten Freunden in einem Tudor-Haus in Nordengland. Wir zogen an Knallbonbons, setzten lächerliche Papierhüte auf und staunten darüber, wie glücklich man sein kann, wenn man Päckchen auspackt oder seinen Namen mit etwas albernem goldenen Glanz überzogen findet. Mein jüngerer Sohn hatte ein russisches Schwert bekommen, lief im Zimmer herum und schlug nach der sich nicht beklagenden Luft. Wir klatschten Beifall und boten Gegner für ihn auf, und er fand Vergnügen an dem Spiel. Am nächsten Tag schneite es, und als ich den ganzen Nachmittag dem Wirbeln der Flocken zuschaute, dachte ich, ich könnte immer und ewig zuschauen, denn ich hatte eine Periode der Stabilität erreicht. Es war faszinierend zu sehen, wie die Flocken senkrecht herabfielen, dann seitwärts trieben und schließlich der kieselbedeckten Erde ein schönes Veloursgewand überwarfen, oder zu sehen, wie sie auf den Rhododendronbüschen weiße Edelsteine bildeten und auf den Zweigen der Tannen kleine Federbüsche.

Das war erst Weihnachten, und dann lernten wir uns kennen, und jetzt wird er kommen. Meine nächste Aufgabe ist das Aufschütteln von Kissen. Ein Bekannter von mir sagte, von allen hausfraulichen Pflichten sei das die langweiligste, die monotonste, aber dennoch tun wir es, und das rosa Satinkissen oder das aus blauem Samt oder das Patchwork-Kissen liegt aufgebläht da, lächerlich abwartend. Das nächste ist, den Kohlenkasten nachzufüllen, ihn etwas blank zu putzen, die verstreuten Kohlenstückchen aufzukehren und, soweit möglich, die Schraube der Feuerzange festzuziehen, damit sie die Kohlenstücke nicht verliert, sondern sicher ins Feuer befördert.

Man könnte glauben, ich hätte seit Jahren keine Gäste gehabt, aber das trifft nicht zu, es kommen dauernd welche. Doch ist es, als würde ich alles mit unbarmherziger Klarheit sehen. Es ist das Gegenteil der Wache, die ich hielt, als ich beobachtete, wie der Schnee immer dichter fiel, und sah, daß die Eiszapfen am Dach wuchsen, bis sie nach einigen Tagen wie Spazierstöcke oder schöne Speere waren, die man gern geworfen hätte. Ich hätte ein Gemälde auf Holz von diesem Wohnzimmer in dieser einen Stunde gemalt, wenn ich Zeit und einen Topf Emulsionsfarbe gehabt hätte. Die Wände sind aprikosenfarben, und bei Lampenlicht sind sie höchst erfreulich, weil sie ein so ruhiges Leuchten ausstrahlen. Manchmal denke ich an das Gelbe eines Möweneies, wenn ich diese Wände ansehe, und der Gedanke führt mich weiter zum Monat Juni, den ich aus irgendeinem Grund mit fröhlichen und reizvollen Ereignissen verbinde. In England geben die Leute ihren jährlichen Ball, Mädchen tragen Myrten im Haar, in Ascot finden Rennen statt, und selbst der einfachste Garten stellt Teerosen oder Wildrosen oder Kletterrosen zur Schau, und wenn man in einem dieser schönen Landhäuser übernachtet, steht auf dem Nachttisch eine Vase mit Rosen, leuchtend und weit offen wie die Augen aufmerksamer Kinder.

Aber wir haben Tageslicht und Winter, und selbst die Myriaden von Staubflöckchen auf der neuen Edith-Piaf-Platte sind mir aufgefallen und werden zweifellos auch ihm auffallen. Es ist also Staubwischzeit. Ich würde den

Abend vorsehen, wenn ich die Verabredung träfe. Verheiratete Männer sind Mittagsbesucher. Ich weiß das. Ich weiß so viel – obschon so wenig – über verheiratete Männer. Ich weiß, wie uneins mit sich selbst und wie verhuscht sie sein müssen und wie sie in Gedanken die Ehefrau oder ihren Kuß wegwischen müssen, wenn sie von der Rolltreppe herunterkommen, um die U-Bahn zu erreichen, oder wenn sie in ihre Autos steigen oder durch ihre eigene Diele gehen, eine vertraute, unverfängliche Melodie pfeifend oder summend. Sie leugnen ab. Sie könnten Judas heißen.

Ich weiß, welchen Fehler ich mache. Ich sehe das Abtreten von der Bühne voraus. Es wird sechs Monate oder die sprichwörtlichen neun Monate dauern, ehe die Sache endet, und dennoch ist das Vorherwissen so klar wie die erste Begegnung. Es ist, wie wenn man eine Tür aufmacht und in das lodernde Feuer am anderen Ende des Zimmers sieht und den Raum dazwischen, den Teppich, den weißen Kaminvorleger, die Chaiselongue, den Vogelkäfig und die vielen weltlichen Freuden wahrnimmt. Eines Tages werde ich ans andere Ende gelangen und mich vielleicht versengen. Ich bin zum Glauben an die Hölle erzogen worden, und ich bin zu dem Glauben erzogen worden, daß Männer herrisch und wankelmütig seien. Ich hätte natürlich nein sagen können, aber ich tat es nicht. Ich zögerte und gab dann nach. Dennoch plane ich etwas Neues für mich. Ich bringe mein Zimmer in Ordnung. Der Geruch von Möbelpolitur, der fast weihrauchähnliche Geruch, wird die Luft erfüllen und den schönen, berauschenden, aber harmlosen Duft der Hyazinthen ergänzen, die ich in einer großen Schale gezogen habe. Ihre Zwiebeln sind gerade über der Erde sichtbar, und ihre Blüten traumhaft weiß, blaßblau und von einem Rosa, das künstlich aussieht, wie ein Zuckerguß auf Kuchen. Sie sind wie Helmbüsche auf dem runden Tisch, und wenn ich vorbeigehe, um dies oder jenes zu erledigen, würde ich am liebsten mein Gesicht in ihnen vergraben, aber die Zeit reicht nicht, und außerdem würde Blütenstaub meine Nase beflecken. Es sind nur noch dreißig Minuten.

Die Suppe, die auf dem Küchenherd nur köcheln soll, kocht leider. Ich schreie auf, füge Sahne hinzu und flehe alle diese kleinen Klümpchen an, zu verschwinden, während ich eifrig im Kreis rühre. Dann kann ich die gestickte Decke nicht finden, die ich in Spanien gekauft habe. Verflixt. Es ist eine cremefarbene Decke mit roter Applikationsstickerei. Sie ist von edler Schlichtheit und dennoch fröhlich. Ein Fremder, der sich zum Essen hinsetzt, ist vielleicht nicht nur erstaunt, sondern könnte im Scherz sagen: »Bringen Sie mir die Kastagnetten.« Ich bin entschlossen, fröhlich zu sein, wenig von meinem Innenleben zu zeigen – keine alten Wunden oder tragischen Porträts. Die Decke ist nicht im Schrank, und obwohl keine Zeit zu verlieren ist, rufe ich die Wäscherei an. Die Wäscherei ist acht Meilen entfernt, und hundertdreißig Leute sind dort beschäftigt, dennoch bin ich so unbesonnen zu glauben, meine spanische Decke könnte aufgespürt und sogar noch vor ein Uhr geliefert werden.

Mitten in meinem Gespräch mit einem frechen Mädchen von der Wäscherei wird mir klar, daß die Suppe wieder kocht. Ich renne los, um das Gas abzudrehen, und bleibe unterwegs mit meinem gestrickten Ärmel an dem losen Nagel des Korbstuhls hängen. Die Lage wird kritisch. Diese letzten Minuten sind die schlimmsten. Beeilung, Beeilung.

Aber als ich die geschliffenen Kelchgläser heraushole, denke ich an meine verstorbene Mutter. Sie hatte sie mir geschenkt. Manche sind tief eingeschnitten, mit erhabenen Glaskeilen, manche haben Harfen, die zwischen den Außenflächen des Glases zu schweben scheinen, und drei – die drei anderen der Serie sind kaputtgegangen – haben schöne Einkerbungen, die genau mit dem Abdruck eines Daumens oder eines Fingers übereinstimmen. Ich werde die Gläser hinstellen. Ich werde für drei decken. Das wird ihn verwirren. Ich habe vor, ihn zu verwirren. Ich habe vor, jemand anders zu sein. Mit den Vorbereitungen klappt es nicht richtig – ich habe das Brot zu dick geschnitten, und die Räucherlachsscheiben sind zerfetzt – der Laden hat mich beschupst. Ich habe ihn, diesen Besucher, erst einmal gesehen, und das war bei einer Weihnachtsparty, und unser Gespräch war bloß nichtssagendes Geplänkel. Als er dann anrief, war er die Forschheit in Person und gab Aussprüche wie die folgenden von sich: »Nun, werden wir uns wiedersehen? Nicht, daß ich der Meinung bin, daß wir es sollten.« Ich sagte, wir bräuchten uns nicht wiederzusehen, und das fand ich wirklich. Aber daß ich so wenig Interesse an ihm bekundete, stachelte das seine an. Er hat sich selbst zu dieser Mahlzeit eingeladen. »Ich werde kommen und Sie um einen Lunch leichter machen«, das waren seine Worte. So englisch. So schlau. Ich habe einen Gurkensalat gemacht. Habe ihn den ganzen Vormittag zwischen zwei Holztellern gepreßt. Jede Gurkenscheibe ist butterweich, und selbst das Grün ist ihr entzogen worden. Ich streue Petersilie über den Salat. Bald werde ich die Strickjacke ausziehen müssen, denn ich habe ein neues schwarzes Kleid an. Es sitzt mir wie angegossen.

Vielbeschäftigte Männer sagen oft in letzter Minute ab. Vielleicht kommt er nicht; vielleicht ruft er an und sagt ab. Er ist Direktor einer Firma, er ist verheiratet, er hat einen Chauffeur, und ich nehme an, daß seine Frau und er klein angefangen haben. Wahrscheinlich hat er ein Stipendium bekommen und ist nach Oxford oder Cambridge gegangen. Jetzt hat er zwei Häuser und einen Bauernhof in Schottland. Ich vermute, er ist Dienerschaft gewöhnt; vielleicht haben sie eine Köchin ... Du lieber Himmel! Ich habe den Hörer nicht wieder aufgelegt, als ich vom Telephon weggerannt bin, um die Suppe zu retten. Vielleicht hat er versucht anzurufen und ist zu dem Schluß gekommen, das Telephon sei kaputt, so daß er nicht noch einmal anrufen müsse, um sein Nichtkommen zu erklären. Und hier ist das ganze Essen, der schöne Wein, durchsichtig und klar wie flüssige Sonne, wer weiß, wie viele kostbare Trauben dafür nötig gewesen waren. Die Früchte der Erde. Ich habe schwarze Netzstrümpfe an und schwarze Spitzenstrumpfbänder, die ich nach dem Tod meiner Mutter in ihrer Schublade fand. Sie waren zusammen mit anderen Dingen – Halsketten, Schleierstoff und einigen

Ansteckblumen – in einen Kissenbezug eingewickelt. Sie schockierten mich, und dennoch sagte ich mir: »Eines Tages werden sie gelegen kommen« und tat sie in meinen Koffer.

Beim Öffnen des Weins schätze ich meine Kraft ab, indem ich den Korken herausziehe. Meine Kraft ist gewaltig. Er wird mich für ein Ungeheuer halten, ein gieriges. Ich lasse die Schöpfkelle am Herd und stelle das Gas kleiner, bis es zittert und Anzeichen des Erlöschens erkennen läßt. Die Uhr hat noch nicht geschlagen, ist aber drauf und dran. Sie steht im Nebenzimmer, aber ich weiß, daß sie sich schon in dem Zustand des Zögerns befindet, der vor dem Schlagen herrscht. Die Uhr war einmal entzwei gewesen, aber ich ließ einen Mann aus der Stadt kommen, der sie reparierte. Er hieß tatsächlich Herr Goldschmidt. Ich bin abergläubisch, was die Uhr betrifft, und hoffe, sie wird nicht wieder den Geist aufgeben.

Mein Gott, da läutet es. Ich weiß, ich muß die Tür öffnen, aber ich kann es nicht. Ich vermag mich nicht zu rühren. Ich bin oben. Ich kann nicht hinuntergehen. Ich las letzte Nacht etwas, als ich nicht schlafen konnte. Es hat mich gerührt. Ich las, das einzige Paradies sei das verlorene Paradies. Proust. Ich hatte es vor Jahren gelesen, aber ich hatte es nicht in mich aufgenommen, und letzte Nacht, nachdem ich es wiedergelesen hatte, warf ich mich in meinem breiten Bett hin und her und dachte an meinen Besucher und wie ich ihn verführen würde. Ich sah unser kleines Drama wie auf einer Ansichtspostkarte: ein nacktes Paar, blind für die Schlange, die zwischen ihnen beiden liegt. Und ich dachte, daß ich nach Herzenslust an ihn denken könnte und daß er es nie zu erfahren brauchte, daß er es nie erfahren dürfte, daß ich eine Postkarte nach der anderen malen und der Haut die Tönung und Textur geben könnte, die ich liebte, und der Ausdrucks- und Handlungsweise all das, was ich je begehrte. Ich konnte es ohne Rücksicht auf ihn anordnen, und natürlich dachte ich, wie vergeblich es letztlich sein würde.

Sein Finger ist auf dem Klingelknopf. Er ist bestimmt nicht schüchtern – nicht so schüchtern, wie ich das Haus eines Liebhabers betreten würde, wenn ich nicht genau weiß, was ich zu erwarten habe. Um Gottes willen, ich muß etwas tun. Ich kann nicht bloß hier stehen. Schließlich habe ich eine Sprechanlage. Ich kann den Hörer abnehmen und sagen: »Gehen Sie weg«, oder: »Sie ist nicht zu Hause«, oder: »Einen Augenblick«. Aber ich nehme ihn nicht ab. Ich lehne mich an die Wand. Ich schlottere. Ich gehe die Treppe hinunter und lasse ihn herein. Er wollte gerade wieder gehen. Er scheint verdrossen zu sein. Wir küssen uns nicht in der Diele. Ich nehme seinen Tweedmantel und lege ihn sehr förmlich seitwärts auf den Betstuhl. Als er ins Wohnzimmer kommt, bemerke ich, daß er mit offensichtlichem Vergnügen das Ambiente zur Kenntnis nimmt.

»Hübsches Zimmer haben Sie«, sagt er.

»Wir mögen es«, erwidere ich.

»Wir?«

»Ja, wir sind wir.«

Ich habe den Kurs festgelegt. Ich werde lügen. Ich werde einen Geliebten erfinden, einen mysteriösen, der abends und nicht mittags kommt, einen bevorrechtigten, der an den Geheimnissen meiner Seele teilhaben darf, dieser hier dagegen niemals. Vielleicht werde ich auf diese Weise mein kleines verlorenes Paradies haben; doch frage ich mich, ob man es betreten muß, um es zu finden, um es zu verlieren.

»Ziehen Sie sich immer so an?« fragt er. Die Frage läßt deutlich Faszination und Tadel erkennen.

»Wenn mir danach zumute ist.«

Ich schenke den Wein ein. Er sagt, er trinke nicht, aber mit mir werde er trinken. Ich sage, da ist Apfelsaft, und deute auf das schöne Tablett, wo die Flasche steht. Er akzeptiert den Wein. Er streckt die Zunge raus, eine unwillkürliche Geste, um zu schmecken, was immer es zu schmecken gibt.

»Sie wissen gar nicht, was für ein Glück Sie haben«, erklärt er mir.

»Wieso?« frage ich.

»Weil ich aus irgendeinem sonderbaren Grund schwarze Strümpfe und schwarzen Satin gern mag.«

»In diesem Fall sind Sie es, der Glück hat.«

Seine Augen sind wie Veilchen, aber seine Haut ist ausgebleicht. Er hat etwas Frostiges an sich. Auch das Leben hat ihm die kalten Klauen auf die Schulter gelegt. Aber ich werde es nie wissen, ebensowenig wird er je über mich Bescheid wissen. Er ist im Begriff, mich zu küssen. Ich frage mich, ob man die Tore des Paradieses, und sei es das winzigste ehebrecherische Paradies, durchschreiten muß, um es zu finden, um es zu verlieren, um es auf ewig wiederzufinden. Und mich das fragend, gleite ich verwundert in den ersten Kuß.

Der Anruf

Sie sei, das glaubte sie jedenfalls, darüber hinweg – über das Bedürfnis und die Hoffnung und die Gewißheit der unsichtbaren, zwischen ihnen geknüpften Bande –, und plötzlich war es wieder da. Es war wie ein Sturm. Sie begann zu zittern. Eines Morgens machte diese Besessenheit sie fast blind, so daß sie das Muster der Teetasse, die sie abwusch, kaum erkennen konnte, und selbst der einfache Seifenschaum in dem Aluminiumspülbecken schien einen gewaltigen Fundus von Leid einzuschließen. Als sie zwei Tauben draußen auf der Platane sah, zerriß es ihr das Herz, weil sie gurrten und einander nahe waren. Dann läutete ihr Telephon im anderen Zimmer. Als sie hinging, um es abzunehmen, das Geschirrtuch in der Hand, betete sie: »O Gott, laß es ihn sein«, und in gewissem Sinne wurde ihr Gebet erhört, obwohl sie nicht sicher sein konnte, denn bis sie hinkam, hatte, wer immer es war, der angerufen hatte, aufgehängt. Sie wartete zitternd. Es würde wieder läuten – er würde sich wieder melden.

Im Garten draußen lag Sonne auf den Bäumen, und das unterschiedliche Grün jedes Baumes wurde in der Helligkeit hervorgehoben und betont. Da gab es ein dunkles Grün, es strahlte eine düstere Stimmung aus, die aus seinem Inneren hervorzugehen schien; dann gab es ein blasses Grün, es zeugte von Glück und Linden; und es gab das Stechpalmenblatt, das schimmerte, als wäre es gerade poliert worden. Da war der Flieder, zerrupft und stockfleckig wegen der schweren Regenfälle neulich, und die herabhängenden lila Blüten erweckten den Eindruck, als hätten sie Wassersucht. Und all dieses Grün schien von ihrem persönlichen Zustand zu sprechen – wie unterschiedlich er war, daß sie sich manchmal nicht zusammennahm und dann wieder manchmal in einen anderen Zustand überging, einen relativ heiteren und lebendigen

Zustand, und manchmal hatte sie tatsächlich Wassersucht. Indes rief er nicht wieder an. Aber warum? Ach ja, sie wußte es. Er wollte nicht das Gesicht verlieren, und wenn er sofort wieder anrief, wäre es offensichtlich, daß er es gewesen war. Sie beschäftigte sich mit Haushaltspflichten. Sie spülte das Geschirr und trocknete es dann gründlich ab. Auf den schimmernden Flächen sah ihr Gesicht verzerrt aus. Ganz gut, daß er nicht gekommen war! Sie hob die abgefallenen Blütenblätter der Wicken auf, die in einer Vase auf dem Fensterbrett standen, und zerquetschte sie, als wollte sie ihnen das letzte bißchen Farbe und Saft abquetschen. Nachdem sie sich zwanzig Minuten lang sinnlosen Bagatellen und Aufgaben gewidmet hatte, denen sie eine magische Bedeutung beimaß, kam sie zu dem Schluß, daß er nicht mehr anrufen werde, und um sich von ihrem Leiden zu erlösen, müsse sie ihn anrufen. Er hatte ihr kürzlich seine Nummer gegeben. Er hatte sie zweimal wiederholt, und als er letztesmal wegging, hatte er sie noch einmal gesagt. Sechs Monate lang hatte er sie geheimgehalten. Es war seine Büronummer. Natürlich hat er ihr nicht seine Privatnummer gegeben, denn das war auch die seiner Frau. Also warum ihn nicht anrufen? Warum nicht? Weil sie feststellte, daß sie schon zitterte, ehe sie überhaupt zu wählen versucht hatte. Sie sah voraus, daß sie schnell und hastig sprechen und ihn zum Mittagessen einladen würde, und angenommen, er sagt nein, was dann? Sie wollte eine halbe Stunde warten und dann anrufen.

In dieser halben Stunde schien ihr ganzer Körper seine Haltung und seine Kraft zu verlieren. Ihr war übel, und sie schämte sich, als ob sie ein schreckliches Unrecht begangen habe – ein kindliches Unrecht wie in die Hose oder ins Bett machen –, und sie bemühte sich, den Grund herauszufinden für diese sinnlose Vorstellung von einer Missetat, die mit einem quälenden Warten verbunden war. Sie dachte an frühere Zeiten, als sie von anderen verschmäht worden war und versucht hatte, den Stolz, den Zorn und den gesunden Menschenverstand aufzubieten, die bewirken würden, daß sie sich ihm nicht zu Füßen warf. Sie dachte an den Tag, an dem sie lernen würde, es zu schaffen – vielleicht schwimmen lernen würde –, und einen Augenblick sah sie sich durch einen Swimmingpool wuchten und erfolgreich strampeln. Sie sagte: »Wenn ich anrufe, macht mich das nicht zur Stärkeren?« Ihre Worte klangen ihr selbst hohl. Die Sonne schien, doch ihr Haus war kalt – es war die Kälte einer Gruft, die Kälte, die man verspürt, wenn man auf dem Steinfußboden einer leeren dunklen Dorfkirche liegt und seinen Schöpfer bittet, einem in dieser Not zu helfen –, und ohne Grund drängten sich vor ihrem geistigen Auge Bilder von einer Hochzeit, einer langsamen Prozession durch den Mittelgang, einem Taufbecken mit einem Rostrand auf dem Marmorsockel, von religiösen Broschüren über Umgangspflege und von einem Schirm mit einer herausstehenden Speiche im Vorraum. Im Geist ging sie hinaus und den Kiesweg entlang unter den Eiben und roch ihren strengen, durchdringenden Duft. Sie dachte: Gestern kam ich ohne ihn aus, heute kann ich es nicht. Und dann protestierte sie: Du kannst.

Nachmittags sollte sie mit dem Zug aufs Land fahren, und sobald sie erst im Zug war, wie unglücklich sie auch sein mochte, konnte sie keiner Raserei erliegen. Sie dachte auch, wenn sie ihn einmal anrief, würde sie ihn womöglich dauernd anrufen, es könnte zur Gewohnheit werden. Wenn er ihr nur gegenüber sitzen, ihre Hand nehmen und ihr sagen würde, daß er nicht an ihr interessiert sei, dann, glaubte sie, wäre sie bereit, ihn gehen zu lassen ... Oder ging er schon? Wurde sie wütend? Sie sah ihn alle vierzehn Tage, aber das war nicht genug. Diese heimlichen Besuche waren die Brosamen vom ehelichen Tisch. Sich mit fast nichts behelfen. Wo war die Großzügigkeit dabei? Wo die Hingabe?

»Du bist, was du bist«, sagte sie. Aber mußten andere auch so leiden? Legten sich andere hin und hauchten wegen solcher Sehnsucht fast ihr Leben aus? Nein, andere schwammen; andere fuhren weit hinaus aufs Meer, andere tauchten, andere banden sich Sauerstoffflaschen auf den Rücken und stießen hinab in die Tiefe des Ozeans und sahen das Leben dort – das wimmelnde, unpersönliche Leben – und lösten sich von dem Leben droben. Sie fürchtete, daß ihre Liebe zur Natur – ihre Liebe zu Wäldern, ihre Liebe zur Sonne auf Berghang und Wiese, ihre Liebe zu wildwachsenden Blumen und Heckenrosen und Kerbel, ihre Liebe zu dichtem Gesträuch – nur eine Ausflucht war, ein Trost. Menschliche Liebe war es, die sie brauchte.

Sie stellte sich vor, er würde kommen und an ihr vorbei in die Diele gehen, zu schüchtern, ihr die Hand zu geben, und dann im Zimmer herumwandern, sie sich zu Gemüte führen, dabei aber auch versuchen, an Hand des Kruges mit frischen Blumen oder der Briefe auf ihrem Schreibtisch festzustellen, wer kürzlich hier gewesen war und ob sie vielleicht einen Geliebten gefunden habe. Er hatte es ihr befohlen und hatte ihr auch befohlen, es nicht zu tun. Immer, wenn er auf ihr lag, im Begriff, sie zu besitzen, schien er sein Weideland abzuschätzen, zu schnüffeln wie ein Bluthund, sich zu vergewissern, daß kein anderer den Weg zu seinem Bau finde, sich zu vergewissern, daß sie verschwiegen und zärtlich sei und einzig und allein für ihn da.

Ach, sie wünschte, sie wären draußen auf einem Berghang oder in den Obstgärten ihrer Jugend, fern von Telephonanrufen oder keinen Telephonanrufen, fern von seinen Verdächtigungen, daß sie sich absichtlich parfümierte, damit seine Frau sein sträfliches Geheimnis errate. Sie beobachtete die Wählscheibe ihres Telephons, folgte mit den Augen dem Kreis von festgewordenem Staub um die Zahlen, wo kein Fingernagel je hinkam und kein Staubtuch sich je bemühte; sie beobachtete und betete. Sie hörte, daß ein Brief durch den Schlitz geschoben wurde, und sie rannte hin, um ihn zu holen. Jeder Gang war eine Gnade, eine Ablenkung, eine kleine Chance, das hinauszuschieben, was sie tun würde, aber nicht tun durfte.

Der Brief war von einem Fremden. Eine Landschaft war darauf abgebildet, ein blaues Meer, eine schroffe Klippe und ein fliegender Vogel. Die Botschaft besagte:

»Ich dachte, dies sei der Glücksvogel, fürchte aber, es könnte eine ganz gewöhnliche Taube sein.« Ihr wurde Glück gewünscht, und es sei zu hoffen, daß es ihr gutgehe. Die Unterschrift lautete: »Ein Ihnen Wohlgesonnener.« Sie dachte: Du lieber Himmel, die ganze Welt weiß von meiner mißlichen Lage, und sie fragte sich ganz ruhig, ob diese Verbindung, nach der sie sich sehnte, etwas war, auf das andere, Klügere, verzichtet hatten – schon an der Mutterbrust abgeschüttelt und nie wieder ersehnt hatten –, und sie dachte an ihre tote Mutter mit dem straff hochgesteckten Haar und an die Mauer von unausgesprochener, aber spürbarer Feindseligkeit, die sich zwischen ihnen aufgebaut hatte. Sie hoffte damals, sie würde eines Tages zu ihrem Mann genauso sein, reserviert, abgeschnitten von ihm. Das Gesicht ihrer Mutter ließ ihr Tränen in die Augen treten. Es waren andere Tränen als die vorhin vergossenen. Sie waren ein leidenschaftlicher Ausbruch von zügellosem Kummer, überströmten innerhalb von Minuten ihr Gesicht und benetzten über die Schläfen hinweg ihr Haar.

Die halbe Stunde, nach der sie ihn anrufen wollte, war vergangen, und jetzt sprach sie mit sich wie mit einer Süchtigen, fragte, ob sie denn nicht noch ein bißchen länger warten könne, ob ihre Sehnsucht nicht abgelenkt werden könne durch Arbeit oder einen Spaziergang, ob sie den Kloß im Hals nicht vermindern könne, indem sie warmgemachten Honig schluckte, der hinunterglitt und sie beruhigte. Der unnötige Schmerz dort schien sich zu verstärken, als ob ein heftiger Strom sie durchflute. Könnte sie es nicht auf morgen verschieben?

Ein galoppierendes Pferd kann man nicht aufhalten.

Sie ging zum Telephon, und als sie auf dem Weg dahin war, begann es zu läuten. Es läutete laut. Es läutete wie ein freundlicher Riese, sagte ihr, sie solle schnell abheben, sagte ihr, es sei der Herr über ihr Schicksal und jeden Augenblick ihres Lebens, über die Ungestörtheit ihres Zimmers, den Wirrwarr ihrer Gedanken, die Gewichtigkeit ihres Begehrens und die Ungeheuerlichkeit ihrer Hoffnung. Sie nahm den Hörer nicht ab. Sie wußte nicht, warum sie ihn nicht abnahm. Sie wußte nur, daß sie ihn nicht abnehmen konnte und daß sie auf das Aufhören des Läutens wartete, so wie man darauf wartet, daß die Sirene des Unfallwagens sich entfernt, außer Hörweite gerät, in die nächste Straße einbiegt.

»Ist das Liebe?« fragte sie sich und gab zu, daß sie den Hörer so gern abgenommen hätte. Das Verlangen, ihn zu sehen, mit ihm zu sprechen, ihre Hand in seine zu legen, ihm etwas zu essen vorzusetzen, seine Wünsche zu erfüllen und ihm zuzusehen, wenn er sich mit dem Kamm durchs Haar fuhr, war ebenso stark und glühend wie eh und je.

»Du gehst jetzt besser weg«, sagte sie laut und rasch, aber mit einer gewissen Feierlichkeit legte sie einen bestickten Schal als Schalldämpfer über das Telephon.

Erst nach drei Tagen würde sie zurückkommen, und sie sah vor sich eine lange, schmale Wasserfläche, die immer breiter wurde. Grün und wirbelig war das Wasser, und mit der Zeit, das wußte sie, würde es zu einem gewaltigen Meer anschwellen, unüberwindbar, und keine Küste in Sicht sein. Die Zeit würde sie trennen, aber noch war es Liebe und schwer zu verbannen.

Der Plan

Es ist Morgen, und noch dazu ein schöner Morgen. Auf allen Dingen liegt ein Funkeln, und selbst die langweiligsten sind von Glanz übergossen. Von meinem rückwärtigen Fenster, dem Schlafzimmerfenster, sehe ich, daß die Katzen – diese klugen Barometer – sich schon auf den Ziegeldächern ausgestreckt haben und sich die Sonne auf ihr dickes Fell brennen lassen. Wenn ich ins Nebenzimmer gehen sollte, würde ich durch das Fenster dort zweifellos Mädchen und Frauen sehen, die in ärmellosen Kleidern zur Arbeit gehen, für alle Fälle würden die Frauen allerdings Strickjacken mitgenommen haben. Und wahrscheinlich würde ich feststellen, daß die Rentner ein bißchen früh draußen sind auf der Suche nach einem schattigen Platz in Dovehouse Green. Es ist erstaunlich, was ein stetiger Sonnenschein bei diesen bleichen englischen Seelen bewirkt.

Jetzt gerade pudere ich mich, und die Lichtdurchlässigkeit, die die Verkäuferin garantierte, zeigte sich zum erstenmal. Es ist, wie wenn man Glimmerstückchen auf einer Straße sieht. Mir fallen plötzlich die Wanderschauspielerinnen ein, die vor langer Zeit in unser kleines Dorf in Irland kamen und mir einen solchen Eindruck machten. Sie waren ziemlich schlampig und unfroh, wenn sie am Tag über die jämmerliche Straße, die Hauptstraße hieß, Kinderwagen schoben, aber abends waren sie glitzernde Geschöpfe – Geglitzer auf den Gesichtern, Geglitzer auf den Kostümen, Geglitzer in den Augen, möglicherweise der Nerven wegen oder vielleicht infolge von Fieber. Sie waren verwandelte Wesen. Ich sah ihnen gern zu. Ich schwelgte in ihrer Qual, wenn sie über die Bühne schritten oder stehenblieben oder sich auf ein samtbezogenes Sofa warfen. Ihre Rollen waren ausnahmslos der Art, daß sie Qualen erleiden mußten. Da war die junge leichtfertige

Mutter, die ihren kleinen Sohn im Stich ließ und mit einem Lebemann durchbrannte, und als sie ihr skandalöses Verhalten bereute und versuchte, nach Hause zurückzukehren, hatte ihr rechtschaffener Mann natürlich ihre Rivalin geheiratet, die selbstverständlich einen stahlharten Charakter hatte. Die Mutter mußte sich als Dienstmädchen verkleiden und ihren kleinen Sohn großziehen, mußte sich aber dabei zurückhalten, als wären sie nicht verwandt – als hätte sie ihn nicht einst unter dem Herzen getragen. Da war noch eine andere, sie war das direkte Gegenteil, die hatte sich für das Keuschheitsgelübde entschieden und kniete auf einem kleinen Podium, in Weiß gehüllt, und legte gerade dieses endgültige und unwiderrufliche Gelübde ab, als ihr ungetreuer Schuft ankam, um seine Ansprüche geltend zu machen, und feststellte, daß es zu spät war!

Ja, diese Damen fallen mir ein, wenn ich Puder auftrage und in meinen langen Schrankspiegel blicke und sehe, daß die Wirkung in der Tat erfreulich ist. Warum pudere ich mich so früh, wenn ich doch noch Hausarbeit zu erledigen habe und wenn ich weiß, daß es am besten ist, meine Haut tagsüber unangetastet zu lassen, sie atmen zu lassen, solange mich niemand sieht? Ach, gesehen zu werden ist die große Genugtuung, die profunde Befriedigung. Wenn wir uns nur gegenseitig in unseren Häusern besuchen könnten, um uns den Ehemännern anderer Frauen oder deren Dienern, Söhnen oder Arbeitgebern zu zeigen, dann könnten wir uns zur Schau stellen, nach Hause kommen und uns gerechtfertigt fühlen. Wir könnten denken, daß die Mühe, die wir für Heiterkeit, Lächeln, Stirnrunzeln, Körperhaltung aufgewandt haben, nicht völlig vergeblich war. Ich denke an all die Frauen in all den Häusern in London in diesem Augenblick, für die ein Besuch alles ändern würde, und sei es auch nur vorübergehend, und ich glaube, wenn ich Organisationstalent hätte, würde ich in dieser Hinsicht etwas unternehmen. Aus irgendeinem Grund sehe ich eine junge Frau, eine Frau aus dem Osten mit bläßlicher Gesichtsfarbe, mit ihrem Baby, und sie befinden sich in einem englischen

Garten. In dem hohen, gelben, ungemähten Gras wachsen rote Mohnblumen, und mir wird klar, daß das Baby, das an ihrer Brust zerrt, die Leere hinausschiebt, die sie sonst empfinden könnte, und doch wird sie entleert, und eines Tages werden ihre Brüste wie weggeworfene Hülsen sein. Aber Pessimismus ist nicht vonnöten. Heute ist ein besonderer Tag. Er ist in meinem Taschenkalender mit einem Sternchen bezeichnet, und das besagt »pour dîner«. Meine Garderobe habe ich schon aufs Bett gelegt. Es ist eine Bluse aus einer Spitze, die auch als Altartuch nicht fehl am Platz wäre. Die runden Scheiben aus dicker, cremefarbener Spitze sind lose zusammengenäht, so daß die Haut durch das Gewebe durchscheint. Der Rock ist ebenfalls cremefarben mit roten und violetten Spritzern, geradeso, als hätte man eine Feder genommen und kindisch mit Wäschetinte diese bunten Punkte aufgebracht.

Wahrscheinlich werden wir im Freien essen. Es werden mehrere weißgedeckte Tische sein, und die Kristallgläser werden wie Schildwachen an jedem Gedeck stehen. Da werden Rosen sein in besonderen Glasschalen. Die Schalen sind hoch wie Gebäckschalen, und die Rosen werden dicht an der Blüte abgeschnitten sein und wie Konfekt in den Schalen liegen; wenn sie rosa sind, was sehr wohl sein mag, werden sie aussehen wie die Süßigkeiten mit Zuckerguß, die ich als Kind liebte, und es wird nicht schwierig sein, sich den herrlichen künstlichen Mandelgeschmack wieder vorzustellen. Die Lampen werden im Laub verborgen sein, und duften wird es nach einer Mischung von Rosen, Geißblatt und verschiedenen teuren Parfums. Vielleicht wird eine Gartenlaube dasein oder ein kleiner Aussichtspavillon, wo ein Paar hinwandern wird, scheinbar, um irgendeinen Aspekt seiner Konstruktion zu studieren, aber in Wirklichkeit, um sich heimlich da zu treffen. Das werden nicht er und ich sein. Wenn er mir fünf Minuten seiner Zeit schenkt, ohne daß er mir mit einer Pinzette an das Nervensystem geht, werde ich mich glücklich preisen. Um mir Gerechtigkeit widerfahren zu lassen: Ich habe diese Zusammenkunft nicht geplant.

Ganz im Gegenteil. Als ich vor zwei Tagen von meiner Gastgeberin davon hörte, zuckte ich zurück. Sie war hierhergekommen, um über das Dilemma mit ihrem Geliebten zu sprechen und über ihre Unduldsamkeit gegenüber ihrem dickbäuchigen Mann. Als sie gerade aufbrechen wollte, fragte ich, wer die anderen Gäste seien. Kaum hatte sie es mir gesagt, versuchte ich, aus der Sache auszusteigen. Sie sagte scharf meinen Namen. »Anna«, sagte sie, und ich spürte den unvermeidlichen Tadel. »In letzter Minute eine Frau zu finden«, sagte sie, »ist fast so schwierig, wie einen Mann zu finden.« Ihre Nägel, ihre Augen und die Absätze ihrer Eidechsenschuhe, all das war sehr spitz, und ich hatte Angst, mich ihr zu widersetzen. Aber mein Herz begann zu galoppieren.

Ich stelle mir jede Gruppe vor, wobei die Neuankömmlinge wie Komparsen auf ihren großen Augenblick warten, in dem sie empfangen werden, vorgestellt werden und auf einem unerwarteten Gesicht Begeisterung oder Schreck feststellen. Die Männer werden alle schwarze Krawatten tragen, und ich bete, daß wenigstens zwei von ihnen sympathisch sein mögen. Ich werde die ganze Disziplin brauchen, die ich besitze. Mein Geliebter wird dasein. Die Frau meines Geliebten wird dasein. Ich habe sie nie kennengelernt. Das stimmt nicht ganz; ich sah sie einmal, und deshalb werde ich sie wiedererkennen. Ich werde die Augen auf sie richten, und mein Blick wird auf ihr ruhen, so daß sie wissen wird, daß ich nicht zurückweiche und mich nicht abwende. Sie ist dunkel. Sie ist kohlrabenschwarz. Wenigstens habe ich sie so in Erinnerung. Es mag die Beleuchtung gewesen sein, bei der Grün mit Schwarz durchtränkt war. Es war im Zelt auf einer Hochzeit, und draußen tobte ein Gewitter, so daß das Ereignis durch eine Art Drohung gekennzeichnet war, die ich für glückbringend hielt. Unter den Gästen sah ich eine dunkle Frau in einem Cape, aber ich wußte damals nicht, zu wem sie gehörte. Er und ich hatten uns gerade kennengelernt und aßen Cocktailhappen, auf denen ein einziges schlaffes Stückchen Spargel aus der Büchse lag. Ich dankte, als mir ein zweiter angeboten wurde, woraufhin er sagte: »Sie sehen nicht aus, als ob Sie Diät halten müssen«, und dann erklärte er, er sei nicht so mager, wie er aussehe, die Hohlwangigkeit lasse ihn dünner erscheinen, als er tatsächlich sei. Sein Gesicht erinnert mich an die Steinplastiken, die die Decken oder Säulen in einem Kloster oder einer Kirche schmücken. Es ist ein ausgeprägt starres Gesicht. Dagegen war unser Gespräch heiter und anregend.

»Und Sie wissen nicht, wie hübsch Sie sind«, sagte er, halb im Scherz. Im Zelt war es bitterkalt, der einzige Gasofen stand am anderen Ende, und um ihn hatten sich die älteren Leute geschart. Es war Frühling, und das junge Paar hatte natürlich einen wärmeren Tag erwartet. Schließlich blühten die Narzissen schon; aber der Wind peitschte ihre runzligen Blütenkelche. Als ich in der Ferne das blaue Krönchen der Gasflamme sah, dachte ich an winzige Küken, die zusammengekuschelt nebeneinander unter einer Lampe liegen, und mich überkam plötzlich ein unerklärliches Verlangen, mich an ihn anzuschmiegen, als ich sah, daß er schon ein paar Schritte näher gekommen war. Zwischen uns konnte kaum eine Stecknadel zu Boden fallen, und ich erschauerte. Es kam der Augenblick, da der Brautvater seine Rede halten sollte, und mir wurde klar, wer die dunkle Frau war. Sie kam auf uns zu und sagte zu dem Mann: »Amüsierst du dich gut?« Und sofort ging ich weg.

Natürlich konnte es sein, daß sie ihm so ganz und gar vertraute und sie beide in solchem Einvernehmen lebten, daß sie Leute wie mich gern gemeinsam kennenlernten, um später über sie zu reden. Jedenfalls konnte ich bei dieser ersten Gelegenheit keine Worte finden, oder die Worte, die ich finden konnte, hätten bissig oder womöglich sogar frech geklungen. Mein zukünftiger Geliebter sah mich weggehen, kam mir nach und berührte meinen Ellbogen so leicht und so taktvoll, daß mir war, als habe ein Gespenst die Kontrolle über seinen Körper übernommen und den meinen gestreift, und ich dachte: O Gott, ich verliebe mich in ein Gespenst, wie immer schon, und ich sah in ihm, was mich an andere erinnerte – erkannte seine

Tricks des Verschwindens, seine Tricks des Erscheinens, seine Unfähigkeit zu lieben und zugleich sein unermüdliches Streben nach Liebe. Als er mich berührte, war mir, als hätten wir uns schon früher getroffen, als hätten wir uns auf eine verborgene Weise schon gekannt, und jetzt sei für uns die Zeit gekommen, die Barriere zu überschreiten und einander zu genießen, aufzuhören, Fremde zu sein. Obwohl wir natürlich immer Fremde bleiben würden. Ist das nicht das Wesentliche, die Voraussetzung der Liebe?

Deshalb kann ich sagen – denn jetzt bin ich besser mit ihm bekannt –, daß mein Instinkt einwandfrei war und ich fast alles hätte voraussagen können, was geschehen würde, was geschehen war und was noch passieren muß. Selbst wenn er fragt, ob er zu mir kommen kann, will er mich eigentlich nicht besuchen; wenn ich nicht da bin, liebt er mich wie ein schwärmerischer Schuljunge, und wenn ich meine Gefühle zeige, sieht er auf seine Uhr und sagt, er habe um vier eine Sitzung. Nur meine annähernde Abwesenheit garantiert seine annähernde Präsenz, und es ist ein aufreibendes Spiel. Dennoch habe ich das Gefühl, daß, wenn ich ihn erreichen könnte, die Lage anders wäre. Ich glaube, er kennt sich gar nicht, und wenn ich ihn zu sich selbst bringen könnte, würde er auf alle Tricks verzichten, er würde diese Ekstase begrüßen und sich ihr nicht entziehen. Wenn er mich abwimmeln will, ißt er hastig. Er wirft sich die Kirschen in den Mund und schluckt sie. Das hat er letztesmal gemacht, als er zum Lunch hier war, und in seiner Hast fiel eine auf sein weißes Hemd, das noch offen war. »Verflixt«, sagte er, als er nach ihr suchte. Sie war in seinen Nabel gerutscht und saß da wie der Schmuckstein eines Rings, ein Rubin. Sie war geplatzt. Er nahm sie raus. Sie hinterließ einen roten Fleck auf seinem Hemd. Er begann an dem weißen Stoff zu lutschen. Er lutschte mit wilder Entschlossenheit. Ich haßte ihn in diesem Augenblick. Ich dachte: Er lutscht es sauber, damit er, wenn er nach Hause kommt, nicht gefragt wird: »Wie ist denn das da hingekommen?« Ich erkannte seine Grausamkeit, und ich erkannte seine

Angst. Bei mir merkte ich, daß sich der Schmerz rührte, ein Eintauchen in den Born des Kummers, eine Wiederbekanntmachung mit einem Verlust, von dem ich glaubte, daß ich damit fertig sei. Vielleicht habe ich da meine Rache ausgebrütet.

Er spürte eine Kühle und zog mich auf seinen Schoß. Dann fragte er: »Gibst du dich in Gedanken mit mir ab?«, und ich sagte: »Ja«, war aber zu scheu zu sagen, wie sehr. Ich fragte, ob er sich in Gedanken mit mir abgebe, und er sagte, ja, im Auto, wenn er auf dem Weg zu mir sei, und dann sagte er, ich gäbe mich zuviel mit ihm ab, und das sei unbekömmlich. Ich war drauf und dran, zu erwidern, daß das auch für ihn gelte, als mir mit umwerfender Deutlichkeit klar wurde, daß er recht hatte und ich unrecht. Er beschäftigt sich nur dann in Gedanken mit mir, wenn er auf dem Weg zu mir ist, wenn er mich bestimmt sehen wird und all dessen sicher sein kann, was ich zu bieten habe; dagegen denke ich mir alles mögliche aus, während die Stunden vergehen, während der Sprenger im Garten um jeden Rosenstrauch einen feuchten Kreis zieht, während der Schatten auf der Sonnenuhr tiefer rückt und der Fußboden, den ich gebohnert habe, glänzt und den Zauber eines Ballsaals ausstrahlt, der auf die Tänzer wartet – auf ihn und mich.

Heute abend, fürchte ich, wird er mir die kalte Schulter zeigen. Tatsächlich weiß ich um die Gefahr, daß er mir die kalte Schulter zeigt, sofern ich nicht schlau bin, sofern ich ihm nicht zuvorkomme und ihm einen eisigen Blick zuwerfe. Das wird ihn nervös machen und daran zweifeln lassen, ob es bei der Verabredung zum Lunch in der nächsten Woche bleibt. Ich werde an ihm vorbeisehen, wenn er mir vorgestellt wird, dann werde ich mich schleunigst zu irgendeinem anderen Mann begeben, und ich weiß, daß er mir unklug und impulsiv folgen und murmeln wird: »Du bist reserviert heute abend und sehr schön.« Seine Schmeichelei ist stets unverhüllt und entzückt mich aus diesem Grund immer. Vielleicht sehe ich die Durchschaubarkeit und, offenkundiger Grund dafür, ihre Wahrheit und Unwahrheit. Heute abend werde ich mich in acht nehmen, damit ich meine kleine Intrige inszenieren kann. Ich werde mich der Gruppe anschließen, zu der seine Frau gehört. Ich weiß, sie wird mit mir reden wollen. Ich weiß, sie wird sich von den anderen trennen und auf mich zusteuern, sie wird über Gott und die Welt reden – ihre Zwillinge, die Sommerferien, ihren Garten, ihre Geschäftigkeit – und damit hinausschieben, was sie vor allem wissen will, und plötzlich werde ich ihr die Sicherheit nehmen. Sie wird nicht genau wissen, ob die Angst, die sie wie Stiche empfindet, begründet ist oder nicht. Ich habe beschlossen, ihr zuzuhören, ihr Kleid, ihre Bluse oder ihren Schmuck zu bewundern, alles zu bewundern, was ich bewundern kann, ohne unterwürfig zu wirken. Ich werde so sanft und geduldig wie eine Amme sein. Wenn sie einen Drink braucht, werde ich den Kellner herbeiwinken, und ich werde schneller trinken, damit unsere Gläser gleichzeitig gefüllt werden und wir dann anstoßen können. Selbst wenn sie mich für allzu freundlich hält, wird sie es wegen meiner Trumpfkarte nicht mehr glauben, wenn ich fertig bin. Natürlich werden andere kommen und dieses Tête-à-tête stören, andere werden meine Strategie aufhalten. Ihr Mann wird vielleicht das Schlimmste fürchten, herüberkommen und fragen: »Worüber schwatzt ihr beiden denn?«, oder unsere Gastgeberin wird es möglicherweise nicht dulden, daß sich zwei hübsche Frauen für eine halbe Stunde in eine Ecke schleichen, wenn sie sich doch unter die Männer mischen und sie erfreuen sollen.

Ich zweifle nicht, daß wir allein sein werden, denn wir beide wollen es. Ich werde flüstern. Vielleicht berühre ich sogar ihren Ellbogen oder ihr Handgelenk. Ich werde fragen, ob sie zufällig Riechsalz oder ein Beruhigungsmittel in ihrer Handtasche hat, und sobald sie die Frage abgeschätzt und mein Zittern gespürt hat, wird sie sich nach dem Grund erkundigen. Ich werde ihr ganz wahrheitsgetreu sagen, daß ich bezweifle, ob ich das Dinner durchstehen kann. Wieder wird sie mich fragen, warum. Sie wird mich ansehen, und wenn ich sage: »Das Übliche«, wird sie wissen, daß mein Problem ein Männerproblem ist. Ich sehe ihre Augen schon vor mir – dunkle Augen, die vor Neugier scharf werden –, und ihr Puls wird sich beschleunigen, und es wird nicht lange dauern, bis sie mich fragt, wer es sei, was er tue, und ich werde ihr so viel und doch so wenig erzählen. Ihren eigenen Ehemann und den Ehemann jeder anderen Frau werde ich ihr beschreiben, denn unterscheiden sie sich wirklich so grundlegend, diese Männer in dunklen Anzügen, weißen Hemden und geschmackvollen Seidenkrawatten, die im eigenen Nest Frieden und auf ihren Streifzügen Anregungen haben wollen? Ich werde sagen, daß er mir Freude bereitet, daß er mir Schmerz zufügt, daß ich nie weiß, wann ich ihn erwarten kann und wann nicht, und daß ich daran denke, die Beziehung abzubrechen, daß mir aber die notwendige Kraft und Entschlossenheit fehlen. Dann kommt mein Coup. Ich will sie bitten, mit mir in meinem Lieblingsrestaurant zu Mittag zu essen. Ich werde sagen, daß ich mich danach sehne, mit jemandem zu sprechen, den ich nicht kenne – mit jemandem, der helfen kann –, und mit jedem Wort, das ich sage, wird der Verdacht in ihrem Inneren zunehmen. Sie mag zögern, aber sie wird mich nicht zurückweisen. Ich werde sie auf einen bestimmten Tag festnageln, und je eher, um so besser. Auch wird er sie nicht zwingen können, die Verabredung abzusagen, denn das würde zeigen, daß er in die Sache hineinverwickelt ist, würde seine Schuld beweisen. Ich kann es kaum erwarten, daß der heutige Abend vorbei ist, damit ich mit den Maßnahmen fortfahren kann. Die unbekannte Welt der Familie wird sich mir allmählich offenbaren. Vielleicht lerne ich sogar ihre Zwillinge kennen. Die Frau und ich werden vielleicht Freundinnen, oder wenn ich ihn durch sie kennenlerne, werde ich womöglich von dieser Leidenschaft geheilt werden, und gemeinsam können wir ihn wohl besiegen und ihn, seiner Doppelzüngigkeit entkleidet, in die Welt hinausschicken. Ich weiß kaum, was geschehen wird. Ich weiß nur, daß ich das nicht allein ertragen kann, und da die Familie ein Teil meines Lebens geworden ist, werde ich ein Teil ihres Lebens werden.

Unsere Leben sind nämlich miteinander verflochten, und wenn sie mich vernichten, können sie nicht darauf hoffen, verschont zu bleiben.

Die Rückkehr

Das Licht ist verblüffend, es ist wie ganz helles, gefiltertes Gold, und die Wolken sehen wie große Batzen Zuckerwatte aus, bedächtige Himmelskörper, die in der Luft zu stehen und herumzutrödeln scheinen, als ob sie von einem unsichtbaren Puppenspieler gehalten und gelenkt würden. Sonnenstrahlen überfluten die Felder und die Erde tief unten – Wiesen, die gemäht, und Äcker, die abgeerntet worden sind, und wieder andere, die in einem hinreißenden, lebenspendenden Ocker prangen. Manchmal wird eine Bergkette sichtbar, und die mit dem Schnee vom vorigen Jahr bedeckten Gipfel schimmern in eindrucksvoller silbrigweißer Helligkeit. Die kleinen Häuser, die sich windenden Flüsse und die wohlgeordneten Felder scheinen losgelöst zu sein vom Lauf des täglichen Lebens, wie Gegenstände in einer entvölkerten Welt. Alles ist in der Schwebe, und ich denke daran, wie harmonisch ein Leben sein kann. »Ich will nicht landen«, sage ich und frage mich, ob die Kraft und Vehemenz, mit der das Verkehrsflugzeug die Luft durchschneidet, dieselbe Wirkung hat wie der Pflug, der die Erde durchdringt und sich einen Weg darin bahnt. Da ich auf dem Heimweg bin, gehen mir alle möglichen Gedanken durch den Kopf, träge und dahinschwebend wie Distelwolle. Ohne besonderen Grund fällt mir eine sonderbare und schüchterne Frau ein, die in meiner Kindheit eine Rolle spielte und sich ans Klavier zu setzen und zu singen pflegte, wann immer sie von Besuchern überfallen wurde. Die beklagten sich dann zwar über ihre gellende Stimme, waren aber froh, daß sie ihnen etwas vorspielte, daß es infolgedessen keine Lücken im Gespräch gab und daß sie ihnen etwas für ihre Spottlust bot. In einem Jahr erstand sie ein Pfauenpaar, auf das sie lächerlich stolz war, mit dem sie prahlte. Das Weibchen zog sich eine Krankheit zu, die zur Folge hatte, daß sich seine Eier zwar entwickelten, es sie aber nicht legen konnte. Die Besitzerin war auch kinderlos, und deshalb mußte sie immer weinen, wenn sie die Mädchen, herausgeputzt mit Gazeschleiern, und die Jungen wie kleine Männer in neuen Anzügen bei ihrer ersten heiligen Kommunion in der Kirche sah. Plötzlich denke ich an eine Pfauenfeder und an ein so blaues und so fesselndes Auge in ihrer Mitte, daß es mich an die Porzellanaugen erinnert, die auf meiner Ferieninsel verkauft werden und die angeblich den bösen Blick abhalten. Dieses Blau ist metallisch und gehört zu einer Zone in der Tiefe des Meeres, wo die Nereiden leben, wie es heißt. Das Meer, an dessen Ufer ich in meinen Ferien saß und mich beruhigte, erschien ganz und gar nicht unheilvoll. Es war immer einladend, und in der glühendheißen Stadt wirkte es so wohltuend und angenehm wie Wasser in einem Taufbecken. Das Leben dort wäre ohne das Meer unerträglich gewesen. Der einzige kühle Zufluchtsort in der vor Hitze brodelnden Stadt war die griechisch-orthodoxe Kirche, deren dunkelgoldene Stille an Dämmerung denken ließ – eine Dämmerung, in der Nachtfalter herumflatterten und die Gesichter der hölzernen Heiligenstatuen in resignierter und maßvoller Schönheit die Besucher anblickten.

Eine knorrige alte Bettlerin hielt die Stellung an der Kirchentür, und nachdem sie eine Münze bekommen hatte, trug sie pathetisch und ekstatisch eine Mischung von Klagegesang und Volkslied vor. Die schmalen, kopfsteingepflasterten Straßen waren frei von Automobilen, und auf dem Marktplatz waren magere Esel von guter Rasse an dem einzigen Baum angebunden, bereit, die erhitzten Touristen zur Akropolis auf dem steilen Hügel hinauf- und notfalls auch wieder herunterzukarren. Einmal bin ich zur Abendzeit dort hinaufgegangen, und es war, als würden ihre Säulen, ihre freien Räume und die Bruchstücke aus gelbbraunem Stein, die aufs Meer hinausblickten, sich jedem anderen Maßstab für Schönheit und heitere Gelassenheit widersetzen. Ich habe nicht viele Sehenswürdigkeiten besichtigt. Es war der Hafen, den ich ansteuerte – der Hafen, dessen Leben sich nach der

Tageszeit richtete, so daß in der Morgenbrise seine Wellen wie kleine Fische an der Oberfläche plätscherten, während seine Bläue später so hart, so glitzernd war, daß sie kostbarem Schmuck ähnelte. Ich beobachtete es gern, wenn die Passagierschiffe hereinglitten, weiß und elegant im Vergleich mit der Fähre, die plump aussah wie ein zweistöckiger Autobus. Dann gab es die Tretboote mit ihren gelassenen Fahrgästen, und ganz plötzlich erschien das Segel eines Surfbretts wie der abgerissene Flügel eines riesigen Schmetterlings und tauchte unter, wenn ein ängstlicher Neuling das Gleichgewicht verlor. Zwei miteinander wetteifernde Gruppen von Kindern bauten Burgen im Sand.

Als ich an ihnen vorbeiging, fielen mir mit einemmal die Kinder meines Geliebten ein, und ich fragte mich sinnloserweise, mit was für Spielen sie sich in den Sommerferien amüsierten. Ich versuchte ihn zu vergessen oder zumindest die gemischten Erinnerungen an unsere gemeinsame Zeit vorübergehend zu verdrängen. In den zwei Jahren, seit ich ihn kenne, habe ich eine so raffinierte Kombination von Schmerz und Lust erlebt, daß ich eine Ruhepause begrüßte, und während ich mir verbot, an ihn zu denken, gab ich mich vergnügten Grübeleien über seine Kinder hin. Ich malte mir aus, wie ich sie umschmeicheln würde mit Sahnebonbons und verschiedenen kleinen Päckchen, in denen sich Pfeifen und Wasserpistolen und andere Spielereien befanden. Ich fragte mich, wie sie aussahen und ob sie seine Augen hatten – Augen, die so durchdringend und so milde blicken können, je nach seiner Stimmung, Augen, die fast immer der Unverbindlichkeit seines Verhaltens widersprechen und einen zu der Annahme verleiten, daß er stärker beteiligt ist, als er zuzugeben wagt. Ich werde die Kinder nicht kennenlernen. Es stimmt, ich habe alle Vorschriften und alle Beschränkungen akzeptiert. Natürlich sind diese Vorschriften nicht ausdrücklich festgelegt worden, aber man kennt sie, denn sie liegen in der Luft wie Sonnenstäubchen. Genauso ist es mit der Zukunft. Er und ich sprechen nicht darüber. Es ist, als wären wir Gefangene – zwei eingesperrte Menschen, für die jedes Zusammensein das einzige Mal ist, auf das sie rechnen können. Einmal schnitt er die Frage unserer Vergangenheit an. Er sagte, wir hätten uns kennenlernen müssen, als wir beide jünger waren, frischer. Ich bin nicht der Meinung. Ich glaube, wir hätten uns genau dann kennenlernen sollen, als wir uns kennenlernten, aber ich sprach das nicht aus, weil ich die Gewohnheit angenommen habe, wenig zu sagen – zumindest wenig von Belang. Vielleicht, weil es so viel zu sagen gibt. Oder vielleicht wagen wir es nicht, damit unser schwankes Gebäude nicht einstürzt. Ich kann nicht umhin, an die Sandburgen zu denken, die die Kinder mit solcher Entschlossenheit und Streitlust bauen, doch wenn sie bei Einbruch der Dunkelheit ins Haus gerufen werden, wissen sie, daß das Meer mit all seiner Vehemenz ihre harte Arbeit hinwegwaschen wird. Und dennoch beginnen sie am nächsten Tag von neuem und mit genau derselben Hoffnung und derselben Begeisterung.

Solange ich auf der Insel war, glaubte ich ihm gegenüber gleichgültig geworden zu sein, aber jetzt, auf dem Heimweg, bin ich bei weitem nicht so zuversichtlich. Während wir Europa überfliegen, spüre ich die Kühle der Luft, und von Zeit zu Zeit hebe ich die Hand, um die Luftzufuhr aus dem Ventilator zu drosseln. Ich sage mir: »Das ist die Luft von Jugoslawien«, oder: »Das ist die Luft von Italien«, oder: »Bald wird es die Luft von Belgien sein«, und ich denke, wie verwunderlich es ist, daß man die Luft mehrerer Länder durchmißt, daß der Körper vorangetragen wird, während die Gedanken an einen anderen Ort zurückkehren. Ich wollte meine kleine Villa nicht verlassen. Ich empfand einen solchen Schmerz und dachte: Warum all diese Schönheit aufgeben, und warum diese schwer errungene Harmonie gefährden? Die Villa war zwar abgelegen, bot aber eine schöne Aussicht auf die Bucht, hatte eine Terrasse mit bunten Farbflecken von Bougainvillea in Tonkübeln, und nachts war der Duft von Orangenblüten so stark und berauschend, daß er wie eine andere Gegenwart war, erfreulich und die Sinne betäubend. Morgens waren dann die so blauen und so ätherischen Blüten der Prunkwinde wie verkündende Engel. Dann begann auch das Leben im Hafen wieder. Die Touristen zogen im Gänsemarsch über die staubigen Pfade hinunter und richteten sich unter den Strohschirmen ein, und bald sah man Körper oder vielmehr Köpfe im Wasser neben den rosa Bojen, während die Sonne immer heißer wurde und der Sand zu glitzern und dann zu brutzeln begann.

Dort unten war ich zwar unter Menschen, dennoch hatte ich ein Gefühl von freiem Raum, von Distanz. Die Sonne schien mit einer so gnadenlosen Hingabe, daß selbst eine Ritze in dem Strohschirm eine schwere Verbrennung zur Folge haben konnte. Man mußte sich kräftig eincremen, ins Wasser springen und dann zu dem Schutzdach zurückeilen, das eine kleine nach Stroh duftende Arche zu sein schien. Jenseits des Hafens standen zwei Berge einander gegenüber, und abwechselnd wurden sie von der Sonne beschienen. Wenn der eine in Gold gebadet wurde, war der andere grau und bemitleidenswert wie eine Witwe, die des Nachts ihre Trauerkleidung um sich rafft. Dieser Gegensatz rief mir die Lage seiner Frau und meine eigene in Erinnerung zurück: Die eine ist auf Kosten der anderen glücklich, aber die Glückliche ist sich auch immer über die Unsicherheit ihrer Lage klar, genau wie die Berge sich mit dem Wechsel von Hell und Dunkel abfinden mußten. Dennoch vermochte ich diese Gedanken zu verbannen, die Feindseligkeit zu verscheuchen und meine Augen und daher auch meinen Verstand auf die Natur zu richten. Im Sonnenglast konnte man seinen Verstand dem Denken entreißen, und es war genau, wie wenn man eine Jalousie herunterläßt und ein Zimmer verdunkelt. Es war eine karge Insel ohne Feldfrüchte, und an den kahlen Hängen fristeten nur verkümmerte Bäume ihr Dasein. Es gab keine Hunde, und die Katzen waren mager und rattenähnlich.

Wenn es Abend wurde, saß ich auf meiner Terrasse und bewunderte die Sterne, die so klar und ausgeprägt waren wie Blumen auf einem gewaltigen, sanften, marineblauen Hügel. Musik aus den beiden rivalisierenden Diskotheken und das unaufhörliche, automatische Zirpen der Zikaden waren die einzigen mißtönenden Geräusche. Die Lichter der anderen Häuser und die Lichterkette der drei Restaurants erinnerten mich an das Leben in der Stadt – ein Leben, an dem ich teilnehmen könnte, wenn ich Lust hätte. Aber ich rührte mich nicht von der Stelle. Ich saß da und dachte daran, daß ich von ihm frei war, und sagte mir, daß ich den vernünftigen und erfreulichen Zustand des Losgelöstseins erreicht hatte. Hätte er ein Telegramm geschickt, daß er herkomme, hätte ich ihm tatsächlich zurücktelegraphiert, daß es unmöglich sei. Ich wollte ihn nicht dahaben – nicht zu der Zeit. Aber jetzt, da ich auf dem Heimweg bin und den weichen Fall seines braunen Haars genau vor mir sehe oder wie er mit einer Hand in der Hosentasche mein Haus rasch betritt, oder einen Blick, der bei all seiner Lüsternheit auch priesterlich ist, weiß ich, daß ich wieder in einen früheren Zustand zurückgezogen werde und daß es ist, als seien mir die Zügel entglitten. Diese vergessenen Gesten bringen einen Ansturm anderer Momente herauf, die ich kaum Erinnerungen nennen kann, denn sie sind greifbarer und realer als der Passagier neben mir. Ich sehe den Moment, da mein Geliebter mein neues Kleid auf dem Bügel betrachtete, es mit einer solchen Sehnsucht betrachtete, dann fast die Hand danach ausstreckte, als ob er sich die Freude, die es anderen bereiten würde, mich darin zu sehen, vorstellte und sie fürchtete. Aus irgendeinem Grund werde ich an langweilige Vorortgärten erinnert und daß aus Samen, der im Frühjahr aufs Geratewohl verstreut wird, die Malven groß und herausfordernd heranwachsen, ihre Kraft zur Schau stellen und einen daran denken lassen, daß die Natur in der Tat souverän ist. In meinem Garten war im letzten Frühling eine Tulpe, eine rote Tulpe mit einer schwarzen Mitte, und als sich die Blütenblätter öffneten und ich das scheußliche schwarze Innere sah, war es, als sähe man die Karikatur eines gemalten Teufels. »Oh, du seltsames Teufelchen«, sagte ich zu ihr und verwunderte mich, wie sie dort hingekommen war – ob die Zwiebel in dem Sack des bretonischen Hausierers gewesen war, der Zwiebeln verkauft? Er klopft drei- oder viermal im Jahr an meiner Tür, und wenn er die zusammengebundenen Zwiebeln hochhält, sieht er wie ein Bischof aus, der ein Weihrauchgefäß schwenkt. In der morgendlichen Beleuchtung schimmern die Schalen rosa wie Perlen, die leicht getönt wurden, während der Knoblauch, den er auch verkauft, die Farbe von rohem Teig hat. Er riecht immer nach Cognac, und aus Verlegenheit oder Mitleid biete ich ihm noch einen an und mache mir dann Sorgen, ob das mit seinem Fahrrad gutgehen wird. Einmal fragte er mich, ob er einen leeren Sack im Garten lassen könne, und als er ihn ausschüttelte, ist vielleicht die Zwiebel der roten Tulpe herausgefallen und hat sich selbst eingepflanzt.

Gestern abend war ich frei. Gestern abend war ich überzeugt, daß ich die Impulsivität überwunden hatte, und heute erweist es sich als Irrtum. Gestern abend ist etwas geschehen, das meine Überzeugung stärkte, das mich dankbar machte für meine Unabhängigkeit. Ich wollte ein paar Feigen kaufen, um sie mit nach Hause zu nehmen, deshalb machte ich einen Ausflug in die Stadt. Eine ganze Woche lang hatte ich es vermieden, in die Stadt zu gehen. Da unten war es wie ein Backofen, die Leute traten sich gegenseitig auf die Zehen, Omnibusse spuckten immer mehr Menschen aus, die kalte Getränke und Souvenirs und Schatten verlangten. Ich fand einen Laden etwas entfernt vom Marktplatz, wo alle Obstsorten vorrätig waren und auch die Feigen, auf die ich gehofft hatte. Es gab zwei Sorten Feigen, und der Geschäftsinhaber, ein blasser und außerordentlich freundlicher Mann, erriet mein Dilemma und sagte, ich solle mich selbst bedienen. Er berührte mein Handgelenk, als er mir eine Tüte gab, und die Berührung schien zu sagen: »Seien Sie großzügig. Nehmen Sie beide Sorten.« Nachdem ich bezahlt hatte, hielt ich mich noch etwas im Laden auf, obwohl ich nicht wußte, warum. Vielleicht war ich etwas einsam, weil ich seit einer Woche mit niemandem gesprochen hatte, oder ich probte mein Wiederauftreten in der Welt. Dann tat er plötzlich etwas sehr Reizendes. Er nahm eine kleine Likörflasche aus einer Vitrine und öffnete sie mit einer einzigen Drehung des Verschlusses. Es war ein roter Likör, und wir tranken abwechselnd. Als andere Kunden hereinkamen, wog er Tomaten oder Pfirsiche oder was auch immer ab und sprach mit ihnen deutsch, englisch oder italienisch, dann nahm er die Unterhaltung mit mir wieder auf. Er sprach von dem Gegensatz zwischen dem Leben im Sommer und im Winter auf der Insel. Alles oder nichts, sagte er. Im Sommer arbeitete er achtzehn oder zwanzig Stunden am Tag, und im Winter erledigte er Aufgaben im Haus, Maler- oder Schreinerarbeiten, und spielte mit den Männern im Café Karten. Eine alte Frau kam in den Laden, die lachte und leckte sich die Lippen. Sie war nicht die übliche alte Frau in Schwarz mit knorrigem Gesicht und spindeldürren Beinen, sondern war dick und lüstern. Sie drehte mir den Rücken zu und deutete auf ihren offenen Reißverschluß, den ich zuziehen sollte. Ich versuchte es, aber er war kaputt. Sie gestikulierte und lachte immer noch, und ich glaube, in Wirklichkeit tat sie es nur, damit er und ich ihr Fleisch sehen konnten. Ihr Fleisch war weich und braun, wie eine Schokoladenmousse. Einige Kinder kamen herein und gingen hinter den Ladentisch, um sich mit kalten Getränken aus dem Kühlschrank zu bedienen, und ich nahm an, daß es seine Kinder oder seine Nichten und Neffen waren. Er mußte der Sonne aus dem Weg gegangen sein, da er ein so blasses Gesicht hatte, und er hatte sehr schöne glatte Lider, die er meistens gesenkt hielt. Er forderte mich nicht auf zu bleiben, aber ich hatte das Gefühl, er wollte nicht, daß ich schon ginge. Ich hatte ihm bereits erzählt, daß ich am nächsten Morgen abreisen würde und wegen eines Fehlers in meinem Flugschein zuerst auf eine andere Insel fliegen müsse, und er hatte gelächelt und gesagt, mir mit meinem Teint würde die andere Insel gefallen, denn sie sei grün und belaubt. Er möge sie, sagte er. Es war, als würde es ein Band zwischen uns geben, da wir beide auf ein bißchen Schatten, auf Ackerland und Felder Wert legten. Er zog aus einem neuen Päckchen einen Luftpostumschlag heraus und begann darauf zu zeichnen, um mir zu zeigen, wo die andere Insel lag. Ich war hinter den Ladentisch gekommen, stand neben ihm und studierte seine komische kleine Zeichnung, als eine Frau hereinschlüpfte und mich sofort in scharfem Ton fragte, wie es dem Eigentümer meiner gemieteten Villa gehe. Sie war eine kleine Frau, die Segeltuchschuhe trug und verkniffen wie eine Xanthippe aussah.

»Ihre Frau?« fragte ich.

»Meine Frau«, sagte er.

Im Handumdrehen sah ich ihre Geschichte vor mir; es war, als hätte ein Seher eine Schriftrolle entrollt und mir gesagt, daß der Mann aus der Stadt gekommen sei und diese magere Frau geheiratet habe, daß der Laden auf ihren Namen laufe, daß er achtzehn Stunden am Tag arbeite, diese hübschen Kinder gezeugt habe und ständig überwacht werde. Seine Frau nahm die vielen braunen Tüten auf, die auf dem Ladentisch verstreut lagen, und begann sie auf einen Stoß zusammenzulegen, und indem sie das tat, bedeutete sie ihm, er habe kein Recht zu bummeln und er habe kein Recht, mit ausländischen Frauen zu reden. Dann schnupperte sie an der leeren Likörflasche und warf sie seufzend in den Abfalleimer. In der Annahme, daß ich die beiden wahrscheinlich nie wiedersehen würde, schüttelte ich ihnen die Hand und murmelte etwas über die Schönheit der Insel, um die schlechte Laune der Frau möglichst zu besänftigen.

Ich ging allein ins nächste Restaurant, bestellte eine halbe Flasche Weißwein und trank langsam, bestellte gegrillte Garnelen, die ich auspulte und gemächlich aß, während ich dabei über dies und jenes nachsann und dachte, welches Glück ich hatte, mein eigener Herr zu sein, daß mir der entsetzliche Drang erspart blieb, beherrschen zu wollen, dabei aber beherrscht zu werden, von mir selbst gelöst, dabei aber Gastgeber für einen anderen zu sein. Ich genoß meine Freiheit dermaßen, daß es mir sogar als angenehm auffiel, daß keine anderen Finger in die Fingerschale tauchten. Ich dachte: Ich habe einen neuen Zustand erreicht, einen Gipfel, der auch eine Hochebene ist. Gleichsam zur Bekräftigung hörte ich, als ich den Hügel hinauf zu meinem abgelegenen Haus ging, einen schauderhaften Streit zwischen einem betrunkenen englischen Paar mit an, der sich hinter einer offenen Tür abspielte. Schimpfwörter wurden mit solcher Heftigkeit und Giftigkeit von beiden ausgestoßen, daß ein und dasselbe Wort bei jeder Äußerung neue und größere Ausmaße von Haß enthielt. Ich fürchtete, es würde zu Handgreiflichkeiten zwischen ihnen kommen, und vielleicht kam es auch dazu. Ich ging weiter, und als ich mich auf meiner Terrasse hingesetzt hatte, stellte ich zu meiner Überraschung fest, daß ein Passagierschiff für die Nacht vor Anker gegangen war. Seine kleinen Bullaugen waren wie goldene Streifen, und mit einemmal wurde ich an das Innere der griechisch-orthodoxen Kirche erinnert, und aus irgendeinem Grund kniete ich in der stillen Nacht nieder und sprach ein Gebet. Niemals hatte die Bucht so schön ausgesehen und so gesichert durch die beiden schwärzlichen Berge, die sie umschlossen. Jetzt endlich waren sie im Dunkeln einander gleich und doch zu unterscheiden. Ich zögerte das Schlafengehen hinaus, obwohl ich wußte, daß ich um fünf aufstehen mußte.

Als ich heute früh aufwachte, hatten die Hähne noch nicht zu krähen begonnen. Der Fahrer kam, um mein Gepäck abzuholen, und wir schlichen leise durch die Stadt, vorbei an all diesen kleinen Festungen, deren Bewohner von Schlaf und zahllosen Träumen umfangen waren. Als wir dahinfuhren, erlebten wir den Tagesanbruch; zuerst verschmolzen Himmel und Meer miteinander und boten einen so bleichen, zarten und perlfarbenen Anblick, daß man wußte, er könnte – und würde tatsächlich – überwältigt werden. Seine Schönheit ließ an alles Kühne, Jungfräuliche denken. Während man noch hinschaute, verschwand er oder änderte sich zumindest, wurde eine Vision oder ein vorüberziehender Traum. Die kleinen Kirchen auf den Bergkuppen sahen wie winzige Bienenkörbe aus, und die Erde atmete Feuchtigkeit und Ruhe aus. Aber es war der Himmel, zu dem man aufblickte, und als ich das tat, kam mir in einem unerwarteten Ausbruch von Traurigkeit die Erkenntnis meiner Liebe wieder. Schönheit und Traurigkeit müssen die Grundlagen der Liebe sein, dachte ich. Dann wurde der Himmel rosiger, das Licht schien sich, nicht länger versuchsweise, zur Schau zu stellen, als eine rote Flut über den Himmel schoß und eine klaffende Wunde hervorrief. Die Dämmerung selbst war bleich und milchig, fast ohne Helligkeit, und die Sonne ging scheu und schüchtern auf und brachte jene Entladung von Emotion mit sich, die unweigerlich mit jeder Geburt verbunden ist. Am Flughafen tranken der Fahrer und ich Kaffee, dann geleitete er mich zu einem kleinen zweimotorigen Flugzeug, das mich auf die andere Insel brachte, die vergleichsweise tropisch war. Auf der Wiese neben der Startbahn waren weiße Ziegen angebunden, und ihr Anblick und die kleinen Bäume und Sträucher erinnerten mich an meine Heimat. Ich hatte vier Stunden Aufenthalt, und so setzte ich mich auf eine Stufe, und plötzlich kamen einige junge Soldaten, um sich mit mir zu unterhalten, und versuchten, mich zum Tanzen zu verführen, indem sie ihr Transistorradio anstellten und ein paar idiotische Luftsprünge vollführten. Sie setzten mir mit Angeboten von Kaffee und Zigaretten zu. Sie waren dunkelhaarig, ihre dunklen Augen klein und lebhaft, und infolge der ständigen grellen Sonne waren sie verschrumpelt wie Rosinen. Selbst da glaubte ich noch nicht, daß ich auf dem Heimweg war. Ich hatte das Gefühl, ich würde dort zurückgehalten, und ich hatte nicht im mindesten etwas dagegen.

Es ist Abend, als unsere Maschine landet. Es ist nicht dunkel, aber es scheint so im Vergleich mit der fernen, glühenden Insel. Es ist, als ob die ganze Sonne von hier weggeschnappt worden wäre, und unwillkürlich denke ich an den Herbst und die sechseckigen Straßenlaternen auf dem Platz, an dem ich wohne, die jeden Abend etwas früher angehen werden. Meine Mitreisenden und ich warten auf unser Gepäck, starren auf den Monitor, um zu sehen, auf welchem Förderband unsere Koffer herauskommen, und manchmal sehen wir einander auch an und unwillkürlich wieder weg, als hätten wir etwas Unrechtes getan. Wir schlüpfen wieder in unser altes Leben. Er ist nicht hier, ich hatte ihn auch nicht erwartet, aber es hat wieder angefangen, nicht gerade als Schmerz oder Ärger, sondern als Gefühl der Wiederaufnahme. Schon spüre ich, daß sein erster Besuch nahe bevorsteht, und ich denke daran, wie es sein wird, als sei er erst vor Minuten weggegangen. Die Zukunft wird drohend sichtbar und spiegelt genau dieselben Muster der Vergangenheit wider – seine gelegentlichen Besuche, das qualvolle Wachehalten dazwischen, die Beschränkungen, die wir uns auferlegt haben –, und ich frage mich, wieviel länger ich das noch werde ertragen können.

Inhalt